rororo

ro
ro
ro

Jody Jaffe ist eine turniererprobte Springreiterin. Zehn Jahre lang schrieb sie für den *Charlotte Observer.* Heute lebt die zweifache Mutter in Washington D.C.

JODY JAFFE

UM JEDEN PREIS

Roman

Deutsch von
Jobst-Christian Rojahn

Rowohlt Taschenbuch Verlag

Deutsche Erstausgabe

Veröffentlicht im Rowohlt Taschenbuch Verlag GmbH,
Reinbek bei Hamburg, Januar 2003

Die Originalausgabe erschien 1998 unter dem Titel «In Colt Blood»
bei Ballantine Books, Random House, Inc., New York

Redaktion Heiner Höfener
Umschlaggestaltung any.way, Andreas Pufal
(Foto: Bavaria)
Gesetzt aus der Minion PostScript
Gesamtherstellung Clausen & Bosse, Leck
Printed in Germany
ISBN 3 499 23346 0

Die Schreibweise entspricht den Regeln der neuen Rechtschreibung.

Wenn man Glück hat, kommt man einmal in seinem Leben an ein außergewöhnliches Pferd.

In Erinnerung an Brenda Starr
21.4.75–28.4.97

Während meines Studiums kam ich schon früh zu dem Schluss, dass ich wegen meiner Launenhaftigkeit etwas unternehmen musste. Schnell zeichneten sich zwei Möglichkeiten ab – entweder suchte ich einen Psychiater auf oder ich kaufte mir ein Pferd … Natürlich kaufte ich das Pferd.

Kay Redfield Jamison, Ein unruhiger Geist

Prolog

Als sich Fuzzy McMahon langsam in Dünger verwandelte, war sie am Ende doch noch zu etwas gut. Pech, dass es eines eingeschlagenen Schädels bedurft hatte, um ihrem Leben noch einen Sinn zu geben.

Und sie hätte diese ihre allergrößte Leistung, nämlich das Gras grüner zu machen, in vollkommener Weise vollbringen können, wenn da nicht ein dickes, graues Pony namens Blue By You zur falschen Zeit für einen so großen Wirbel gesorgt hätte.

«Grundgütiger Himmel, was ist heute Morgen eigentlich mit Blue los?», fragte Ebert Darnell, ein großer, spindeldürrer Mann, der auf der Anyday Farm die Morgenfütterung und das Ausmisten der Ställe besorgte. «Sehen Sie sich den mal an! Was hat der bloß? Rast herum, als wenn sein Schwanz Feuer gefangen hätte.»

Die Frau, die neben Darnell stand, schüttelte den Kopf. «So glatt, wie das Gras dort ist, und bei dem Glück, das ich in letzter Zeit hatte, bringt sich dieses Pony glatt selbst um oder zerrt sich die Sehnen wie dieses Fohlen im Stall. Das hätte mir heute Morgen gerade noch gefehlt. Kaufen die sich ein Pony, das nicht auf hört zu bocken, wenn es nicht täglich mindestens neunundzwanzig Stunden rausgelassen wird. Schnell, fangen Sie es ein, bevor Sie-wissen-schon-wer ihren traurigen Arsch hochkriegt und herkommt.»

Darnell hätte einwenden können, dass Sie-wissen-schon-wer

ihren traurigen Arsch immer erst aus dem Bett hievte, wenn die Morgengewitter in ihrem Kopf abgezogen waren – und dass das Einzige, was diese Gewitter vertreiben konnte, noch mehr Johnny Walker war. Aber Ebert Darnell gehörte nicht zu jenen, die Einwände erheben oder auch nur Unfreundliches über diejenigen denken, die vom Glück weniger begünstigt worden sind.

«Soll ich ihn abspritzen?»

Cathy Sullivan schüttelte den Kopf. «Lieber nicht, dieses Märzwetter kann verrückt sein. Es kommt mir jetzt schon wieder kälter vor als noch vor einer Stunde. Sorgen Sie nur für Entspannung und Abkühlung. Und vergessen Sie nicht, das Pferdchen zu striegeln und die Schweißspuren zu entfernen. Wir wollen doch nicht, dass unser kleines Prinzesschen ein schmutziges Pferd vorfindet.»

Es grenzte für Darnell an ein Wunder, dass Cathy Sullivan es derart lange bei ihnen ausgehalten hatte – so wie sie über die Farm und deren Besitzerin sprach. Nicht dass nicht jedes Wort mehr als zutreffend gewesen wäre. In den vierzehn Jahren, die er nun schon auf der Anyday Farm Ställe ausmistete, Pferde fütterte und Zäune reparierte, hatten die meisten Stallmeister oder Stallmeisterinnen kaum von einer Heulieferung bis zur nächsten überlebt. Die augenblickliche Managerin kannten die Heuleute sogar schon mit Namen.

«Hallo, Cathy», riefen sie ihr etwa zu, wenn die hellgrünen Rechtecke aus süßer Luzerne auf dem Förderband klickediklack hinauf in den Heuschober fuhren. «Nicht zu fassen, dass Sie denen noch nicht den Stinkefinger gezeigt haben. Muss an dem Frostschutzmittel liegen, das Sie in den Adern haben, Mädchen.»

Es war gar keine Frage, dass es eines besonderen Menschentyps bedurfte, um mit den Besitzern der Anyday Farm zurechtzukommen. Das lag nicht allein daran, dass die Chefin eine Säuferin war. Manche Trinker werden zwischendurch immer wieder mal ganz schön trocken, fühlen sich dann vielleicht sogar wegen ihres miesen Verhaltens ein bisschen schuldig. Nicht so diese Dame. Sie war in nüchternem Zustand noch fieser als in besoffenem.

Sie kam im Allgemeinen schwankend in den Stall runter und schrie, als wäre ihr Gewalt angetan worden, wenn sie eine Longe falsch an einer Boxentür hängen sah. Oder Heu im Gang oder Pferdeäpfel in den Boxen.

«Wofür, zum Henker, bezahle ich euch eigentlich?», begann sie regelmäßig ihr Toben.

Auch wenn es kaum zu glauben war, die Frau tat Darnell Leid. Vor allem aber war er, was sie betraf, zu Vergebung fähig, und deshalb hatte er es auch so lange in ihren Diensten ausgehalten. Die Vergebung war in seinen Augen sein Job als Christenmensch. Es bekümmerte ihn aufrichtig, was aus diesem Leben geworden war. Er mochte jedoch noch so viel für sie beten, es wurde ständig schlimmer mit ihr.

Als er auf der Farm angefangen hatte, war sie noch eine ganz normale verzogene, wohlhabende Dame gewesen. Sie hatte ihren Willen durchsetzen wollen, aber welcher reiche Mensch wollte das nicht? Sie war zwar fordernd gewesen, hatte ihre Forderungen aber immerhin noch in freundliche Worte kleiden können. Im Laufe der Jahre schien ihr dieser Teil ihres Vokabulars dann gänzlich abhanden gekommen zu sein, so als wäre Johnny Walker höchstselbst in ihren Kopf hineinmarschiert und hätte alle «Bitte» und «Danke» und «Wären Sie wohl so nett» herausgeholt.

Sie sah inzwischen auch anders aus. Es war nicht die übliche Form des Alterns mit Falten hier und Falten da, sondern eine drastischere – ihr Gesicht war irgendwie eingesackt, als wäre alles Stützende zu Staub zerbröselt. Sie war nie das gewesen, was man als eine Autos anhaltende Schönheit hätte bezeichnen können – das verhinderten schon ihr etwas zu rundes Gesicht und ihre ein wenig zu kleinen Augen. Aber als Darnell vor Jahren bei ihr angefangen hatte, hatte ihr Erscheinungsbild noch eine Frische gehabt, die an jene der Pfingstrosen kurz nach dem Erblühen erinnerte.

Ihre Blume war bei all dem Alkohol, der an ihren Eingeweiden fraß, und der Niedertracht, die ihre Seele verzehrte, schnell gewelkt. Was zu Beginn noch ein einigermaßen erfreulich aussehendes Gesicht gewesen war, verwandelte sich allmählich in die verschrumpelte Halloween-Maske von Porgy Pigs Schwester. Darnell konnte nicht anders, als sich fragen, ob das wohl Gottes Plan entsprochen hatte.

Darnell wusste nicht mehr, wann die Niedertracht das Ruder übernommen hatte. Noch nicht, als er auf der Anyday Farm angefangen hatte. Damals hatte er noch viele Anwandlungen von Freundlichkeit erleben können, vor allem den jungen Mädchen gegenüber, die ihre Ponys im Stall stehen hatten. Die Mütter hatten die schweren Wagenschläge ihrer Mercedesse, Volvos und BMWs geöffnet, und aus jedem der Wagen war ein kleines, pferdeschwänziges Mädchen herausgehüpft und hatte zum Abschied gewinkt, wenn das Auto der Mama über die enge, kiesbestreute Auffahrt zur Bundesstraße 16 zurückgefahren war. Dann war sie hingegangen und hatte für alle diese kleinen Pferdenärrinnen die Ersatzmutter gespielt, hatte ihnen die langen, widerspenstigen Schnürsenkel gebunden und beim Satteln der Ponys geholfen, die nur zu genau gewusst hatten, um wie vieles sie größer waren als die Mädchen. Und wenn eines von ihnen mal gestürzt war, dann hatte sie es aufgehoben, ihm den Schmutz abgeklopft, es mit einem «Aber, aber, ist ja schon gut» bedacht und ihm im Nu wieder in den Sattel geholfen.

Das bedeutet nicht, dass sie nicht ihre schwachen Momente gehabt hätte. Aber damals hatte sie noch einen Ausweg aus ihren düsteren Stimmungen gekannt: Sie hatte eines ihrer Pferde gesattelt, war tief in den Wald hineingeritten und völlig erschöpft wieder zurückgekehrt.

Wenn Darnell genau darüber nachdachte, dann hatten sich die Veränderungen wahrscheinlich in der Zeit kurz vor der Geburt des Kindes eingestellt. Sie hatte die Schwangerschaft verabscheut, zumindest verabscheut, wie diese sie aus- und ihren Mann andere Frauen anschauen ließ. Obwohl Darnell ihr hätte sagen können, dass es nicht ihr geschwollener Bauch war, der die Blicke ihres Mannes dort hingleiten ließ, wo sie nicht hätten sein sollen. Der Mann hatte schon bewegliche Augen gehabt, als Darnell ihm zum ersten Mal begegnet war, und ganz zweifellos auch schon lange davor. Darnell dachte zwar nicht gerne Unfreundliches, aber es war so klar wie ein kalter Sonnentag, dass dieser gut aussehende Mann mit seinem braunen Kraushaar und seinem Ich-weiß-schon-was-du-willst-Lächeln jede Frau hätte haben können, die er haben wollte.

Darnell war sicher, dass sie sich in den vielen einsamen Nächten dort in dem großen Haus so viel Schönheit gewünscht hatte wie Geld, das ihr reichlichst zur Verfügung stand. Er war nie in dem Kunstmuseum im vornehmen Teil von Charlotte gewesen, hatte aber gehört, dass es dort einen Flügel gab, wo der Familienname ihres Daddys unter so gut wie allen gestifteten Gemälden stand. Sie fuhr den dicksten Mercedes, den er je gesehen hatte, und der Stall der Anyday Farm war in einem jener Hochglanzmagazine vorgestellt worden, die sonst Aufnahmen von Chers Haus brachten. Und doch war sie, das wusste Darnell, trotz ihrer großen Autos und schicken Häuser bei Nacht allein gewesen, hatte nur die Gesellschaft Johnny Walkers gehabt. Ihr Vermögen mochte ihr zwar einen Mann verschafft haben, war jedoch ganz und gar nicht in der Lage gewesen, ihn auch zu halten.

Es waren ja nicht nur die Blicke des Mannes, die wanderten. Er war im Ganzen bald kaum mehr da, fuhr nur noch gelegentlich mit seinem Lastwagen durch die weit entlegenen Weidegründe, um nach seinen Kühen zu schauen. Vielleicht tauchte er auch mal im Stall auf, um ein Pferd zu beschlagen, das aber nur, wenn seine Besitzerin jung, hübsch und schlank war, oder um sich anzuschauen, wie die neueste Stallmeisterin aussah. Das hatte die Chefin jedoch nach einer Weile spitzgekriegt und war dazu übergegangen, dicke Frauen mit großen Nasen einzustellen.

Da waren also nur sie und das Baby gewesen, ein Mädchen, das mit dem Aussehen seines Vaters und dem Naturell seiner Mutter gesegnet war. Es wäre schwer gewesen zu entscheiden, welche von beiden schlimmer war, die Mutter oder die Tochter. Nur dass die Tochter zwei Entschuldigungen hatte: Erstens war sie noch ein Kind, erst dreizehn Jahre alt und mit Hormonen gesegnet, die sie stießen und herumwirbelten, als wäre sie ein Ästchen, das auf den Wogen des Chattooga, dort, wo er am wildesten war, hinunterschwamm. Und zweitens musste man sich die Frau ansehen, die ihre Mutter war – eine Frau, die die Schuld an ihrer Gemeinheit nur der Tatsache anlasten konnte, dass sie zu viel Geld und zu wenig zu tun hatte.

Darnell schüttelte den Kopf und bat Jesus, die beiden zu behüten – es war das Einzige, was er tun konnte, wenn er an diese traurige Familie dachte. Er setzte sich in Richtung Koppel in Bewegung, um das Pony einzufangen, das immer noch herumraste, als nagten Raubkatzen an seinen Fesseln.

«Ebert», rief Cathy Sullivan, «nehmen Sie eine Dose Futter mit, für den Fall, dass er sich gar nicht fangen lassen will.»

Er kehrte deshalb in den Stall zurück und ging in die Futterkammer, wo er ein paar Hand voll kleiner, grüner Pellets in eine alte Maxwell-Dose tat. Als er wieder nach draußen auf die Koppel kam, hatte sich das Pony noch immer nicht beruhigt. Es galoppierte gerade am Zaun entlang und dann – noch schneller – wieder zurück, um schließlich, am Ende der Koppel und in der Nähe des Misthaufens angelangt, abrupt stehen zu bleiben, sich aufzubäumen und wiederholt mit den Vorderhufen hart auf den Boden zu schlagen.

Was Darnell auch versuchte, das Pferd wollte sich nicht einfangen lassen.

«Warten Sie einen Augenblick, ich komme Ihnen helfen», rief Cathy Sullivan. Sie lief, ebenfalls eine alte Kaffeedose in der Hand, zu Darnell.

«Da haben Sie Ihr Problem, Ebert», sagte sie, in seine Kaffeedose schauend. «Sie haben Pellets dabei. Haben Sie vergessen, dass dieses Pferd mal gesagt hat, es mag keine Pellets? Mal sehen, ob ich es richtig gemacht habe. Es hat, meine ich, gesagt, es wolle von jetzt an nur noch richtiges Futter fressen, weil ihm das Fertigfutter immer an den Zähnen kleben bleibe und es dann von den andern Pferden ausgelacht werde.»

Cathy Sullivan prustete los und Ebert Darnell lachte mit.

«Das war vielleicht was», sagte er. «Wie viel bezahlen Sie der Frau eigentlich? Der Dame, die behauptet, sie könne mit Pferden reden? Wie nannte sich die gleich? Eine Pferdeirgendwas?»

«Pferdekommunikatorin. Sie behauptet, sie könne so mit Pferden sprechen wie wir beide jetzt miteinander. Verlangt für ein Schwätzchen hundert Dollar. Natürlich gibt's hinterher eine Massage gratis dazu, weil die Pferde, wie sie sagt, die Entspannung brauchen. Muss aber doch was dran sein, denn sie hat schon alle Ställe in Weddington, Matthews und Waxham beehrt, und die Besitzer schwören auf sie. Ich dachte, ein paar von unsern Mietern würden ihren Spaß mit ihr haben. Ich hätte mich da raushalten sollen. Ich wünschte, ich wäre ein bisschen hellsichtiger gewesen, hätte sie nie hergeholt. Und um diesen so schon schrecklichen Tag noch schrecklicher zu machen, kommt sie heute Vormittag wieder, zu ein paar von unseren Mietern. Ich hoffe nur, Sie-wissen-schon-wer kommt nicht während einer dieser Séancen herein. O Mann, ich kann pro Woche nicht mehr als einen ihrer Ausbrüche verkraften! Und außerdem, woher hätte ich es denn wissen sollen?»

«Nein, das konnten Sie wirklich nicht», sagte Darnell. «Machen Sie sich keine Gedanken, es geht vorbei. Ich habe sie schon schlimmer wüten sehen und weitaus üblere Dinge von sich geben hören als vorgestern, und nach ein paar Tagen ist sie in den Stall gekommen, als wenn nichts gewesen wäre. So ist sie halt. Sie braucht eben zwei oder ein paar mehr Tage, um sich wieder zu beruhigen, das ist alles.»

«Ich hätte nichts dagegen, wenn sie zwei oder ein paar mehr Jahre wegbliebe.»

Während die beiden so miteinander sprachen, gingen sie zum unteren Ende der Koppel, wo das Pony immer noch auskeilte, laut wieherte und nach dem Boden schlug.

«Jetzt könnten wir diese Pferdekommunikatorin ganz gut gebrauchen», meinte Cathy Sullivan. «Was schreit der bloß so rum? So habe ich den Gaul ja noch nie erlebt.»

Blue By You schenkte weder der einen noch der anderen Kaffeedose Beachtung, aber es hätte auch keines Mediums bedurft, um zu erkennen, dass dieses Pony andres im Kopf hatte als Zähne verklebendes Futter. Seine dicken Adern pochten hart gegen das Fell, dessen Farbe durch den Schweiß zu Stahlgrau verdunkelt worden war. Seine Nüstern waren weit aufgesperrt, und es schnaubte kurz und heftig. Aber es waren seine Augen, seine weit aufgerissenen, unruhig flackernden Augen, die Darnell sagten, dass da etwas nicht stimmte.

Er roch es zunächst nur. Roch es stärker als am Morgen im Stall, als er noch gedacht hatte, es sei ein altes Murmeltier, das im

Wald verwese, oder ein überfahrenes Opossum auf der Straße. Je näher er aber jetzt der Quelle kam, desto sicherer war er, dass der Duft nicht von einem kleinen Tier ausging.

«Muss ein verendetes Reh sein, das das Pferd derart in Unruhe versetzt», sagte Darnell und betete, dass er Recht hatte, wobei er gleichzeitig nur zu genau wusste, dass dem nicht so war. Kein vierbeiniges Tier verströmte einen solchen Geruch.

«Puh, das stinkt vielleicht», sagte Cathy Sullivan. «Fangen wir das Pferd ein, und machen wir, dass wir hier wegkommen. Ich werde gleich mein Frühstück los.»

Ebert Darnell ging auf den Misthaufen zu. Dort baumelte ein blutiger Arm. Mit zitternden Fingern grub er sich durch schmutzige Holzspäne, verrottenden Pferdemist und verfilztes Heu, bis er zu Haaren gelangte, blonden Haaren, die durch dunkle Klumpen getrockneten Blutes schwarz gestreift waren und auf diese Weise stark wie der Marmorkuchen aussahen, den seine Frau am Vorabend zum Nachtisch serviert hatte, dass er sich bei dem krampfhaften Versuch ertappte, sein Frühstück bei sich zu behalten. Er grub noch tiefer, so tief, dass er seine Hand unter eine Schulter schieben, den Körper vorziehen und umdrehen konnte. Nicht, dass es erforderlich gewesen wäre. Er wusste schon, wer das war. Das Einzige, was ihn überraschte, waren ihre Augen.

Traurige Augen. Zum ersten Mal seit vielen Jahren blickte Fuzzy McMahon nicht so drein, als wollte sie jemanden umbringen.

1

Ich sitze in einem weißen Korbstuhl Margie gegenüber, die Herrin der Cafeteria ist und immer die Mohrrübenenden für mein Pferd Brenda Starr aufhebt. Nur dass sie jetzt sagt, sie sei meine Therapeutin, und ich hätte um diese eilige Sondersitzung gebeten, weil Brenda am heutigen Tage zu mir zu sprechen begonnen habe.

«Ich glaube, ich werde verrückt», sage ich zu Margie. «Erinnern Sie sich noch, dass ich Ihnen mal anvertraut habe, die ganze Familie meines Vaters sei irre? Sein Bruder hat Selbstmord begangen, seine Schwester hätte ihre Finger auch gleich in eine Steckdose stecken können, so oft hat sie eine Schockbehandlung über sich ergehen lassen müssen, drei weitere Schwestern haben so viel Lithium geschluckt, dass es gereicht hätte, den Hunnenkönig Attlia zu stabilisieren, und mein Vater selbst ist auch nicht gerade ein Muster ausgeglichenen Verhaltens. Und jetzt glaube ich, dass mein Pferd, als ich schneller reiten wollte, ‹Wozu das denn?› gefragt hat.»

«Und erinnern Sie sich noch daran, dass ich Ihnen einmal gesagt habe», erwidert Margie, die Cafeteria-Herrin und Therapeutin, liebevoll, besänftigend und fürsorglich, «dass jede genetische Anomalie inzwischen längst offen zutage getreten wäre? Und außerdem: Woher wollen Sie denn wissen, dass Ihr Pferd nicht tatsächlich mit Ihnen gesprochen hat?»

Ich sehe sie an, als spräche sie Russisch. Ich verstehe sie nicht. Wo ist mein alter Therapeut, dieser Freudianer mit dem schlechten Toupet, der mir Sitzung für Sitzung aus seinen psychiatrischen Schriften vorliest und die Wörter verstümmelt, die er nicht kennt? Und wo ist mein Rock? Wieso sitze ich in Unterrock und Strumpfhose da? Margie meint, ich sei zu ihr, der Expertin für den nicht ortsgebundenen Geist und für Tomatenschnittchen, gewechselt, weil ich auf der Couch des Freudianers immer eingeschlafen sei. Ich weiß jetzt wieder, dass ich immer fünfundvierzig der fünfzig Minuten verschlafen habe und er dann zu mir gesagt hat: «Gute Sitzung, Sie arbeiten sich durch Ihren Widerstand hindurch.» Was meinen fehlenden Rock angeht, so sagt Margie, wir würden zu meinen Unordnungs- und Verletzbarkeitsproblemen beim nächsten Mal kommen.

«Apropos sprechende Pferde», sage ich zu Margie. «Ich habe aufgehört, an eine solche Möglichkeit zu glauben, nachdem mein Bruder mich darauf hingewiesen hat, dass die Lippenbewegungen des sprechenden Fernsehpferdes Mr. Ed überhaupt nicht zu seinen Worten passten.»

Sie sieht mich an und lächelt heiter, erdmütterlich, kosmisch bewusst. «Ein Mann hat Ihre Offenheit gegenüber den Wundern des Universums kaputtgemacht? Das hätte ich mir denken können.» Sie seufzt tief und lächelt noch heiterer. «Wir gehen alle so verschiedene Wege. Die Männer werden am Ende auch noch dorthin gelangen, es ist wichtig, das im Gedächtnis zu behalten. Aber erzählen Sie mir von der Zeit, in der Sie Ihre Träume hatten, in der Sie mit den Augen eines Kindes sehen konnten, bevor Ihr Bruder Sie geblendet hat.»

Alles, was mir dazu einfällt, sind die geschwisterlichen Kämpfe mit meinem Bruder. «Maaaaa», hatte ich gebrüllt, «Larry hat mir die Unschuld geraubt, er hat mir meine Träume weggenommen und mich geblendet!»

Meine Mutter hatte nur den letzten Teil gehört und hysterisch zurückgeschrien: «Was ist das mit deinen Augen? Hat er dich wieder am Kopf geschlagen? Ich bring den Buben nochmal um!»

«Nattie», sagt Margie, «die Träume. Was haben Sie geträumt?»

Ich erzähle ihr von dem toten Mann, den ich auf dem Rücksitz eines Autos gesehen hatte, als ich neun war. Und dass ich nicht weiß, ob es ein Traum war oder nicht. Sie sagt mir, dass diese Leiche in dem Cadillac eine rote Decke gewesen sei und dass ich sie an dem Tag gesehen hätte, an dem mein Vater gegangen sei.

«Nicht deine schlechten Träume, sondern die guten, mein Kind», sagt sie. «Erzähl mir von denen.»

Meine guten Träume? Die sind immer auf vier Beinen und mit einem Samtmaul dahergekommen, sage ich zu ihr. Pferde. In meinen guten Träumen ist es immer um Pferde gegangen. Ich war eines jener pferdevernarrten Mädchen, die die Psychiater so gerne analysieren: großes Pferd gleich großer Penis, sie tut ihn sich zwischen die Beine und hat nun selbst einen.

Ich sage ihr, dass ich mich manchmal frage, ob meine Pferdeobsession vielleicht genetisch bedingt sei. Mein Vater liebte Pferde ebenso wie all jene, die vor ihm kamen. In der alten Heimat, in Litauen, hatte der Vater meines Vaters einen großen Apfelschimmel gehabt, der am Tag seine Hausiererkarre zog. Bei Nacht hatte er sich auf das Pferd geworfen und war über die Felder galoppiert.

«Gut, gut», sagt Margie. Ihr Haar hat die Farbe der Mähne meines Pferdes, ist kupferfarben hell und ganz gerade. Ich möchte es zu kleinen Zöpfchen einflechten, wie ich das bei Brenda tue, ehe ich mit ihr bei einem Turnier antrete. «Mehr, mehr Träume.»

«Also, als ich noch sehr klein war und bevor Larry mich sehen ließ, dass Mr. Ed gar nicht richtig spricht, habe ich geglaubt, dass Pferde sprechen könnten, wenn sie es nur wollten. Zu den Menschen, die sie wirklich mögen. Davon habe ich geträumt: von einem Pferd, von meinem Pferd, das zu mir sprechen würde.»

Margie lächelt noch immer selig, und ich frage mich, ob ihr davon nicht bald der Kiefer wehtut.

«Geh zurück in den Stall und schau, ob sie wieder zu dir

spricht. Unsre Zeit ist um. Ruf an, sobald du etwas hörst. Und denk dran, den Wundern des Universums gegenüber offen zu sein.»

Brenda reibt ihr Maul an meiner Hand, und ich spüre, wie sich ihre Lippen bewegen – wie es die von Mr. Ed zu tun pflegten. Adrenalin schießt durch meine Arme bis hin zum Herzen. Ich halte den Atem an und lausche aufmerksam. Sie ist ein leise sprechendes Pferd.

Ich bringe mein Ohr dicht an ihr Maul und warte. Und warte. Nichts. Dann fühle ich, wie ihre Zunge meine Hand leckt. Ich komme mir blöd vor und bin froh, dass außer mir und den Pferden niemand im Stall ist. Es muss eine krächzende Krähe gewesen sein, als ich gedacht hatte, Brenda spräche zu mir.

Ich sattle sie und führe sie nach draußen. Gehen, traben, leichter Galopp rechts herum. Dasselbe links herum. Die Sprünge sind tief gelegt, deshalb will ich Brenda über ein paar hinüberflitzen lassen. Ich richte sie auf ein Gatter aus. Gerade, als wir zum Absprung kommen, höre ich: «Ich fühle mich heute wirklich nicht danach, mein Rücken tut weh.» Ich schaue mich um. Da ist niemand – nichts – außer mir und Brenda. Keine krächzenden Krähen, keine kläffenden Hunde. Niemand außer uns.

«Was ist?», frage ich.

«Ich sagte, mir ist heute nicht nach Springen. Ich hab mir gestern Abend den Rücken verrenkt.»

Heiliger Strohsack, denke ich. Ich kann es nicht laut sagen, weil ich meinen Mund nicht zu bewegen vermag.

«Hör mal», sagt Brenda, «ich möchte ja deswegen keinen Trouble machen, aber könnten wir das nicht auf einen andern Tag verschieben?»

Ich kriege mein Mundwerk wieder in Gang und sage: «Sicher doch, Brenda, was immer du wünschst.» Ich springe von ihr herunter und stelle mir eine Million Fragen – all die Fragen, die ich für ein sprechendes Pferd zusammengetragen habe. Aber sie will mir keine einzige davon beantworten. Sie sieht mich nur mit ihren großen, braunen Augen an und reibt den Kopf an meiner Hand.

Ich rufe Margie an. «Keine Panik», sagt sie. «Du bist okay. Sieh zu, was sich offenbart, und dem folge dann.»

Das Nächste, was ich weiß, ist, dass ich wieder im Stall bin. Während ich Brenda sattle, sagt sie kein Wort. Ich reite tief in den Wald hinein, wo es dunkel und kühl ist. Das letzte Tageslicht tanzt durch die Blätter. Alle Gedanken an meine bevorstehende geistige Umnachtung sind fort, vergessen. Ich bin wieder in meinem Paradies, bin der alten Pferdemagie einmal mehr erlegen.

«Ich möchte nicht gern nasse Füße kriegen.»

Ich falle fast aus dem Sattel.

«Ich sagte, ich möchte nicht gern nasse Füße kriegen, weil ich dann eine Erkältung bekomme. Könnten wir nicht einen anderen Weg nehmen, damit ich nicht durch diesen Bach muss?»

Ich blicke nach vorn und tatsächlich ist dort ein Bach. Und Brenda spricht wieder zu mir. Und wieder weigert sie sich, Fragen zu beantworten, ihre Bitte genauer zu erläutern oder sich einfach so mit mir zu unterhalten. Was ich auch sage, sie sagt nichts mehr. Deshalb drehen wir vor dem Bach um und reiten heim.

Das läuft wiederholt so ab. Im Stall ist sie stumm wie ein Fisch, aber wenn ich auf ihrem Rücken sitze, kommt es zu einer regelrechten – und einseitigen – Quasselei. Erst heißt es: «Könntest du mir bitte die Box beim Eingang verschaffen, das Pferd neben mir frisst so laut.» Dann: «Ich mag meinen Namen Brenda Starr nicht, ich möchte ihn in Seabreeze geändert haben, okay?» Schließlich folgt eine lange Rede darüber, dass sie eigentlich schon immer lieber ein Parade- als ein Turnierpferd gewesen wäre, das über Hindernisse springen und sich die Mähne einflechten lassen muss.»

«Ich sehe mit diesen Zöpfchen einfach lächerlich aus und im Übrigen zwacken sie mich auch am Hals.»

Als ob das noch nicht genug wäre, zieht sie auch noch über meine reiterlichen Fähigkeiten her. «Wie soll ich wissen, was ich tun soll, wenn du derart auf dem Sattel herumzappelst. Sitz mal still, ja? Und nimm um Himmels willen diese Sporen endlich ab. Und wo wir schon dabei sind, lang beim Nachtisch nicht immer so zu. Schließlich bin ich es, die die Extrapfunde herumschleppen muss. Und noch etwas: Geh doch mit dem Zügel etwas sanfter um. Lass du dir mal ein Metallstück ins Maul stecken und dann jemanden daran rumreißen, wie du das tust. Probier mal aus, wie sich das anfühlt, ja?»

Brenda wusste überhaupt nichts Nettes zu sagen, beschwerte sich nur. Ich zahle monatlich 375 Dollar für ihre Unterbringung – und das offensichtlich nur, um sie über den Stall, meinen dicken Hintern und ihr verfehltes Leben meckern zu hören.

Ich sitze wieder bei Margie, erzähle ihr alles, sage ihr, dass Brenda nie meine Fragen beantwortet, sich nicht im Geringsten für mein Leben interessiert. Und jetzt habe ich nicht einmal mehr einen Unterrock an. Nur noch abgetragene Unterwäsche.

Margie sieht sehr interessiert aus, und ihr Gesicht zeigt jenen Heureka!-Ausdruck, den der Freudianer immer dann bekam, wenn ich davon sprach, dass ich meinen Vater unter der Dusche gesehen hatte. «Hat sich ihr Verhalten, mal abgesehen vom Sprechen, verändert?»

«Ich weiß nicht», sage ich. «Ich habe solche Angst, wieder etwas zu tun, was sie ärgert, dass ich mich nur noch darauf konzentrieren kann. Sie wirft mich nicht ab oder beißt mich, wenn Sie das meinen. Es ist alles gut, bis sie den Mund aufmacht.»

Margie schaut sehr ernst drein. Wir sitzen schweigend da,

denken nach. Ich bin sicher, sie denkt darüber nach, wo sie mich einweisen lassen kann. Endlich breche ich das Schweigen. «Ich mag schon gar nicht mehr zum Stall gehen.»

Das Lächeln, dieses selige, süße Lächeln, kehrt auf ihr Gesicht zurück. Sie steht auf, kommt zu mir und bringt ihr Gesicht ganz nahe an meins heran. Sie wischt die Tränen fort, die mir über die Wangen laufen.

«Konfuzius hat es als Erster gesagt, aber Meryl Streep hat den Ausspruch berühmt gemacht», sagt sie so leise, dass ich mich anstrengen muss, sie zu verstehen.

«Meryl Streep?», sage ich laut und ärgerlich, habe schließlich genug von allem. «Was weiß denn Meryl Streep schon groß über sprechende Pferde und verkorkste Leben? Pferde sind seit jeher meine Rettung gewesen. Ohne sie fühle ich mich unvollständig. Und jetzt kann ich nicht mehr zum Stall gehen, weil ich ein Pferd habe, das ein Plappermaul ist. Sie beschwert sich ja mehr als meine Redakteurin. Ich wünschte, sie würde einfach das Maul halten und wieder ein stummes Tier werden. Erzählen Sie mir keinen Blödsinn über Meryl Streep. Ich habe genug von Ihrem Geh-mit-dem-Universum-Gequatsche, das für ein Leben reicht, vielleicht sogar für drei. Ich bin raus.»

Ich stürze aus der Tür und Margie sitzt einfach nur da und lächelt verständnisvoll.

Das Nächste, was ich weiß, ist, dass ich wieder im Stall bin. Brenda steht in ihrer Box und frisst Heu. Ich sage kein einziges Wort zu ihr. Nichts. Schweigend bürste und sattle ich sie. Ich nehme die Zügel in die Hand, sanft, denn ich möchte sie nicht mehr im Maul reißen, wo sie mir doch unzählige Male gesagt hat, wie unangenehm das ist. Ich treibe sie sanft mit den Absätzen vorwärts (ich habe die Sporen weggeschmissen, weil auch die ihr unangenehm sind), und wir reiten Richtung Wald.

Ich höre, sehe und rieche nichts Wunderbares. Ich bin viel zu sehr damit beschäftigt, schön still zu sitzen. Wir biegen in einen Weg ein, den ich nicht kenne, und vor uns fließt ein kleiner Bach. Ich mache mich auf einen Einspruch gefasst, aber Brenda geht ohne zu zögern hindurch. Sagt kein Wort. Ich reite, reite immer weiter. Schließlich kehre ich mit ihr zum Stall zurück und bringe sie mitsamt einem Bündel Heu in ihre Box. Sie reibt ihren Kopf an meiner Hand.

Ich fahre in meine Wohnung zurück und dort finde ich meinen Vater Lou vor.

«Nattie», fragt er, «hast du meditiert? Ich hab dich schon lange nicht mehr so entspannt gesehen. Ich hab mir diesen Film aus dem Video-Laden geholt, ist fast vorbei. Möchtest du mit mir zusammen das Ende ansehen?»

Ich sitze auf dem zusammengeklappten Futon und schaue auf den Bildschirm. Meryl Streep in frühem Banana-Republic-Outfit. Robert Redford ebenfalls. Beide sehen sehr schön aus und sehr zerquält. Sie unterdrückt Tränen. Er auch. Sie sprechen über ihre gescheiterte Beziehung. Langsamer Schwenk auf ihr Gesicht, auf ihre gepeinigt, aber stark blickenden Augen, ihre stolz gebogene Nase, ihren festen, entschlossenen Mund.

«Gib Acht, worum du die Götter bittest», sagt sie und schaut an Redford vorbei, vorbei an den sienaüberhauchten Horizonten Kenias, vorbei an den dahinziehenden Herden von Antilopen, Zebras, Giraffen. Sie blickt aus Afrika hinaus und in ihre Zukunft. Sie schweigt filmgerecht, dramatisch, viel sagend. Dann fügt sie hinzu: «Sie könnten so grausam sein und dir deinen Wunsch erfüllen.»

2

Ich spürte eine Hand auf meiner Schulter, die mich rüttelte. «Margie», murmelte ich, «Meryl hatte Recht ...» Die Hand rüttelte mich stärker. Eine Stimme, die ganz entschieden nicht die Margies war, drang zu mir durch.

«Nattie, es ist zehn vor neun. Musst du nicht zur Arbeit?»

Ich schob mein rechtes Auge auf. Meryl, Robert und ihr khakifarbenes Safarizeug waren weg. Es war Lou, mein Vater, der in schmuddeligem, weißem T-Shirt und noch schmuddeligeren Trainingshosen neben meinem Bett stand.

«Was ist?»

«Arbeit, Nattie. Die Redakteurin ... Candace, stimmt's? ... hat vor so zehn Minuten angerufen. Ich hab ihr gesagt, du wärst unter der Dusche. Ich glaube, der könnte ein bisschen Meditation nichts schaden. Sie klang sehr unausgeglichen. Zu viel Yang.»

«Das Erstere stimmt», sagte ich, zwang mich, beide Augen zu öffnen und versuchte, mich in die Wirklichkeit zu wälzen.

«O Mann, Lou, ich nehme nie wieder was von deinem kolloidalen Melatonin! Ich dachte, die Warnung auf dem Fläschchen, dass das Zeug seltsame Träume auslösen kann, sei nichts als heiße Luft. So wild habe ich ja noch nie geträumt. Nein danke, Lou, von jetzt an renne ich lieber in der Wohnung auf und ab, als an meinem Serotoninspiegel rumzumachen.»

Lou sprang auf seinem Minitrampolin herum und schlug sich dabei mit den Fäusten an den Kopf. «Setzt das Chi in Gang», rief er. «Weißt du, wenn du das zwanzig Minuten am Tag machtest, dann würdest du prima schlafen. Ich hab da keine Probleme.»

«Das liegt nur daran, dass du schlafsüchtig bist. Du hast meine ganze Studienzeit verschlafen.»

Lou hüpfte weiter auf und ab. Bei jeder Landung sagte er ein

Wort. «Ich ... hab ... nur ... meine ... Augen ... ausruhen ... lassen.»

«Was du nicht sagst, Lou.»

Ich sah ihm weiter zu und fragte mich, was für ein New-Age-Spielzeug er wohl als Nächstes anschleppen würde. Vor einer Woche war es ein Bestrahlungsgerät aus China gewesen – 650 Dollar für eine auf ein Stück graues Metall montierte Glühbirne. Er ließ mich fünfundzwanzig Minuten davor sitzen und schwor, dass es alle meine Leiden kurieren werde. Das Ergebnis waren lediglich Hitzepickel.

Lou war mit allen seinen Vitaminflaschen vor ein paar Monaten bei mir eingezogen. Es hatte nur diese Lösung gegeben – andernfalls hätte ich ihn weiter von Aschram zu Aschram ziehen oder seine Tage in Pater Devines Heim für die Obdachlosen und Müden verbringen sehen müssen. Aber mal abgesehen von seiner Schnarcherei, war es nicht allzu schlimm. Ja, eigentlich mochte ich die Akupunktur-Antischwerkraft-Schuhe sogar, die er vor der chinesischen Lampe mit nach Hause gebracht hatte.

«Ich gehe duschen. Sollte Candace nochmal anrufen, sag ihr, ich wäre ertrunken.»

Ich schlüpfte unter die heißen Wassernadeln und versuchte, mich an meinen Traum zu erinnern. Wenn ich ihn jetzt sich verflüchtigen ließ, dann war er für immer dahin. Etwas von einem sprechenden Pferd. Meinem sprechenden Pferd – und dann wurde mir schlagartig klar, warum ich diesen Traum gehabt hatte: Candace wollte eine Trend-Story haben, und das pronto. Als ob wir hier was Brandheißes, Superaktuelles entdeckt hätten! Obwohl es auch schlimmer hätte sein können. Viel schlimmer. Candace hätte mich, die widerstrebende Modeberichterstatterin des *Charlotte Commercial Appeal*, zu Gott weiß welchen gesellschaftlichen Ereignissen schicken können, und ich wäre genötigt gewesen, mit lächelndem Gesicht darüber zu schreiben. Andernfalls hätte ich in meiner Jahresbeurteilung Entsprechendes zu lesen bekommen.

Candace hatte ausnahmsweise mal an was anderes als an mich und Rocklängen gedacht. Dem Himmel sei für kleine Wunder Dank!

Dieses kleine Wunder war in Gestalt einer Seite der *New York Times Book Review* dahergekommen. Nach 343 Wochen auf der Bestsellerliste und einer erfolgreichen Verfilmung hatte *Der Pferdeflüsterer* endlich auch Candaces Aufmerksamkeit erregt und sie mich daraufhin gestern zu sich beordert. Auf der Bestsellerliste in ihrer Hand sah ich den Buchtitel rot angestrichen.

«Nattie», sagte Candace, «über dieses Buch wird viel gesprochen und jetzt der Film! Kennen Sie's?»

Ich schüttelte den Kopf. Ich wollte den Teil nicht lesen, wo ein Pferd in einem Transporter zerquetscht wird, und meine Freunde, die das Buch gelesen hatten, meinten, es sei so, als müsste man einen ganzen Tag in einem Laden mit Hallmark-Glückwunschkarten verbringen.

«Macht nichts», sagte sie. «Schauen Sie sich mal an, worum es geht. Es ist ungemein erfolgreich, die Leute lesen es. Müssen sich doch fragen, ob es hier nicht auch Pferdeflüsterer gibt. Lassen Sie uns das mal rausfinden. Wir bringen es am Sonntag.»

Nach vielen Jahren Therapie und einem mein Schlappmaul betreffenden Handel mit Gott gelang es mir allmählich, meine Zunge und mein Temperament im Zaum zu halten. Statt darauf hinzuweisen, dass sie mich hatte abblitzen lassen, als ich vor drei Jahren eine solche Scheißstory vorschlug, sagte ich: «Candace, das ist wirklich eine großartige Idee. Ich werde noch heute jemanden suchen.»

Sie versah den roten Kringel um *Der Pferdeflüsterer* mit einem Häkchen und ich war entlassen. Als ich schon an der Tür war, sagte Candace noch: «Nattie, die Liste der Fragen e-maile ich Ihnen noch, wenn ich mit den Teamleitern gesprochen habe.»

Ich packte den Türknauf und stellte mir dabei vor, es sei ihr Schädel. Teamleiter, ging es noch bescheuerter? Aber dann dachte ich daran, wer inzwischen beim *Charlotte Commercial Appeal* das Sagen hatte, nämlich die Oberbosse der Kette, deren Zentrale sich in Miami befand. Die Sache mit den Teams stammte direkt von ihnen und bildete die Grundlage der jüngsten Umstrukturierung, der dritten in ebenso vielen Jahren. Sicher war es ein Ergebnis ihrer pausenlosen Leserbefragungen, dass sie all die alten Abteilungsnamen wie «Reportage», «Sport» oder «Lokales» ausgelöscht und durch alberne Bezeichnungen wie «Wie-wir-leben-Team», «Ran-an-die-Zukunft-Team» und «Tu-das-nicht-Team» ersetzt hatten.

Nach dieser letzten Inkarnation waren auch die Redakteure des *Commercial Appeal* keine Redakteure mehr, sondern Teamleiter. Und jetzt kamen alle Teamleiter und deren Teamleiter täglich zusammen, um «Richtlinien für alle geplanten Storys zu skizzieren». Das bedeutete, dass die jeweilige Geschichte von den Redakteuren, Verzeihung: den Teamleitern, die noch nie in ihrem Leben eine Story geschrieben, geschweige denn erarbeitet hatten, bereits geplant, geschrieben und redigiert worden war, ehe sich der Reporter daran hatte versuchen können.

Ich knirschte mit den Zähnen. «Prima», sagte ich. «Ich kann's gar nicht abwarten zu erfahren, was ich fragen soll.»

Candace sah mich argwohnisch an. Ich wusste, dass sie mich nicht wegen Sarkasmus nageln konnte. Ich hatte meiner Stimme alle Schärfe genommen. Meine Freundin Mickey-Turner Burnett, für die Buchrezensionen zuständig, hatte mir mal Unterricht gegeben und mich gelehrt, durch die wilden Redaktionsgewässer des *Commercial Appeal* hindurchzukommen, ohne den Haien, sprich: den Teamleitern, zum Opfer zu fallen.

Mickey-Turner, die in Sewing Circle, Georgia, aufgewachsen war, hat mich dazu gebracht, meine Ansichten über die Frau des Südens zu überdenken. «Bloß weil wir langsam sprechen und viel lächeln, meinen die Leute, wir seien doof», hatte sie in der ersten Unterrichtsstunde gesagt. Doof wie der Kerl, der Microsoft gegründet hat – das war mir klar geworden, als ich sie in Aktion sah. Mickey-Turner schreibt genau die Storys, die sie schreiben will, und auch so, wie sie es für richtig hält. Während wir andern von den Teamleitern gegängelt werden, fasst man sie mit Samthandschuhen an.

Ich lächelte mein schönstes Mickey-Turner-Lächeln und wünschte dabei, es würde ein Blitz vom Himmel herabfahren und alle Teamleiter zerschmettern. Dann verließ ich Candaces Büro.

3

Es brauchte nicht lange, um ein Interview mit einem lokalen Pferdeflüsterer zu arrangieren. Wie ich Candace schon vor drei Jahren gesagt hatte, ist das Sprechen mit Tieren ein wachsendes – und augenblicklich von zu viel Medienrummel begleitetes – Geschäft. Gott bewahre, dass wir vom *Commercial Appeal*, der größten Zeitung beider Carolinas, uns auf gefährliche journalistische Abenteuer einlassen und über etwas schreiben, von dem der Rest der Welt vielleicht noch gar nichts gehört hat.

Alle Pferdezeitschriften, die ich kenne, haben schon einen Artikel über die Tierkommunikatoren gebracht. So nennen sich diese Leute, die Ihrem Pferd für jede Summe zwischen dreißig und fünfhundert Dollar all die Fragen stellen, die Sie sich schon immer selbst stellen wollten. Wo die Antworten herkommen, ist eine ganz andere Frage. Für mich eine noch ungeklärte. Ein Teil von mir möchte glauben, dass jemand, der diese Gabe hat, zu eruieren vermag, was im Kopf eines Pferdes vor sich geht, aber der größere Teil von mir sagt: «Bleib auf dem Teppich, Nattie.»

Ich wusste genau, wen ich anrufen musste. Sarah Jane Lowell. Ich hatte sie vor ein paar Monaten in dem Stall kennen gelernt, in dem ich mein Pferd stehen habe. Sie «sprach» dort mit einem schmollenden Wallach namens Rip Tide, dessen Besitzerin um jeden Preis im Herbst an den großen Hallenturnieren teilnehmen will. Zum Unglück für sie will das jeder, der über das nötige Kleingeld verfügt – und davon gibt es unglaublicherweise genug. Überall im Land lassen Scharen von Bewerbern fünf- oder zehntausend Dollar pro Monat springen und ziehen von einem Turnier zum andern, um die begehrten Schleifen und Punkte zu erringen, welche sie für das große Finale qualifizieren – das Washington International, das Pennsylvania, das National.

Rip Tide war nicht immer so widerspenstig gewesen. Aber dann hatte er aus irgendeinem Grund nicht mehr über den Parcours gehen wollen, ohne die Ohren angewidert nach hinten zu stellen und vor den Hindernissen voll auf die Bremse zu steigen. Die Besitzerin musste zigtausend Dollar ausgegeben haben, um jedes einzelne Körperteil des Gauls genauestens untersuchen zu lassen. Als sich die Tierärzte schließlich geschlagen gegeben hatten, hatte meine beste Freundin Gail, Stallmeisterin der February Farm, die Besitzerin gefragt, ob sie die Zone des Zwielichts betreten und eine Frau kontaktieren wolle, die behaupte, mit Pferden sprechen zu können.

«Was habe ich schon zu verlieren?», hatte die Besitzerin gefragt. Und Gail hatte geantwortet: «Ungefähr hundert Dollar. Aber eine Freundin von mir glaubt, sie sei Dr. Dolittle. Das Pferd dieser Frau hat ihr angeblich mal von einer uralten Hufverletzung erzählt, die ihm noch immer zu schaffen mache, und siehe da, der Tierarzt hat sie beim Röntgen exakt an der vom Pferd genannten Stelle gefunden.»

So war also Sarah Jane gekommen und hatte mit Rip Tide gesprochen. Und hier ist, was der Wallach – unter anderem – zu sagen gehabt hatte: «Ich mag nicht an Turnieren teilnehmen. Ich habe dort das Gefühl, andauernd beurteilt zu werden.»

Auch wenn ich wünschte, so etwas wäre möglich, musste ich doch, als ich diese Geschichte hörte, in meine Box abtauchen, um nicht vor Gail in schallendes Gelächter auszubrechen.

Mein Vater dagegen, der den Gedanken an sprechende Pferde so natürlich findet wie den an Aliens, die Stonehenge besuchen, hatte nicht die geringsten Zweifel. Unabhängig davon, dass Sarah Jane all das verkörperte, worauf er immer scharf gewesen war, bevor er sich vom Sex losgesagt und zum Brahmanen gewandelt hatte. Sarah Jane war eine erwachsen gewordene Heidi – blondes, an Glasgespinst erinnerndes Haar, starke, durchsetzungsfähige Gliedmaßen und strahlend blaue Augen. Sie war nicht groß und schlank wie die meisten blonden Reiterinnen, sondern maß nur einsfünfundsechzig, und ihr Körper sah so aus, als könnte sie den ganzen Tag lang schwer auf dem Acker arbeiten, ohne je ins Schwitzen zu geraten. Kurz, sie sah gut aus und hatte zudem eine unheimliche Ähnlichkeit mit Lous zweiter Frau Hilde, der Tochter eines Nazis.

Lou hatte tatsächlich mal eine Frau geheiratet, die meine Schwester hätte sein können und deren Vater in ebenjenem Krieg gefallen war, in dem auch der meine gekämpft hatte. Unglücklicherweise hatte mein zukünftiger Schwiegervater auf jener Seite gestanden, welche auf die Vernichtung meiner Rasse und Religion aus gewesen war. Nun ja, diese Ehe konnte getrost den leicht verderblichen Waren zugeordnet werden – ihr Regalleben war kürzer als das einer Dose Tomaten im Supermarkt.

Nicht dass Lou auf die nämliche Art und Weise hinter Sarah Jane her gewesen wäre – oder sie hinter ihm. Sie war schließlich dreißig und mehr Jährchen jünger als Lou. Aber sie waren an dem Tag Freunde geworden, an dem ich Lou mit zum Stall genommen und er sie dort in Aktion gesehen hatte. Seitdem waren sie fast unzertrennlich und gingen zusammen zu Sai-Baba-Treffen, Engelsversammlungen, Botschaftskreisen, planetarischen Heilungen, in Schwitzhütten und Ähnliches. Sie kam regelmäßig zu uns zum Essen und betete über jedem Happen Tofu, der in ihren Mund wanderte. Es wurde so viel über weißes Licht, gute Energie und göttliche Wege geredet, dass ich immer versucht war, die beiden zu schütteln und dazu zu zwingen, alle Flüche herauszuschreien, die sie kannten.

Auch auf die Gefahr hin, zynisch zu erscheinen: Sarah Jane hatte Lou bislang noch nie wegen Knete angehauen. Sie schien tatsächlich so zu sein, wie sie war. Allerdings bin ich nicht für meine Fähigkeiten auf dem Gebiet der Menschenbeurteilung berühmt. Das kann im Nachrichtengeschäft, wo man tagein, tagaus mit professionellen Lügnern zu tun hat, sehr von Nachteil sein. Aber deshalb schreibe ich ja auch nicht über Politik.

Wenn ich nicht gerade an die Modeberichterstattung gekettet bin, schreibe ich Reportagen, das heißt Storys, die den Leuten meist weniger Grund zum Lügen geben. Was nicht bedeutet, dass ich nicht schon ein paarmal böse reingefallen wäre. Wie auch mein Vater. Dieses Glauben an das, was die Leute sagen, muss genetisch bedingt sein.

«Nattie», hatte Sarah Jane gemeint, als ich sie gestern anrief, «ich habe grad an dich gedacht. Mein Engel muss in deinen verknallt sein und hat ihn am Ohr gekitzelt, damit du mich anrufst. Wie geht's deinem süßen Pferdchen? Willst du, dass ich ihm mal ein paar Fragen stelle?»

Das hatten wir schon durchexerziert. Sarah Jane zufolge liebte mein Pferd mich und sein eigenes Leben, würde aber lieber Annie als Brenda Starr heißen. Und sie mochte meinen Trainer Rob nicht, mochte ihn ganz und gar nicht, wenn er sich darüber erregte, wie schmutzig sie war. Und nein, sie war nicht der Meinung, ich sei zu fett, um von ihr herumgetragen zu werden.

«Diesmal nicht», sagte ich und erklärte ihr, worüber ich schreiben wollte und dass ich deshalb gern ein bisschen mit ihr umherziehen würde.

Für gewöhnlich stürzen sich die Leute auf jede Gelegenheit, zu ihrer Fünfzehn-Minuten-Berühmtheit zu kommen. Bei Sarah Jane war das anders. Sie lehnte zunächst einmal glattweg ab.

«Nimm's nicht persönlich, Nattie», hatte sie gesagt, «aber die Mainstreamblätter bringen immer alles so, dass Leute wie ich als totale Spinner dastehen. Entweder wird man falsch zitiert oder sie nehmen einen durch eine dieser komischen Fischaugenlinsen auf. Tut mir Leid, aber danke, nein.»

Ich habe mich nicht umsonst dieser Art von Arbeit zugewandt. Ich bin nämlich einigermaßen beharrlich. Nachdem ich fünf Minuten lang geschworen hatte, alle Zitate korrekt zu bringen, die Story nicht aufzubauschen und die Linse des Fotografen zu überprüfen, stimmte sie endlich zu.

«Du hast mich kleingekriegt, Nattie. Ja, okay, aber hör auf, mich zu bitten», hatte Sarah Jane gesagt. «Morgen Vormittag habe ich drei Klienten auf der Anyday Farm in Weddington. Wie sieht's aus?»

«Ist das die von Fuzzy McMahon? An der Bundesstraße 16?»

Tote Luft füllte das Telefon, und ich dachte schon, sie wäre mir abhanden gekommen. «Sarah Jane, bist du noch dran?»

Nach einer Sekunde sagte sie: «Ich bin noch da.» Aber ihre Stimme klang jetzt anders – unruhig oder verängstigt oder so.

«Ist alles in Ordnung, Sarah Jane?»

Wieder eine Pause.

«Sarah Jane?»

«Oh, tut mir Leid, Nattie, war in Gedanken kurz abwesend. Tut mir wirklich Leid. In irgendwas, was ich gestern gegessen hab, müssen Eier drin gewesen sein, das bekommt mir nie. Stimmt, es ist die McMahonsche Farm. Ich müsste so gegen zehn dort sein.»

«Dann bis dann», sagte ich. Eier machten Sarah Jane zu schaffen? Mir war eher so, als hätte sie die Erwähnung Fuzzy McMahons und nicht der Verzehr unidentifizierter Nebenprodukte eines Huhns geistig wegtreten lassen.

4

Ein Interview um zehn – deshalb war ich an diesem Morgen nicht in die Redaktion geeilt! Nach meiner Schätzung würde meine Verabredung mit Sarah Jane etwa drei oder vier Stunden in Anspruch nehmen. Candace wollte die Story am Sonntag bringen, deshalb musste ich sie morgen Vormittag fertig haben, was auf eine lange Nacht an meinem Computer beim *Commercial Appeal* hinauslief.

«Lou», brüllte ich ins Wohnzimmer, «ich fahre in fünf Minuten! Wenn du mit willst, ziehst du dich besser mal an.»

In meiner Familie war die Rollenverteilung zwischen Eltern und Kindern schon immer etwas unklar gewesen.

Es dauerte fünfundzwanzig Minuten, bis wir endlich loskamen. Erst konnten wir seine Schuhe, dann sein Hörgerät nicht finden. Als er fragte, ob ich wisse, wo seine Brille sei, rauschte ich aus der Tür.

«Ich fahre, Lou», schrie ich, weil er sein Hörgerät nie finden konnte. «Ich habe um zehn ein Interview und verspäte mich nicht, bloß weil du deinen Kopf nicht finden kannst.»

Er kam die Treppe heruntergehetzt und stieg zu mir ins Auto, wo ich ihm seine Brille reichte – gefunden unter dem Beifahrersitz, neben zwei versteinerten Möhren.

Obwohl ich Tag für Tag dieselbe Strecke zum Stall hinausfahre, verblüfft mich die Entwicklung entlang der Bundesstraße 16 noch immer. Ich weiß, dass ich mich allmählich wie einer dieser verknöcherten alten Knacker anhöre, deren Stimmen zittern, wenn sie sagen: «Ja, ja, ich kann mich noch gut an die Zeiten erinnern, als der Liter Benzin vierzig Pfennig gekostet hat.» Aber ich kann mich tatsächlich noch an die Zeiten erinnern, als da draußen nichts als endlose Baumwollfelder waren und man lange Strecken atemlos dahingaloppieren konnte, um sich dann auf langsamen, leichten Wegen wieder abzukühlen. Heute galoppieren dort nur noch unzählige Kinder, die dicht bei dicht in den Neubaugebieten hausen, auf ihren Holzpferdchen umher.

Während der Fahrt versuchte mein Vater mich dazu zu überreden, am Abend mit ihm und Sarah Jane zu einem berühmten Prediger zu gehen, der Botschaften des Erzengels Michael empfing und weiterleitete. Wenn ich die Story nicht hätte schreiben müssen, hätte ich Ja gesagt. Aber es fehlte die Zeit.

Mein Vater redete und redete über diesen Prediger, redete ohne Punkt und Komma und zu laut, weil er sein Hörgerät nicht finden und folglich sich selbst nicht hören konnte. Es war so nervig, dass ich die Abzweigung zur Anyday Farm verpasste.

«Lou», sagte ich, nach einer Wendemöglichkeit Ausschau haltend, «wie wär's mit einem Abkommen? Du bist mal ruhig und ich bringe uns lebendig hin?»

«Klar, Nat, nur noch eins –»

Meine flache Hand durchschnitt die Luft, und ich warf ihm DEN Blick zu. Endlich war er still. Ich fand eine Einfahrt, wendete und fuhr auf der Bundesstraße 16 zurück – diesmal sah ich das grün-weiße Schild, das zur ANYDAY FARM wies.

Den Eingang bildete ein langes, graues Band aus knirschendem Kies. Zu beiden Seiten standen Birnbäume in der herrlichen Pracht ihrer Blüte. Als ob ich einen weiteren Hinweis darauf nötig gehabt hätte, dass ich schon zu lange auf der Modeschiene saß, fiel mir dabei als erstes der gepunktete Stoff Schweizer Ursprungs ein, in den Geoffrey Beanes Models, die die Frühjahrs- und Sommerkollektion vorführten, gehüllt waren.

Die Auffahrt gabelte sich an ihrem Ende, und hier wies ein Schild zum Stall, das andere zum Haus. Wir fuhren nach rechts zum Stall, einem Pferdepalast, der in der Reiterwelt allgemein als Ashlee-ville bekannt war – Ashlee war Fuzzy McMahons Tochter, die Königin der im Springsport aktiven Kinder und Junioren. Ihre Mutter steht praktisch immer beim Zugang zu den Turnierplätzen und stellt für alle Pferde, die mit einer blauen Schleife herauskommen, einen Scheck aus.

Ich war schon ein paarmal zu Pferdeschauen hier gewesen – es war einfach ein phantastischer Stall. Die Gänge zwischen den Boxen wären weit genug für eine Revuenummer gewesen, die Boxen waren knietief mit frischen Holzspänen gefüllt, und vor ihnen hingen blank polierte, messingne Sattelhalter und dazu passende Kästen für Putz- und Sattelzeug. Das alles zeigte die Farben des Stalls – Grün und Weiß – sowie sein Logo. In der Sattelkammer gab es eine Wasch- und Trockenanlage und dazu genug Sattelhalter, weshalb niemand je auf einen freien zu warten brauchte. Die klimatisierte Lounge für die Reiter und Reiterinnen war mit einem bequemen, gestreiften Sofa, dazu passenden Klubsesseln, Fernsehen, Video, Nebenräumen mit Dusche, Toilette, Herd, Spüle und Kühlschrank versehen.

Ich hätte auch ohne Wandleuchter und die entsprechenden Lüster auskommen können, aber die stadiongroße Reithalle wäre mir an all den furchtbaren, eiskalten Wintertagen, an denen Rob darauf bestand, dass ich ritt (oder andernfalls die Turnierreiterei ein für alle Mal vergaß), schon recht gewesen.

Geld, Geld, Geld, rief die ganze Anlage. Und warum auch nicht? Fuzzy McMahon, geborene Feldman (die Feldmans, denen die Family Value Stores gehörten), stammte schließlich aus einem sehr betuchten Haus (offensichtlich kamen die Family Value Stores, was den Gewinn anging, gleich nach Wal-Mart).

Der Stall war so imposant wie die Mietgebühren. Sechstausend pro Monat für die Ehre, ein Anyday-Pferd zu haben. Dafür durfte man auch mit der infamen Fuzzy McMahon vorlieb nehmen, die eine echte Anomalie war, nämlich eine jüdische Trinkerin. Und das hatte ich nicht nur von meiner Freundin Gail gehört. Fuzzy war in der gesamten Reiterwelt wegen ihrer wilden Ausbrüche, zu denen sie im Suff fähig war, berühmt.

Gail und Fuzzy waren lange Saufschwestern gewesen, was sehr weit in die Schulzeit zurückreichte, als die beiden die Schule geschwänzt und Gails Mutter den Whiskey geklaut hatten. Dankenswerterweise hat Gail bei ihrem lebenslangen Kampf gegen Teufel Alkohol obsiegt. Fuzzy dagegen war, wie mir Gail einmal erzählt hatte, nicht einmal ein ganz kleines bisschen an den Anonymen Alkoholikern oder anderen hilfreichen Einrichtungen, die sie von ihrem besten Freund, dem Alkohol, hätten trennen können, interessiert gewesen. Das üble Zeug hatte es geschafft, ihr alles zu ruinieren – ihr Aussehen, ihren Verstand und auch ihre Ehe (nicht dass der Fiesling, den sie geheiratet hatte, ein großer Verlust gewesen wäre).

Es gereicht Gail zur Ehre, dass sie die Reste ihrer Freundschaft mit Fuzzy trotz deren Unleidlichkeit am Leben erhalten hat. Ich selbst habe im Unterschied zu Fuzzy das Glück gehabt, in Gails Abteilung «Busenfreundinnen» zu überleben. Sie ist ein überaus loyaler Mensch – sie würde so gut wie alles für mich opfern, was sie durchaus auch schon getan hat, als sie beispielsweise ihren halben Jahresurlaub drangab, um meiner Mutter und mir nach dem Tod meines Stiefvaters als Trösterin, Hausmädchen, Köchin, Fahrerin, Handhalterin, Taschentuchholerin und vieles mehr zu dienen.

Als ich auf den Stall zufuhr, fing mein Vater wieder zu reden an. Fünf Minuten waren vergangen – länger konnte er den Mund nicht halten.

«Ist das die Farm dieser Feldman, von der du mir mal erzählt hast? Ich hatte geschäftlich mit einem Manny Feldman zu tun. Deutsche Uniformmützen. Vielleicht ist sie ja mit ihm verwandt. Ich werde fragen, ob sie …»

«Lou, wenn du sie siehst, dann dreh um und geh in die andre Richtung davon. Sollte er mit ihr verwandt sein, dann hat er sie sicher um Geld betrogen, so wie dich auch. Siebentausend, war's nicht so?»

«Ja, aber ich konnte die Stahlhelme behalten.»

«Von dem Selleriesalz wollen wir jetzt mal nicht reden.»

Wir lachten beide. Ein paar Jahre vor den Stahlhelmen hatten er und sein Bruder, der noch verrückter als mein Vater ist, in sechzigtausend Kartons Selleriesalz investiert.

Ich wollte ihn gerade daran erinnern, dass er auch mal den Plan gehabt hatte, die London Bridge nach Arizona umzusetzen, wo es, soviel ich weiß, nirgends genug Wasser gibt, um auch nur ein Zweiglein darüber zu legen, als ich die blinkenden Lichter von Polizeiwagen sah. Jede Menge davon.

«Heiliges Kanonenrohr», sagte ich. «Wer hat denn da Alarm geschlagen?»

5

Nach dem Gesicht der Stallmeisterin zu urteilen, das grauer war als ein schmutziges Küchentuch, musste sie es gewesen sein, die die Polizei geholt hatte. Sie stand neben der Schiebetür an der Frontseite des Stalls neben einem großen, dürren Mann, der auch nicht viel besser aussah.

Ich war mir ziemlich sicher, dass sie Cathy irgendwas hieß. Als ich mal zu einer Schau auf der Anyday Farm gewesen war, war sie im Stall herumgerannt und hatte dafür gesorgt, dass aller Abfall sofort wieder vom Boden aufgehoben wurde. Und die Pferdeäpfel. Sie musste ein paar versprengte Haufen übersehen haben, denn als ich zur Toilette in der Lounge wollte, wurde ich Zeuge, wie Fuzzy sie gerade mal wieder zur Schnecke machte.

Das hatte mir Candace in neuem Licht erscheinen lassen.

Ich sah mich nach Sarah Jane um, konnte aber weder sie noch ihren alten, goldfarbenen Mercedes entdecken. Dafür entdeckte ich meinen alten Freund Tony Odom von der Bezirkspolizei, der gerade auf dem Weg zur Koppel war. Diesen knackigen Hintern würde ich überall und immer wieder erkennen.

Ich schlich mich von hinten an ihn heran und tippte ihm auf die Schulter. Er musste sich selbst in die höchste Alarmstufe versetzt haben, denn er fuhr so schnell herum, dass er mich glatt umgeschmissen hätte, wäre ich dichter dran gewesen.

«Herr im Himmel, Nattie, das kostet dich nochmal das Leben. Und was, in Gottes Namen, machst du hier? Hast du etwa in deinem süßen Köpfchen ein Radargerät für Morde?»

Das ließ das Lächeln aus meinem Gesicht schwinden. «Mord?», fragte ich. «Wie Tod, Tod durch fremde Hand?»

«Na komm schon, Nats, jetzt tu mal nicht so.»

«Nein, ehrlich, Tony, ich habe keine Ahnung, wovon du sprichst. Ich bin wegen einer Story hier, aber die hat nichts mit Mord zu tun. Jedenfalls meines Wissens nicht.»

Tony sah mich argwöhnisch an.

«Das ist die Wahrheit, ich schwör's dir. Du weißt, dass ich dich nie anlügen würde.»

Wir wussten beide, dass das stimmte. Er hatte mir das Leben gerettet und konnte sicher sein, dass ich ihm das nicht mit einer Lüge vergelten würde. «Ich wollte mich hier wegen dieser Story mit einer Frau namens Sarah Jane Lowell treffen. Sie ist eine Pferdepsychiaterin.»

Die Vorstellung einer Pferdepsychiaterin ließ ihn laut loslachen, aber er wurde schnell wieder ernst. «Sarah Jane Lowell? Sagtest du, das sei der Name dieser Dame?»

«Wieso?»

Er schüttelte den Kopf und lächelte. «Hab ich dir schon mal gesagt, dass du wie ein Messer ohne Griff bist? Beantwortest Fragen mit Fragen, man weiß nie, welches Ende man in die Hand nehmen soll. Du musst den armen Henry in den Wahnsinn treiben.»

«Tony, wir sind nicht hier, um mein gesellschaftliches Leben zu erörtern ... das, weil du schon danach fragst, immer interessanter wird. Henry und ich bewegen uns in langsamen, wohl bedachten Henryschritten voran, und er hat sich noch nicht selbst in der Klapsmühle eingesperrt oder begonnen, starke Beruhigungsmittel zu nehmen. Warum hast du nach Sarah Jane gefragt? Ich lass dich erst weitergehen, wenn du mir diese Frage beantwortet hast.»

Ich drehte mich und verstellte ihm den Weg.

«Schon gut, schon gut, werd nicht ärgerlich. Du bist hier, da kann man nichts machen. Und ich glaube, es wird keine zehn Minuten mehr dauern und wir haben hier mehr Reporter als durstige Flöhe auf einem schlafenden Hund sitzen. Da kann ich's dir auch sagen. Diese junge Frau dort drüben, die, die so aussieht, als hätte sie gerade Haarbälle erbrochen? Sie und der Bursche neben ihr haben eine Tote gefunden, die halb in dem Misthaufen dort am Ende der Koppel vergraben war.»

«Jemand, den ich kenne?»

«Was ich dir jetzt sage, ist vertraulich. Off the record. Du hast es nicht von mir, verstanden? Es ist Fuzzy McMahon, die Besitzerin dieser Farm. Sie und diese Sarah Jane Lowell, diese Psychotante, hatten einen Streit. Einen von der lauten, tödlichen Art.»

«Wer hat wen bedroht?»

«Wenn ich es richtig sehe, sind beide volle Pulle aufeinander losgegangen. Haben rumgebrüllt und sich angeschrien wie zwei Politiker kurz vor der Wahl. Aber jetzt musst du mich bitte entschuldigen, Nattie, ich muss mal ein bisschen Beweismaterial sammeln.»

Tony legte mir die Hände auf die Schulter und schob mich beiseite. Als er seinen Weg zur Koppel fortsetzte, sagte ich hinter ihm her: «Ich ruf dich später an, Tony.»

«Davon gehe ich aus», rief er mir, sich halb umwendend, zu. Und lächelte.

Es war dieses Lächeln, das mein Herz immer zur Hüpferei animierte. Obwohl wir nur gute Freunde waren, und ich im Begriff stand, eher bei Henry mehr als nur das zu werden, verspürte ich doch jedes Mal, wenn ich Tony sah, ein Prickeln in meinen Eingeweiden. Und das lag nicht bloß an seinem knackigen Hintern.

Meine Lebensziele mögen ja nicht sehr hoch gesteckt sein, aber bei meinen ernsthafteren Beziehungen kommt es mir schon auf Tiefe an. Das ist die Erklärung für Henry – und all die anderen Henrys vor Henry. Was Tony anging, so tat er Geist und Auge wohl, war aber auch verheiratet, und da hört es bei mir – leider – auf. Vielleicht im nächsten Leben.

Im Übrigen war es eine interessante Schicksalswendung, dass ich, Nattie Gold, die alte Hippieanarchistin, für die jeder Polizist ein Faschist war, inzwischen mit einem Bullen sehr gut befreundet war. Was sich natürlich, nebenbei bemerkt, auch für meine Art der Arbeit immer wieder als überaus nützlich erwies.

So war ich zum Beispiel jetzt der erste Zeitungsmensch in Charlotte, der wusste, dass eine der reichsten Töchter dieser Stadt ein frühes und ungesetzliches Ende gefunden hatte. Was ich aber wirklich auch noch gern gewusst hätte, war, worüber sich Fuzzy und Sarah Jane gestritten hatten. Es war jedoch ziemlich offenkundig, dass mir Tony alles gesagt hatte, was er mir sagen wollte – im Augenblick.

Ich weiß, ich weiß, Fuzzy McMahons Tod würde nicht meine Story werden, es sei denn, Candace wünschte einen Bericht darüber, was die wohlgekleidete Leiche getragen hatte. Aber die Chancen, dass sie mich für die Nachrichten-Seite arbeiten ließ, waren ungefähr so groß wie die, dass ich bei der Olympiade ritt.

Das bedeutete jedoch nicht, dass ich meinem Freund Les, dem Polizeireporter, nicht aushelfen und ein bisschen für ihn herumrecherchieren konnte, wo ich doch schließlich die meisten der zum Reiterzirkus von Charlotte gehörenden Leute kannte.

Ich war auf dem Weg zum Stall, um Cathy zu suchen, als ich erneut den Kies knirschen hörte. Ich blickte auf und sah, wie sich Sarah Janes Mercedes heranschob. Sie war eine aufreizend langsame Fahrerin, und immer, wenn wir zusammen irgendwohin fuhren, sorgte ich dafür, dass ich hinter dem Steuer saß. Ich winkte ihr zu und hätte schwören können, dass sie direkt zum Stall hinschaute. Sie winkte jedoch nicht zurück, lächelte nicht, nichts.

Dafür tat sie etwas höchst Seltsames.

An der Gabelung der Auffahrt angekommen, trat sie erst aufs Gas und dann auf die Bremse, wodurch sie ihren altersschwachen Mercedes zu einer 180-Grad-Drehung zwang – und das so schnell, dass der halbe Kies in die Birnbäume flog. Und dann entschwand sie mit quietschenden, sich wahrscheinlich schneller als jemals zuvor drehenden Rädern aus meinem Blickfeld.

Nachdem ich den Mund wieder geschlossen hatte, dachte ich kurz nach. Und da wurde mir klar: Sie hatte zu ihrer automobilistischen Akrobatennummer genau an der Stelle angesetzt, von der aus Lou und ich bei unserer Ankunft auf der Farm erstmals die Polizeiautos hatten sehen können.

6

Ich war nicht nah genug bei meinem Auto, um ihr nachzujagen. Na großartig! Da fuhr mein Interview dahin, schoss mit einem Affenzahn aus der Zufahrt. Tony hatte inzwischen die halbe Koppel durchschritten, und ich hielt es nicht für meine Aufgabe als Journalistin, ihm, dem Polizeibeamten, zu sagen, dass gerade eine mögliche Tatverdächtige wie die Bonnie von Bonnie und Clyde davongerauscht war.

Außerdem hatte ich meine eigenen Probleme. Kein Interview – was sollte ich jetzt Candace erzählen? Ich musste mir schnell etwas einfallen lassen.

Und ich musste den Fotografen erreichen und ihm sagen, dass er schnell herkommen sollte, ehe sie das ganze Gelände absperrten. Ich ging in den Stall und direkt weiter ins Büro, wo hoffentlich ein funktionstüchtiges Telefon zu finden sein würde. Aber bei meiner Pferdevernarrtheit musste ich natürlich in jede Box hineinschauen, um zu betrachten, was all das große Geld da so gekauft hatte. Ein großartiges Stück Pferdefleisch nach dem anderen! Als ich die Box des Fohlens mit dem glänzenden rotbraunen Fell erreicht hatte, war ich dem Orgasmus nahe. Es sah aus wie ein verjüngter Ruskie. Das war das schönste Pferd, das Gott je erschaffen hatte und das in ebenjenem Stall zu Hause war, in dem ich meine Stute stehen hatte. Leider hatte Ruskie auch ein paar Persönlichkeitsprobleme und war dahingeschieden (als Opfer eines Versicherungsbetruges), bevor er einem Pferdepsychiater davon hatte erzählen können.

Aber was war Ruskie doch für eine Augenweide gewesen! Wie dieser kleine Kerl auch. Das Fohlen hatte eine große Blesse und eine Vertiefung in der Nase, die gerade groß genug war, um seine arabischen Vorfahren erahnen zu lassen. Ich verspürte den Wunsch, den Beruf zu wechseln und Pferdediebin zu werden.

Dann schaute ich auf seine Beine – die vorderen waren mit Baumwolle und Flanell bandagiert. Die Karte an der Tür lieferte alle einschlägigen Informationen – Name: «Dubonnet», Besitzer: J. und J.Sukon, im Notfall zu verständigender Tierarzt: Doc Lockton. Und unter allem stand in Großbuchstaben: ABSOLUTE STALLRUHE! Was dem Fohlen wohl passiert war? Das Pferd war noch zu jung, um von den Hufen bis zu den Knien bandagiert zu sein und nicht ins Freie zu dürfen.

Als ich weiter im Zickzack durch den Stall ging (eine Art Schaufensterbummel), traf ich auf Cathy und den großen, dürren Mann. Sie standen vor der Box eines erregten grauen Ponys. Ich stellte mich vor und sagte, ich sei gekommen, um Sarah Jane zu interviewen. Da lachte Cathy auf und meinte: «Ich kann gar nicht glauben, dass sie den Schneid hatte, auch nur daran zu denken, heute hier aufzukreuzen.»

So etwas hatte ich auch schon gedacht. Aber «Schneid» wäre nicht das Wort gewesen, das ich gewählt hätte. Wohl eher «Blödheit», obgleich ich wusste, dass Sarah Jane kein Trottel war. Das setzte allerdings voraus, dass sie etwas mit Fuzzy McMahons Samadhi zu tun hatte – Samadhi ist die Lou-Version von «den Löffel weglegen».

«Sie meinen, die Dame umbringen und dann am nächsten Tag wieder auf ihrer Farm erscheinen?», sagte ich. «Schwer vorstellbar, dass jemand etwas so Unverfrorenes tun würde.»

Cathy lachte erneut. «Ich glaube, Sie kennen Sarah Jane Lowell nicht. Unverfroren, sagen Sie? Das wäre eine Untertreibung, wie wenn man den alten Ebert hier als schlank bezeichnen würde, was, Ebert? Wissen Sie, warum Mrs. McMahon vor zwei Tagen so laut gebrüllt hat, als sie in den Stall kam und Sarah Jane hier vorfand? Wenn ich das gewusst hätte, hätte ich unseren Mietern nie und nimmer von Sarah Jane Lowell erzählt und mir selbst einen von Mrs. McMahons Ausbrüchen erspart. Ich verrate Ihnen mal, warum sie so laut herumgeschrien hat. Eine Freundin von Mrs. McMahon hat den ehrenwerten Mr. McMahon und Sarah Jane dabei erwischt, wie sie's in ihrer Box trieben. Wo er doch eigentlich die Pferde der Dame hatte beschlagen wollen. Er ist ja so etwas wie ein Hufschmied. Sarah Jane war angeblich gekommen, um mit einer aufmüpfigen Fuchsstute zu reden. Nehme an, die Stute hatte nichts zu sagen gehabt.»

Sarah Jane und Bobby McMahon? Also, ich war platt. Nicht, was McMahon anging. Der bumste alles, was sich bewegte. Aber die süße Sarah Jane mit ihrem weißen Licht?

«Stellen Sie sich das mal vor», sagte Cathy. «Diese Frau und McMahon treiben es hier in der Box der Freundin von Mrs. McMahon. Das ist doch wohl ein starkes Stück, oder nicht?»

Wenn ich mehr Zeit gehabt hätte, hätte ich ihr von Candace erzählt ... Aber ich musste den Fotografen anrufen. «Darf ich mal telefonieren?», fragte ich deshalb.

«Aber bitte», sagte Cathy.

Ehe ich ging, wollte ich noch wissen, was Ruskie jr. widerfahren war. «Wieso die Bandagen und die Stallruhe für den da?», fragte ich und deutete in Richtung des prächtigen Fohlens.

«Oh, Sie meinen Dubie?», sagte Cathy. «Schwere Sehnenentzündung in beiden Vorderläufen. Ein Jammer, denn er ist so ungefähr das vollkommenste Fohlen, das ich je gesehen habe. Sein Leben als Springpferd ist dahin.»

«Das kann einem ja das Herz brechen», sagte ich.

«Ja, erst recht, wenn man bedenkt, was sie für das Pferd bezahlt haben.»

Ich schüttelte den Kopf und ging weiter ins Büro. Dort benachrichtigte ich den Fotografen. Dann kehrte ich nach draußen zurück, um Lou wieder einzusammeln.

«He, Lou», rief ich, «Plan geändert, wir müssen fahren.» Er ging im Stall umher und besah sich die Prüfzeichen. Obwohl er seinen Feuerlöscherladen schon vor ein paar Jahren verkauft hatte, konnte er noch immer nicht durch einen Gebäudekomplex gehen, ohne nachzuschauen, ob der Überprüfungstermin der Feuerlöscher überschritten war.

«Ich dachte, du wolltest Sarah Jane interviewen», sagte Lou, als er zu mir ins Auto stieg.

«Ich auch, aber wie's aussieht, hat sich was Wichtigeres ergeben. Flucht vor dem Gesetz, etwas in der Art.»

7

Ich habe eine Seelenklempnerfreundin, die steif und fest behauptet, es gebe ein Autoritätsgen, das im Swimmingpool jener Dinge herumschwimmt, die uns zu Menschen machen. Man hat es, und schon hält man sich gern an die Regeln, glaubt, dass sich die Experten auf etwas mehr stützen können als nur auf ihre Arroganz, und möchte, dass einen alle Welt für ein braves Mädchen hält. Hat man es nicht, so ist man schon gleich zu einem Leben voller Parksünden verurteilt, glaubt nie, was einem Leute sagen, die eine Uniform, ein Rangabzeichen oder einen Titel tragen, und bewundert Menschen, die zur Steuerhinterziehung auffordern.

Es ist nicht schwer zu erraten, welches Gen meiner Helix fehlt, und noch leichter, wer es mir nicht vererbt hat.

Als ich Lou erzählte, was Tony über Sarah Janes und Fuzzy McMahons Streit zu sagen gewusst hatte, wedelte er mit der Hand und tat Tony und seinesgleichen als unmaßgeblich ab.

«Bullen, die bringen immer alles durcheinander», sagte er. «Verhaften die falschen Leute, lassen die Schuldigen aus Versehen laufen. Nebenbei murksen sie ein paar Menschen ab. Und wir Steuerzahler dürfen dafür blechen. Ich weiß, Tony ist dein

Freund, aber er irrt sich. Das kann nicht Sarah Jane sein. Ichhabe sie noch nie die Stimme erheben hören, außer wenn sie singt. Du weißt doch, wie diese Burschen arbeiten. Die wollen nur die Fälle abschließen. Kaum hören sie was, rumsbums, da schnappen sie auch schon zu, und wenn's der Falsche ist, machen sie ihn kurzerhand zum Richtigen. Du weißt, was ich meine?»

«Na ja», sagte ich und beschloss, ihn nicht daran zu erinnern, dass er nicht zu den Steuerzahlern gehörte, die für angerichtete Schäden blechen, weil er die entsprechenden Zahlungen verweigerte, «dieser spezielle Gesetzeshüter würde nie jemanden anlügen. Jedenfalls mich nicht.» Dann erzählte ich ihm, was Cathy gesagt hatte. Das ließ meinen Vater verstummen.

«Hat Sarah Jane je irgendwas über die McMahons gesagt?»

Lou überlegte und schüttelte dann den Kopf. Er schwieg, bis wir nach Hause kamen. Das verriet mir, dass er, was Sarah Jane anging, genauso verwirrt war wie ich. Ich fand es ungeheuer schwierig, die Sarah Jane, die Cathy geschildert hatte, mit der Sarah Jane in Einklang zu bringen, die ich kannte. Die Letztere kam praktisch einer Anhängerin des Jainismus gleich, die noch das kleinste Käferchen aus dem Weg schiebt, weil sie keinem Lebewesen etwas zuleide tun will. Die Sarah Jane, die ich kannte, würde nie wissentlich Fleisch, Eier oder Milchprodukte verzehren, sich mit etwas kleiden, das von einem Tier stammte. Und sie hatte die irritierende Angewohnheit, für jedes Pflänzlein, das ihre Lippen passierte, Dank zu sagen, ihm dafür zu danken, dass es seine Gaben mit ihr teilte. So verhielt sich in meinen Augen keine Mörderin. Aber was wusste man schon?

Ich konnte es mir allerdings nicht leisten, noch länger darüber nachzudenken, welche nun die richtige Sarah Jane war. Ich musste mich sputen, wenn ich noch so etwas wie eine Sonntagsstory zusammenkratzen wollte. Ich setzte Lou bei der Wohnung ab.

«Ist ein Seitan-Eintopf heute Abend okay?», fragte er.

«Vergiss die Algen nicht», antwortete ich. Ich lachte, Lou jedoch nicht. Vielleicht hatte er mich nicht gehört. Wahrscheinlicher war, dass seine Gedanken bei Sarah Jane weilten.

8

Bei meiner Fahrt zur Arbeit überschritt ich ein paar Geschwindigkeitsbegrenzungen. Aber wer fährt auf der Queens Road schon wirklich vierzig? Kein Mensch. Und auf die Gefahr hin, wie mein Vater zu klingen: am wenigsten die Polizei.

Als ich bei der Zeitung eintraf, war es kurz vor zwölf. Nicht mehr viel Zeit für Interviews und Schreiberei (einmal angenommen, es ließ sich überhaupt jemand auftreiben, den ich interviewen konnte). Ich suchte in meinem Gedächtnis nach einem Pferdekommunikator mit irgendeiner Beziehung zu Carolina, während ich mich am Büro von Candace vorbeidrückte und in die Redaktion eilte, die früher einmal «Sport» geheißen hatte und die dankenswerterweise außerhalb ihrer Sichtweite lag.

Ich hatte kein Glück. Die drei Pferdekommunikatoren, die ich anrief, waren offensichtlich fort, um zu kommunizieren, denn alles, was ich erreichte, waren Anrufbeantworter.

Was tun? Wie ich Candace kannte, hatte sie die Story schon fest zugesagt, sodass es kein Zurück mehr gab. Ich versuchte es mit dem «Gib's her!»-Trick, den ich der Freundin meines Vaters aus seiner vorbrahmanischen Zeit verdankte. Wenn man etwas vergessen oder verlegt hat, sagt man «Gib's her!», und ganz plötzlich ist alles wieder da. Und ich hatte ja praktisch etwas verlegt, nämlich Sarah Jane. Ich hatte ihre Nummer gewählt, aber auch dort nur den Anrufbeantworter bekommen.

«Gib's her!», murmelte ich noch einmal.

«Gib was her?», fragte einer der Sportreporter.

Zufällig war es Robin Clark, der neueste und süßeste der Sportsleute, vielleicht sogar aller Reporter des *Commercial Appeal.* Man stelle sich Mel Gibson vor, dem gerade genug Michael J. Fox beigemengt ist, um ihn sexy und knuddelig zu machen – dann hat man Robin Clark. Aber es war nicht nur sein hübsches Lärvchen, das alle Frauen safteln ließ, sondern auch die Tatsache, dass er ein gutmütiger und intelligenter Mensch und ein hervorragender Artikelschreiber war. Selbst ich, die ich nichts mit Basketball am Hut hatte (es sei denn, mein Held Muggsy Bogues wäre beteiligt), las Robins Storys.

Ich gehörte ganz fraglos zu jenen, die ihn bewunderten, aber weiter ging es bei mir nicht. Ich war sozusagen nicht auf dem Markt. Henry – der Henry, mit dem zusammen ich ein paar Berichte geschrieben hatte – und ich arbeiteten uns ganz langsam zu so etwas wie einem tieferen gegenseitigen Verständnis vor. Ich verstand dieses Verständnis zwar noch nicht ganz, hatte aber den Eindruck, dass es in eine interessante Richtung führte.

«Ach nichts», beantwortete ich Robin Clarks Frage. «Aber ich muss entscheiden, ob ich es Candace sagen soll oder nicht, nämlich dass ihre Titelstory für den Sonntag vierundzwanzig Stunden vor dem Abgabetermin ins Wasser gefallen ist.»

«Wenn du's tust, sag mir vorher Bescheid, dann gehe ich runter, Kaffee trinken. Ich kann kein Blutvergießen sehen.»

«Ich auch nicht», sagte ich. «Erst recht nicht, wenn es mein eigenes ist. Was für ein Tag!»

«Ich hasse es, die Unschuldigen jung sterben zu sehen, kann ich irgendwie behilflich sein?»

«Ich bin nicht mehr gar so jung, und unschuldig hat mich keiner mehr genannt, seit ich zwölf war. Du kennst nicht zufällig irgendwelche lokalen Pferdeseelenklempner? Du weiß schon, so Leute, die mit Pferden sprechen.»

Er hob den Kopf und sah mich an. Ich wusste, dass ich ihn überfordert hatte.

«Na klar, 'türlich, was denkst du denn, was wir hier sind? Ein Haufen flachstirniger, schimmerloser Sport-Orang-Utans?»

«Sehr komisch», erwiderte ich und wollte aufstehen. Da sagte Robin: «Nein, ist kein Scherz. Ich will sagen, ich kenne jemanden, der mit Pferden spricht. Tu ich wirklich. Augenblick mal.» Er drehte sich auf seinem Stuhl und kramte in seinem Schreibtisch herum. Schließlich zog er ein Notizbüchlein hervor und blätterte darin.

«Ich muss es hier haben, warte mal. Ich hab von ihm gehört, als ich mal auf der Trainingsbahn in Camden war. Ich dachte mir, das könnte einen komischen Artikel ergeben, wenn ich eines Tages dasäße und nicht wüsste, worüber ich schreiben soll. Momentchen, ich find's noch. Ein paar Trainer, die ich kenne, haben zugegeben, ihn bemüht zu haben, mehr als einmal. Wenn's ums Geld geht, versuchen die alles. Ich weiß, dass ich die Nummer hier habe ... Bingo, das ist sie! William Holland, 803-555-7014.»

«Robin», sagte ich, «es ist mir ganz egal, was man über euch Sportbrutalos sagt. Ich werde fortan nicht zulassen, dass man euch Neandertaler, Sesselfurzer und Möchtegernsportler nennt. Ich danke dir. Und meine Mutter tut es auch. Eine Beerdigung pro Jahr reicht ihr.»

Er verbeugte sich lächelnd. Und ich hatte diesmal Glück – William Holland hob nach dem zweiten Läuten ab, hatte jede Menge Zeit für eine telefonische Unterhaltung mit mir. Ich konnte es nicht schaffen, nach Camden und wieder zurück zu fahren und dann noch die Story zu schreiben, deshalb musste es ein Telefoninterview tun. Was sollte es auch? Den Großteil meiner Arbeit als Reporterin erledigte ich doch sowieso mit einem Telefonhörer, der mir aus meinem linken Ohr wuchs.

William Holland erwies sich als ein ausgesprochener Gewinn. Er redete und redete und redete, während ich auf meinem Keyboard tippte und tippte und tippte. Er hatte diese Art von sanfter Karamellstimme, die die Berge und Täler des Südstaatenakzents hinauf- und hinabgleitet. Es gibt nichts Schöneres als einen guten Geschichtenerzähler aus dem Süden – das ist so, als wäre man in einem Konzert. Und William Holland war ein meisterlicher Erzähler. So gut wie Bucky Reynolds, einer der bekanntesten und sicherlich der beste aller erzählenden Reiter Amerikas. Bucky kann nicht nur eine Geschichte gut bringen, sondern auch die Personen verkörpern, von denen seine Geschichten handeln.

Über William Hollands Fähigkeit, Personen zu verkörpern, kann ich nichts sagen, weil er Geschichten von Pferden erzählte. Wer weiß schon, wie die sprechen. Im Süden mit Südstaatenakzent? Sprechen deutsche Pferde Deutsch? Was ist mit diesen wilden Mustangs im Westen? Klingen die wie John Wayne?

Ich bombardierte William Holland mit allen diesen Fragen. Er lachte. «Nicht so sehr wie John Wayne», sagte er, «sondern eher wie der Gary Cooper in *High Noon.* Nee, nur ein Scherz. Es ist nicht so, als sähe ich, wie sich die Lippen des Pferdes bewegen. Überhaupt nicht. Eigentlich sprechen sie gar nicht mit Wörtern zu mir, nicht so, wie Sie und ich uns jetzt unterhalten. Ich sehe vielmehr Bilder, als ob ich durch ihre Augen sähe. Ich fühle ihre Gefühle, höre ihre Gedanken.»

«Gedanken?», sagte ich. «Die Pferde stehen rum und denken den ganzen Tag? Denken darüber nach, ob ihr Reiter zu dick ist oder der Gaul in der Nachbarbox mehr Futter kriegt?»

«Sie liegen gar nicht so falsch. Aber zum Glück für uns sind Pferde keine besonders urteilsfreudigen Tiere. Sie sind domestiziert, für die Arbeit gezüchtet. Und sie mögen das. Wirklich. Meistens wollen sie was zu tun haben und freuen sich wie wir, wenn sie das, was sie tun, gut können. Sie mögen es, wenn sie ‹ihren Leuten› gefallen. So denken sie von uns. So, wie Sie sagen: ‹Das ist mein Pferd›, so sagen sie sinngemäß: ‹Das ist meine Person.›»

Auch wenn das erfunden war, gefiel es mir. Mir ist die Vorstellung zuwider, dass in mir der Besitzer von irgendwas gesehen wird. Ist mir viel zu imperialistisch. Ich hätte nie einen guten Missionar oder Eroberer abgegeben (als ob da ein Unterschied wäre!). Gern hörte ich auch, dass Pferde ihre Arbeit gern tun. Ich habe mich immer ein bisschen schuldig gefühlt, dass ich einem Pferd meinen Willen aufzwinge. Wenn ich herumgaloppieren oder ein Hindernis überspringen möchte, heißt das ja nicht automatisch, dass das auch der Wunsch des Pferdes ist.

«Wenn die Tiere alles, was sie tun, gern tun, was sollen dann diese nach hinten gestellten Ohren, das Bocken, Auskeilen und Verweigern?»

«Ich habe nicht gesagt, dass sie Roboter sind», antwortete Holland. «Weit gefehlt. Pferde und Katzen, die reine Emotion. Tun Sie etwas, was die ärgert, und schon können Sie was erleben.»

Ich hätte mich den ganzen Tag lang mit diesem Mann unterhalten können. Es war mir gleichgültig, ob er viel Quark verzapft hatte, denn mir schmeckte dieser Quark. Alles entsprach meinen Phantasien, ja, dem Herzstück meiner persönlichen Mythologie – und das sind sprechende Pferde. Außerdem war er alles, was sich ein Reporter nur wünschen kann. Artikuliert, komisch, der eigenen Person gegenüber distanziert und jederzeit zitierbar. Ich wusste, dass sich die Story so gut wie von alleine schreiben würde. Zu schade, dass dank der verkümmernden Aufmerksamkeitsspanne der Amerikaner und *USA Today* kein längerer Artikel möglich war. Wenn ich Glück hatte, kam ich mit einer 25-Zeilen-Kolumne durch.

Ich drückte den Senden-Knopf meines Computers. Nächste Haltestelle war mein Teamleiter Ron Riley, Candaces wuseliger kleiner Schatten. Wenn ich noch mehr Glück hatte, würde er die Redigiererei meiner Freundin Jean überlassen, weil er selbst zu beschäftigt damit war, das zu tun, was er am besten konnte, nämlich unserem Oberteamleiter Fred Richards in den Arsch kriechen.

Ich wollte gerade aufstehen, um mir bei einem Gang in die Cafeteria die Beine zu vertreten, als das Telefon klingelte. Nach dem großen Spaß, den das Interview mit Holland und das Schreiben des Artikels gemacht hatten, war ich sogar bereit, eine Modefrage zu beantworten.

«Nattie Gold, *Charlotte Commercial Appeal*, was kann ich für Sie tun?»

«Also, Gold, schütten sie euch da Stimmungsaufheller ins Trinkwasser? Wie kommt's, dass du bei der Arbeit so guter Laune bist?»

Es war Gail, die in den zurückliegenden drei Monaten selbst in permanenter Hochstimmung gewesen war, das heißt, seit sie Torkesquist, den verrücktesten unserer Fotoreporter, geheiratet hatte. Jetzt klang ihre Stimme jedoch gar nicht so glücklich.

«Bin halt froh, am Leben zu sein», sagte ich.

«Und ich bin froh, dass du es bist ... ich meine, am Leben. Hast du's schon gehört? Das mit Fuzzy McMahon?»

O Mann, so beschäftigt damit, meinen Artikel fertig zu kriegen, hatte ich ganz vergessen, Gail wegen Fuzzy McMahon anzurufen. Natürlich musste sie das treffen, denn sie hatte ja in der Zeit vor Fuzzys tragischem Ende alles versucht, sie zu retten. Ich entschuldigte mich und erklärte ihr, warum ich nicht angerufen hatte. Und Gail war nicht nur loyal, sondern auch überhaupt nicht nachtragend – was seinen Preis hatte.

«Mach dir deswegen keine Gedanken», sagte sie. «Außerdem

fühlst du dich jetzt viel zu schuldig, um Nein zu sagen, wenn ich dich bitte, mich zu Fuzzys Mutter zu begleiten. Ich kann Torkesquist nicht mitnehmen, denn du weiß ja, wie er ist. Wahrscheinlich würde er irgendetwas darüber von sich geben, wie lange die Würmer brauchen, um sich durch einen Leichnam zu fressen. Außerdem bist du Jüdin, Nattie. Die machen doch immer so was, was sich Bibbern oder so nennt. Und du weißt, was man da machen muss.»

«Du bist eine Riesenschikse, Gail», sagte ich. «Das ist kein Bibbern, sondern nennt sich Schiwa. Nach dem Tod eines Juden soll die Familie des Verstorbenen eine Woche lang von Freunden und Verwandten und jeder Menge Räucherfisch umgeben sein, damit alle über den Schock hinwegkommen. Ich bin jedoch weder Familienangehörige noch Freundin noch ein Räucherfisch.»

«Du bist aber meine Freundin», sagte Gail, «und wir gehen morgen Abend hin.»

Die Juden und die Schuld – das ist die religiöse Entsprechung von Suppe und Sandwich. Natürlich sagte ich Ja.

9

Ich legte auf und sah auf die Uhr. Es war noch nicht einmal fünf und ich war schon fertig. Des langen Tages Reise in die Nacht hatte sich zu einem schnellen Trip in die Dämmerung verkürzt. Ich informierte Les, den Polizeireporter, per E Mail über Fuzzy McMahon. Da sie weiß, prominent und sehr reich war, würde der Bericht über ihren Tod einigen Raum einnehmen. Titelseite, obere Hälfte, mit einem zwei Spalten breiten Bild. Wäre sie schwarz und arm gewesen, hätte man sie – trauriger- und ungerechterweise – wohl kaum mehr als einer kleinen Notiz auf Seite 3 für wert befunden.

Les war für alles dankbar, was ich ihm zu dem Fall mitteilen konnte. Als er nämlich bei der Anyday Farm angelangt war, waren Cathy Sullivan und Ebert Darnell schon nicht mehr so gesprächig gewesen. Er hatte lediglich in Erfahrung bringen können, dass Fuzzy McMahon mit eingeschlagenem Schädel aufgefunden worden war. Ich berichtete ihm, was ich gehört hatte, gab ihm Sarah Janes Telefonnummer und erbot mich, meine Quelle bei der Bezirkspolizei anzuzapfen.

«Bin dir was schuldig», bedankte sich Les.

«Solange es nicht dieser Tätowiersalon ist, in den du Henry geschleppt hast», schrieb ich zurück. An dem Abend, an dem Henrys Frau ihn verlassen hatte, hatte Les den Kollegen mit auf eine Sauftour genommen, wozu Henry normalerweise nicht – oder eigentlich überhaupt nie – zu bewegen war. Er hatte sich zum ersten Mal in seinem behüteten Leben betrunken, und die beiden waren schließlich bei dem Tätowierkünstler Sunny am Independence Boulevard gelandet. Als Henry am nächsten Morgen in Les' Auto erwacht war, hatte er eine Rose auf seinem Hintern gehabt.

Ich rief das Büro des Sheriffs an und fragte nach Tony. Sie kannten dort meine Stimme. Der Akzent eines Menschen, der aus Philadelphia kommt, ist schwerer abzuschütteln als ein Jack Russell-Terrier von irgendwas.

«Nattie!», rief Tony. «Wieso hast du so lange gebraucht, um dich endlich zu melden? Ich warte schon seit Stunden darauf, von dir zu hören!»

«Ich habe dir doch gesagt, dass ich eine Story schreiben muss. Dass die Person, die ich interviewen wollte, möglicherweise wegen Mordes gesucht wird, bedeutet ja noch nicht, dass ich Candace entwischt wäre. Wird sie?»

«Wird sie was?»

«Du weißt doch ganz genau, was ich wissen will.»

«Du meinst, ob sie wegen Mordes gesucht wird? Noch nicht. Man sucht sie, um sich mal mit ihr zu unterhalten. Es gibt eine Menge Fragen, die deine Miss Sarah Jane Lowell beantworten muss.»

«Wie zum Beispiel?»

«Nattie, Nattie, Nattie! Du lieber Himmel, Mädchen, du weißt doch, dass ich dir das nicht sagen kann. Erst recht nicht dir als Reporterin des *Charlotte Commercial Appeal.*»

Wie es aussah, würde ich ganz und gar nicht in Les' Schuld stehen.

«Dann im Vertrauen, Tony. In ganz, ganz tiefem Vertrauen. Niemand wird je erfahren, dass es von dir stammt. Nur ein Krümelchen. Gibt es irgendetwas Konkretes, das es erlaubt, die Sache Sarah Jane anzulasten? Und was ist mit dem Ehemann? Sind Gatten nicht immer die Hauptverdächtigen?»

Schweigen. Tony überdachte seine Optionen. Wir beide wussten, dass alles, was er über Sarah Jane in Erfahrung gebracht hatte, früher oder später doch bekannt werden würde. Angesichts der Tatsache, dass das Mordopfer ein so kapitales war, nach meiner Einschätzung wohl eher früher. Ich war sicher, dass Tony bei jedem Schritt vor die Tür etliche Reporter abwimmeln musste.

«Na los, Tony, du weißt doch selbst, dass nicht geheim bleiben wird, was immer du da ermittelt hast. Gibt es nicht so einen weisen Ausspruch von Konfuzius, dass du einem Menschen, dem du einmal das Leben gerettet hast, es immer wieder retten musst?»

«Bist du da beim *Appeal* am Abnibbeln, oder was? Ich höre gar kein Keuchen und Husten. Hat dich ein stiller Killer erwischt?»

«Candace hat nichts Stilles an sich», sagte ich. «Ich spreche von einer metaphorischen Lebensrettung. Wenn ich nur eine Kleinigkeit über den Fall McMahon erfahren kann, wird es der

Polizeireporter seinem Redakteur sagen, der sagt es seinem Chef, und das liefert mir weitere Munition für meinen Befreiungskampf gegen das Moderessort. Wenn ich da bleiben muss, werde ich noch zur Mörderin.»

Tony lachte – ein gutes Zeichen. «Na ja, Letzteres kann ich kaum verantworten. O Nattie, du bist schlimmer als eine Meute, die hinter einem undichten Waschbären her ist. Also schön, aber es kostet dich was. Seit wir uns kennen, versprichst du mir ein echt jüdisches Essen, aber bisher war immer nur ich es, der was gekocht hat.»

«Wenn du das kochen nennst», sagte ich. «Aber okay, wie wär's mit Lachsbagels? Ich lade Henry ein, du bringst die Frau mit. Kostet mich einen Wochenlohn, aber das bist du mir wert. Also fang an.»

«Ich mag diese Bagels mit den kleinen Körnchen drauf, weißt du, die, die einem im Mund rumspringen wie knusprige Ameisen.»

«Ich habe noch nie Ameisen gegessen, Tony. Du meinst wahrscheinlich Mohn. Gut, ich besorg sie, aber geh am nächsten Tag zu keinem Drogentest. Jetzt sing mir mal endlich was vor, Baby.»

Es war ein Fehler, das zu einem Opernfreak gesagt zu haben. Er gab den Torero.

«Tony!», brüllte ich ins Telefon, «Tony Pavarotti, genug! Okay, okay, ich gebe noch Hering zum Essen dazu, aber brich dein Konzert ab und rede!»

Tony hörte auf zu singen und fing an zu sprechen. «Der Mann hat ein Alibi, dichter als die Haut von 'ner prall vollgesaugten Zecke. Schon mal eine gesehen? Igittigitt, wenn man da drauftritt, ist es, als träte man ein größeres Tier kaputt.»

Mir wurde übel. Tony hält sich für einen Meister der poetischen Bildlichkeit – so sehr, dass er, bevor er Bulle wurde, Schriftsteller werden wollte (wie mein Daddy auch).

Tja, Pech, der Gatte war also raus. Aber ich war schließlich mit Perry Mason groß geworden und wusste, dass man auch in das luftdichteste Alibi mit einer Nadel hineinstechen konnte.

«Tony», sagte ich und würgte den hochkommenden Bratling wieder runter, «erspar mir die Zeckeneinzelheiten. Was ist mit Sarah Jane? Gibt es da was Konkretes?»

Ich hörte ein leises Pfeifen, dann trat Stille ein, und dann sagte er: «Wie wär's mit einer Schaufel? Ist dir die konkret genug, Darling? An der was klebt, das verzweifelt nach getrocknetem Blut und roter Tonerde aussieht? So eine haben wir bei der Freundin von deinem Daddy neben der Hintertür gefunden.»

10

Sarah Jane und eine blutige Schaufel? Da stimmte doch etwas nicht. Ich kannte sie nicht sehr gut, aber doch gut genug, um zu wissen, dass sie nicht dumm war. Aggressiv vielleicht, aber so dumm, dass sie eine Mordwaffe neben der Hintertür ihres Hauses liegen gelassen hätte? Nix da.

Nicht dass die besuchte Uni schon ein unfehlbarer Hinweis auf den IQ wäre, aber Sarah Jane hatte mir mal erzählt, dass sie an der University of Chicago studiert habe, und wenn ich es richtig erinnere, ist das nicht gerade ein Ort für Holzköpfe.

Die Sache wurde ernst. Richtig ernst. Ich rief Lou an. Ich wusste, dass er gern über diese neueste und höchst beunruhigende Entwicklung informiert werden würde. Aber offensichtlich hatte ich das mir zustehende Maß an Erfolg ausgeschöpft. Keine Antwort. Sollte ich an diesem Tag noch einen einzigen Anrufbeantworter erwischen, würde ich das Telefon an die Wand schmeißen.

«Lou», schrie ich in die Sprechmuschel, «heb ab, ich bin's, Nattie!»

Tote Luft. Und noch mehr tote Luft. Vielleicht war er ja im Bad. Dort hält er sich gern auf, um Gott weiß was zu treiben. Ich legte auf, wartete eine Viertelstunde und rief erneut an.

Ich formte mit der Hand über der Sprechmuschel einen Trichter und schrie noch lauter: «Lou, heb den verdammten Hörer ab! Ich bin's, Nattie, deine Tochter … in diesem Leben. Na los, mach schon, es ist wichtig. Ist wegen Sarah Jane.»

Nichts. Wahrscheinlich schlief er. Das ist im Falle Lous eine meistens zutreffende Vermutung. Nun ja, dann mussten die neuesten Nachrichten über Sarah Jane eben warten, bis ich nach Hause kam. Ich sah auf die Uhr. Dreizehn Minuten vor sechs, also noch dreizehn Minuten, bis ich ungestraft gehen konnte.

Als ich vor fast vier Jahren beim *Commercial Appeal* angefangen hatte, waren die Reporter gekommen und gegangen, wie sie es für richtig hielten. Wie erwachsene Menschen. Das war vor den Produktivitätsstudien der Zentrale gewesen. Jetzt haben wir zusätzlich zu den Story-Quoten so genannte «arbeitszeitliche Leistungsziele», Managementgelaber für: Du bist von neun bis fünf da, Schwester, oder es gibt nie, nie wieder eine Gehaltserhöhung.

Sowohl Candace als auch ihr Schatten waren in einer Besprechung, aber weil alle Büros Glaswände hatten, konnte ich mich nicht unbemerkt davonstehlen. Deshalb räumte ich meinen Schreibtisch auf, was nicht Pflicht war wie bei dem Blatt, bei dem ich vorher gearbeitet hatte. Der Chef dort war jeden Abend durch die Redaktionsräume gegangen und hatte auf allen Schreibtischen, die nicht blitzblank und leer waren, Haftnotizzettel mit entsprechenden Ermahnungen hinterlassen.

Ich beschäftigte mich noch ein bisschen anderweitig, und als schließlich der große Zeiger die Zwölf und der kleine die Sechs erreicht hatte, suchte ich mein Zeug zusammen und ging.

Es war März und ich in North Carolina. Im Süden von North

Carolina. Weshalb also bibberte ich wie ein kleines Kind, das zu lange im Wasser geblieben war? Ich fror, und nach dem Ablauf des Februar noch zu frieren war nicht vorgesehen. Schließlich war ich wegen des kurzen Winters und des frühen Frühlings hier heruntergezogen. Das bedeutete, schon im März T-Shirts und Blumen, nicht Gänsehaut und Gebibbere.

Die Temperatur musste seit dem Morgen um etliche Grade gesunken sein. Ich fröstelte, wogegen auch meine Jeansjacke nicht half. Ich erreichte mein Auto, betete, dass die Heizung einmal funktionieren würde, und schaltete die höchste Stufe ein. Sie funktionierte, ja, aber ich nicht.

Ich konnte einfach nicht warm werden. Es war mehr als nur das Wetter, was da nicht stimmte. Mein Körper wusste es. Wenn er doch nur meinen Geist in das Geheimnis eingeweiht hätte!

Ich hasse dieses Gefühl, hasse es zutiefst. Ich hasse es, Dinge bereits zu wissen, ehe ich sie tatsächlich wissen kann. Das ist mir schon mein ganzes Leben lang so gegangen, und im nächsten komme ich ohne diese Gabe wieder, von welcher himmlischen Macht auch immer ich sie erhalten habe.

Ich hatte zum Beispiel gewusst, dass die beste Freundin meiner Großmutter gestorben war, ehe man sie tot aufgefunden hatte. Obwohl meine Mutter mir noch gar nichts gesagt hatte, hatte ich gewusst, dass mein Vater auf und davon war. Und ich hatte es gewusst, als sich ein wunderschönes Fohlen nachts mit seinem Halfter stranguliert hatte. Außer dem auf der Hand liegenden Problem, wer das alles überhaupt wissen will, gibt es da noch ein anderes, nämlich dass ich nicht immer Recht habe. Sollte es ein Autoritätsgen geben, dann gibt es auch ein Besorgnisgen, das ich dreifach von meiner Mutter geerbt habe, die mich die Straße erst allein überqueren ließ, als ich schon sechzehn war. So weiß ich nie, ob ich mir nur Sorgen mache oder ob das Erahnte bereits wirklich geschehen ist.

Als ich zu Hause eintraf, hatte das Bibbern aufgehört, aber die Gänsehaut war nach wie vor da. Ich rieb mir die Arme und versuchte meine Haut dazu zu bewegen, wieder ein normales Aussehen anzunehmen. Mein Körper ließ sich darauf nicht ein.

Ich parkte mein Auto neben Lous Schrottkarre, die er bei einem Gebrauchtwagenhändler gekauft hatte. Warum jemand unbedingt einen Cougar des Baujahrs 81 haben musste, der keine Türverkleidungen und keinen Rücksitz, aber einen Motor hatte, der mehr zu klagen wusste als ein Reporter, wird mir ewig ein Rätsel sein.

Unglaublicherweise war es draußen in den zehn Minuten, die ich für die Heimfahrt benötigt hatte, noch ein paar Grad kälter geworden. Irgendetwas Schlechtes war im Anzug, kein Zweifel. Ich rannte hinauf zu meiner Wohnung und hoffte, dass es sich bei dem Schlechten wirklich nur um das Wetter handelte. Ich öffnete die Wohnungstür und war auf das Schlimmste gefasst.

11

So viel zum Thema Besorgtheit. Was mich empfing, war ein weiches, mit Kreuzkümmel gerändertes Kissen warmer Luft. Mmm, es roch wahnsinnig gut. Seitan-Eintopf. Lou musste die Würfel aus fermentiertem Soja durch Würzung essbar gemacht haben.

«Hallo, Lou!», rief ich. «Das Abendessen riecht toll.»

Keine Antwort. Vielleicht hatte er mal wieder sein Hörgerät verlegt.

«Lou!», schrie ich, so laut ich konnte, ohne dass der Mitmieter unter uns seine Zimmerdecke wieder mit dem Besenstiel traktieren musste.

Noch immer keine Antwort. Ich sah mich in meinem Wohnzimmer um. Sein Futon war für den Tag zusammengeklappt.

Vielleicht hatte er beschlossen, ein Nickerchen auf meinem Bett zu machen, um sich die Mühe zu ersparen, das Ding aufzuschlagen.

«Aufwachen, Lou!», schrie ich, jetzt so laut, dass sich alle Nachbarn veranlasst sehen konnten, an meine Wände zu hämmern. «Laß uns essen. Dir bleibt nicht mehr viel Zeit, bis Sarah Jane kommt und dich zu dieser Botschaften weiterleitenden Ramu abholt.»

Keine Antwort. Kein Geraschel im Schlafzimmer.

«Lou», rief ich, «aufstehen!»

Nach wie vor keine Antwort. Wo konnte er sonst noch sein? Mein Vater mag Kälte noch weniger als ich. Er würde lieber rohes Fleisch essen, als bei solchem Wetter spazieren gehen.

Mein Herz fing an, gegen meinen Brustkorb zu wummern. Ungeachtet der von Vitaminen, Kräutern und Verdauungsbeförderern begleiteten Suche Lous nach dem Brunnen der ewigen Jugend, hatte er eine im wahrsten Sinne des Wortes Schwindel erregende Vielzahl gesundheitlicher Probleme gehabt. Den Anfang hatte vor elf Jahren ein Darmkrebs gemacht, dem vor zwei Jahren ein vierfacher Bypass und nach dem Einzug bei mir eine Ischämie im linken Arm mit einer einstündigen totalen Lähmung gefolgt waren. Nach dieser Ischämie und seinen anhaltenden Gleichgewichtsschwierigkeiten hatte ihm der Arzt warnend zu verstehen gegeben, dass er der ideale Kandidat für einen Schlaganfall sei.

Ich hatte also allen Grund, mir Sorgen zu machen. Und da war noch nicht einmal seine mentale Stabilität berücksichtigt.

Ich lief in mein Schlafzimmer und hoffte, in meinem Bett keinen steif gewordenen Klumpen zu finden. Nach dem Tod meines Stiefvaters im vergangenen Jahr fühlte ich mich einem neuerlichen Überfall auf meine Emotionen von dieser Größenordnung noch nicht wieder gewachsen.

Kein Licht brannte, die Vorhänge waren zugezogen. Ich konnte die Hand nicht vor Augen sehen, mein Bett schon mal gar nicht. Noch ein schlechtes Zeichen: kein Geräusch. Und dabei konnte mein Vater mit seinem Schnarchen einen Schlafsüchtigen kurieren.

Ich gelangte zum Nachttisch und knipste die Lampe an – das ungemachte Bett war leer. Ich hob den Kopf und schnupperte. Der gute Duft war plötzlich weg und es roch angebrannt. Ich raste in die Küche zurück, schnappte mir einen Kochlöffel und versuchte, den Eintopf umzurühren. Versuchte es. Es ging nicht. Die Hitze hatte das Zeug zu einem einzigen großen, schwarzen Klumpen werden lassen, der am Boden des Kochtopfs klebte.

Es war dies durchaus nicht das erste Mal, dass mein Vater meine Wohnung fast in Brand gesteckt hätte. Vor zwei Wochen erst hatte er zwei Scheiben Brot sich im Toaster entzünden lassen und war schreiend zu mir gelaufen gekommen, um zu erfragen, was er jetzt machen solle. Ein Mann, der mehr als dreißig Jahre lang Feuerlöscher gewartet hatte!

Mein Vater ist zwar vergesslich, aber dass er die Wohnung verlässt, ohne den Küchenherd auszuschalten, das bringt er denn doch noch nicht fertig. Ich hatte keinen Schimmer, was hier gespielt wurde. Vielleicht hatten er und Mrs. Flock, meine unmittelbare Nachbarin und seine Ex-Freundin, sich wieder versöhnt?

Lou und Mrs. Flock hatten sich nicht gerade einvernehmlich getrennt, weshalb ich zögerte, sie anzurufen. Ich beschäftigte mich in der Küche und wartete auf eine Eingebung bezüglich dessen, was ich jetzt tun sollte. Da fand ich den Zettel unter einer Flasche Tamari-Soße. Angesichts der schwer entzifferbaren Hieroglyphen meines Vaters und der braunen Soßeflecken auf dem Papier war es mir so gut wie unmöglich, seine Nachricht zu lesen. Alles, was ich entschlüsseln konnte, war, dass er nicht wisse, wann er wieder da sein werde.

Lou und ich haben dieses Gespräch schon so oft geführt. Er weiß, dass ich und der Rest der lesenden Welt seine Schrift nicht zu entziffern vermögen. Deshalb habe ich ihn dazu erzogen, dass er, wenn er weggeht oder mir etwas Wichtiges mitzuteilen hat, seine schriftliche Nachricht um eine telefonische ergänzt. Ich nahm den Hörer auf und wählte meine Büronummer in der Hoffnung, dass meine Erziehung gefruchtet hatte.

«Sie haben drei Anrufe erhalten», teilte mir der Miniaturmann in meinem Telefon mit. Der erste war von Gail und der zweite von Denise, meiner Seelenklempnerfreundin, die außerdem noch Candaces Schwester war. (Ein erstaunlicher Gedanke, dass ein und derselbe Leib ein menschliches Wesen – Denise – und einen Roboter – Candace – hatte gebären können.) Dann setzte die dritte Nachricht ein – wieder eine weibliche Stimme. Verdammt und zugenäht, wo blieb mein Vater?

Dann hörte ich genauer hin. «... hier ist Sarah Jane. Lou hat mich gebeten, dich anzurufen, weil er sein Hörgerät nicht finden kann und, wie du ja weißt, ohne das Ding am Telefon nichts versteht. Wie auch immer, er ist bei mir und hilft mir. Ich muss nur ein paar Dinge klären, dann komme ich zurück. Ich bin augenblicklich etwas von der Rolle, muss was mit Mars und meinem Uranus zu tun haben. Wenn sich meine Planeten wieder etwas entspannt haben, wird sicher alles besser werden. Ich melde mich.»

Sie wollte sich wieder melden, wie nett von ihr! Neben ihrer Hintertür findet sich eine blutige Schaufel, eine reiche Dame, mit deren Schürzen jagendem Ehegespons sie zufällig gerade gebumst hat, wird gegen ihren Willen eins mit dem Erdreich, und die Polizei des halben Distrikts versucht, Miss Sarah Jane Lowell ausfindig zu machen – und sie will sich wieder melden, sobald sich ihre Planeten entspannt haben!

Mein Vater war mit einer möglichen Mörderin auf der Flucht,

die meinte, ihr Uranus sei gestört. Ich wusste, dass etwas Schlimmes im Anzug war und dass das nichts mit Kaltfronten zu tun hatte.

12

Was tun? Wenn ich das nur gewusst hätte. Was würde ein vernünftiger Mensch tun, wenn sein Vater plötzlich den Clyde einer aus der Bahn geratenen Bonnie spielte?

Tony konnte ich nicht anrufen. Selbst nach all den Jahren waren mir Faye Dunaway und Warren Beatty noch gegenwärtig, die wie epileptische Stoffpuppen herumzuckten, während die Kamera in Übelkeit erregender Weise auf ihre von unzähligen Kugeln durchbohrten, Blut spritzenden Körper zufuhr. Als dann das Geld umherflog, sahen beide aus wie zwei zertretene, reife Tomaten. Angesichts der Verachtung meines Vaters für die Angehörigen der Polizei und Sarah Janes prekärer rechtlicher Lage konnte ich nur Tomatensoße produzieren, wenn ich die Gesetzeshüter auf die Fährte der beiden setzte.

Ich dachte daran, Henry anzurufen, und hätte es fast getan, unterließ es dann aber doch. Ich war es müde, Männern die Retter-Rolle zuzuschieben. Henry und ich müssen uns letztlich ebenbürtig sein, wenn das, was sich zwischen uns entwickelt (was immer es ist), funktionieren soll – und daraus wird natürlich nie etwas, wenn ich mir dauernd von ihm helfen lasse.

Ich hatte es ja schließlich auch schon mit zwei Mördern aufgenommen. Was war ein abgängiger Vater dagegen? Gar nichts. Außerdem war er schon groß, und ob er überhaupt der Rettung bedurfte, war noch fraglich. Vielleicht gab es ja eine vernünftige Erklärung für Sarah Janes plötzlichen Aufbruch. Vielleicht war mit ihrem Uranus wirklich was nicht in Ordnung.

Das war's. Sarah Jane. Bei ihr musste ich anfangen. Den Henry-Weg gehen und Informationen zusammentragen. Der alte Redakteur, bei dem ich in die Lehre gegangen war, hatte mir mal gesagt, wenn man beim Schreiben einer Story stecken bleibe, dann liege das nicht an den eigenen Fähigkeiten als Schreiber, sondern an der Art und Weise, wie man die Story angegangen sei. Für eine Story brauche man Fakten, und wenn man die nicht habe, dann habe man gar nichts.

Und genau das war hier der Fall – ich hatte, was Sarah Jane anging, nichts. Nichts außer ihrem Namen.

So dachte ich jedenfalls.

13

Wie sich zeigte, war Sarah Jane Lowell nur einer von vielen Namen. Diese Entdeckung machte ich am folgenden Morgen, als ich ins Büro kam. Unser Polizeireporter Les hatte am Vorabend nach Dienstschluss noch ein wenig recherchiert und mir das Ergebnis per E-Mail zukommen lassen.

Aber ich greife vor. Ich selbst hatte nämlich am Vorabend bei der Veranstaltung mit der Verkünderin Ramu, zu der mein Vater und Sarah Jane ja hatten gehen wollen, bevor sie abgetaucht waren, ebenfalls ein bisschen herumgeforscht.

Gut, die Verkünderin hieß nicht wirklich Ramu. Es handelte sich, wenn sie nicht in Trance war, um Faye Cope. War sie es aber und empfing draußen im Ozon Botschaften Michaels, dann wurde sie zu Aranor, einem alten Kriegergeist, der zurückkehrte, um der Menschheit bei der Bewältigung des Jahrtausends zu helfen. Allerdings nur jenem Teil der Menschheit, der sich das leisten konnte. 25 Dollar für die große Schau oder 175 Dollar für eine einstündige Privatberatung. Wie es aussah, war Mrs. Cope einmal Anwältin in Washington, D.C., gewesen, bevor die Engel begonnen hatten, ihr ins Ohr zu flüstern und ihr kundzutun, dass es ein höheres Rechtssystem gebe, welches ihrer Dienste bedürfe – und welches sie weitaus besser entlohnen werde.

Ich war nicht hingegangen, um mir anzuhören, was der Erzengel zu sagen hatte, sondern was die Teilnehmer über Sarah Jane wussten. Irgendjemand musste doch diese Heidi, die mit Pferden sprach, kennen oder zumindest von ihr gehört haben. Wie viele ihresgleichen konnte es denn schon geben?

Mrs. Cope / Aranor sprach in der Unitarierkirche, einem modernen, an Parkplatzmangel leidenden Gebäude in einem kleinen Waldstück nicht weit von der Sharon Amity Road. Ich war schon einmal dort gewesen, um für den *Appeal* über ein Treffen des Sierra-Klubs zu berichten. Es waren an jenem Abend nicht viele Leute dort gewesen, aber trotzdem hatte es mir Mühe bereitet, einen Parkplatz zu finden. Ich hatte mein Autochen schließlich zwischen eine große Fichte und einen kleinen Honda gezwängt.

An dem Abend, von dem ich jetzt spreche, hatte es kein Zwängen gegeben – ich hätte auf dem Platz nicht einmal Rollerskates parken können (nicht dass mein Rabbit sehr viel größer wäre). Der Parkplatz war gerammelt voll, sodass ich das Auto eine halbe Meile entfernt stehen lassen und dann auf dem Randstreifen einer der verkehrsreichsten Straßen Charlottes zu der Kirche zurückmarschieren musste.

Dummerweise trug ich ein schwarzes Kleid unter meinem dunkelbraunen Mantel. Schwarz war megaout, ich weiß – ich hatte die entsprechende Blitzmeldung im *Appeal* ja selbst verfasst. Aber das Kleid war das einzige saubere in meinem Schrank und außerdem so schmeichelhaft geschnitten, dass es meine figürlichen Mängel bestens verbarg.

Als ich zu der Kirche ging, konzentrierte ich mich ganz darauf, nicht von dem steten Strom der vorbeirauschenden Autos erfasst und getötet zu werden. Es ist eine sehr belebte Straße, auf der die Leute (mich eingeschlossen) der zugelassenen Höchstgeschwindigkeit gern ein bisschen was hinzufügen. Es ist schon komisch, wie man als Fußgänger die Perspektive verändert. Plötzlich erschienen mir 50 km / h als ein für diese Straße durchaus vernünftiges Tempo. Als ein glänzender, schwarzer Beamer viel zu dicht und viel zu schnell an mir vorbeikam, schrie ich «TEMPOLIMIT!!!» hinter ihm her. Wo waren die Bullen mit ihren Radargeräten, wenn man sie wirklich mal brauchte?

Vor lauter Autos draußen und Gebeten um Errettung in meinem Inneren hörte ich sonst gar nichts. Erst, als ich die Kirche vor mir hatte, vernahm ich das Geräusch. Eine Art Sprechgesang. Ob er der astralen Erhebung auf eine höhere Stufe diente?

Ich bog um die Ecke und alles war klar. Die Menge, die Gesänge. Ich hatte die fahrende Protest-Schau des Reverend Rowe Quarrels vollkommen vergessen. Der Hass machte sich laut Luft.

«Alles, was New Age ist, ist des Satans. Jesus spricht: Tod dem Teufel!» Sie schrien lauter und immer lauter.

Es waren ungefähr dreißig Leute – rotgesichtig, brüllend und mit so grimmigen, wenig göttlichen Hassgrimassen, dass mir der Mann, dessen Namen sie da anriefen, Leid tat. Sollte Jesus ihnen zusehen, dann tat er es bestimmt mit größter Bekümmernis. Wie ich.

Die Transparente waren ähnlich geartet. «Satan ruft, sein Name ist New Age.» Oder: «Der Himmel erwartet Christen, die Hölle die Anhänger des New Age. Sie werden im ewigen Feuer brennen.»

Im Mittelpunkt von allem stand der Reverend mit seiner hochgekämmten Pompadour-Frisur. Er war sicher einsachtzig groß oder vielleicht noch größer, aber das war angesichts seines hohen Haarhutes schwer festzustellen. Man konnte sehen, dass er zu den Männern gehörte, die sich selbst für gut aussehend halten – und vielleicht war er das ja auch für Frauen, die den Neoneandertaler-Look mochten.

Doch, die Frauen waren ihm sehr zugetan. Das verrieten die bewundernden Blicke, die sie ihm während ihres hasserfüllten Sprechgesangs immer wieder zuwarfen. Und er genoss es.

Ein paar der New Ager versuchten, mit den Protestierenden ins Gespräch zu kommen und sie davon zu überzeugen, dass auch ihre, der New Agers, Wege die Wege Gottes seien, dass es viele Wege zu einem Ziel gebe. Sie waren ungefähr so erfolgreich wie ich, wenn ich mich abmühte, meinem Teamleiter zu erklären, dass man bei einer Story erst wissen konnte, wie sie aussehen würde, wenn man sie schrieb, auch wenn noch so viele Redakteure sie schon vorher minutiös geplant hatten.

Ich hielt mich im Hintergrund und sah zu. Ich kannte das Ergebnis, sie kannten es. Warum all die Worte verschwenden? Keine der beiden Parteien würde von dannen ziehen und sich ihrer Rechtschaffenheit weniger sicher sein.

Als ich so zusah, begegnete mein Blick dem des Reverend. Ich bin beileibe keine vollbusige Schönheitskönigin, aber ich bin auch nicht gerade potthässlich. Ich habe langes, rotes Haar, das manche als prachtvoll ansehen, und mein Kleid brachte alles, was ich zu bieten habe, schön zur Geltung. Manchmal folgen mir die Blicke der Männer, und, ja, ich gebe zu, ich finde es schön, angeschaut zu werden. Diesmal allerdings tat ich es nicht. Dieser Laserblick, mit dem mich der Reverend von oben bis unten musterte, war mir höchst unheimlich. Der Mann inventarisierte meine Körperteile, vor allem die oberen, und das mochte ich ganz und gar nicht.

Ich starrte ihn an und formte mit den Lippen die Worte: «Gott sieht dich!», wobei ich zum Himmel zeigte. Dann drehte ich mich um und ging zu ein paar Frauen, die neben der Kirchentür standen.

Sie gaben sich die allergrößte Mühe, die Quarrels-Meute zu ignorieren, was bei dem Lärm, den diese machte, nicht ganz leicht fiel. Ich war ziemlich sicher, dass sie gerade über Feng Shui, die asiatische Form der Innenarchitektur, sprachen, welche New Ager zu allem möglichen veranlasst – vom Rauswurf aller elektronischen Uhren bis zur Umsetzung der Toiletten an die Westwand ihrer Behausung. Eine der Frauen erzählte den anderen gerade, dass sie, seit sie ihr Bett in ost-westlicher Richtung aufgestellt habe, morgens nicht mehr mit Kopfschmerzen aufwache.

«Oder mit ihnen ins Bett gehe», sagte sie lachend. «Und das macht meinen Mann zu einem sehr glücklichen. Als ich all die Sachen im Zimmer rumschob, dachte er schon, ich sei übergeschnappt. Jetzt sagt er, ich könne die Möbel hinrücken, wo immer ich sie hin haben wolle.»

Sie lachten alle, und ich nutzte den Leerraum zwischen den Sätzen, um mich vorzustellen. Ich wollte schon den Autopiloten einschalten und meinen Nattie-Gold-ich-arbeite-für-den-*Charlotte-Commercial-Appeal*-Spruch loslassen, als mir einfiel, dass ich ja solo flog. Will sagen, nicht dienstlich dort war. Obwohl ich wünschte, ich wäre es. Reporterin zu sein ist dasselbe, wie als Kellnerin zu arbeiten (mein Beruf, bevor ich zum Journalismus gekommen war) – man ist von Berufs wegen zur Unverfrorenheit berechtigt.

Ich entschuldigte mich für die Unterbrechung ihres Gesprächs und sagte dann: «Kennt jemand von Ihnen vielleicht Sarah Jane Lowell? Sie ist Tierkommunikatorin.»

Die Feng-Shui-Dame ergriff das Wort. «Der Name kommt mir irgendwie bekannt vor. Sarah Jane Lowell. Sarah Jane Lowell. Hm, woher kenne ich diesen Namen? Eine Freundin von mir hat mal mit jemandem telefoniert, der mit Hunden spricht, aber das war ein Mann. Eine andere Freundin ließ mal jemanden mit ihren Katzen reden. Das war eine Frau, ja. Aber ich bin sicher, dass die nicht Sarah Jane Lowell geheißen hat. Da waren aber auch noch andere, lassen Sie mich mal nachdenken.»

Die Tierkommunikatoren vermehrten sich offensichtlich rapide – so viel zu meiner Sonntagsstory und der Hoffnung, den Lesern etwas mitteilen zu können, was sie noch nicht wussten. So läuft es, wenn man warten muss, bis ein Stall von Teamleitern entschieden hat, was neu ist und topaktuell.

«Wie sieht sie aus?», fragte die Frau.

«Stellen Sie sich eine erwachsen gewordene Heidi vor», antwortete ich. «Ohne eine einzige Speckfalte.»

Das löste in der Frau etwas aus. Ich konnte an ihrem Gesichtsausdruck sehen, dass ihr plötzlich eingefallen war, woher sie Sarah Jane kannte. Nach der Andeutung eines finsteren Blicks zu urteilen, hatte ihr Sarah Jane keine Botschaften innigster Liebe von ihrem Schoßhündchen übermittelt.

Aber sie sagte nichts.

«Sie kennen sie?», hakte ich nach.

Die Frau nickte. «Sie sind nicht von der Polizei, oder?»

Bevor ich sie diesbezüglich beruhigen konnte, sagte eine der anderen Damen: «Lieber Gott, Joanne, weißt du nicht, wer sie ist? Sie schreibt doch die Modekolumne in der Sonntagsausgabe.»

Ich sah die Sprecherin an und lächelte. «Ich bekenne mich schuldig», sagte ich. «Ich bin tatsächlich als Modepolizei hier, um den Reverend Rowe Quarrels wegen Verstoßes gegen das Frisurengesetz festzunehmen.»

Da ich keinen Artikel zu schreiben hatte, konnte ich mir eine eigene Meinung erlauben. Alle lachten, und ich versicherte Mrs. Feng Shui nochmals, dass ich nicht gekommen sei, um Sarah

Jane einzubuchten. Jedenfalls nicht, ehe ich meinen Vater gefunden hatte.

Sie schien beruhigt zu sein. «Ich spreche über andere nicht gern Schlechtes», sagte sie. «Das ergibt eine negative Energie, und davon haben wir hier heute Abend schon genug. Als Sie sagten, nicht eine einzige Speckfalte, da wusste ich wieder, woher ich den Namen kannte. Ich bin Masseuse und sie war mal meine Klientin. Ihr Scheck platzte und ich musste hinter ihr hertelefonieren. Trotz mehrerer Anläufe konnte ich nicht zu meinem Geld kommen. Mein Mann riet mir schließlich, den Scheck überprüfen zu lassen, und dabei stellte sich heraus, dass sie auf der Liste derer stand, von denen man nie und nimmer einen Scheck annehmen darf. Mein Mann fand noch heraus, dass sie in Pennsylvania per Haftbefehl gesucht wurde. Deshalb habe ich Sie gefragt, ob Sie von der Polizei sind. Ich mag nicht dafür verantwortlich sein, dass das Mädchen ins Gefängnis wandert. Es waren schließlich nur 60 Dollar, und wer weiß, vielleicht gab es ja einen guten Grund.»

«Ja, vielleicht», sagte ich, mehr hoffend denn glaubend.

Die Sache lief nicht so wie von mir gedacht. Wie gesagt, eine Story lässt sich erst nach der Recherche schreiben, aber in diesem Falle hätte ich nichts dagegen gehabt, wenn es auch anders gegangen wäre. Ich hätte ein schönes, kleines Artikelchen über eine glückselige, blonde Dr. Dolittle geschrieben, die mit den Tieren sprach, dem Gemüse dankte, bevor sie es verzehrte, und die gerade zufällig mit einem guten, alten Freund, meinem Vater, auf einen Seelenerneuerungstrip gegangen war.

Aber das ging nicht, ich war schließlich keine Dichterin, sondern Journalistin. Und wir Journalisten beten den Gott Genauigkeit an. Es war nicht mehr richtig, an Sarah Jane Lowell als an eine in weißes Licht gehüllte New-Age-Surferin zu denken. Auf ihre Aura war ganz zweifellos ein dunkler Schatten gefallen.

14

Alles wurde noch schlimmer, als ich die Nachrichten von Les zu Gesicht bekam.

«Nattie, deine Sarah Jane Lowell hat viele Namen. Wo soll ich anfangen? Mit Pennsylvania? Mit New Jersey? Mit Connecticut? Die Liste ist recht lang, sie könnte das ganze System zum Absturz bringen.»

Oje, als Les dazu gekommen war, Sarah Jane nachzuspüren, war es schon zu spät gewesen, um noch im Gericht nachzufragen, ob ein Verfahren gegen sie gelaufen war oder lief. Es hatte also nur eine andere Möglichkeit gegeben, an ihre diversen Falschnamen zu kommen. Nicht gut, gar nicht gut. Es musste das Polizeiarchiv gewesen sein.

Wenn Sarah Jane eine Liste von Falschnamen aufzuweisen hatte, die so lang war wie ein Elefantenzahn, dann konnte das nur bedeuten, dass die Liste von Haftanstalten, in denen sie gesessen hatte, von ebensolcher Länge war. Les verfügte über gute Verbindungen zur Polizei von Charlotte, und ich war bereit zu wetten, dass er dort jemanden kannte, der mal per Mausklick der jüngsten Torheit meines Vaters nachgegangen war.

Ich sah mir den Rest meiner E-Mail an. Nichts Dringendes. Ein paar Botschaften von Candace, die mir Themen für meine Modespalte «vorschlug», und eine von meinem Teamleiter Ron Riley. Die Letztere öffnete ich gar nicht erst. Der Morgen war auch ohne seine Schüsse aus dem Hinterhalt schon schlimm genug.

Dafür ging ich zu Les' Schreibtisch. Schön, schön, ich tat das nicht nur, um mir die Liste der vielen Sarah Janes anzuschauen – Les saß zufällig auch neben Henry.

Henry hob den Kopf, als ich auf ihn zukam. Er hatte seine übliche Stellung eingenommen – der Kopf war nach rechts geneigt und das Ohr an den Telefonhörer geklebt, während die Finger auf der Tastatur herumsteppten. Er lächelte, ich lächelte, er lächelte usw. Unsere Verliebtheit hatte etwas schüchtern Kicherndes, Pennälerhaftes an sich. Was daran lag, dass ES noch nicht passiert war.

Angesichts seiner Kinder – zweier wilder Buben im Alter von sieben und zehn – und meines Vaters hätten wir uns schon ein Motel-Zimmer nehmen müssen, um mal länger als zwei Minuten ungestört allein zu sein. Die einzige Zeit, die wir in den zurückliegenden Monaten für uns gehabt hatten, war die im Büro oder in seinem Auto gewesen. Ich war jedoch inzwischen zu alt für ein Stelldichein auf dem Rücksitz und Henry viel zu lang. Und was das Büro anging, so gab es dort nur gläserne Wände. Das große ES musste also noch warten, was mir aber durchaus recht war. Ich mochte diese langsame Annäherung, denn sie vermittelte ein so intensives Fünfziger-Jahre-Gefühl.

Als ich an Henry vorbeiging, ließ ich meine Finger unauffällig über seinen Rücken fahren. Die Art unserer Beziehung schloss nicht aus, dass ich ihn quälen konnte – und mich selbst auch. Ich verweilte eine Sekunde länger, als es gebraucht hätte, um an seinem Schreibtisch vorbeizugehen. Ich hatte meine Hände gern auf ihm, und sei es nur für ein kurzes Streicheln. Nur zögernd wandte ich meine Gedanken wieder Les und seiner Liste zu. Er saß am nächsten Schreibtisch und blätterte in einem Notizbuch.

In diesem Augenblick hörte ich, wie Henry irgendetwas über Quarrels sagte, über den Reverend Rowe Quarrels. War Henry dabei, einen weiteren gefallenen Diener Gottes zu erledigen? Wenn ja, dann gab es einen Gott. Jemand musste den Hetzkampagnen des Reverend ein Ende machen, und wenn dieser Jemand Henry war, dann umso besser. Ich nahm mir vor, ihn später auf einen Kaffee nach unten zu schleppen und auszuquetschen.

Ich bildete, Henry anschauend, mit den Lippen das Wort

«später» und wandte mich Les zu – genauer gesagt: seinem Rücken.

«Les, mein Lieber», sagte ich zu seinem braunen Wuschelkopf, «lass mich mal raten. Miss Sarah Jane Lowell ist in dieser Woche der Ehrengast von *America's Most Wanted*?»

Er drehte sich auf seinem Stuhl zu mir herum. Hatten sie diesen Burschen für eine Filmrolle zurechtgemacht? Bekleckertes, aus der zerknitterten und zerschlissenen Hose gerutschtes Hemd, abgetragene, aufgeplatzte Segelschuhe, keine Socken, nur kleine Zehen, die durch die Löcher fielen.

Les war wirklich ein Original, trauriger- ebenso wie zutreffenderweise eines der beiden, die die Säuberungsaktionen beim *Commercial Appeal* überlebt hatten. Als ich bei der Zeitung angefangen hatte, da hatte es an Exzentrizität noch nicht gemangelt. Das hatte dem Blatt seinen Biss gegeben, hatte uns von all den anderen Zeitungen mittlerer Größe unterschieden. Wir hatten Leute, die noch zu schreiben verstanden – nicht zuletzt kritisch. Hatten. Vergangenheitsform.

Was wir heute haben, ist ein Spiegelbild der Konzernzentrale, will sagen, am Ruder ein Haufen Leute in grauem Flanell, die statt einer Zeitung ebenso gut auch Schuhe herstellen und vertreiben könnten. Und man muss sich verdammt in Acht nehmen, wenn man die Stallmiete für sein Pferd auch weiterhin bezahlen können möchte.

Les zog die Zigarette hinter dem Ohr hervor, biss ein Stück davon ab und schob es im Mund hin und her.

«*America's Most Wanted?*», sagte er. «Nicht in dieser Woche, mein Modefräulein.» Er spuckte die schleimigen, braunen Tabakkrümel in einen uralten Kaffeebecher aus Plastik. «Aber wer weiß, was die nächste bringt. Sie ist ein echter Hammer. Gaunert sich da die Ostküste rauf und runter. Hat sie deinen Alten schon angehauen?»

Ich schüttelte den Kopf. «Jedenfalls nicht, dass ich wüsste. Zeig mir doch mal, was du hast.»

Les zog einen Stuhl heran und bedeutete mir, ich solle mich neben ihn setzen. Er schob mir das Notizbuch zu. «Sieh's dir an», sagte er.

Ich überflog die Seite. Sarah Jane Lowell. Susan James Lester. Samantha Josephine Light. Und so weiter. Viele Variationen des SJL-Themas. Offensichtlich wollte sie sich ihr Monogramm erhalten, und ich weiß nicht, was mich mehr enttäuschte, ihre kriminellen oder ihre pennälerhaften Neigungen. Seit meinem traumatischen 9. Schuljahr auf der Bala Cynwyd Junior High School, wo sich all die reichen jüdischen Mädchen mit ihren schönheitsoperierten Nasen und ihren Schränken voller Designerklamotten mit Monogramm über mich lustig gemacht hatten, weil ich mir beides nicht leisten konnte, erregen Erinnerungen an den Pennälerstil meinen Unwillen. Sarah Jane war mir nicht wie ein Monogramm-Typ vorgekommen, aber schließlich ja auch nicht wie eine Scheckbetrügerin oder Schädel zertrümmernde Mörderin.

«Okay, Les», sagte ich, «jetzt sei nicht lieb und nett, sondern erzähl mir, wie, wo und was. Ich liefere dann die Warums, wenn ich sie in die Finger gekriegt habe.»

Die folgenden zehn Minuten ging Les Sarah Janes Falschnamen durch. Ich hatte Recht gehabt, er verdankte seine Informationen den Bullen. Sarah Jane war auf ihrem Gebiet eine Künstlerin, bearbeitete eine Gemeinde so lange, bis sie dort keine Schecks mehr ausstellen oder «Gläubige» um die Ersparnisse ihres Lebens betrügen konnte, und zog dann in den nächsten Ort weiter. Er zeigte mir ein paar der Annoncen, die sie in diversen New-Age-Blättern veröffentlicht hatte. Darin versprach sie, alles zu können – von der Kontaktaufnahme mit den lieben Verstorbenen bis hin zur Einnahmen steigernden Bewegung universaler

Konstellationen. Wie es schien, hatte sie jedoch nur eines bewegt, nämlich das Geld ihrer Opfer von deren Konto auf ihr eigenes. Schlimmer noch war, dass sie es vor allem auf alte Leute abgesehen zu haben schien. In Pennsylvania und Maryland hatte sie schon wegen Scheckbetrugs gesessen und – das große UND – wurde in Pennsylvania gesucht, weil sie einen alten Knacker um sein Vermögen gebracht hatte.

«Nicht schön», sagte ich, «gar nicht schön. Du liebe Güte, Les, ich weiß ja, dass ich, was die Charakterbeurteilung angeht, kein Ass bin, aber das grenzt ja schon ans Lächerliche. So hat mich noch niemand getäuscht, seit diesem proletarischen Hufschmied, wegen dem ich mich mal übel zum Affen gemacht habe. Ich habe Sarah Jane wirklich für echt gehalten, habe ihr ihren Friede-Liebe-weißes-Licht-Trick voll abgekauft. Vielleicht hab ich doch den falschen Beruf.»

Les lachte. Er hatte so ein schnaubendes Hohnlachen. «Sei unbesorgt, Gold. Das Mädchen ist gut, echt gut, wenn's nach meinen Quellen geht. Sie hat schon ihr ganzes Leben lang Leute übers Ohr gehauen. Ich garantiere dir, du wirst nicht die Letzte gewesen sein. Vor allem, wenn sie sie wegen des Mordes an dieser McMahon drankriegen. Die Presse wird ihr die Füße küssen. Pass mal auf, die wird noch in der Gefängniszelle *People* Interviews geben. Ich wette, die bringen ihr lächelndes Frätzchen und ihre prallen Möpse auf der Titelseite. Um ganz offen zu sein: Ich würde die nicht verschmähen. Ist mir egal, wegen was sie gesucht wird. Schau sie dir doch nur mal an.»

Les schob mir ein Fax-Bild zu. Mir blieb die Luft weg.

«Was? Das ist doch niemals Sarah Jane!», rief ich aus.

«Ist sie, glaub mir», sagte Les.

Ich sah noch einmal hin. Vielleicht war das ja eine der Sarah-Jane-Lowell-Versionen, aber garantiert nicht die Sarah Jane Lowell, die in ihren Birkenstock-Sandalen, pluderigen Joga-Hosen und langweiligen, aber naturfarbenen Jerseys aus reiner Baumwolle in meiner Wohnung zu erscheinen pflegte, um sich an Tofu Surprise gütlich zu tun.

Das Mädchen auf dem Bild war eine Puppe. Eine tolle. In tollen Puppenklamotten. Schwarzer Mini, geschmackvoll, aber für einen knackigen Po auch eng genug, schwarze Strumpfhosen, schwarze, hochhackige Schuhe und eine über die ausladende Wölbung der Brust drapierte weiße Seidenbluse. Und das Frappierendste: das Haar! Schwarz wie die tiefste Nacht, was ihre blasse Haut noch blasser erscheinen ließ.

«Also», sagte Les, «wie sehr hast du dich denn nun bei dem Hufschmied zum Affen gemacht? Ihr vornehmen Ivy-League-Jüdinnen mögt ja diese primitiven Typen – für eine Nacht. Dann kehrt ihr wieder zur Klasse zurück, was den Henry erklärt. Hast du ihn also erlegt, den Schmied? Dich gefühlt wie er Tarzan, du Jane?»

«Les, du bist ein olles Ferkel. Ich würde eine härtere Bezeichnung wählen, aber ich habe in gewisser Weise der Flucherei abgeschworen. Du willst immer, dass dich alle für einen Abkömmling der Arbeiterklasse halten. Geh mir doch los! Wissen wir nicht beide, dass du ein in Lumpen gekleideter blaublütiger, piekfeiner Altamerikaner bist? Hotchkiss, war's nicht so? Daddy wohnt noch in Westport? Und zu deiner Information: Ich habe an der landwirtschaftlichen Fakultät der Cornell University studiert, und das ist nicht ihr Ivy-League-Teil mit den vornehmen Jüdinnen. Da ich es blöderweise zur Sprache gebracht habe: Ja, ich habe mich zum Riesenaffen gemacht, und nein, ich habe ihn nicht erlegt, wie du es so poetisch ausgedrückt hast. Aber das, Schätzchen, ist eine lange und dumme Geschichte, die ich dir mal bei einer Flasche Wein erzähle. So, kann ich eine Kopie von Sarah Janes schmutziger Lebensgeschichte bekommen, oder soll ich allen erzählen, welchem Klub du in Princeton angehört hast?»

Les drückte auf den «Print»-Knopf seines Computers. «Bitte sehr.»

Ich dankte ihm und lief zum Drucker, während Les sich auf die Brust zu schlagen begann und ein «Ahhhaha, ahaha» nach Art Johnny Weissmüllers von sich.

Ich und mein großes Maul! Jetzt musste ich ihm das mit dem Hufschmied irgendwann erzählen, er würde nicht locker lassen. Eines Tages werde ich es noch lernen, den Mund zu halten und mich nicht so weit aus dem Fenster zu hängen.

15

Ich konnte Ron Rileys E-Mail nicht länger ignorieren, zumal er plötzlich neben meinem Schreibtisch stand und auf mich herabblickte, soweit ihm das bei seiner Körpergröße möglich war.

«Nattie», sagte er, «ich habe Ihnen doch mitgeteilt, dass ich diese Pferdeflüsterer-Story noch vor der Konferenz um zehn redigieren wollte. Und auch, dass Sie eine Nachricht im Computer hinterlassen sollen, wenn Sie nicht am Platz sind.»

«Was ist mit einem Toilettengang?»

«Oh, Sie waren auf der Toilette», sagte er. «Lesen Sie nächstes Mal Ihre E-Mail. Ich habe ein paar Fragen und eine Reihe von Änderungen, von denen wir meinen, dass sie der Story bekommen würden.»

Ahhh, der Dolchstich ins Herz! Ein paar Fragen und eine Reihe von Änderungen, dazu das gefürchtete «wir» – das bedeutete eine Mehrfachvergewaltigung durch Riley und seine Teamleiterkollegen, die alle keinen zusammenhängenden Satz zustande bringen konnten. Wenn ich nicht irgendetwas unternahm, ging ich gleich in die Luft.

«Ron», sagte ich und zwang meine Lippen zu so etwas wie

einem Lächeln, «ich muss nochmal kurz zur Toilette. Tut mir Leid, ist die schlimme Zeit des Monats.»

Das würde ihn erst einmal zum Schweigen bringen – Männer sprechen mit einer Frau nie gern über Fragen der Menstruation.

Ich tauchte in eine Kabine ab, schob den Riegel vor und setzte mich. Dann ging ich die Liste der von mir beherrschten Situationsmeisterungs-Verfahren durch. Das erste verdankte ich dem Guten Doktor Greene, inoffiziell der Psychiater des *Appeal*, denn drei Viertel aller Reporter suchten ihn auf, um zu lernen, wie man mit dem Management fertig wurde. Sein Ziel war es, mich zu einem Wasservogel zu machen. «Lassen Sie es von sich ablaufen wie eine Ente das Wasser.» Aber da er Psychiater war, waren wir auch nach dreijähriger Therapie dem gesteckten Ziel noch keinen Schritt näher gekommen. Von ihm wanderten meine Gedanken weiter zu Tränen, anfallartigem Gezische und Drohungen – mein übliches Vorgehen. Aber das konnte ich kaum zu den Situationsmeisterungs-Verfahren zählen, weil es nämlich zumeist das Gegenteil bewirkte. Blieb nur noch Lous Om-nahama-shi-viya-Gesang. Der hatte immerhin funktioniert, als ich dachte, Henry bumse eine Mörderin. Deshalb war es jetzt wohl einen Versuch wert.

Ich schloss die Augen und trug mir im Geist den Sprechgesang vor, auf ein Wunder hoffend – das Wunder, mich durch die Vergewaltigung meines Textes hindurchlächeln zu können, egal, um welche Hämmer man meine Story bereichert hatte. Ich nehme das Schreiben noch ernst und gebe bei jedem Artikel mein Bestes, deshalb schmerzt es mich, wenn die Sachen so umgeschrieben werden, dass sie am Ende nicht mehr wiederzuerkennen sind. Ich weiß ja, dass auch meine Werke nach einer gewissen Zeit in den Container wandern, aber es ist der Augenblick ihrer Existenz, der mir nun mal am Herzen liegt.

Es vergingen ein paar Minuten und mit ihnen mein Entsetzen. Ich holte tief Luft, hielt meinen Geist mit dem Gesang beschäftigt und kehrte an meinen Platz zurück. Riley saß tippend vor meinem Computer und war dabei, meine Story zu verunstalten.

Mülleimer, zwang ich mich zu denken.

«Nur ein paar Änderungen», sagte Riley. Er biss sich einmal mehr die Fingernägel ab und stapelte die Halbmonde auf meinem Schreibtisch. «Was halten Sie davon?»

Natürlich interessierte ihn überhaupt nicht, was ich davon hielt. Und wenn ich es ihm sagte, würde mir das nur ein «Nicht kooperativ» in meiner Jahresbeurteilung eintragen. Er drehte den Monitor zu mir herum. Die halbe Story war jetzt in Großbuchstaben geschrieben – seine Änderungen.

Ich überraschte sogar mich selbst mit dem ruhigen Ton meiner Stimme. «Ron», sagte ich, «warum geben Sie mir nicht ein paar Minuten Zeit, um mir anzusehen, was Sie angerichtet haben? Wie wär's damit?»

Das klang ganz und gar nicht nach mir. Da ich das böse Mädchen der Firma war, überraschte dieses neue Ich auch ihn. Ich bin sicher, er hatte erwartet, von mir die Hand mit einem Bleistift durchbohrt zu bekommen. Er warf mir einen komischen Was-ist-denn-mit-dir-los-Blick zu und sagte: «Klar doch. Ich bin in zehn Minuten wieder da, in Ordnung?»

«Absolut», schnurrte ich und dachte, wie stolz jetzt Mickey-Turner, meine Lehrerin im Fach Manipulation, auf mich gewesen wäre.

Seine Änderungen waren fürchterlicher als fürchterlich und seine Fragen albern. Wen scherte schon, wie viele Veterinäre es in North und South Carolina gab und welcher Prozentsatz von ihnen an den Tierärztlichen Hochschulen der beiden Staaten studiert hatte?

Ich sah, wie Riley zurückkehrte, und ich schwöre, dass ich eine

Stimme in mein Ohr flüstern hörte: «Gib darauf Acht, mit wem du dich anlegst, Nattie.» Ich fühlte mich wie Luke Skywalker, der in einen Laserkampf mit Darth Vader zieht.

«Okay, Obi-Wan Kenobi», sagte ich.

Riley setzte sich. Ich lächelte. Er irgendwie auch. «Doch, ein paar gute Änderungen, Ron», sagte ich. «Soll ich damit anfangen?»

Ich akzeptierte vier oder fünf, mit denen ich leben konnte, und das beglückte ihn derart, dass er, als ich zu den anderen kam, die absolut beknackt waren, ein weiches Marshmallow in meiner Hand war.

Ich konnte sogar die Frage nach den Veterinärmedizinern wieder rausschmeißen.

«Okay, Nattie, lassen Sie uns die Geschichte noch ein letztes Mal durchgehen», sagte Riley. «Ich muss sie vor dem Zehn-Uhr-Meeting fertig haben.»

In diesem Augenblick klingelte mein Telefon. Er warf dem unschuldigen Stück Elektronik einen finsteren Blick zu. «Zeichnen Sie's auf, Nattie. Ich habe Candace gesagt, die Story ist bis zur Konferenz fertig.»

«Nattie Gold, *Charlotte Commercial Appeal*, was kann ich für Sie tun?»

Als ich das endlich heraus hatte, war mir überhaupt nicht mehr danach zumute, einer verwirrten Leserin zu raten, was sie zum ersten Ball ihrer Nichte anziehen solle. Aber wenn wir uns nicht in exakt dieser Form meldeten, waren unsere Performance Ratings im Eimer.

«Nattie, hier Sarah Jane. Irgendwas ist mit deinem Vater nicht in Ordnung.»

16

Ich gab Ron durch Zeichen zu verstehen, dass ich dieses Gespräch nicht aufzeichnen könne, und er mir, dass ich gar keine andere Wahl habe. Ich war wieder das böse Mädchen. Ich ignorierte, dass er mit einem dicken Stummelfinger auf seine Uhr pochte, ignorierte die Grimassen seines kleinen Eichkatergesichts, als er mit den Lippen das Wort «Zehnuhrbesprechung» bildete, ignorierte sogar die Änderungen, die zu lassen wir uns geeinigt hatten und die er jetzt wieder einfügte.

«Was soll das heißen, mit Lou ist etwas nicht in Ordnung? Und wo, zum Teufel, stecken Sie, Miss Sarah Jane Lowell, Susan James Lester oder Sally Jessy Raphael oder welchen Namen du für den heutigen Tag gewählt hast?»

«Oh», sagte sie, «du weißt Bescheid.»

«Natürlich weiß ich Bescheid. Was hast du denn gedacht, was ich tun würde? Warten, bis du wieder mit deiner himmlischen Straßenkarte zurechtkommst? Von deinem Uranus reden wir noch. Sag mir erst einmal, was mit Lou los ist. Ist er im Krankenhaus? War es ein Schlaganfall?»

«Nattie, sprich so etwas nicht einmal aus. Allein das Denken solcher Gedanken schickt Wellen der Negativität durch das All und zu Lou. Wir müssen positiv sein, wenn nicht, dann ...»

«Sarah Jane», unterbrach ich sie, «spar dir jetzt mal dieses ganze New-Age-Gesülze. Wir wissen beide, was du bist. Berichte mir schlicht und einfach von Lou.»

Ich meinte, am anderen Ende einen Seufzer hören zu können, aber vielleicht kam das Geräusch auch von Riley, der wild mit den Armen herumfuchtelte. Ich kehrte ihm den Rücken zu.

«Er will nicht reden», sagte Sarah Jane. «Ich meine, wenn ich ihn was frage, antwortet er zwar mit Ja oder Nein, aber mehr sagt er nicht. Er hört sich so leblos an.»

«Als wenn jemand die Luft aus ihm abgelassen hätte?»

«Ja, woher weißt du?»

«Ich weiß es, weil er mein Vater ist. Weil ich es schon öfter erlebt habe. Bei ihm, seiner Schwester, seinem Bruder, praktisch bei seiner ganzen verdammten Familie. Er ringt schon sein ganzes Leben lang mit schweren Depressionen. Ich weiß nicht, was den Schalter umlegt, aber irgendwas in ihm drin stellt dann den Betrieb ein. Wo bist du, Sarah Jane?»

Ich hörte etwas am anderen Ende. Diesmal war ich sicher, dass es von ihr kam, denn im Gebäude des *Commercial Appeal* hört man für gewöhnlich keine Autos durch die 5. Etage kreischen.

«Ich kann jetzt nicht weitersprechen, Nattie, ich muss weg. Ich werde mit Lou etwas unternehmen, ihn zu einem Heiler oder so jemandem bringen. Und du irrst dich, was die andern Sachen angeht. Ich hab mich verändert.»

Klick. Ehe ich so richtig mitbekommen hatte, was los war, schlug Riley mit der Faust auf den Tisch.

«Nattie», sagte er, «ich habe Ihnen doch gesagt, Sie sollen den Anruf aufzeichnen. Es ist 9.57 Uhr und wir haben noch zu tun. Wie soll ich die Story denn bis zehn fertig haben?»

In meinem Kopf löste sich alles, was ich von Mickey-Turner gelernt hatte, in Luft auf. Ich fuhr herum und durchbohrte ihn mit meinen Blicken. Dann trat mein Mundwerk in Aktion: «Ihre Konferenz ist mir, Sie wissen schon, wie egal. Machen Sie mit meiner Story doch, was Sie lustig sind, das tun Sie ja eh immer. Und Ihre Fingernägel pflegen Sie gefälligst zu Hause und nicht hier, okay?»

Ich stieß meinen Arm über den Schreibtisch und beförderte das Häufchen Fingernägel in seinen Schoß. Kein noch so langer Gesang konnte mich jetzt bremsen. Um zu verhindern, dass ich ihm eins auf die Rübe gab, wie man so schön sagt, tat ich das einzig Mögliche – ich stürmte davon.

17

«Du hast *was* zu Riley gesagt?»

Ich erzählte Henry die ganze traurige Geschichte noch einmal, und sein Gesicht zeigte jenen väterlich besorgten Ausdruck, der immer den Wunsch in mir erregt, mich an ihn zu schmiegen. Der mir das Gefühl vermittelt, dass alles wieder gut wird, wie sehr ich eine Sache auch vergeigt habe.

«Nattie, Nattie», sagte er, «es ist denen zutiefst zuwider, wenn man Gefühl zeigt. Das weißt du doch. Aber dazu kommen wir später. Zunächst einmal fällt schwer zu glauben, dass Lou mit Sarah Jane ausbüchst … und es ist beunruhigend. Sehr beunruhigend. Wieso hast du mir das nicht schon eher gesagt?»

«Ich wollte nicht angerannt kommen und um Hilfe bitten. Ich möchte, dass keiner von uns beiden dem anderen überlegen ist.»

Henry schüttelte den Kopf und legte seine Hand auf die meine. «Wenn wir uns nicht gegenseitig um Hilfe bitten können, dann stimmt etwas nicht. Hör auf, dir wegen der Gleichberechtigung Gedanken zu machen, Nattie, daraus wird sowieso nie etwas …»

Ich wollte schon aus der Haut fahren, als ich sah, wie sich das Lächeln auf seinem Gesicht ausbreitete, und hörte, wie er den Satz vollendete: «… ich bin schließlich fünfunddreißig Zentimeter größer als du.»

«Nett, Goode, wirklich nett», sagte ich. «Aber warte nur mal das Ende der Welt ab, das nach Lous Freunden mit dem Ende des Jahrtausends daherkommt. Dann geht nämlich die Erde an mich und alle anderen kleinen Leute, an uns, die wir halb so viel Energie zum Leben brauchen wie ihr groß gewachsenen Mutanten. Pass auf, du und deine Basketballbrüder, ihr werdet dann die Dinosaurier sein. Wie diese spritfressenden Ungeheuer, die sie heute nicht mehr losschlagen können.»

«Ach?», erwiderte Henry. «Ich würde an deiner Stelle mal die

Fakten überprüfen, Gold. Jüngst war im *Wall Street Journal* zu lesen, dass Chevrolet gar nicht genug Suburbans produzieren kann, um die Nachfrage zu befriedigen. Und das Modell gehört doch wohl zu den spritfressenden Ungeheuern, oder nicht?»

Ich gab die tief empfundenste, zuckersüßeste Scarlet O'Hara. «Ich gebe zu, Mr. Henry, dass Sie mich einmal mehr bei einer Ungenauigkeit ertappt haben, aber ich bete zu Gott, dass Sie eines Tages – noch vor meiner Rückkehr nach Tara – den Unterschied zwischen Genauigkeit und Wahrheit begriffen haben werden.» Ich lächelte mein schönstes Schönheitsköniginnenlächeln und piekte ihm mit dem Zeigefinger in die Rippen.

Er lachte, ich lachte, und ich bin sicher, dass wir beide dasselbe dachten: Wo ist der nächste kleine Raum, in dem wir miteinander allein sein können?

Aber es ist unmöglich, dass sich zwei Menschen ewig derart beseelt ins Auge blicken. Nach wer weiß wie langer Zeit kam Henry wieder zu sich und erkundigte sich nach Lou und Sarah Jane betreffenden Einzelheiten. Ich teilte ihm alles mit, was ich wusste, einschließlich all der belastenden Dinge, die Tony und Les herausgefunden hatten. Und ich sagte, ich hätte keinen Plan, wie ich weiter vorgehen wolle, nur eine verrückte Idee.

«Wie verrückt?», fragte Henry.

«Eher unmöglich als verrückt», antwortete ich. «Ich dachte, ich könnte vielleicht an Lous Kreditkarten-Nummern kommen, vorausgesetzt, ich finde in meiner Wohnung irgendwelche zerknüllten Quittungszettel. Wie ich Lou kenne – und jetzt auch die wahre Sarah Jane –, hat sie ihn sicher dazu gebracht, ihre kleine Eskapade zu finanzieren. Aber selbst wenn ich die Stimme senke und so tue, als wäre ich er, wird mir keine Bank mitteilen, wo er sein Geld ausgegeben hat. Und frag gar nicht erst. Nein, ich weiß seine Geheimzahl nicht. Du kennst nicht zufällig Mr. Master von Master Card?»

Sein Lächeln sagte mir, dass ich fündig geworden war. «Du kennst ihn tatsächlich?»

«Eher Mrs. Master», sagte er. «Ja, ich habe da jemanden in Wachovia, den ich anzapfen könnte. Aber das setzt voraus, dass Lou eine Karte von denen benutzt, nicht wahr?»

Ich durchforschte mein Hirn und versuchte mir seine Kreditkarte vor das innere Auge zu holen. Ich produzierte orangefarbene Kreise und das komische kleine Hologramm eines Blätter treibenden Baumes. Aber das Logo wollte mir absolut nicht einfallen.

«Ich sag dir Bescheid, wenn ich nach Hause gehe. Vielleicht schleiche ich mich in der Mittagspause raus und schaue mal, was sich in der Wohnung finden lässt. Kommst du mit? Ist niemand da.»

«Nichts lieber als das, Nattie, aber ich habe um elf ein Interview, das wahrscheinlich zwei bis drei Stunden dauert. Kann ich nicht absagen, es könnte eine große Story werden.»

Ich zog eine Braue hoch und brachte Ruhe in meine Stimme. «Hat es irgendwas mit Reverend Rowe Quarrels zu tun?»

Er schnappte kurz nach Luft. «Teufel auch, Nattie, du bringst es noch so weit, dass ich an die Hellseherei glaube. Woher weißt du das?»

«Nix Hellseherei, sondern Hellhörerei. Ich habe gehört, wie du bei einem Telefongespräch seinen Namen genannt hast.»

«Also gut geraten», sagte Henry.

«Deshalb spuck's aus, was hat der Reverend angestellt? Irgendwas, was ihn ins Kittchen bringen kann?»

Henrys Gesicht verriet, wie angestrengt er alle Möglichkeiten abwog und zu entscheiden versuchte, ob er die Sache einem Klatschmaul wie mir anvertrauen konnte. Ich vermag ein Geheimnis sehr wohl für mich zu behalten, wenn es als solches gekennzeichnet ist. Wenn jedoch nicht, kann man überlegen, ob man das, was man mir sagen will, nicht gleich auf eine riesige Plakatwand an der Ecke Trade und Tyrant Street schreibt.

«Jetzt grüble dir kein Magengeschwür an», sagte ich. «Ich erzähl's niemandem weiter, auch nicht, wenn sie mir die Beine ausreißen, damit ich nie wieder reiten kann. Na los. Ich habe Quarrels und seine widerwärtige Gruppe gestern Abend erlebt und würde es als Gottesbeweis ansehen, wenn er was getan hätte, was schlimm genug wäre, um ihn zum Schweigen zu bringen.»

«Ich sage nicht nur zum Spaß, dass du mit niemandem darüber reden darfst, Nattie. Wirklich mit niemandem.»

Ich schüttelte den Kopf. «Ordentlich als geheim gekennzeichnet. Also, was hat er gemacht? Sich vom Kollektenteller bedient?»

Sein Blick sagte mir, dass ich nicht einmal annähernd richtig geraten hatte.

«Schlimmer?», fragte ich.

Henry sah mir gerade ins Auge – ja, Singular, denn mehr geht nicht, weil mein linkes Auge für gewöhnlich ins Außenfeld wandert und sein eigenes Spiel spielt. Auch deswegen bin ich als Kind immer aufgezogen worden.

«Nun komm schon, Henry», sagte ich. «Du hast doch schon über so viel Widerwärtiges berichtet, es kann doch wohl nicht schlimmer sein als das, was du schon gesehen hast.»

Henrys Gesichtsausdruck war sehr viel angespannter als der Kaffeefilterausdruck, den es üblicherweise zeigte, wenn er mit der ihm eigenen Gründlichkeit über Dinge nachdachte.

«Als Vater zweier Jungs würde ich sagen, es ist schlimmer», erwiderte er schließlich. «Sehr viel schlimmer. Ich habe mit einer Frau gesprochen, die sagt, sie habe Beweise dafür, dass Quarrels Jungen belästigt hat. Kleine Jungs. Zehn und darunter.»

18

Es gibt zwei Dinge, von denen ich immer geschworen hätte, dass ich sie nie im Leben tun würde. Erstens: Dosenfleisch essen. Zweitens: einen hasserfüllten religiösen Fanatiker wie den Reverend Rowe Quarrels verteidigen.

Jetzt gibt es wohl nur noch eins, nämlich Dosenfleisch essen (auch wenn man nie wissen kann – vielleicht entdeckt die Wissenschaft ja eines Tages, dass es gut gegen Krebs ist).

«Das hat er nicht getan», sagte ich. «Ausgeschlossen, Henry. Er hat so etwas schlicht und einfach nicht gemacht. Auch wenn ich nichts lieber sähe, als dass ihm dieses selbstzufriedene Lächeln aus dem Gesicht gehauen würde, ich gehe jede Wette ein, dass er sich nicht an kleinen Jungs vergangen hat. Ich wette nicht gerade mein Leben, aber meine Sammlung von Plastikpferdchen. Immerhin würde ich lieber aufs Essen verzichten als auf sie.»

Henry hob eine Braue und sah mich an, als wäre ich soeben erst von der Venus herbeigeflogen. «Noch vor wenigen Augenblicken wolltest du ihn eingebuchtet sehen, und jetzt eilst du ihm zu Hilfe? Was denn nun, Nattie?»

Ich schlürfte auch noch den Bodensatz meines Kaffees, denn wenn ich wieder nach oben zurückkehren und Riley wiedersehen wollte, dann ging das nur im Zustand der Berauschtheit. In diesem Fall herbeigeführt durch Koffein und Zucker.

«Igitt», sagte ich, «wer hat denen hier denn das Kaffeekochen beigebracht? Es ist beides, Henry. Du weißt, dass ich dieses Ekelpaket gern hinter Gittern sehen würde, aber ich meine auch, dass er sich erst einmal etwas zuschulden kommen lassen müsste. Mehr als seine ekelhafte Selbstgerechtigkeit. Du wirst es für verrückt halten, aber als Frau sage ich dir, und du kannst es mir glauben, dass Rowe Quarrels nicht im Geringsten an kleinen

Jungs interessiert ist. An großen Mädchen, an denen schon. Und nach der Flugrichtung seiner Blicke zu urteilen, würde ich sagen, je größer, desto mehr, jedenfalls oberhalb der Taille.»

«Woher willst du das wissen?», fragte Henry. «Hat er sich gestern Abend an dich rangemacht? Ich denke, er führt eine Anti-New-Age-Kampagne an?»

«Er hat sich nicht an mich rangemacht», antwortete ich. «Aber es war die Art, wie er mich und wie seine weibliche Anhängerschaft ihn angeschaut hat. Ich bin sicher, er hat mindestens die Hälfte von ihnen, biblisch gesprochen, erkannt. Ich habe schon viele Schürzenjäger erlebt, und du kannst mir glauben, er ist einer der besten.»

So, wie Henry mich ansah, verstand er das nicht. Er hatte hübsche Augen, sanfte, freundliche, blaue Augen, aber keinen Laserblick. Ich hatte so einen schon erlebt, war einmal gefährlich nahe daran gewesen, ihm zu erliegen.

Das war der Hufschmied gewesen, von dem ich Les erzählt hatte. Dieser Mann hatte genau gewusst, welche Macht er über Frauen hatte. Er gestand mir einmal sogar, er könne eine Menschenmenge überblicken, sich die Frauen (ja, Plural) heraussuchen, die er haben wolle, und sie dann auch kriegen. Ich musste eine von ihnen gewesen sein. Aber wie das Glück – meins, nicht seins – es wollte, hatte ihn ein Pferd getreten. Ironie des Schicksals: Dieses Pferd war eine mit den Zähnen malmende, den Schweif hebende rossige Stute gewesen. Ihr Tritt in seinen Rücken hatte ihn volle sechs Monate außer Gefecht gesetzt, was lang genug gewesen war, um mich wieder zur Vernunft kommen zu lassen.

«Na hör mal», sagte Henry, «bloß weil Rowe Quarrels dich attraktiv gefunden hat, ist er deiner Meinung nach schon von allem entlastet? Natürlich hat er dich angeschaut, Nattie. Viele Männer schauen dich an.»

«Woher weißt du?» Ich lächelte, wahrscheinlich breiter, als ich es hätte tun dürfen. War da ein Anflug von Eifersucht in seiner Stimme? Diese Seite von ihm kannte ich noch gar nicht.

«Ich habe sie gesehen», sagte Henry. «Und ich mache es ihnen nicht zum Vorwurf, wenn sie nach dir schauen, dass du es nur weißt. Jetzt aber mal zurück zu Quarrels. Die Person, die mich angerufen hat, sagt, sie habe Beweise.»

Meine Eingebung sagte mir mehr als laut, dass Henry sich irre, aber ich ließ das Thema fallen. Es hätte wenig Sinn gehabt, es noch weiter zu verfolgen. Henry lebte in seinem Kopf und besuchte nur selten sein Herz. Das machte ihn zu einem so fairen Reporter. Außerdem hätte ich diese ganze Quarrels-Geschichte ganz unabhängig von allem, was mir mein sechster Sinn sagte, sowieso auf sich beruhen lassen. Wenn ich mich irrte und der Reverend Quarrels tatsächlich Geschmack an kleinen Jungen fand, dann umso besser – es würde die Story des Jahres werden.

«Halt mich auf dem Laufenden, ja?», sagte ich. «Ich würde gern hören, was das für Beweise sind. Jetzt muss ich los. Wenn ich nicht bald an meinen Platz zurückkehre und ein paar kaputte Zäune repariere, habe ich bald zwei verhungernde Pferde am Hals.»

Ich wollte aufstehen, aber Henry nahm meine Hand. «Eine Sekunde noch, Nattie. Ich glaube, du solltest dir einen Plan machen, wie du Riley begegnen willst. Wissen, was du sagen willst, seine Reaktion vorhersehen, dich unbedingt beherrschen. Denk dran, deine großen Gefühle machen denen Angst.»

In den folgenden zehn Minuten erarbeiteten Henry und ich meine Zaunreparatur-Strategie. Es kribbelte mir im Bauch bei der Aussicht, wieder nach oben gehen zu sollen, aber es musste sein, ich musste zu Kreuze kriechen. Ja, zu meinen Reparaturarbeiten würde unbedingt eine Entschuldigung dafür gehören müssen, dass ich so ausgerastet war. Henry ließ mich ferner schwören, dass ich Riley nichts von dem verschollenen Lou sagen würde. «Denk dran, sie wollen von deinen persönlichen Problemen nichts wissen, die sind ihnen wurscht.»

Wir standen vom Cafeteriatisch auf und Henry drückte meine Hand. «Du schaffst das schon, Nattie. Ich weiß, es wird ein paar Augenblicke lang äußerst unangenehm sein, aber bring's schnell hinter dich, dann ist es vorbei.»

Ich erwiderte den Druck seiner Hand und zwang mich zu einem Lächeln. «Es oder mit mir?»

19

Henry hatte Recht, obwohl ich nicht gerade das Wort «unangenehm» gewählt hätte. Es erinnerte alles eher an die Behandlung durch den sadistischen, glatzköpfigen Dr. Julian, der mir als Kind mit roher Hand die Tetanusspritzen verpasst hatte.

Wie die Spritzen, so schmerzte auch meine Entschuldigung ein paar Sekunden lang ganz gewaltig – es waren die Sekunden, in denen ich vor Riley zu Kreuze kroch. Aber wenigstens war es dann vorbei und ich hatte meinen Job noch.

Nicht nur das. Als ich schließlich meinen Mea-culpa-ich-will's-auch-nie-nie-wieder-tun-Spruch aufgesagt hatte, lächelte Riley sogar. Den Redakteuren der mittleren Ebene gefiel es immer gut, wenn sich Reporter zu absoluter Unterwerfung vor ihnen auf den Boden schmissen. Vor allem kleinwüchsigen mittleren Redakteuren wie Riley.

Man glaube ja nicht, dass ich irgendetwas gegen klein gewachsene Männer habe – einige der wirklich mächtigen, die ich kenne, sind klein von Statur. Mein verstorbener Stiefvater David, der größte Mann, der mir je begegnet ist, maß nur knapp einssiebzig. Aber er wusste, dass Größe – echte Größe – nicht nur eine Frage der Körpermaße ist.

Unglücklicherweise war das eine Erkenntnis, die Riley noch nicht zuteil geworden war, denn er gab den Großmütigen. «Schon vergessen», sagte er und hob die rechte Hand, als ob er den Verkehr stoppen wollte. Ja klar. Vergessen, meine Fresse! Vergessen wie die fehlenden achtzehn Sekunden Bandaufzeichnung Nixons. Ich hätte einen Wochenlohn gewettet, dass mein Ausrasten am Vormittag in meiner nächsten Beurteilung als Beispiel dafür auftauchen würde, dass ich unkooperativ, hitzköpfig und – die größte aller Sünden – keine gute Teamspielerin war.

«Machen wir das jetzt mal fertig, damit ich es an Candace abschicken kann», sagte Riley.

«In Ordnung», stimmte ich zu und schluckte im Stillen.

Wir wandten uns also meiner Story und den von ihm gewünschten Änderungen zu. Ich hatte inzwischen so gut wie keinen Verhandlungsspielraum mehr und war deshalb gezwungen, alle seine Zusätze hinzunehmen, die Zahl der Tierärzte in den beiden Carolinas eingeschlossen. Schlimmer noch als die Zusätze waren die Streichungen. Am Ende war mein Artikel eines Drittels seines Umfangs beraubt. Als ich beim *Appeal* angefangen hatte, waren die Storys der Sonntagsausgaben noch handfeste Angelegenheiten gewesen, während sie heute wie ein kleiner Bruder von *USA Today* wirken. Es war flacher Journalismus der übelsten Sorte – viele Bilder und Graphiken, dazu Artikel von Miniminirocklänge.

Nachdem ich zu Kreuze gekrochen war und mir mein Werk hatte verstümmeln lassen, stand Riley auf, um zu gehen. «Ich glaube, das macht jetzt eine gute Lese, Nattie», sagte er.

Ich zwang mich zu einem Lächeln, wobei ich plötzlich einen unangenehmen, metallischen Geschmack im Mund hatte. Blut.

Ich hatte mir so fest auf die Innenseite meiner Unterlippe gebissen, dass sie blutete.

«Du lieber Himmel, was tut mir dieser Job noch alles an! Bei Selbstverstümmelung sollte der Spaß aufhören», sagte ich zu niemand Speziellem.

Ich spuckte Blut in meine Kaffeetasse und fuhr mit der Zunge über die Wunde. Die Stelle würde bald anschwellen und ich wie Muhammad Ali aussehen. Ich nahm mir vor, dem Guten Doktor Greene bei unserer nächsten Sitzung von diesem Schuss in den eigenen Fuß – oder besser: Mund – zu berichten. Zumindest würde ihn das daran hindern, mir aus seinen Büchern Passagen über Hysterikerinnen vorzulesen.

Es ging auf die Mittagspause zu, die eine der wenigen Zeiten des Tages darstellte, in denen ich meinen Platz verlassen konnte, ohne mich bei einem Redakteur oder einer Redakteurin abmelden zu müssen und ihm oder ihr zu sagen, wohin ich zu gehen und wann wieder zurück zu sein gedachte. Ich musste unbedingt Quittungen der von Lou mit Kreditkarte bezahlten Rechnungen finden. Mit ein bisschen Glück war er ein Wachovia-Kunde.

Es war nach diesem Vormittag genau das, was ich gut gebrauchen konnte – ein bisschen Glück.

20

Ein bisschen? Wie war's mit einem ganzen Kübel voll? Schon bei einem ersten flüchtigen Blick in eine Ecke meiner Wohnung fand ich die zerknitterten Quittungszettel. Zum ersten Mal in meinem Leben war ich dankbar dafür, dass auf meinen Vater die Bezeichnung «Schlamper» zutraf.

Und mein Glück nahm noch zu! Über den MasterCard-Kreisen stand Wachovia. Ich griff nach dem Telefon und tippte Henrys Nummer. Beim zweiten Klingeln wusste ich, dass der Apparat gleich auf Anrufbeantworter umspringen würde. Ich hatte das Interview in Sachen Rowe Quarrels völlig vergessen.

«Henry», sagte ich ins leere Telefon am anderen Ende, «hallelujah! Ich muss vergangene Nacht, als ich meine Gebete sprach, einen direkten Draht gehabt haben, denn rat mal! Ich bin auf eine Goldader gestoßen: Lou ist ein Wachovia-Mann! Ist das nicht ein Glück? Hier seine Kartennummer. Ich will auf ewig deine beste Freundin sein, wenn deine Maid in Wachovia herausfindet, wo Sarah Jane das Geld meines Vaters ausgibt.»

Nachdem das erledigt war, blieb nichts anderes zu tun übrig, als zu essen und zur Arbeit zurückzukehren. Ich wäre gern noch schnell beim Stall vorbeigefahren, aber angesichts der neuen Lock-in-Politik beim *Appeal* sah es so aus, als wäre es mit meinen kurzen nachmittäglichen Ritten aus und vorbei. Ich brauchte nur während der Arbeitszeit auf dem Rücken meines Pferdes erwischt zu werden, und schon würde ich mich der immer größer werdenden Schar der arbeitslosen Journalisten zugesellen dürfen.

Zum Glück war es ja auch nicht so, dass mir ein gänzlich pferdeloser Tag bevorstand. Ich wollte nach der Arbeit mit Denise, meiner neuen Stall-Freundin, ausreiten. Dann käme ich hinaus in meinen Reiterhimmel, und Lou, Sarah Jane, Ron Riley, sie alle würden in die hinterste Ecke meines Hirns geschoben werden und unerreichbar sein, solange ich im Sattel saß.

Ich hatte kaum glauben können, dass Denise und ich uns sofort so gut verstehen würden. Schließlich ist sie Candaces Schwester, und ich staune immer noch, dass ich mit einer Blutsverwandten der Erzfeindin befreundet bin. Denise ist nicht nur ganz anders als ihre Schwester, sondern auch Seelenklempnerin von Beruf, weshalb ich allerdings am Anfang gefürchtet hatte, sie würde über nichts anderes sprechen können und dauernd nur die Schwester analysieren. Aber im Gedanken an meine Erfahrungen mit dem Guten Doktor Greene war ich zu dem Schluss gekommen, das zur Not ertragen zu können.

«Sie ist eine anmaßende Gewitterziege», hatte Denise bei unserem ersten Ausritt angemerkt – und es bei dieser Analyse bewenden lassen.

«Wir Seelenklempner sind nicht so», hatte sie gesagt, als ich ihr gestand, worauf ich gefasst gewesen war. «Oder, anders gesagt, nicht die, die ich kenne. Bist du sicher, dass dein Kerl da tatsächlich Psychologie studiert hat?»

Denise war mir am Anfang sehr still erschienen, was sich aber mit der Zeit gegeben hatte. Das bedeutete freilich nicht, dass ich die langen Ausritte mit Gail nicht vermisste. Sie hatte sich jedoch vor ein paar Monaten aufgemacht und Torkesquist, den verrücktesten Fotografen des *Appeal*, geheiratet – und seitdem waren die beiden noch nicht wieder aufgetaucht.

Ich hatte Gail nach der Hochzeit kaum noch zu Gesicht bekommen, und sie fehlte mir. Ich konnte gar nicht glauben, dass sie ihr und Torkesquists Bemühen, körpergroße Brandflecken auf dem Teppich ihrer Wohnung zu erzeugen, tatsächlich für einen Abend unterbrechen wollte. Um die Wahrheit zu sagen, war der eigentliche Grund, sie zum Palast der Feldmans zu begleiten, der gewesen, mal wieder mit ihr zusammen sein zu können. Zudem war natürlich auch ein kleiner Teil von mir neugierig zu sehen, wie die reichen Juden südlich der Mason-Dixon-Linie so lebten.

Abgesehen von diesen soziologischen Studien, trieb mich der Gedanke, bei den Feldmans vielleicht ein bisschen herumstochern und zumindest eine Theorie hinsichtlich weiterer möglicher Tatverdächtiger entwickeln zu können. Trotz Sarah Janes krimineller Neigungen und ihrer hysterischen Flucht aus der Stadt fiel es mir nach wie vor schwer zu glauben, dass sie Fuzzy eins mit der Schaufel übergebraten haben sollte. Aber nun ja, mit meiner Menschenkenntnis war es ja nicht so weit her.

Lebender Beweis für diesen Mangel war jener Schürzen jagende Hufschmied, der auch mir mal den Kopf verdreht hatte. Ein paar Schlüsselepisoden dieser Geschichte habe ich noch gar nicht zum Besten gegeben. Er war ganz und gar nicht edler Ritter, hatte keinen einzigen Tropfen Poesie in seiner Seele. Tja, aber was war er dann? Ein streitsüchtiger, riesengroßer Gockelhahn von Mann mit einem ausgeprägten Hang zur Gemeinheit. Aber einer Freundin zufolge, die ihm erlegen war, war er trotz all des Gekrähes über seine Fähigkeiten als Schwerenöter eigentlich eher ein Pascha, der sich bequem zurücklegte und lieber die anderen machen ließ. Was ich in ihm gesehen hatte? Da haben wir's wieder!

Vielleicht hatte Les Recht und ich wollte für eine Nacht Tarzans Jane sein.

Ach ja, Les. Als ich in die Redaktion kam, stand er an meinem Schreibtisch und schrieb mir eine Nachricht.

«Nie was von E-Mail gehört?», fragte ich.

«Ich habe schon drei geschickt», sagte er. «Dachte, du wärst elektronisch nicht erreichbar und verstecktest dich vielleicht vor einer Redakteurin. Erzähl mir mal, was du über den Gatten weißt. Den Hufschmied-Gatten. Wie ich höre, ist er ein Südstaatenproletarier. Das und Hufschmied … hm, Miss Gold, könnten hier vielleicht zwei und zwei vier ergeben? Könnte es zufällig sein, dass das dein proletarischer Hufschmied ist?»

Ich wusste, dass mein Gesicht röter wurde als mein Haar, denn ich konnte spüren, wie mein Blut nach oben schoss. O Himmel, das war ja der andere zentrale Bestandteil meiner Hufschmied-Story: Der Mann hieß – und heißt noch – Bobby McMahon. Genau der war's – der Witwer McMahon!

21

Okay, okay, ich hätte es also fast mal mit diesem müden Klepper getrieben. Aber das ist etwas, worauf ich überhaupt nicht stolz bin. Das Debakel gehört zu jenem Teil meiner Vergangenheit, von dem ich wünschte, es gäbe ihn nicht – wie die Hälfte der Drogen, die ich in jugendlicher Torheit ausprobiert habe. Aber bei denen konnte ich wenigstens mein Alter bzw. den Mangel an selbigem verantwortlich machen. Vor gut drei Jahren, als ich vor lauter Verzückung ins Trudeln geraten war, war ich bereits gefestigte Mitte dreißig. Also alt genug, um es besser wissen zu können.

Ich will mich nicht allzu rein waschen, aber ich war in der Nanosekunde, in der ich seiner ansichtig wurde, einfach hin und weg gewesen. Bis dahin war ich noch nie an einen professionellen Schürzenjäger geraten. Während Bobby McMahon sein ganzes Leben darauf verwandt hatte, seine herzensbrecherischen Fähigkeiten bis zu tödlicher Durchschlagskraft weiterzuentwickeln, war ich von einer verantwortungsbewussten, lieben, netten Vaterfigur zur nächsten gehüpft (mit einer Ausnahme, die mir jedoch auch ein gebrochenes Herz eingebracht hatte).

Ich hatte ihn an dem Tag kennen gelernt, an dem Brenda Starr, aus dem Bundesstaat New York kommend, in Charlotte eingetroffen war. Sie hatte sich während des Transports eines der vorderen Eisen abgerissen, und ich musste das schnell richten lassen, wenn ich in den folgenden sechs Monaten kein lahmendes Pferd haben wollte. Das einzig Negative, was sich über Brenda Starr sagen lässt, betrifft ihre Hufe. Es sind die schlechtesten, die man sich vorstellen kann, und lebender Beweis für die Richtigkeit des Spruches, den alle Reitersleute noch im Schlaf hersagen können:

Eine weiße Fessel: Kauf es.
Zwei weiße Fesseln: Versuch es.
Drei weiße Fesseln: Lass es.
Vier weiße Fesseln und eine weiße Nase:
Zieh ihm das Fell ab und wirf es den Krähen zum Fraße!

Dieser alte Spruch geht davon aus, dass ein weißer Huf, der immer zu einer weißen Fessel gehört, schwächer ist als ein schwarzer. Brenda, die drei weiße Fesseln und eine riesige Blesse hat, gehört, was die Solidität ihrer Hufe angeht, fast schon zum Krähenfutter. Daher meine Besorgnis.

Gerry, der normalerweise für den Stall tätige Hufschmied, war auf einem Reitturnier in Florida, und Gail hatte ich gerade erst kennen gelernt, weshalb sie wahrscheinlich dachte, sie kenne mich noch nicht gut genug, um zu sagen: «Ich rufe mal diesen anderen Schmied, diesen McMahon, für Sie an. Aber passen Sie auf, das ist ein fieser Bursche, der schon die Hälfte aller Frauen von Charlotte aufs Kreuz gelegt hat.»

Stattdessen sagte sie, ich solle mir keine Sorgen machen, sie werde Brendas Huf bis zum Abend beschlagen lassen. Dann ging sie schnurstracks ins Büro und rief McMahon an. Offensichtlich brauchte sie nur zu sagen, dass das eisenlose Pferd einer neuen Stallmieterin gehöre, denn schon nach zwanzig Minuten war er da.

Die Tür der Box glitt auf und herein kam Bobby McMahon. Es ist nicht so, dass er gefährlich gut aussehend wäre wie etwa Sean Connery oder Daniel Day Lewis. Moderat gut aussehend, ja. Er hat hübsches, volles Haar und eine gerade Nase, Gesichtszüge, die einem jüdischen Mädchen die Sinne rauben. Und doch war es gar nicht die höckerlose Nase, die es mir antat.

Wie schon erwähnt, waren es seine Augen und was er damit anstellen konnte. Nicht ihr strahlendes Blau, sondern ihr Blick.

McMahon sah mich mit diesen Augen an, wie mich noch nie ein Mann angesehen hatte. Sah mich an, als könnte er gar nicht genug kriegen.

Es lässt sich viel zugunsten eines rohen, wilden, urwüchsigen, bodenlosen Verlangens sagen, sehr viel sogar, vor allem von einer Frau, die gerade von einem Mann fallen gelassen worden war, der gemeint hatte, ihrer Beziehung sei das Prickelnde verloren gegangen.

Tja, und da sickerte nun dieses Lächeln in McMahons Gesicht. Langsam und ungezwungen. Ein Lächeln, das sagte: «Du bist die, nach der ich mich schon ein Leben lang verzehre, und ich bin, was dir schon immer gefehlt hat.»

«Hallo, Sie sind gekommen, um meinen Fuß zu richten? Ich meine, das Auge meines Pferdes, ich meine Huf, ach, Sie wissen schon, was ich meine», stotterte ich, stellte mich ihm in lahmster Weise vor und ging zu ihm, um ihm die Hand zu geben. Nur dass ich vergessen hatte, dass mein Putzkasten direkt vor meinen Füßen stand.

Ich stolperte und wäre lang hingeschlagen, hätten mich nicht McMahons große, starke Arme auf halbem Weg aufgefangen.

«Lange Fahrt vom Norden hier runter, was?», sagte er. Er ließ seine Hände auf meinen Armen, seinen Blick in meinem Auge, und ich verspürte nicht den Wunsch, er möge beides wegnehmen.

«Na ja, irgendwie schon», sagte ich und zwang mich, nicht weiterzureden. Ich wusste, dass ich nichts Vernünftiges herausbringen würde, allenfalls anfangen, albern zu kichern. Er musste außerdem ja auch nicht wissen, dass ich schon vor zwei Wochen in Charlotte angekommen war.

«Der Huf sieht schlimm aus», sagte McMahon und nahm endlich auch mein Pferd wahr. «Aber das kriege ich schon hin.» Bescheidenheit gehörte offenkundig nicht zu seinen Tugenden.

«Bringen Sie sie raus. In ein paar Minuten ist sie wieder so gut wie neu. Nein, besser.»

Brenda hinkte aus der Box, und das brachte mich in die Wirklichkeit zurück. Nichts ernüchtert mich schneller als ein verletztes Pferd. Ich gewann meine sprachlichen Fähigkeiten einigermaßen zurück, jedenfalls genug davon, um über Pennälerkichern hinauszugelangen. Wir unterhielten uns, während er feilte, raspelte und flickte. Abgesehen von seinem hübschen Kraushaar, verfügt McMahon über noch etwas: die Gabe, komisch zu sein und Geschichten erzählen zu können. Und ich mag gute Geschichtenerzähler.

Natürlich hatte er davon einige auf Lager – er war ja Hufschmied, und die Hufschmiede sind so etwas wie die Friseure der Reiterwelt. Besitzer erzählen ihnen Sachen, die sie ihren besten Freunden nicht anvertrauen würden, und was den Hufschmieden nicht erzählt wird, das kommt ihnen zu Ohren. Sie kriegen so gut wie alles mit, was sich in der Welt der Reitturniere zuträgt. Da war zum Beispiel die Geschichte von der Pony-Mutter, die versucht hatte, den schurkischen Bruder ihres Stallburschen dazu zu bewegen, einer der kleinen Konkurrentinnen eins überzubraten.

«Er sollte sie nicht eigentlich umbringen», sagte McMahon, «sondern die kleinen Rattenschwänzchen nur so lange lahm legen, bis ihre Tochter so viele Punkte zusammen haben würde, dass sie bis zu den Jahresabschluss-Preisen nicht mehr einzuholen wäre.»

Offensichtlich spielen selbst vorbestrafte Schurken bei Angriffen gegen Kinder nicht mehr mit.

«Also, der Junge sagte Nein zu Mama», fuhr McMahon fort, «und daraufhin machte die eine Kehrtwendung und bat ihn, sich stattdessen die liebe Mami der Kleinen vorzunehmen, wohl meinend, dass das Mädchen dann zu zerstört sein würde, um noch reiten zu können. Aber der Junge war ein ganz fixer. Er setzte der Mama eine Pistole an den Kopf und klaute ihr den Schmuck von Fingern und Ohren. Und dann auch ihr Geld. Die Mama konnte natürlich nie Anzeige gegen ihn erstatten.»

Ich hätte zu gern gewusst, wer die Mama gewesen war, aber McMahon schwieg eisern. Und da muss ich noch etwas Gutes über ihn sagen: Er war immer diskret. Letztendlich spielte auch keine Rolle, wer es gewesen war. Ich hatte im Laufe der Jahre schon so viele Turniermütter kennen gelernt, die ohne weiteres zu so etwas fähig gewesen wären – und zu noch Schlimmerem.

Als McMahon an das Ende dieser Geschichte gekommen war, hatte er Brendas Huf in einen fast wieder normalen Zustand versetzt. Und mich zum Essen eingeladen. Närrin, die ich bin, nahm ich die Einladung auch an, obwohl der kleine Mann in meinem Kopf auf alle erreichbaren Tiegel und Töpfe einschlug und schrie: «Vorsicht! Vorsicht! Vorsicht!»

Fünf Stunden später stand Bobby McMahon vor meiner Tür und richtete erneut seinen Strahlenblick auf mich. Meine Hormone gerieten ins Schleudern.

«Kennen Sie einen guten Chinesen mit Lieferservice?» Die Worte waren heraus, ehe ich es verhindern konnte.

Er lächelte noch breiter. Bobby McMahon hat mich viel über Schürzenjäger gelehrt, vor allem ihren wirksamsten Grundsatz: abwarten und sich zurückhalten.

«Das nächste Mal», sagte er. «Lassen Sie uns heute in Gus's Sir Beef gehen.»

Ich dachte, er würde mich in ein romantisches Steakhaus mit qualmenden Kerzen und schummrigen Nischen bringen, wo wir uns gegenseitig mit den Händen über die Schenkel streichen konnten. Aber die einzigen Hände, die bei Gus strichen, waren die von Kindern ohne Serviette, die ihre Pfoten an Kleidungsstücken von Soße, Ketchup und anderem reinigten. Gus's Sir Beef ist im Wortsinn ein Familienrestaurant mit schreienden Babys und wie blöde durch die Gänge tobenden Kids. Aber das Essen ist hervorragend. Damals dachte ich, McMahons Genügsamkeit hinge mit seinem Beruf zusammen – da wusste ich noch nicht, dass er mit einer der reichsten Frauen von Charlotte verheiratet war, die ihn finanziell an kurzer Leine hielt.

Nach dem Essen fuhren wir zu mir zurück. Er begleitete mich bis zur Haustür und schob einen Arm um meinen Hals. Dann küsste er mich, und wäre ich ein Flipper gewesen, hätte es nur so geklingelt und gescheppert. Gerade als ich ihn ins Haus zerren wollte, sagte er: «Ich ruf dich an», drehte sich um und verschwand in der Dunkelheit.

Wenn die Regel Nummer eins lautet, dass man abwarten und sich zurückhalten soll, dann die Regel Nummer zwei: anquälen. Er rief mich am nächsten Abend an und unsere Unterhaltung wandte sich schon bald was sonst wohl zu.

«Ich muss mir vielleicht ein Picknicklunch einpacken», sagte er. «Es könnte so lange dauern, bis ich fertig bin.»

Das hört sich heute nicht nur doppelt widerlich an, sondern – im Licht der weniger befriedigenden Erfahrungen meiner Freundin – auch komisch. «Vorspiel bedeutet für ihn, das Licht auszuknipsen», gestand sie mir einmal. Damals nahm ich McMahon seine Sprüche jedoch voll ab – wie Lou es im Fall Sarah Janes tat. Wie war das mit dem Apfel, der nicht weit vom Stamm fällt?

Einige Abende bekam ich McMahon nicht zu sehen, weil er, wie er sagte, zu viel zu tun hatte (man erinnere sich: abwarten und sich zurückhalten!). Ich bin überzeugt, dass mich das Große Göttliche Wesen auf diese Weise errettet hat – wie auch ein wenig Beistand von Mutter Natur. Denn als er wieder vor meiner Tür erschien (diesmal mit drei Tüten voller chinesischer Köstlichkeiten), war ich in meinem weiblichen Zyklus zu einer Phase gelangt, welche jene Aktivitäten, die er mir am Telefon so detailliert ausgemalt hatte, nicht eben begünstigt. So wurde es zwar kein ganz keuscher Abend, aber etwas Ernsteres geschah auch nicht, wenn man davon absieht, dass ich ein paar fürchterliche blaue Flecken auf seinem rechten Arm und seinem Rücken zu sehen bekam.

Dem Himmel sei Dank. Denn am nächsten Tag schon erfuhr ich von Gail, die anfragte, ob ich mit ihr ins Gelände reiten wolle, Genaueres über McMahon. Wir waren etwa eine Viertelstunde durch den Wald geritten, als sie sich mir zuwandte und sagte: «Hat dich dieses Arschloch McMahon angebaggert? Ich hätte dich schon viel eher fragen wollen, aber wir haben uns ja schon so lange nicht mehr gesehen.»

Ehe ich das «Ja» herausbekommen hatte, schüttelte sie den Kopf. «Himmelherrgott, ich wusste es doch. Jemand sollte ihm den wegschneiden, einfach absäbeln.»

«Und wenn er sich nun in mich verknallt hat?», sagte ich. «Okay, er ist zugegebenermaßen nicht der Schlauesten einer, ja eigentlich recht dumm, aber hin und wieder soll mir das bei einem Mann schon recht sein. Ich will ihn ja nicht heiraten.»

Gail schnaubte verächtlich. «Wie gut, Nattie, denn verheiratet ist er schon.»

Das machte meiner Selbstzufriedenheit ein Ende. «Er ist was?»

«Verheiratet, du Dummdödel. Ganz ordentlich verheiratet. Mit Fuzzy McMahon. Aber richtig, du bist ja noch neu hier. Ich will dir sagen, wer Fuzzy McMahon ist.»

«Laß gut sein», erwiderte ich. «Ich lese schließlich den *Chronicle of the Horse.* Ihr Name ist auf jeder Seite zu finden. Sie sponsert die Hälfte aller Klassen bei der Washington International Horse Show und die andere Hälfte bei der National Horse Show. Sie hat alle berühmten Ponys und Pferde Amerikas und Europas aufgekauft, nur damit ihre kleine Prinzessin blaue Schleifen gewinnen kann. Erspar mir die Einzelheiten. Das ist Bobbys Frau? Ich schwöre, ich habe nicht gewusst, dass er verheiratet ist.»

«Derselbe Familienname, meine Liebe.»

«O Mann, ja, ich habe das überhaupt nicht in Zusammenhang gebracht. Wieso sollte ich auch? Was hätte denn eine Millionärin wie Fuzzy an so einem ungebildeten Hufschmied finden können, der blöder ist als Scheiße?»

Gail warf mir ihren besten Tja-was-wohl-Blick zu und meinte: «Und das fragst du.»

22

«Nun, Miss Gold, ist Fuzzys proletarischer Hufschmied auch der Ihre? Wieso diese Zurückhaltung? Warum hast du mir das nicht gleich erzählt?»

Ich war so in meine Erinnerungen versunken, dass ich Les kaum sprechen hörte. Aber Les war keiner von denen, die man übergehen oder ignorieren kann, und so betrat er meine Privatsphäre und piekte mich, als ich nicht reagierte, mit dem Finger.

«Noch da, Gold? Oder auf 'nem Bummel durch die Vergangenheit? Sag mal, war McMahon ein goldiges Altchen?»

Sein Finger brachte mich schnell in die Wirklichkeit zurück.

«Weg da, Pirat!», sagte ich und entfernte seinen Zeigefinger von meinem Körper. «Ich habe auf der Basis des unbedingt Erforderlichen gearbeitet. Aber wo du mich schon fragst, ja, die beiden Hufschmiede sind ein und derselbe. Ich hab es dir nicht gesagt, weil er ein Blödmann ist. Und weil ich da nicht gerade stolz auf mich bin. Dankenswerterweise war nicht viel, alles nur in meinem Kopf und am Telefon. Was gewesen wäre, wenn, das weiß ich nicht, aber als ich hörte, dass er verheiratet war, war Sense. Mir sind im Unterschied zu anderen Ehegelübde heilig.»

Les sah mir unbewegt ins Auge. Entweder war er der beste Pokerspieler des Universums, oder an dem Gerücht, dass er was mit der großbusigen Sekretärin der Redakteurin, genauer der verheirateten großbusigen Sekretärin der Redakteurin, hatte, war nichts dran.

«Hast du ihn jüngst mal gesehen?», fragte er.

«Ewigkeiten nicht mehr», antwortete ich. «Der Kerl hat doch glatt noch einmal versucht, mich mit seinem Strahlenblick zu bannen, aber es hat, Gott sei Dank, nicht funktioniert. Was willst du noch über ihn wissen? Ob er nicht nur Schürzenjäger, sondern auch ein Mörder ist, weiß ich nicht. Er hat mir mal gesagt, dass er einen guten Kampf zu schätzen wisse und ihm dabei üble Tricks nichts ausmachten. Er ist ein riesiger Brocken, der so gut wie jeden umhauen könnte. Außerdem ist er Republikaner und Mitglied der National Recovery Administration, für deren Leute Spaß darin besteht, einem Murmeltier die Barthaare wegzuschießen und zuzuschauen, wie es vor Angst erstarrt, bevor sie es endgültig abknallen.»

Diese Dinge wieder heraufzuholen drehte mir fast den Magen um. «Ich muss damals nicht ganz bei Trost gewesen sein. Wie auch immer, hast du irgendwas Brauchbares über ihn, das Sarah Jane aus dem Scheinwerferlicht holen könnte? Ich dachte, Tony hätte so etwas gesagt, dass McMahon ein Alibi hat, das dichter als die Haut einer vollgesogenen Zecke ist.»

Les griente wie ein Neuntklässler, der gerade zugeschaut hat, wie sich die Mädchen für den Sportunterricht umziehen. «Noch was», sagte er. «Definier doch mal ‹nicht viel› wie in ‹Da war nicht viel›.»

Jetzt piekte ich ihn mit dem Finger. «Hör zu, Freundchen, ich schleppe dich zu Sunny und lass dir den Namen deiner Ex-Frau auf den Du-weißt-schon-was tätowieren, wenn du nicht endlich damit aufhörst. Ich habe alles gesagt, was ich je zu sagen gedenke, jedenfalls in unberauschtem Zustand. Also, können wir das mal als abgeschlossen betrachten, ja? Haben deine Hormone noch nie in deinem Hirn einen Kurzschluss ausgelöst?»

Les presste die Beine zusammen und legte in gespieltem Entsetzen die Hände vor die Gegend seiner Scham. Dann machte er schnell ein Friedenszeichen und sagte: «Doch, das eine oder andere Mal ist mir auch schon mal die Sicherung rausgeflogen.»

«Also», sagte ich, «was ist nun mit McMahon? Was hast du über ihn? Und wie dicht ist sein Alibi wirklich?»

«Seine Kleine», sagte Les. «Das Töchterchen hat geschworen, sie hätten den ganzen Tag und den Abend allerliebste Tochter und herzensguter Vater gespielt. Krönender Abschluss seien ein Essen bei Gus's Sir Beef und der Besuch einer Spätvorstellung im Kino gewesen.»

Wieder ein Sondereinsatz für meine Blutkörperchen. Sie stiegen erneut in mein Gesicht und machten es leuchtend rot.

«Ist irgendwas mit Gus's?»

«Vergiss es», sagte ich. «Vielleicht lügt das Kind, um Daddy zu schützen. Ich fahre heute Abend zu den Feldmans, möglicherweise kann ich da was für dich herausfinden, ein paar diskrete Fragen stellen.»

«Das ist gut, Nattie. Ein paar diskrete Fragen stellen. Was willst du tun? Dir einen Knebel in den Mund stopfen?»

23

Ich wäre fast auf den Schönling reingefallen und bin nicht wegen meiner Diskretion berühmt. Wo ich nun schon meine Charaktermängel aufliste, kann ich auch gleich noch Raffiniertheit und guten Geschmack nennen. Den Mangel an. Der hat allerdings auch seinen Grund.

Ich weiß, dass ich jetzt nicht wie jemand mit Studienabschluss klinge, den ich doch vorweisen kann, oder wie die Maid, die ihrer zerschundenen Seele eingebläut hat, dass sie für ALLES verantwortlich sei, von der Zerstörung des Regenwaldes bis zu Al Gores größer werdender Platte. Aber manchmal vertue ich mich und suche den Fehler woanders.

Etwa bei meinem Haar. Vor kurzem hat ein israelischer Verhaltensforscher die Rothaarigen untersucht und – große Überraschung – eine ganz eigene Rothaarigenpersönlichkeit entdeckt. Aggressiv, laut, anmaßend, keine Diskretion, Sie verstehen schon. Man muss nicht Psychologe sein, um sagen zu können, warum das so ist. Das kindliche Bestreben, sich anzupassen, bekommt etwas Vergebliches, sobald man größer wird und einem etwas anderes aus dem Schädel wächst als den anderen. Deshalb muss man alles daransetzen, seinen Platz zu finden. Man wird aggressiv, anmaßend usw. – also nicht nur äußerlich ein Rotschopf.

Deswegen gehöre ich wohl nicht zu jenen Reportern, die zurücktreten und hinter den Vorhängen verschwinden können, um zu beobachten, wie sich eine Story entfaltet. Mein Abend im Elternhaus der verstorbenen Fuzzy McMahon war da keine Ausnahme. Les hatte Recht gehabt – ich hätte mich selbst knebeln sollen.

Immerhin wurde ich nicht rausgeschmissen. Im Gegenteil. Ich hätte bald schon Nummern ausgeben müssen an all die Leute, die es gar nicht abwarten konnten, mir ihre unerheblichen Ansichten über Fuzzy, ihr Leben und Sterben vorzutragen. Der einzige Mensch, der nichts sagte, war Fuzzys Vater Mo Feldman, und das wohl nicht zuletzt deshalb, weil seine Frau Bootsie sein offizielles Organ zu sein schien. Immer, wenn er den Mund aufmachte, fuhr sie dazwischen und zertrampelte schon die erste Silbe, die über seine Lippen kam. Nach einer Weile gab er auf und vergnügte sich mit einem Teller voller Weißfisch.

Nicht nur die kulinarischen Hinweise bestätigten meine die Herkunft und rassische Zugehörigkeit der Feldmans betreffenden Vermutungen – ihre jüdischen Wurzeln reichten tief hinab in den kollektiven Boden. Die einzige Überraschung war die Lage ihres Hauses im Eastover-Teil Charlottes. Das ist eine wohlhabende, schicke Gegend mit hügeligen, viele Morgen großen Anwesen, die von eindrucksvoll herrschaftlichen, aber unglaublich langweiligen Häusern im Kolonialstil beherrscht werden. Ich hatte mir bei den Feldmans etwas mit ein wenig mehr Schmiss und Pep vorgestellt, also etwas in der Art der aufgemotzten Häuschen, die sich in den hinter Zufahrtstoren liegenden Arealen südlich und östlich der Trade und der Tyron Street finden.

«Nattie Gold, stimmt's? Die Moderedakteurin?»

Ich schüttelte den Kopf und wollte schon erklären, dass ich Modeberichterstatterin sei und nicht Redakteurin, aber mir wurde klar, dass das eine Unterscheidung war, die nur für mich Bedeutung hatte, weshalb ich es ließ. «So eine Art», sagte ich und reichte der vor mir stehenden Frau die Hand. Sie war noch kleiner als ich und ein wenig auf der untersetzten Seite, was sie jedoch gut mit überbezahlten Donna-Karan-Klamotten kaschierte. Ihr braunes Haar wies feine goldene Tupfer auf und war entweder von den Strahlen der Sonne geküsst oder von einem wahren Künstler der Verschönerung behandelt worden. Wahrscheinlich eine Kombination von beidem, wenn man nach ihrer Haut ging, die gebräunter war als die Rutger Pearsons, unseres Herausgebers, von dem es hieß, er übernachte jeden Dienstag und Donnerstag im Bräunungsstudio. Und sie trug den schlimmsten Nasenjob mit sich herum, den ich je gesehen hatte. Die knubbelige Zugabe zu ihrem Gesicht war derart beschnippelt worden, dass sich Michael Jacksons rasiertes Rüsselchen dagegen fast menschlich ausnimmt. Zeit, mal den Schönheitschirurgen zu wechseln, würde ich sagen.

«Sie können nicht beruflich hier sein», sagte die Frau. «Ich meine, der *Appeal* hat ja schon ganz grauenvolle Storys gebracht, aber ich kann nicht glauben, dass auch dieses Blatt schon so tief gesunken ist, ausgerechnet die Moderedakteurin zu einer Totenwache zu entsenden.»

Das war offenkundig keine von Fuzzys jüdischen Freundinnen. Ich wusste nicht, was ich als erstes richtig stellen sollte – den Zweck meines Besuches oder die korrekte Bezeichnung für dieses abendliche Ereignis.

«Ich kannte Fuzzy durch die Reiterei», sagte ich. Das war nicht ganz gelogen. Ich leugnete nicht, «dienstlich» da zu sein, wobei meine Anwesenheit allerdings mehr meinen eigenen Interessen diente als denen des *Appeal*. Obwohl ich durchaus die Absicht hatte, relevante Informationen an Les weiterzugeben, ging es mir vor allem darum, nach Möglichkeiten zu suchen, Sarah Jane zu entlasten, damit mein Vater nicht als Flüchtling enden musste. «Wissen Sie, das ist eigentlich keine Totenwache, sondern nennt sich Schiwa. Das ist eines der drei Dinge, die ich über die Juden weiß, und ich zähle mich zu ihnen.»

Die Frau warf mir einen komischen Blick zu. Ich wusste nicht, ob ich sie gekränkt hatte, ob sie sich in Gegenwart von Juden unbehaglich fühlte oder ob sie schlicht trauerte. Ich entschied mich für Letzteres und verlieh meinem Mitgefühl Ausdruck. «Ich kann noch gar nicht glauben, dass sie nicht mehr unter uns weilt», sagte ich. «Schrecklich, was ihr widerfahren ist.»

Die Frau warf mir einen noch komischeren Blick zu. «Schrecklich, was ihr widerfahren ist?», sagte sie und fing an zu lachen. Schallend. «Dann kennen Sie Fuzzy nicht von der Reiterei her, so viel steht fest. Gehen Sie mir los, Passenderes konnte ihr gar nicht widerfahren. Was mich angeht, so ist Fuzzys Tod ganz dazu angetan, mich wieder zur Kirchgängerin zu machen, weil er nämlich beweist, dass dort oben ein Gott über uns wacht.

Ich kenne niemanden, der es eher verdient hätte als Fuzzy McMahon, auf einem Misthaufen zu enden.»

Jetzt war ich mit den komischen Blicken an der Reihe. Ich schob die linke Seite meines Mundes nach oben und kniff das dortige Auge zu.

«Vorsicht, das macht Falten», sagte die Frau.

Ich senkte den Mundwinkel wieder und öffnete das zugekniffene Auge – Falten konnte ich wirklich keine mehr gebrauchen, denn dank der zwanzig Jahre, die ich mit ungeschütztem Gesicht in der Sonne herumgeritten war, hatte ich davon wahrlich schon genug.

«Ich verstehe Ihre letzte Bemerkung so, dass Sie und Fuzzy nicht gerade ein übermäßig herzliches Verhältnis zueinander hatten», sagte ich.

Sie lachte wieder. «Das können Sie aber laut sagen. Und gleich auch von so gut wie allen hier Versammelten sowie all jenen, die irgendwie mal in ihre Nähe gekommen sind. Was haben Sie denn erwartet, einen Raum voller in Trauer aufgelöster Leute? Lassen Sie es mich so sagen: Kimberley-Clark verdient nicht viel bei dieser Schiwa. Schiwa, so war's doch?»

Ich nickte und versuchte zu verdauen, was ich da erlebte. Selbst ich, die ich eine Meisterin unpassender Bemerkungen bin, hätte meine Zunge wohl etwas fester im Zaum gehalten.

«Sie war ja doch ein rechtes Miststück. Ich bin nicht die Einzige, die so denkt. Sehen Sie sich ihre Tochter an. Lässt deren Gesicht etwa tiefe Trauer erkennen?»

Mein Blick folgte der Richtung ihres zeigenden Fingers bis zu einer Gruppe kleiner Mädchen, die vor einem großen Tablett stand, auf dem Räucherlachs aufgehäuft war.

«Sie ist die am Ende», sagte die Frau.

Man musste sie mir nicht zeigen, denn ich hatte ihr Gesicht schon oft genug im *Chronicle* gesehen. Aber jetzt, wo ich sie mir aus der Nähe und leibhaftig anschauen konnte, bemerkte ich, wie sehr sie nach ihrem Vater geraten war. Dasselbe dichte, wellige, braune Haar, dieselbe gerade Nase und – da ich sie auch zum ersten Mal in Farbe sah (die Fotos im *Chronicle* sind zumeist schwarz-weiß und nur briefmarkengroß) – dieselben blauen Bösebubenaugen wie Daddy.

Die Frau hatte Recht – die junge Ashlee McMahon schien vom kürzlichen Ableben ihrer Mutter nicht sonderlich stark betroffen zu sein. Sie und ihre Freundinnen steckten die Köpfe zusammen und unterhielten sich flüsternd. Ich fand das allerdings nicht gar so verwerflich. Kinder gehen mit der Trauer in merkwürdiger Weise um. Eine Freundin von mir hatte ihre Mutter verloren, als wir in Ashlees jetzigem Alter gewesen waren, und den nämlichen Tag mit mir zusammen in einer Vergnügungspassage verbracht, wo wir kegelten, fettige Fritten aßen und auf der stinkenden Toilette die Luckys rauchten, die ich bei meiner Mutter stahl. Später hatte diese Freundin Jahre der Therapie gebraucht, um sich durch ihre Trauer hindurchzuarbeiten – nachdem sie sich ihr Leben mit Drogen und Sex fast kaputtgemacht hatte.

Ich wollte mich mit der Frau neben mir (wer immer sie sein mochte) auf ein Gespräch dieser Art nicht einlassen. Sie hatte so eifrig geredet, dass ich Schwierigkeiten hatte, Fragen anzubringen. Schließlich nutzte ich eine kleine Pause und sagte: «Übrigens, wie heißen Sie eigentlich? Und wenn Sie keine Freundin von Fuzzy waren, was hat Sie dann hierher gebracht?»

Sie sah mich an, als wäre ich ein nicht mehr ganz frisches Stück Fisch. «Soll das in die Zeitung, oder was?»

Ich hob die Hand. «Nein, nichts dergleichen. Es ist nur so, dass ich es nach drei Jahren hier im Süden einfach erfrischend finde, mal mit jemandem zu sprechen, der sagt, was er denkt, und nicht nur Süßholz raspelt. Oder halt manchmal auch Saccharin.»

Sie lächelte und hielt mir die Hand hin. «Carter Evans, und ich bin ihretwegen hier.»

Wieder folgte mein Blick ihrem auf die Gruppe der Mädchen zeigenden Finger. «Die Kleine mit dem braunen Haar, die neben Ashlee steht, das ist meine Tochter Ralston. Die beiden haben zusammen mit dem Ponyreiten angefangen, als sie noch im Kindergarten waren.»

«Ralston Evans, die Wishbone reitet?»

Wenn es ein Blasometer oder so etwas gäbe, mit dem man stolzbedingte Schwellungen messen kann, dann hätte man feststellen können, dass Carter Evans jetzt ihre größte Ausdehnung erreicht hatte.

«Im vergangenen Jahr landesweit die Zweite», sagte sie und strahlte wie diese Halogen-Nebelscheinwerfer, die entgegenkommende Autofahrer blenden. «Und in diesem Jahr bislang Erste. Sie wurde im Winter Champion aller fünf Ocala-Turniere.»

Jetzt fiel der Groschen. Die Rutger-Pearson-Bräune der Hälfte der Gesichter, na klar doch! Die Florida-Runde. Diesmal nicht sehr schnell geschaltet, Nättilein. Mach nur so weiter und du schreibst bis zum Ende deiner Tage über Netzstrümpfe.

Zur Erläuterung: Die wirklich reichen Turnierleute bringen nicht viele Tage mit Bibbern zu – wenn die Quecksilbersäule sinkt, dann sinkt gleichsam auch ihr Aufenthaltsort, nämlich nach Süden ab. Jeder, der genug Zaster und keinen Job hat, zieht an einen von zwei Orten im Sonnenstaat, das heißt entweder nach Ocala (wegen des Hits Ocala Winter Circuit) oder nach Palm Beach (mit seinem Winter Equestrian Festival der renommiertere der beiden Winterturnier-Orte). Und deshalb hatte Ralston alle Championate von Ocala gewonnen.

Da Carter Evans eine mögliche Informationsquelle war und – bei ihrem losen Mundwerk – auch eine gute, wollte ich es mir nicht mit ihr verscherzen. Zudem gab es auch keinerlei Grund, unfreundlich zu ihr zu sein und sie daran zu erinnern, dass wir beide sehr wohl wussten, warum Ralstons Pony alle Turniere von Ocala gewonnen hatte: Ashlee McMahon hält an diesem Ort gar nicht erst an, sondern rauscht mit ihrem Neunachser gleich bis Palm Beach durch.

Ein anderer Grund dafür, dass Ralston schließlich die Nummer eins des Landes werden konnte, war, dass die Erbin der Family Value Stores nicht mehr in ihrer Klasse antrat. Für Ashlee gehörten die Ponys der Vergangenheit an – sie war zu Pferden übergegangen, zu richtigen großen, teuren Pferden. Fünf davon allein für die Junioren-Klasse der Hunter Division, darunter Can-Do, ein riesiger brauner Wallach, der alles schaffte, was er im vergangenen Jahr auch bewiesen und damit das langjährige «Pferd des Jahres» Roxe-Dene entthront hatte.

Außerdem hatte die junge Miss McMahon angefangen, an Hindernisrennen teilzunehmen, wo es im Unterschied zu den Hunter Divisions darauf ankommt, wie hoch und weit die Pferde springen können, das heißt, dass das «Material» eine gewisse Rolle spielt. Bisher hatte Ashlee vier Springpferde geritten, aber ihre Mutter hätte sicher für eine Erhöhung dieser Zahl gesorgt. Eine Freundin von mir hatte Fuzzy McMahon mal schwadronieren hören, sie wolle nicht, dass ihre Tochter bei den Turnieren auch nur eine halbe Stunde lang müßig herumstehe.

Da Ashlee nie eine Bürste oder einen Hufkratzer in die Hand nehmen musste und ihr ganzes Leben lang nie wissen würde, wie man einen Sattel seitenrichtig auflegte, war die einzige Beschäftigung, mit der ihre Zeit zu füllen war, das Reiten beziehungsweise der Wechsel vom Sattel eines gestriegelten, eingeflochtenen, trainierten und für das Rennen vorbereiteten Pferdes in den des nächsten.

Das berühmteste ihrer Springpferde ist eine kleine Fuchsstute namens Kiss-Me, die nicht nur eine Goldmedaille für die amerikanische Equipe gewonnen hatte, sondern mit ihrer kleinen Statur und ihrem großen Siegeswillen auch die Herzen der Zuschauer. Als Fuzzy dieses Pferd seinem Besitzer für eine Million Dollar abgeluchst hatte, hatte der *Chronicle of the Horse* beklagt, dass immer mehr der wirklich erstklassigen Pferde an betuchte Amateure gingen und für die Berufsreiter kaum noch brauchbare Tiere übrig blieben. Als ob die Tatsache, dass der Reichste gewinnt, in der reiterlichen Welt etwas gar so Neues wäre.

Ich wusste über Ashlees Pferdeherde nur deshalb so gut Bescheid, weil Mami vier Wochen hintereinander im *Chronicle* doppelseitige Anzeigen geschaltet hatte, in denen sie der Tochter zu ihren Neuanschaffungen und den jeweils mit ihnen errungenen Siegen gratulierte.

Das waren die Leute, gegen die ich antreten musste! Ich wollte gerade anfangen, mich selbst zu bemitleiden, als ich die Haustür gehen hörte. Das Gemurmel im Raum verstummte schlagartig, und es wurde so still, dass man Mo Feldman auf seiner Zigarre herumkauen hören konnte.

Ich wollte mich umdrehen, aber da sah ich, wie zwei Arme nach Carter Evans griffen.

«Donnerlittchen, Carter, dich hier zu treffen, hatte ich kaum erwartet. Es ist schööön, dich zu sehen.»

Sie sah an mir vorbei und lächelte. Es war nicht dasselbe Lächeln wie jenes, das sie mir vor einer Weile geschenkt hatte. Und ich wusste auch, warum nicht.

«Bobby McMahon», sagte sie mit einer Stimme, die langsam über die Silben hinwegtänzelte, «das könnte ich auch von dir sagen.»

24

Es war wirklich ein Abend von religiöser Bedeutsamkeit. Gott hatte zwei neue Infanteristen gewonnen, nämlich mich und Carter Evans. Obwohl ich mich, um die Wahrheit zu sagen, in gewisser Weise schon freiwillig gemeldet hatte, bevor SIE einmal mehr gezeigt hatte, dass SIE nicht nur existiert, sondern auch im Auge behält, wer was wem antut, und dann entsprechend verfährt.

Was Bobby McMahon anging, so hatte SIE ihn voll erwischt, und das genau dort, wo es wehtut, nämlich an der Verpackung. Ich hatte ihn schon etwa zwei Jahre lang nicht mehr gesehen, und das waren offensichtlich keine freundlichen Jahre gewesen. All die Bierchen, die er gekippt hatte, hatten ihn schließlich eingeholt: Er hatte ein großes, altes Doppelkinn, ein aufgeschwemmtes Gesicht, ein Spinnennetz blauroter Äderchen an beiden Seiten seiner geröteten Nase und am rechten Auge die bräunlich purpurroten Überbleibsel eines Veilchens. Und dann war da noch sein Bauch, der ihm über den Gürtel quoll.

O Mann, was hatte Sarah Jane nur in ihm gesehen? Als ich meinen Körper in seine Richtung geworfen hatte, war der Bursche wenigstens noch attraktiv gewesen. Jetzt waren sein Gesicht und sein Leib so aufgebläht wie sein Ego.

McMahon umarmte Carter und versuchte gleichzeitig, mich mit seinen Strahlaugen zu bannen. Ich warf ihm einen Komm-zu-dir-Blick zu und sagte: «Wie geht's, Bobby?»

Seine Stimme kehrte zu ihren schäbigen Ursprüngen zurück. «Sehr gut», triefte er. «Wo ich doch neben den beiden anziehendsten Frauen der Welt stehe.»

Carter war wieder stolz geschwellt und ich bereit, ihm eins aufs Haupt zu schlagen. Aber ich wollte ihm ja noch unbedingt ein paar Fragen stellen, weshalb ich mich zwang, nett zu sein. Ich erinnerte mich daran, dass sein IQ halb so groß war wie der meines Pferdes, und dachte mir, dass mir ein paar nicht ernst gemeinte, aber wohlplatzierte Worte vielleicht eher zu wichtigen Informationen verhelfen würden.

«Auch ich freue mich, dich zu sehen, Bobby. Ist lange nicht mehr passiert, was? Carter, würden Sie es mir nachsehen, wenn ich Ihnen Bobby für ein paar Minuten entführe? Ich habe ihn seit Jahren nicht mehr gesehen und wir müssen uns kurz mal auf den neuesten Stand bringen.»

Carter trennte sich nur widerwillig von ihm. «Nur, wenn Sie ihn mir heil zurückbringen.» Sie zwinkerte McMahon zu. «Ich warte. Bleib nicht zu lange fort ... diesmal.»

Abwarten und sich zurückhalten – gab es eine im Raum, bei der er diesen Trick nicht angewandt hatte?

«Das sieht ganz nach einem Veilchen aus, Bobby», sagte ich. «Wieder ein wilder Hengst?»

Er sah mich an, und ich wusste, dass er nicht wusste, wovon ich sprach. Da er seit mir wahrscheinlich 459 andere Frauen gehabt hatte, war ich sicher, dass meine Fast-Nacht mit ihm seinem Gedächtnis längst entschwunden war.

«Wie bitte?», sagte er.

«Vor unsrem letzten Zusammentreffen hatte dich ein aufmüpfiger Hengst erwischt, weißt du nicht mehr? Blaue Flecken an Arm und Rücken?»

Ein kleines Klicken in seinem Blick. «Ach ja, richtig. Nein, diesmal war's eine Stute. Eine Fuchsstute wie du.»

«Haha, sehr lustig», sagte ich. Ich bemerkte Gail, die von der anderen Seite des Salons aus zu mir herübersah. Sie wusste, was ich vorhatte, denn ich hatte mit ihr auf der Herfahrt darüber gesprochen. Es war immer gut, wenn man jemandem vortragen konnte, was man sich gedacht hatte. Ich hätte auch mit Henry gesprochen, aber dort hatte ich nur den Anrufbeantworter erreicht. Erst hatte ich gedacht, das Interview mit der Dame, die Rowe Quarrels beschuldigte, hätte länger gedauert als vorgesehen, aber dann war mir wieder eingefallen, dass er ja seinen aufreibenden Daddy-Tag hatte. Von der Schule zum Tennis zum Schwimmen zum Cello. Dazwischen irgendwann Tacos bei Taco Bell. Er und die Jungs waren sicher nicht vor halb zehn zu Hause. Und bis dahin war Henry so geschafft, dass die einzigen vier Worte, die er noch herausbringen können würde, «Ich geh ins Bett!» waren.

Gail war nicht sicher gewesen, ob sich McMahon überhaupt sehen lassen würde. Er und die Feldmans waren einander nicht gerade zugetan. Von Gail wusste ich, dass die Feldmans Fuzzy fast enterbt hatten, als sie ihnen den Hufschmied als ihren Zukünftigen präsentierte.

«Der hat Schneid, wenn er auftaucht», hatte Gail gesagt. «Wenn nicht, ist es auch gut, Nattie.»

Gail sah es nicht gern, wenn ich Zeit – wie viel auch immer – mit McMahon verbrachte. «Er wickelt dich vielleicht wieder ein», hatte sie gemeint. «Ich kenne ihn schon länger als du. Nimm dich bloß in Acht, okay? Zwischen dir und Henry entwickelt sich was Gutes, vermassel es dir nicht, wie du es fast getan hättest, als du mit Tony rumgemacht hast.»

Gail hatte gegen Tony auf der Stelle eine tiefe Abneigung empfunden, und als Steinbock, der sie war, hatte sich daran nichts geändert. Auch nicht, nachdem mir der Kerl das Leben gerettet hatte. Ich bereute schon, ihr gestanden zu haben, dass mein Herz immer noch flatterte, wenn ich Tonys ansichtig wurde.

Ich lächelte Gail zu und gab ihr durch meinen Blick zu verstehen, dass ich nicht in Gefahr war, erneut auf McMahon reinzufallen. Das Schönste an einer so engen Freundschaft ist, dass man sich auch ohne Worte versteht. Unsere Verbindung war an diesem Abend besser als die per Bell Atlantic. Ich wusste, dass sie meine Botschaft verstanden hatte, und sie wusste, dass ich dem lasziven Bobby nicht wieder erliegen würde. Was immer der diesbezüglich zu unternehmen gedachte.

«Verdammt, Nattie», sagte er, als wir zu einem nicht besetzten Sofa gingen, «du siehst wirklich gut aus. Wir haben nie zu Ende geführt, was wir mal angefangen hatten. Was machst du, wenn das hier vorbei ist?»

Dieser Bursche kannte keine Scham! Er machte mich doch tatsächlich bei der Schiwa für seine Frau an. Ich lächelte und zwang mich, nicht zu sagen: «Hol dir mal einen Spiegel, McMahon.» Stattdessen antwortete ich: «Heute Abend geht's nicht, Bobby. Ich muss meinen Vater suchen. Wie es aussieht, ist er mit einer Freundin von dir durchgebrannt. Sarah Jane Lowell. Sagt dir der Name was?»

McMahon schüttelte den Kopf – weniger auf verneinende Art und Weise als vielmehr auf erstaunte. «Du und dein Daddy, ihr kennt sie auch?»

«Offensichtlich nicht so gut wie du.»

«Hm, ja, sie war ein Fehler. Ich hätte mich von ihr fern halten sollen. Die ist doch irre, hat das Temperament der verrücktesten Stute. Du sagst, sie ist zusammen mit deinem Daddy aus der Stadt abgehauen?»

«Jawoll, und das sehr eilig», antwortete ich. «Sieht so aus, als wären Sarah Jane und Fuzzy aneinander geraten, und jetzt ist sie die Hauptverdächtige. Bevor ihr die Polizei Fragen stellen konnte, ist sie unter Mitnahme meines Vaters auf und davon. Das lässt sie in den Augen der Gesetzeshüter sehr schuldig erscheinen.»

«Da schau her, die Polizei meint, sie hätte Fuzzy umgebracht? Ich weiß, dass sie ein Wahnsinnstemperament hat, aber Mord? Ich muss mich wohl glücklich schätzen, dass nicht ich es war, auf den sie eingedroschen hat», sagte McMahon. Er tat so, als hätte ihn meine Mitteilung überrascht, aber ich wusste, dass dem nicht so war. Ich zweifelte nicht daran, dass ihn Tony und seine Jungs wegen seiner Beziehung zu Sarah Jane ordentlich in die Mangel genommen hatten, und selbst Bobby McMahon war nicht so blöd, dass er nicht zwei und zwei zusammenzählen konnte. Er log also. Aber das Lügen war für ihn etwas so Natürliches, dass schwer zu sagen war, ob er es tat, weil er einen Grund hatte, oder nur so aus Gewohnheit.

«Glaubst du, Sarah Jane könnte Fuzzy umgebracht haben?», fragte ich.

«Klar doch, erst recht, wenn sie bei dem Streit mit Fuzzy richtig in Fahrt gekommen ist.» Er sah mich an und lächelte. «Obwohl ich gedacht hätte, dass Fuzzy auf der Siegerseite gelandet wäre. Sarah Jane hat ihr Temperament, aber das ist nichts gegen Fuzzys. Wenn die hochging, war man besser nicht in der Nähe. Ich mag ja nicht der beste aller Ehemänner gewesen sein, aber die Ehe mit ihr war echt nicht leicht. Sie hat dauernd Streit gesucht. Nach einer Weile hab ich das einfach nicht mehr ausgehalten.»

«Fallen dir andere mögliche Verdächtige ein? Mir kam Sarah Jane nie wie ein Mörderinnentyp vor.»

McMahon lachte. «Die Leute sind nicht immer das, was sie zu sein scheinen, Nattie. Tief drin, meine ich. Wer hätte Fuzzy sonst noch umbringen können? Tja, fast alle, die in diesem Raum anwesend sind, vielleicht ihre Mama und ihren Daddy ausgenommen. Fuzzy brachte jeden auf die Palme. Alle, die mal für sie gearbeitet haben, hätten ihr wohl liebend gern eins mit der Schaufel übergebraten. Alle, die Kinder hatten, die gegen Ashlee antreten mussten, mochten sie gleichfalls nicht sehr, und der Junge ihrer Tante, er heißt Sukon und ist der hässliche Mann, der dort bei ihrem Vater steht, der größte Arschkriecher, den es auf Erden gibt, der hasste sie noch mehr als alle anderen zusammengenommen. Nicht verstehen kann ich, wie er an die Frau mit dem hübschen Hintern gekommen ist. Muss die Größe seines Bankkontos gewesen sein, denn ich wette, sein Schwanz war's nicht, der ist sicher nicht größer als diese Brezel da. Reicht's, oder soll ich weiterreden? Du denkst doch nicht etwa daran, selber Fuzzys Mörder zu suchen?»

Bootsie Feldman beantwortete diese Frage für mich. Sie war hinter uns getreten und musste wenigstens den letzten Teil unserer Unterhaltung mit angehört haben.

«Da müsste sie doch gar nicht lange suchen, nicht wahr, Bobby? Mo hat mir gesagt, dass du da bist. Ich wollte nicht glauben, dass du die Stirn hast, hier zu erscheinen. Du bist seit dem Tag nicht mehr gern bei uns gesehen, an dem du das Leben meiner Tochter kaputtgemacht hast. Und jetzt bist du noch viel weniger willkommen. Mach, dass du verschwindest.»

McMahon rührte sich nicht. «Wie hätte ich deine Tochter umbringen können, wo ich doch mit Ashlee zusammen war? Also wirklich, Bootsie, eine gebildete Frau wie du sollte es besser wissen.»

«Ich bin intelligent genug, um zu wissen, dass du nichts als Abschaum bist. Schon immer warst. Du magst ja meine Tochter nicht mit deinen eigenen schmutzigen Händen niedergeschlagen haben, aber es ist deine Schuld, dass sie tot ist. Ashlee bleibt bei uns und du legst dich deshalb besser nicht mit mir an. Und jetzt raus mit dir oder muss ich erst die Polizei rufen?»

Sie drehte sich abrupt um und ging zu einem in der Nähe stehenden Apparat. McMahon versuchte mir etwas ins Ohr zu flüstern. Ich wich ihm aus.

«Du bist wahnsinnig, Bobby, wenn du bleibst.»

«Da könntest du Recht haben. Aber es wäre mir die Sache wert, wenn ich damit erreichte, dass ich dich wiedersehen kann.»

Er drückte meine Hand. Das hatte mich einmal erschauern lassen, aber jetzt erregte es nur noch den Wunsch in mir, zur Toilette zu stürzen.

25

«Wo ist Bobby hin?»

Das war Carter Evans. Ich traf sie, als sie von der Toilette kam.

«Fuzzys Mama hat ihn rausgeschmissen», antwortete ich. «Und ihn dabei auch gleich des Mordes beschuldigt. Glauben Sie, dass er es getan hat?»

Sie sah sich weiter nach ihm um, als hätte ich sie angelogen und ihn irgendwo versteckt, um ihn allein für mich zu haben. Diese Frau hatte es arg erwischt. Er musste sich bei ihr schon eine ganze Weile zurückgehalten haben. «Ich bin sicher, dass er's gern getan hätte», sagte sie, «aber, wie gesagt, wer nicht? Ich selbst habe es mehr als nur einmal erwogen.»

Dann wandte sie sich endlich mir zu und bemerkte, dass ich sie ansah. Ein Lächeln breitete sich auf ihrem Gesicht aus. «Wenn Sie doch hier sind, um eine Story zu schreiben, was, wie Sie sagen, nicht der Fall ist, dann setzen Sie mich ruhig auf die Liste der Tatverdächtigen. Haben Sie übrigens Ralston gesehen? Ich habe ihr gesagt, wir würden dreißig Minuten bleiben, nicht länger.»

Sollte diese Frau Fuzzy erledigt haben, so war sie entweder sehr schlau oder sehr dumm. Oder sie hatte einfach einen sehr großen Mund ohne jede Steuerungsmöglichkeit. Da ich selbst ein Modell dieser Art mein Eigen nannte, hätten ihre Worte auch über meine Lippen gekommen sein können – und waren es auch schon, allerdings mit Blick auf Candace, die Schreckliche. Zum ersten Mal in meinem Leben war ich froh, dass Candace noch atmete, denn wäre sie in einem Misthaufen geendet, säße ich längst mit bösen Schuldgefühlen im Kittchen.

«Hab sie schon lange nicht mehr gesehen», sagte ich, und jetzt blickten wir uns beide nach der kleinen Reiterin um. Weder Ralston noch der Rest der vorpubertären Bande waren zu entdecken.

«Sie sind wahrscheinlich auf der Kegelbahn oder beim Minigolf oder was immer der alte Geldsack Feldman in seinem Keller hat. Ich geh sie wohl mal besser suchen. Wir sehen uns sicher bei irgendeinem Turnier wieder, Nattie, oder rufen Sie mich an, wenn Sie noch mehr über Fuzzy wissen wollen. Die Nummer steht im Telefonbuch unter meinem Namen. Mein Mann ist Arzt und möchte nicht so gern nachts um drei von hysterischen Patienten aus dem Bett geklingelt werden.»

Evans, Dr. Evans – ich wusste, dass ich den Namen schon gehört hatte. Und jetzt fiel mir auch wieder ein, woher ich ihn kannte. Alle Models, die ich für Modeaufnahmen engagiert hatte, trugen seinen Namen auf ihren fettabgesaugten Körpern eintätowiert. Dr. Evans war in Charlotte der König der Schönheitschirurgie und berühmt wegen seiner ruhigen Hand, seiner makellosen Facelifts und seiner eines Rodin würdigen Körpergestaltung. Was, in Gottes Namen, war bei der Nase seiner Frau passiert? Was immer, ich verstand jetzt, warum sie so scharf auf McMahon war – sie trug die Art der Ehe, die sie führte, im Gesicht.

Gail war mit jemandem, den ich nicht kannte, in ein Gespräch vertieft. Um mir die Zeit zu vertreiben, begab ich mich dorthin, wo Essbares angeboten wurde. Ich habe Lachs noch nie widerstehen können, vor allem dann nicht, wenn er kostenlos zu haben ist. Ich wollte mir gerade ein paar Stücke an Land ziehen, als Ashlee McMahon an mir vorbeiging. Allein.

Zuerst wollte die miese Seite meines Charakters die Oberhand gewinnen, die ihr missgönnte, was sie hatte und ich nicht. Aber dann raunte mir der dominante Teil meiner Persönlichkeit leise, aber unüberhörbar zu, dass das Mädchen auch eine ermordete Mutter hatte. Und wenn sich jemand auf Verlust versteht, dann bin ich es. Ich wandte mich dem Mädchen zu, stellte mich vor und sprach ihr mein Beileid aus.

Sie sah mich an. Ich kannte diesen leeren Blick, hatte ihn im Spiegel gesehen, nachdem mein Stiefvater David gestorben war. Mich überkam ein solches Mitleid mit diesem Mädchen, dass ich sie am liebsten in die Arme genommen und getröstet hätte, als wäre ich eine Art manische Mutter Teresa. Ashlee sah unglaublich einsam und verloren aus, als sie da so vor mir stand.

Ich fing an, mich mit ihr zu unterhalten, vor allem über Pferde, denn das ist ein Thema, das von großem Leid abzulenken vermag. Ich erkundigte mich nach ihren neuen, vor allem nach Can-Do, und da wurde sie tatsächlich wieder etwas munterer. Aber erst, als sie über ihr Pony Blue By You sprechen konnte, wich der tote Blick aus ihrem hübschen Gesicht, wurde sie lebhaft.

«Blue ist das beste Pony, das es gibt. Es würde alles für mich tun und kennt meine Launen. Ich wünschte, ich könnte in der nächsten Woche mit ihm zum Turnier in Culpeper, aber Mama sagt dauernd: ‹Keine Ponys mehr!›»

Die Gegenwart der Mutter war noch nicht in die Vergangenheitsform übergegangen. Was nicht überraschen konnte. Ich hatte fast sechs Monate gebraucht, bis ich so über David sprechen konnte, und es fällt mir heute noch schwer. Es überraschte mich jedoch, dass das Kind wegen des Ponys in Begeisterung geriet. Normalerweise geht es den Kids, wenn sie Ashlees Entwicklungsstufe erreicht haben, mehr um Punkte und Schleifen als um die Tiere.

«Wollen Sie sich Blue irgendwann mal ansehen? Ich hab ihm beigebracht, sich zu verbeugen.»

«Klar doch», sagte ich und war sicher, dass daraus nie etwas werden würde. Ich war schon lange genug im Süden, um zu wissen, dass «irgendwann» westlich des Nimmernimmerlandes lag. Ich hätte ihr Pony durchaus gern kennen gelernt, hatte aber leider noch genug anderes zu tun – so musste ich meinen Lebensunterhalt verdienen, meinen Vater suchen und mein eigenes Pferd reiten.

Sie schwieg, und ich nutzte die Gelegenheit, ein paar Bissen von dem Lachs zu verschlingen. Seidig, weich und salzig – hmmm! Ich war noch ganz in meine kulinarische Schwärmerei versunken, als Ashlee plötzlich sagte: «Wie wär's mit Sonntag? Ich muss an diesem Wochenende zu keinem Turnier.»

So, wie Ashlee aussah, mochte ich nicht Nein sagen. Trotz all des Reichtums tat sie mir unendlich Leid. Sie hatte keine Mutter mehr, und auch wenn diese zu ihren Lebzeiten wahrscheinlich keine sonderlich gute gewesen war, so war sie doch ihre Mutter gewesen, hatte zumindest immer die Hoffnung bestanden, dass sich vielleicht eines Tages alles änderte.

Ich will nicht den Seelenklempner spielen, aber ich vermutete, dass Ashlee nicht nur um ihre Mutter trauerte, sondern auch um ein Leben, nach dem sie sich immer sehnen, das es jedoch niemals für sie geben würde. Auf alle Fälle war klar, dass sie jemanden brauchte, der sie verstand, und das tat ich.

Ich wusste jedoch nicht, ob ich an dem bevorstehenden Wochenende der gebrauchte Mensch sein konnte. Alles hing davon ab, wo die Quittungen meines Vaters herstammten – im Rahmen des Machbaren. Sollten er und Sarah Jane nach Tahiti entfleucht sein, würde ich höchstwahrscheinlich nach Waxham fahren und mir anschauen, wie sich Blue By You verbeugte.

«In Ordnung», sagte ich. «Sofern ich da bin, denn es könnte auch sein, dass ich kurz weg muss … familiäre Probleme. Aber ich ruf dich an, sobald ich es weiß. Okay?»

Ich hielt es nicht für angebracht, ihr gleich zu sagen, dass meine familiären Probleme eng mit den ihren verknüpft waren, will sagen, dass ich meinen Vater suchte, der von der Polizei verdächtigt wurde, ihre Mutter umgebracht zu haben.

Sie musste mit einer Absage gerechnet haben. «Ja sicher.» Sie wollte weitergehen, aber ich hielt sie am Arm fest.

«Ashlee», sagte ich, «ich möchte nicht nur dein Pony sehen, sondern von dir auch gezeigt bekommen, wie ich Brenda beibringen kann, sich zu verbeugen. Meinst du, das wäre möglich?»

«Vielleicht», sagte sie und wollte sich wieder in Bewegung setzen, aber diesmal fing Gail sie ab.

«He, meine Süße», sagte diese und wollte das Kind in die Arme nehmen. Ashlee zeigte bei diesem Vorstoß so viel Begeisterung, als sollte sie einen sabbernden Aussätzigen umarmen. Gail ignorierte die abweisende Reaktion und redete einfach weiter. «Wie geht es dir? Wenn du etwas brauchst, ruf an, okay? Und hör mal, wer immer ihr das angetan hat, wird nicht damit durchkommen. Irgendwann wird dieser Mensch geschnappt werden. Ich versprech's dir. Es versucht ja nicht nur die Polizei dahinter zu kommen, was geschehen ist, sondern auch Nattie hier. Oder hat sie dir das noch nicht gesagt?»

Das hatte ich nicht. Ich hielt es nicht für richtig, dieses Thema anzusprechen und das Kind auszufragen. Es gibt Reporter, die Grenzen kennen, und das Ausholen von Kindern, die ihre Mütter verloren haben, liegt für mich jenseits der meinen.

26

Ich war halb durch ein mit Lachs vollgehäuftes Bagel durch, als sich mir Gail zugesellte. Sie hatte sich mit Ashlee unterhalten, es zumindest versucht.

«Hast du die Löwin gebändigt, oder was?», fragte sie.

Ich versuchte einmal mehr die mit Falten strafenden Götter und verzog das Gesicht. «Wie?», sagte ich nur, weil mein Mund anderweitig beschäftigt war.

«Ich habe dich und Ashlee beobachtet und mochte gar nicht glauben, dass Letztere a) gesprochen und b) fast gelächelt hat. Wie nett ich auch zu dem Kind zu sein versuche, ich kriege immer nur ein Schmollen zu sehen. Du hast offensichtlich den Bogen mit griesgrämigen Dreizehnjährigen raus.»

Ich schluckte langsam runter – es gibt ein paar Dinge im Leben, welche ich, die Reinkarnation von Speedy Gonzales, nicht übereile. «Wissen aus erster Hand», sagte ich dann. «Wir waren in dem Alter auch nicht anders.»

Sie nickte, und ich dachte an die Zeit, als ich ein kleines Mädchen gewesen war und meine Mutter David kennen gelernt hatte. Natürlich hatte ich Angst gehabt, meine Mutter würde, wenn sie diesen großen, lebensprühenden Mann heiratete, nicht mehr genug Zeit und Liebe für mich und meinen Bruder übrig haben. Diese Angst war völlig unberechtigt gewesen, aber einer griesgrämigen Dreizehnjährigen kann man halt erzählen, was man will.

Der einzige Mensch, der damals meinen Selbstschutz aus Zorn und Ablehnung hatte durchbrechen können, war eine der Betreuerinnen in dem Ferienlager gewesen, in das ich seit Erreichen meines neunten Lebensjahres jeden Sommer gefahren war. Sie hatte Ellie geheißen, bis zur Taille reichendes braunes Haar gehabt und fließende Gewänder aus indischem Stoff sowie weidlich abgelatschte Sandalen aus Büffelleder getragen. Eigentlich war sie gar nicht für meine Gruppe zuständig gewesen, aber aus irgendeinem Grund hatte sie das kleine, rothaarige Mädchen mit dem finsteren Blick und dem Knurren in der Stimme interessiert. Sie war in ihrer Freizeit mit mir spazieren gegangen oder hatte neben mir im Gras gelegen und den vorbeiziehenden Wolken Namen gegeben. Wir hatten nie über die Heirat meiner Mutter, meine Ängste oder meine Einsamkeit gesprochen – es hatte gereicht, jemanden zu haben, dem man etwas bedeutete. Als ich Ashlee vor mir stehen sah, musste das in mir angerührt haben, was mein Anblick in Ellie angerührt hatte.

«Sie ist schon ganz in Ordnung», sagte ich zu Gail. «Ich habe diese Geschichten ja auch alle gehört, was für ein Gör sie ist und so, aber vielleicht versteht sie ja nur niemand richtig. Es kann nicht ganz leicht gewesen sein, jemanden wie Fuzzy zur Mutter zu haben.»

Gail rollte die Augen. «Da hast du wohl Recht. Aber mehr zu diesem Thema später. Wir müssen uns jetzt nämlich mal ranhalten, denn ich wollte dich noch mit ein paar Leuten bekannt machen, bevor wir gehen, was hoffentlich bald ist. Ich habe Torkesquist versprochen, nicht zu spät zurück zu sein.»

«Du liebe Güte, Gail», sagte ich, «könnt ihr die Pfoten nicht mal länger als zwanzig Minuten voneinander lassen?»

Ihr Gesicht lief rot an, und es waren nicht die roten Wutflecken, die sich immer dann zeigten, wenn sie zornig wurde.

«Eifersüchtig, was?», sagte sie und lächelte.

«Ja, und glücklich für euch. Also, sprechen wir mal mit noch ein paar Trauernden, vielleicht ist ja ein Mörder dabei.»

Gail führte mich herum und machte bekannt. Es flossen nicht viele Tränen, und es wurden über die Verstorbene auch nicht allzu viele freundliche Worte verloren. Gail meinte, die meisten Leute seien nur gekommen, um sich bei den Feldmans lieb Kind zu machen. «Eine Familie, bei der man nicht auf der falschen Seite stehen möchte», sagte sie.

Ich ging der Mutter des Clans, Bootsie, aus dem Weg. Wie schlimm Fuzzy auch gewesen sein mochte, es musste schrecklich wehtun, eine Tochter verloren zu haben.

Gail bekam vor Ungeduld schon Pusteln, wollte unbedingt zurück zu ihrem Märchenprinzen. Schön für sie. Wenn jemand Glück verdient hatte, dann sie. Angefangen bei einer saufenden Mutter, war ihr in ihrem Leben einiges an Unglück zuteil geworden.

Wir verabschiedeten uns und verließen das Haus. Ich konnte die Tulpen förmlich bibbern und den Tag verfluchen hören, an dem sie der Behauptung der Narzissen geglaubt hatten, dass es eine neue, sonnige Welt geben werde. Die Blumen waren keineswegs die Einzigen, die zitterten und fluchten.

«Ich hasse diese gottgesegnete Kälte», sagte ich leise zu Gail, als wir den Hügel hinunter zu meinem kleinen, blauen Rabbit eilten, der aus irgendeinem Grund noch kleiner als sonst aussah. Es musste an der Konfrontation mit all den Riesenschlitten liegen, die sonst noch dort standen, und so etwas wie eine optische Täuschung sein.

So dachte ich jedenfalls.

«Heiliger Strohsack», schrie ich und trat gegen mein verletztes Auto. Es war keineswegs eine optische Täuschung, sondern das Gefährt tatsächlich kleiner geworden – jemand hatte alle vier Reifen zerstochen!

27

Es wurde immer schwerer, mein dem Göttlichen Wesen gegebenes Versprechen zu halten. Ein Schwall von Schimpf- und Fluchwörtern drängte gegen meine Lippen, aber ich hatte nun einmal geschworen, nie wieder zu fluchen, wenn mein Jugendfreund John, der vor einiger Zeit mit einer hässlichen Nikotinvergiftung auf der Intensivstation gelandet war, durchkommen würde – und versprochen ist versprochen.

John geht es inzwischen wieder gut, und so war ich auf ewig mundtot gemacht. «Ich kann es nicht fassen», schrie ich. «Diese besch… Reifen waren noch brandneu. Dreihundert Dollar, und sieh sie dir jetzt an. Ahhhhh!»

Ich trat wieder gegen das Auto. Was Akte der Gewalt jedweder Art anging, so hatte ich da kein Gelübde abgelegt. Das hätte ich vielleicht besser tun sollen, schoss mir doch jetzt ein heftiger Schmerz durchs Bein. Ich konnte nur hoffen, dass der Aluminiumbolzen, der es seit einem Reitunfall zusammenhielt, stärker war als meine Wut.

«Nimm's nicht so schwer», sagte Gail. «Das ist schließlich nur ein Auto, und niemand ist ums Leben gekommen. Obwohl es so aussieht, als hättest du es mal wieder geschafft, jemanden so auf die Palme zu bringen, dass er dir den Tod wünscht. Ich verstehe das nicht, Nattie. Ist die Modeberichterstattung etwas so Schlimmes?»

Ich sah sie an und lachte. Die Alternative war weinen, aber dazu war ich zu wütend. Wütend darüber, dass ich vier zerstochene Reifen hatte, und noch wütender darüber, dass ich mit so einem Vanity-Nummernschild herumfuhr – selbst der doofste Mörder konnte sich ausrechnen, dass dieser blaue Rabbit mit dem *Commercial Appeal*-Sticker an der Heckscheibe und den Buchstaben NATTIE auf dem Nummernschild des Bundesstaates North Carolina ebenjener Nattie Gold gehörte, die als Reporterin für den *Charlotte Commercial Appeal* arbeitete und ständig bohrende Wer-war's-denn-nun-Fragen stellte.

Das Komische ist, dass mir diese Vanity-Schilder eigentlich verhasst sind. Der einzige Grund, warum ich mit einem herumfuhr, war der, dass David es mir besorgt hatte und sehr stolz gewesen war, es gegen große Konkurrenz zugeteilt bekommen zu haben. Nach seinem Tod hatte ich mich natürlich nicht davon trennen können. Und nun das!

Wenigstens wusste ich jetzt, dass ich auf der richtigen Spur war. Meine Fragerei bereitete jemandem Unbehagen. Aber wer war dieser Jemand?

28

Wir riefen die Polizei an, sie kam, nahm auf und fuhr wieder davon. Ich blieb mit nicht sehr großer Hoffnung zurück, dass meine aufgeschlitzten Reifen die Zahl der aufgeklärten Straftaten erhöhen würden.

«Vandalismus», hatte einer der Blauröcke gemeint. «Selbst in dieser Wohngegend. Kids, die nichts zu tun haben und sich langweilen. Wir rufen Sie an, wenn wir was hören.»

Gail hatte inzwischen Torkesquist telefonisch gebeten, uns abzuholen. Während wir auf ihn warteten, unterhielten wir uns über den Abend, wobei wir viel zu viel Zeit damit vergeudeten festzustellen, was für ein Pferdearsch Bobby McMahon doch war, ist und stets sein würde.

«Da schwärmt er bei der Schiwa für die eigene Frau vom hübschen Hinterteil der Frau von Fuzzys Vetter!», sagte ich. «Und das, nachdem er sich an mich und die Mutter der besten Freundin seiner Tochter rangemacht hatte. So ein Miststück!»

«Hab ich es dir nicht gesagt?», erwiderte Gail. «Ich gehe jede Wette ein, dass er mehr Zeit mit den beiden Frauen im Bett verbracht hat als mit Fuzzy.»

«Meinst du?», sagte ich.

Gail bedachte mich mit einem Na-komm-schon-Blick, und wir wandten uns den augenblicklichen Problemen wieder zu, das heißt meinen zerstochenen Reifen und der Wahrscheinlichkeit, dass die Person, die es getan hatte, so geschickt mit einem Messer umgehen konnte wie mit einer Schaufel – siehe Fuzzys Schädel.

Wir machten uns deshalb als Nächstes daran, eine Liste derjenigen Leute anzufertigen, denen ich so fest auf den Schlips getreten haben könnte, dass sie meinem Auto etwas angetan und mir die Botschaft hatten zukommen lassen, ich solle gefälligst den Schnabel halten. Wir beschlossen, uns dabei allein auf den Fall Fuzzy McMahon zu beschränken, denn bei meinem Mundwerk hätte sonst das Anfertigen dieser Liste leicht Tage dauern können.

Allerdings musste auch die Gruppe der Modeinteressierten einbezogen werden, was meine Reifenstecher-ist-gleich-Schädeleinschläger-Theorie leicht torpedieren konnte. Während die Leserschaft im Allgemeinen meine Berichte, die unter dem Motto «Wer würde denn je etwas so Hässliches anziehen?» standen, zu schätzen schien, war ich beim Handel keineswegs so wohlgelitten. Wenn ich aber diese Büchse der Pandora geöffnet hätte, hätten wir es mit der gesamten Textilbranche Charlottes zu tun gehabt – angefangen bei Mark Donner, dem Besitzer einer kleinen Kette von Boutiquen, die auf teure Kleidung für die weiße Dame spezialisiert waren. (Ihn hatte ich mal dadurch verärgert, dass ich einen beim Konkurrenzblatt tätigen Freund auf eine Untersuchung seiner Geschäftsmethoden angesetzt hatte – ein Thema, an das sich unser furchtloser Chefredakteur, nicht umsonst «Schuhverkäufer» genannt, mit Rücksicht auf das Establishment nicht herangetraut hatte.)

«Weißt du», sagte ich zu Gail, «vielleicht sollten wir den Donner nicht allzu schnell ausschließen. Ich habe ihn heute Abend gesehen, wie er um Bootsie herumscharwenzelt ist. Und er hat mich auch gesehen, obwohl er so getan hat, als ob nicht. Ich bin sicher, dass er über Jerry Kleins Artikel im *Creative Loafing* stocksauer war, und man muss kein Genie sein, um zu wissen, wer Jerry auf die Sache angesetzt hat.»

Gail erklärte sich zögernd einverstanden – wahrscheinlich

nur, um die Zeit bis zur Ankunft ihres Süßen totzuschlagen. «Okay, er kommt auf die Liste. Liste B. Aber ich kann ihn mir eigentlich nicht vorstellen, wie er darangeht, deine Reifen zu zerstechen. Und du weißt doch, Nattie, dass du ihm wahrscheinlich eher einen Gefallen getan hast. Er ist wahrscheinlich so glücklich wie ein Schwein in der Suhle, denn er darf sich schließlich nach diesem Artikel der Hoffnung hingeben, dass die Farbigen seine Läden boykottieren.»

«Da hast du wahrscheinlich auch wieder Recht», sagte ich, «aber man kann nie wissen. Vielleicht war ihm der vergangene Sonntag in der Baptistenkirche peinlich, wo er doch den guten Christen gemimt hat.»

Gail, die seit ihrer Taufe oder Weihe oder was immer die Episkopalen ihren Neugeborenen antun keine Kirche mehr von innen gesehen hatte, nickte. «Ja, stimmt, ihm und all diesen Scheißern heute Abend, die so getan haben, als trauerten sie um Fuzzy.»

Sie strich sich mit dem Handrücken über die Augen. In meinem Bemühen, Verdächtige zu finden, hatte ich ganz vergessen, dass Gail gerade eine ihrer ältesten Freundinnen verloren hatte und dieser Abend kein Spaßvergnügen für sie gewesen war.

«Das mit Fuzzy tut mir Leid, Gail», sagte ich und öffnete damit die Schleusentore. Sie fing an zu weinen, und ihre Schultern zuckten, als sie zwischen den Schluchzern Worte hervorzustoßen versuchte.

«Sie ... war ... so ... unglücklich ... Ich ... wünschte ... ich ... hätte ... ihr ... helfen ... können.»

Was mussten wir für einen Anblick geboten haben! Die große Blonde, flennend wie ein Kind, in den Armen des kleinen Rotschopfs, und beide an den armen, luftlosen Rabbit gelehnt.

So fand uns Torkesquist.

«Meine Fresse, was haben die denn veranstaltet, um Gail derart aus der Fassung zu bringen? Haben sie Fuzzy gehäutet, ausgestopft und ins Wohnzimmer gesetzt? Was ist los, hat sie nicht natürlich ausgesehen?»

Die meisten Menschen reagieren nicht gerade positiv auf Torkesquist und seine Verschrobenheit. Es grenzt angesichts der Personalpolitik des *Appeal* schon an ein Wunder, dass er noch immer Bilder für das Blatt macht. Aber es fällt halt schwer, Begabungen wie ihn zu feuern. Er ist schließlich öfter Fotograf des Jahres gewesen, als er Finger an den Händen hat (das sind nur neun, einen hat er verloren).

Gail fand ihn mehr als liebenswert, liebte alles an ihm – von seinen struppigen blonden Haaren, die ihm immer wieder ins Gesicht fielen, über seine rosa geränderte Brille bis hin zu seinem dicken Minnesota-Akzent. Sie glitt glücklich aus meinen in die Arme ihres Liebsten. Eins führte zum anderen, und innerhalb weniger Sekunden waren sie so weit, dass sie beinahe gegen ein paar der im Staate North Carolina geltenden Gesetze verstoßen hätten.

«Also kommt, Freunde», sagte ich. «Das ist ja schon peinlich und wahrscheinlich ungesetzlich. Setzt mich erst einmal bei meiner Wohnung ab und haltet dann in der Queens Road, wenn ihr es gar nicht abwarten könnt. Es wird die Weiber vom Myers Park ordentlich schockieren, wenn sie hören, wie ihr es treibt.»

Sie ließen sich los, und wir stiegen alle in Torkesquists Wagen – wir drei und seine drei ungestümen Hunde. Es war etwas eng, aber ich kam heim. Einen Abschleppdienst wollte ich erst am folgenden Morgen bemühen.

Während der Fahrt setzten wir die Arbeit an unserer Liste fort und nahmen alle auf, die ich in meiner subtilen Art ausgequetscht hatte («Also, wer hat sie umgebracht?»). Carter Evans hätte unter den Reifenstechern / Fuzzymördern gut den ersten Platz einnehmen können, aber so, wie man nicht gleich das erste

Pferd kauft, das man sich angesehen hat (wenn man nicht so dumm ist wie ich), so fängt man im Allgemeinen auch einen Mörder nicht gleich beim ersten Anlauf. Das kann ich, die ich schon zwei erwischt habe, bestätigen. Was ich in meiner kurzen Laufbahn als Mörder jagende Modeberichterstatterin gelernt habe, ist, dass die Aufklärung von Mordfällen metaphorisch dem gelebten Leben entspricht, denn beide sind voll von Tricks, falschen Spuren, Ablenkungsmanövern, verpassten Gelegenheiten und – vor allem – törichten Theorien. Aber wenn man Glück hat, seine Gebete spricht und das Karma stimmt, dann haut es vielleicht doch hin.

Wir setzten Bobby McMahon auf die Liste, gleich hinter Carter Evans. Dass er angeblich ein gutes Alibi hatte, war mir egal (vielleicht log das Kind ja, um Daddy zu schützen), denn er hatte ganz ohne Frage ein Motiv. Sogar mehr als nur eines, wenn es nach Fuzzys Vetter Jason Sukon ging.

Sukon hatte mir erzählt, dass Fuzzy mindestens 90 Mio. Dollar wert sei und aus unerfindlichen Gründen in ihrem Testament ihren den Frauen nachsteigenden Gatten großzügigst bedacht habe. Er hatte mir nicht verraten wollen, woher er das wusste, mir jedoch in höchst herablassender Weise versichert, dass es so sei. Er tat eigentlich alles in höchst herablassender Weise. Das lag daran, dass er ein übergroßes, arrogantes Sie-wissen-schon-was-Loch mit argwöhnischen kleinen Bankeraugen, einer schrägen, kleinen Bankerbrille und einem Riesenzinken für selbige war. Zudem hatte er am Hals irgendeinen Ausschlag oder eine Hautkrankheit und sah deshalb mit seiner langen, gebogenen Nase, seinen schlaksigen Gliedmaßen und dem roten Hals aus, als holte er sich seine Mahlzeiten nach schnellem Sturzflug vom Straßenrand.

Er war der Sohn der Schwester von Fuzzys Vater, und McMahon hatte mal von ihm behauptet, er hasse Fuzzy noch mehr als die anderen alle. McMahon hatte mir nicht sagen wollen, wie es zu dem bösen Blut gekommen war, aber vielleicht hatte er ja auch nur gelogen.

Ich setzte Sukon trotzdem auf die Liste. Sein Anblick machte mir eine Gänsehaut. In einem hatte McMahon nicht gelogen: Der Kerl war ein Arschkriecher allererster Güte. Ich hatte praktisch schlürfende Geräusche hören können, als er sich an Mo Feldman, diesen reichen Knacker, rangeschmissen und ihm vorgeheult hatte, wie Leid es ihm tue, dass jener eine so feine, anständige, wunderbare Tochter verloren habe – um sich dann mir zuzuwenden und Gift und Galle über seine tote Cousine zu spucken. Igitt!

Mir hatte ferner die räuberische Art und Weise missfallen, in der er das Feldmansche Haus in Augenschein nahm, und noch mehr, wie er – ähnlich räuberisch – Ashlee beäugte. In seinen hässlichen, kleinen Knopfaugen war nicht ein Fünkchen Güte gewesen. Es konnte absolut nicht verwundern, dass er wie ein Geier wirkte. Jason Sukon war auf meiner Liste die Nummer drei.

«Was ist mit seiner Frau? Du weißt schon, die mit dem hübschen Hintern», sagte Gail.

Die liebreizende Jeannie mit ihrem einladenden Hintersteven hatte ich völlig vergessen. Sie hätte leicht mit einer Nebentätigkeit als Domina viel Geld machen können. Ein bisschen Leder, ein paar Peitschen, ein paar Ketten, und ich wette, sie könnte – oder kann – den alten Jason oder jeden anderen Banker, der nicht brav gewesen ist, in höchste Verzückung versetzen. Dabei sah sie keineswegs aus wie eine Domina. Im Gegenteil. Von der Nase an aufwärts hatte sie dank ihrer Glubschaugen eher eine frappierende Ähnlichkeit mit dem Frosch Kermit. Und vom Hals an abwärts war sie mit ihren falschen englischen Landhausklamotten ein Urbild vorstädtischer Schicklichkeit. Das lag nicht an ihr, sondern allein an ihrem Aussehen.

Für mich waren arrogant, unterbelichtet und männlich zu

einer besonders aufreizenden Verbindung geworden. Es kann auch sein, dass meine diese spezielle Mixtur betreffende Duldsamkeit angesichts der Leute, mit denen ich es beim *Appeal* zu tun hatte, ein bisschen überstrapaziert war. Wie auch immer, Sukon vereinigte in sich dies alles und noch viel mehr. Aber war er auch ein Mörder? Hatte er den Grips, so etwas durchzuziehen und es dann Sarah Jane anzuhängen? Wie ich es sah, hatte er nicht einmal genug Verstand, um im Football-Stadion die Herrentoilette zu finden.

Seine Frau dagegen war recht intelligent und eindeutig jemand, auf den man Acht geben musste. Ich wäre nicht gern zwischen sie und etwas, was sie unbedingt haben wollte (zum Beispiel jede Menge Family-Value-Dollars oder was sonst böses Blut gemacht hatte), geraten. Ich hatte bislang nie an eine Zwei-Mann-Operation gedacht, aber jetzt, wo ich es tat, schien mir so etwas durchaus im Bereich des Möglichen zu liegen. Sie hatte sozusagen die Geistes- und er die Körperkraft gestellt. Und wie viel Körperkraft brauchte so ein Hüne schon, um eine kleine Frau in die Ewigkeit zu befördern?

Es konnte kein Zweifel daran bestehen, dass Jeannie Sukon ihren Mann dazu zu bringen vermochte, zu tun, was sie wollte. Hätte sie ihn noch ein bisschen fester am Wickel genommen, so wäre seine Stimme eine Oktave nach oben gerutscht.

Jason und Jeannie Sukon – die Nummern 3a und 3b. Auf Platz vier kam Fuzzys Hausmädchen Grace Williams. Unglücklicherweise. Ich hatte gehofft, sie würde sich nicht als mögliche Mörderin / Autoverstümmlerin erweisen, weil sie mir eigentlich ganz in Ordnung zu sein schien – nur dass sie Fuzzy noch mehr gehasst hatte als die Ayatollahs den Salman Rushdie. Auch sie gehörte zu den Menschen, die kein gutes Wort für die Family-Value-Erbin übrig hatte. Für andere Wörter schon – so etwa knickerig, fies, besoffen und so weiter.

«Ich wäre heute Abend nicht hier, wenn ich Ashlee nicht liebte, als wäre sie meine eigene Tochter», hatte die Frau gesagt. «Das arme Kind. Nein, sie ist zwar reich, aber ich möchte nicht mit ihr tauschen. Sie hätten mal sehen sollen, wie sie von ihrer Mutter behandelt worden ist, ganz besonders, wenn die am Trinken war. Die war ja zu allen gemein, aber zum eigenen Fleisch und Blut? Wer immer ihr jedoch an ihren üblen Tagen zu nahe kam, kriegte was zu hören, egal wer. Ashlee, Ashlees Freundinnen, Mr. McMahon, jeder. Gleichgültig, ob Erwachsener, Kind, Hund oder Katze. Nur Pferde nicht. Zu denen war sie nie gemein.»

Endlich ein Beweis dafür, dass Fuzzy McMahon nicht gänzlich verabscheuungswürdig gewesen war! Diese Bemerkung und die wenigen freundlichen Worte des großen, dürren Menschen, der auf der Anyday Farm arbeitete. Ebert Darnell.

«Ich hoffe, sie hat jetzt ihren Frieden gefunden», hatte Darnell gesagt. «Sie war zwar furchtbar unangenehm, hatte aber einen guten Kern. Man musste halt wissen, wohin man schaute und wann man ihr besser aus dem Weg ging.»

Allerdings nicht gerade Worte, um sie in einen Grabstein zu meißeln.

Ich fügte meiner Liste noch ein paar weitere Namen hinzu – im Wesentlichen die von Angestellten und Turniermüttern. Wenn es noch mehr geworden wären, hätten wir genug zusammengehabt, um «Dingdong, die Hexe ist tot» im Chor zu singen. Mir war angesichts der vielen möglichen Tatverdächtigen schon ganz schwindlig. Aber wenigstens konnte ich meine Mission als erfüllt ansehen.

Ich glaube, ich war zufrieden – nur dass es jetzt ganz danach aussah, dass ich jede freie Minute damit würde zubringen müssen, entweder meine Liste abzuarbeiten oder meinen Vater zu suchen.

29

Asheville! Natürlich hatte Sarah Jane Lou dorthin entführt. In dieses Ostküsten-Mekka der New-Age-Nomaden, wohin denn sonst.

Asheville hatte jüngst wegen des lemmingartigen Zustroms von Sinnsuchern bei den Medien einige Beachtung gefunden. Angeblich waren die Berge der Umgebung prallvoll von Quarz, der – ebenfalls angeblich – die für eine geistige Erweckung vollkommene Vibration aussandte, solange man die vollkommen vibrierende Knete hatte, um den Guru zu bezahlen. Man vergebe mir meinen Zynismus, aber ich habe den Gedanken, dass man für seinen Gott, sei es nun ein jüdischer, christlicher, indischer oder anderweitiger, etwas bezahlen soll, nie nachvollziehen können.

Es waren nach Aussage der New-Age-Jünger jedoch nicht nur die Quarzvorkommen, die sie nach Asheville lockten, sondern auch die in den umliegenden Bergen vorhandenen Vortices. Offensichtlich sind unsere Körper nicht die einzigen Dinge, die über elektrische Energiepunkte verfügen. Beim Menschen heißen sie Chakras, bei Mutter Erde Vortices, und aus irgendeinem Grund verfügt Asheville über eine Fülle davon.

So war also dieser Ort dank des Quarzes, der Vortices und der fünftausend in Höhlen lebenden Hexen zu einiger Berühmtheit gelangt. Selbst noch die kleinste Radiostation berichtete über dieses Bergstädtchen und seine Anziehung, die es auf – wie es ein Reporter mal formulierte – Müsli mampfende, unterwäschelose Spinner, die niemals Steuern zahlen, ausübte.

Lou in Asheville gefunden hatte Henry. Oder genauer: Lous Geld. Henry war nämlich über seine Beziehungen zu MasterCard zum Erfolg gelangt und hatte in Erfahrung bringen können, dass die letzte Quittung aus einem Laden stammte, der sich

The Third Eye nannte. Ich weiß auch nicht, warum ich nicht gleich auf Asheville gekommen war. Erst die Florida-Bräune, die mir nichts gesagt hatte, jetzt das. Wie hatte ich nur so blöd sein können!

Ich fing an, wie ein Mann zu denken, und es war an der Zeit, das Mittel abzusetzen, das mir Lou mitgebracht hatte. Diese seine jüngste Errungenschaft war eine Art Testosteron-Vorläufer, der angeblich die Maschine auf Hochtouren brachte und alles zu bewirken vermochte – von der Stärkung des Geschlechtstriebes bis hin zur Rückgabe der ursprünglichen Farbe an ergraute Haare.

Was Lous Geschlechtstrieb anging, so wusste ich nichts über die Wirkung des Mittels, aber es brachte ihn allgemein so in Fahrt, dass er eines Tages zwitschernd durch meine Wohnung sauste. «Ich fliege ohne Flügel, Nats, fliege ohne Flügel.» Dann war er zum Army-Navy-Store gegangen und hatte sich einen Kampfanzug mitsamt glänzenden neuen Medaillen und allem gekauft. Da hatte ich Denise, meine neue Stallfreundin, angerufen, die ja Psychiaterin ist.

«Nimm ihm sofort das Zoloft weg», hatte sie geraten. «Er verpasst sich sonst noch selbst einen Schlaganfall. Niemand weiß, was das DHEA tut, aber bei Zoloft weiß ich es. Ich kann nicht glauben, dass er es von seinem Doktor bekommen hat. Es ist ein schlechtes Mittel, das krankhafte Zustände herbeiführt.»

Das war immerhin besser als das, was wir davor erlebt hatten, nämlich schwere Depressionen. Nachdem er und meine Nachbarin, Mrs. Flock, sich getrennt hatten, hatte er irgendein Zeug geschluckt und war in einem fast schon katatonischen Zustand versunken. Er hatte nicht mehr geduscht, sich nicht mehr rasiert, sich nicht mehr gekämmt, nicht mehr die Klamotten gewechselt. Seine Stimme war völlig ausdruckslos gewesen, der Blick seiner Augen tot. Man hatte in seiner Nähe das Gefühl gehabt, als würde alle Feuchtigkeit aus einem herausgesaugt.

Es war ihm so schlecht gegangen, dass er zum ersten Mal in seinem Leben einen Psychiater aufgesucht und sich bereit erklärt hatte, Mittel einzunehmen. Aber wie von Denise vorhergesehen, hatte ihn dann die Kombination von DHEA und Zoloft völlig ausflippen lassen, weshalb ich ihm am Ende alles wieder weggenommen und ihm gesagt hatte, er solle die ihm bevorstehenden Tage als Zeit der Reinigung des Körpers und der Seele betrachten.

«Denk an sie als an eine indianische Schwitzhütte», hatte ich geraten, und er war darauf eingegangen. Nur hatte ich nicht mit den Rückstandswirkungen der Mittel und Kräuter gerechnet, die ihn so angetörnt hatten, und den großen Fehler begangen, ihn mit Henrys Jungen in meiner Wohnung allein zu lassen. Henry hatte einen Eilauftrag übernommen und mich gebeten, auf die beiden Buben aufzupassen. Als sie dann ihre Fig Newtons in Milch hatten ertränken wollen und ich keine im Haus gehabt hatte, war ich in den nächsten Supermarkt geeilt, um welche zu holen. Was konnte in zwanzig Minuten schon viel passieren?

Viel. Als ich zurückgekommen war, hatte die halbe Feuerwehr Charlottes vor dem Haus gestanden, hatten Sirenen geheult und Lichter geblinkt, waren Feuerwehrleute in Schutzanzügen die Treppe hinaufgehastet. Man kann sich leicht vorstellen, was mein Herz in diesem Augenblick getan hatte. Ein Wunder, dass ich nicht auf der Stelle dahingeschieden war. Da ich die Tochter einer Frau bin, die es als ihre Aufgabe angesehen hatte, mir jedes Unheil, das mich möglicherweise ereilen könnte, nahe zu bringen, hatte ich mir natürlich die fürchterlichsten Dinge ausgemalt – alle drei waren verkohlt, gegrillt oder verbrannt. Tot, tot und tot.

Obwohl ich schneller die Treppe hinaufgerannt war als je in meinem Leben, hatte sich für mich alles in Übelkeit erregendem Zeitlupentempo vollzogen – so, wie ich es erlebe, wenn ich vom

Pferd fliege. Es dauert ungefähr fünf Stunden, bis ich schließlich dieses nur allzu vertraute, dumpfe Aufschlagen meines Körpers auf dem Boden höre. Es hatte damals ebenso lange gedauert, bis ich vor meiner Wohnungstür angekommen war, was mir Zeit genug gelassen hatte, zwischen knieerweichender Angst und bittersten Selbstvorwürfen hin und her zu wanken.

Ich war dann in die Wohnung gerauscht und hatte zu meiner allergrößten Freude Lou und die beiden Jungen vor der Badezimmertür stehen sehen – und das kein bisschen versengt. Anders mein Badezimmer: In großen, grauen Wolken war dichter Qualm aus dem kleinen Raum gequollen.

«Schwitzhütte, Nattie», hatte Lou erklärt. «Ich wollte Hankie und Chet nur mal zeigen, wie eine Schwitzhütte funktioniert.»

Lou hatte in der Badewanne ein Feuer gemacht und versucht, aus meiner Daunendecke ein Dach für sich, die rauchenden Scheite und Henrys Kinder zu machen, wobei sie alle mit größter Lautstärke «Om-nahmah-shie-viya» gesungen hatten. Es war der Lärm gewesen, der die Nachbarn alarmiert und sie veranlasst hatte, Hilfe zu holen.

Nach diesem Vorfall hatte ich alle Arzneimittelfläschchen Lous weggeschmissen.

«Das hättest du mal sehen sollen, Dad, es war total cool», hatte Chet später am Abend zu Henry gesagt. Ich glaube nicht, dass Henry mich schon bald wieder bitten wird, auf seine Kinder aufzupassen.

Lou hatte sich danach einigermaßen erholt und sogar den Kampfanzug mit den Medaillen abgelegt. Es hatte den Anschein gehabt, als wäre die Krise überwunden und er wieder auf dem Damm. Jetzt war er jedoch offensichtlich in die alte Verzweiflung zurückgefallen, und ich musste ihn unbedingt finden, denn Selbstmord war für die Golds noch nie ein Fremdwort gewesen.

Ich hätte gern – wie geplant – an dem bevorstehenden Wochenende ein paar längere Ausritte gemacht, aber wie es aussah, gebot es die töchterliche Pflicht (was in meiner Familie immer gleichbedeutend mit der Übernahme elterlicher Pflichten war), meinen Vater aufzuspüren, ehe ihn erneut starker Kräfteverfall, Blutleere oder Schlimmeres ereilten.

30

Bevor ich mich jedoch auf der Bundesstraße 74 in westlicher Richtung aufmachen konnte, war noch einiges zu erledigen. So musste ich erst einmal mein Bankkonto leer räumen und vier neue Reifen erstehen.

Dann musste ich Ashlee anrufen und ihr sagen, dass ich mir ihr sich verbeugendes Pony ein andermal ansehen müsse. Bei unwirschen Kindern zahlt es sich aus, so genau wie möglich zu sein, damit sie nicht glauben, man wolle sie nur abwimmeln. Ich erklärte ihr deshalb, warum ich nach Asheville fahren müsse, nämlich um meinen Vater zu suchen, der mir große Sorgen mache. Die Sache mit Sarah Jane ließ ich unerwähnt. Sie erkundigte sich, warum ich mir Sorgen mache, und ich sagte ihr, dass er unter Depressionen leide. Noch vor zehn Jahren hätte ich das niemandem, weder ihr noch sonst jemandem, mitgeteilt. Es ist gar nicht so leicht, sich zu der Ansicht zu bekehren, dass manische Depressionen eine Krankheit sind wie Diabetes oder Multiple Sklerose. Sehr viele Menschen können das noch immer nicht so sehen.

«Ich hoffe, Sie finden ihn», sagte Ashlee.

«Ja, das hoffe ich auch. Wie wäre es denn mit dem nächsten Wochenende? Kann ich mir Blue dann ansehen?»

«Nächstes Wochenende? Nein, da ist Culpeper. Fahren Sie nicht hin?»

Ich hatte es nicht vor und war davon ausgegangen, dass sie auch nicht an dem Turnier teilnehmen würde, wo doch ihre Mutter kaum unter der Erde war. Bei mir waren es eher finanzielle Gründe, denn Culpeper, ein riesiger Turnierplatz im Norden von Charlotteville, war gute sieben Autostunden entfernt. Allein schon die Transportkosten für Brenda überstiegen meine Möglichkeiten. Von den Übernachtungskosten, der Unterbringung des Pferdes, den Trainerkosten, den Teilnahme- und sonstigen Gebühren mal ganz abgesehen. Und etwas essen musste man auch – man selbst und der Trainer, der während eines Turniers absolut gar nichts aus eigener Tasche bezahlte. Kurz: Man nehme an einem großen Turnier wie Culpeper teil, und es ist in geradezu obszöner Weise leicht, in weniger als 48 Stunden gute 1500 Dollar loszuwerden.

«Für mich kein Culpeper, es sei denn, ich gewönne noch in der Lotterie», sagte ich. Wenn ich ehrlich bin, muss ich gestehen, dass ich, selbst wenn ich das Geld gehabt hätte, nur mit Unbehagen dort angetreten wäre. Es handelte sich schließlich um den Platz, auf dem Christopher Reeve so schwer gestürzt war, dass er eine doppelseitige Lähmung davongetragen hatte.

«Und wie wäre es mit Mittwoch?», schlug ich vor. «Gleich, wenn ich von der Arbeit komme?»

«Okay», meinte Ashlee. «Ich rufe sofort im Stall an und sage Cathy, dass sie Blue rauslassen kann und dass Sie am Mittwoch kommen.» Ich glaubte, in ihrer Stimme sogar so etwas wie den Anflug von Begeisterung zu hören.

«Klingt gut», sagte ich. «Hör mal, solltest du dich nicht gut fühlen oder Blue etwas Neues beibringen und es jemandem erzählen wollen oder einfach nur so reden, ich bin im Motel 6 in der Tunnel Road zu erreichen. Du kannst mich jederzeit anrufen, okay?»

«Motel 6?», fragte Ashlee zurück.

Das Mädchen hatte sicher noch nie in einem Haus mit weniger als drei Sternen übernachtet. Ein Holiday Inn war für sie wahrscheinlich so sehr ein Abstieg in primitive Verhältnisse wie für mich einfach etwas Unerreichbares.

«Genau», sagte ich, «die Handtücher dort sind wahrscheinlich dünner als Toilettenpapier, aber der Preis stimmt. Wir sehen uns also in der nächsten Woche.»

Als Nächste rief ich Gail an und bat sie, ein Auge auf Brenda zu haben, vor allem auf ihre Hufe, die trotz aller Bemühungen Gerrys, unseres Schmieds, zerbröselten wie zusammenfallende Sandburgen. Das rechte vordere Eisen wollte kaum noch halten.

«Du weißt, dass Gerry nicht da ist», sagte Gail. «Soll ich, wenn das Eisen abfällt, das Ekelpaket holen oder bis zu Gerrys Rückkehr warten?»

Nein, da gab es keine Wahl. «Man kann sie doch nicht barfuß laufen lassen, das macht alles nur noch schlimmer», antwortete ich. «Tu halt, was getan werden muss. Und tu mir den Gefallen und notier die Nummer 704-555-6700 am Schwarzen Brett. Das ist das Motel 6, wo man mich erreichen kann, falls mit Brenda was ist.»

Wenn man ein Pferd hat, ist das weitgehend so, als hätte man ein Kind. Man kann nicht einen Kilometer aus der Stadt raus, ohne mindestens einhundertfünfzig Leuten zu sagen, wo man zu erreichen ist.

Ich musste auch Henry noch anrufen, ihm für seine Ermittlungsarbeit danken und ihm sagen, dass ich nicht da sein würde. Wunder über Wunder – er zeigte sich besorgt darüber, dass ich selbst nach Asheville fahren wollte. Noch vor einem Jahr hatte er einen Drohanruf bei mir für die Tat eines Spinners und nicht weiter beängstigend gehalten, um jetzt (nach ein paar Leichen) wie eine Glucke um mich besorgt zu sein. Er wäre gern mitgefahren, hatte jedoch mit seinen Jungs schon Pläne gemacht.

«Hör auf, dich zu sorgen», sagte ich. «Es waren ja nur meine Reifen. Ich ruf dich an, wenn ich dort bin. Und dann überlegen wir, wie ich dir deine MasterCard-Aktion vergelten soll. Denk dran, ich mag keine Schokolade. Du musst dir also etwas anderes ausdenken, womit ich dich beschmieren kann.»

«Schlagsahne», sagte er, und ich konnte im Hintergrund eine Stimme leise sagen hören: «Schlagsahne, ja, will ich auch haben. Sag Nattie, dass sie mich nicht vergessen soll.»

Ich lachte, Henry lachte, und Hankie lachte auch, obwohl er nicht wusste, worüber.

Von der Schlagsahne kamen wir zu Reverend Quarrels. Ich brannte darauf, etwas über das Interview zu erfahren, denn ich hatte ja seitdem noch keine Gelegenheit gehabt, mit Henry zu sprechen. Da die Jungen ihn keinen Satz beenden ließen, ohne ihn mit Fragen zu löchern, konnte ich mir aus dem bruchstückhaften Gespräch nur Folgendes zusammenstückeln:

Henry war mit der Mutter eines neunjährigen Jungen zusammengetroffen, dessen Verhalten sich, wie sie sagte, schlagartig verändert hatte. Er hatte plötzlich Widerworte gegeben, gekreischt, geflucht – was mir alles recht normal vorkommen wollte, seit ich die Goode-Jungen kennen gelernt hatte. Aber dieser Junge war vorher anscheinend ein wahrer Musterknabe gewesen. Nach der Veränderung seines Verhaltens hatte die Mutter alles versucht, was ihr einfallen wollte, ihn aber nie geschlagen. Nichts hatte gefruchtet. Eines Morgens dann war sie ins Badezimmer gekommen und hatte ihn dabei ertappt, wie er seinen kleinen Bruder belästigte. Irgendwie war es ihr gelungen, aus ihm herauszubekommen, dass er nichts anderes mit dem Bruder gemacht hatte als der Reverend Quarrels mit ihm. «Er meinte, Gott würde mir nicht böse sein, wenn ich ihn nur machen ließe», hatte der Junge berichtet.

Das erschien mir jetzt nicht glaubwürdiger als zuvor. Nicht, nachdem ich vorgestern Abend den Reverend und seine Hofdamen erlebt hatte. Ich weiß, dass es Leute gibt, die sexuell regelrechte Raubtiere und Allesfresser sind. Ich wollte auch gar nicht behaupten, dass Quarrels nicht gefräßig war, aber ich war überzeugt, dass er bei der Wahl seiner Speisen in üblicher Manier weibliche Erwachsene bevorzugte.

Nicht, dass das viel bewiesen hätte, aber er hatte dieselbe Masche, einen mit seinen Blicken festzunageln, wie Bobby McMahon, und irgendetwas sagte mir, dass er nun mal eher ein Weiber- als ein Kinderheld war. Mir fehlten die Beweise, aber da war dieses untrügliche Gefühl der Gewissheit, das mich immer überkommt, wenn ich Dinge weiß, die ich eigentlich gar nicht wissen kann.

Was die Dinge anging, die ich wissen konnte – wie zum Beispiel, dass Kinder bei solchen Sachen nie lügen –, so hatte ich Zweifel. Ich weiß, dass ich damit den Bereich der Political Correctness verlasse, aber wer konnte denn ausschließen, dass sie es nicht manchmal doch taten? Einmal, als ich noch klein war, hätte ich schwören können, auf dem Rücksitz eines Autos einen Toten gesehen zu haben. Es war nicht meine Absicht gewesen zu lügen, und wer weiß, was ich in Wirklichkeit gesehen hatte, aber eines steht fest: Ich hatte ganz und gar nichts gegen die Aufmerksamkeit gehabt, die meine Behauptung erregte, und der Aufstand hatte mich eine Weile daran gehindert, an die Trennung meiner Eltern zu denken.

«Noch was, Nattie», sagte Henry. «Die Mutter meinte, sie sei dir schon mal begegnet.»

31

«Nein, zu offensichtlich. Es hört sich an, als hätte sie einen Fernsehfilm über Kinderschänder gesehen.»

Das war Denise. Ich hatte Henry geschworen, ich würde niemandem etwas von dem Reverend und seiner Anklägerin sagen – und tat es, genau genommen, auch nicht. Ich hatte vor meinem Aufbruch nach Asheville auch noch Denise anrufen müssen, um ihr zu sagen, dass ich nicht wie verabredet mit ihr ausreiten könne. Und ich wollte ihr sagen, was mir Lous Seelenklempner für den Fall geraten hatte, dass mein Vater mal wieder den Zombie gab. Irgendwie kamen wir auf Kinder und Lügen, und ich stellte ihr die alte, hypothetische Frage. Keine Namen, nur die «erfundene Geschichte» einer Mutter, die mir erzählt hatte, wie ihr Junge plötzlich angefangen hatte, sich ungebärdig aufzuführen und schließlich seinem Bruder anzutun, was ihm nach eigenem Bekunden von einem Erwachsenen angetan worden war.

«Der Junge würde das vielleicht viel später einmal gestehen», sagte Denise, «aber nie und nimmer sofort, so abrupt. Es könnte sein, dass er am Anfang ins Bett macht, Albträume hat oder auch Angst vor dem Alleinsein, aber so, wie sie es sagt, würde er sich nicht verhalten. Das ist Hollywood, Nattie. Arbeitest du an einer Inzest-Geschichte? Wenn das deine Quelle ist, solltest du dir lieber eine andere suchen.»

Denise kaufte mir meine hypothetische Geschichte nicht ab und wollte wissen, um wen es sich handelte. Ich konnte es ihr nicht sagen, tat es auch nicht, und sie drang nicht in mich.

«Ein paar Leute könnten dem Kind aber Glauben schenken», sagte ich.

«Ich wette, dass das dann Leute mit Kindern sind», meinte Denise. «Eltern sind in so etwas nie objektiv. Versteh mich nicht falsch, es ist schrecklich, und wenn der Kerl das wirklich getan hat, dann sollte er für immer weggesperrt werden. Aber eine derart explosive, emotional aufgeheizte Situation kann leicht in eine Hexenjagd münden. Schwer zu glauben, aber die Hälfte aller registrierten Fälle von Kindesmissbrauch, ich glaube, es sind zwischen 1,6 und 1,7 Millionen im Jahr, erweisen sich als frei erfunden. Eltern lügen, Kinder lügen, es geschieht in einem fort. Na los, Nattie, wer ist es? Jemand, den ich kenne?»

Vielleicht hätte Denise Journalistin werden sollen. So viel dazu, dass sie nicht in mich drang. Sie hätte den Beschuldigten gekannt, das stand fest. Der Reverend Quarrels war sehr populär und hatte eine große Gemeinde – seine sonntägliche Kolumne nicht zu vergessen, die ihm zugestanden worden war, nachdem ich meine Hexen-Geschichte geschrieben hatte und der «Schuhverkäufer» dem Reverend hatte beweisen wollen, dass der *Appeal* keineswegs das liberale, gottlose, von den Juden kontrollierte Käseblatt ist, für das ihn die Rechten halten.

«Du weißt, dass ich es dir sagen würde, wenn ich könnte», erwiderte ich. «Aber du hast ja selbst gerade darauf hingewiesen, dass so etwas leicht in eine Hexenjagd ausarten kann. Deshalb muss ich dichthalten.»

«Sag's mir, wenn du sprechen darfst», meinte sie daraufhin. «Aber was ist mit der Mutter? Ist das auch geheim?»

Ich hätte ihr sagen können, wer da mit dem Finger gezeigt hatte, denn Denise kannte die Frau bestimmt nicht. Ich selbst wusste außer dem, was Henry mir über sie erzählt hatte, auch kaum etwas über sie. Meine Synapsen brauchten nach dem Telefongespräch mit Denise noch ein paar Minuten, bis es endlich klickte und ich ihren Namen mit einem Gesicht in Verbindung bringen konnte, mir die Zusammenhänge wieder klar waren.

Ich hatte die Frau vor vielen Jahren kennen gelernt, und zwar bei einem meiner ersten Aufträge, die nichts mit Mode zu tun gehabt hatten. Damals hatte – ausgerechnet auf Einladung des Reverend Quarrels – Lillyane Litton ihr Buch über die die Geschlechterbeziehung verbessernde «totale Frau» vorgestellt, und die Anklägerin war ihre offizielle Begleiterin / Beschützerin gewesen, als die Reporterin des großen, bösen *Commercial Appeal* in der Absicht (da hatte niemand den geringsten Zweifel gehabt) erschienen war, die Vortragende zu interviewen, um sie dann in der Luft zu zerreißen.

Ich hatte das, o Wunder, nicht getan, ja Lillyane Litton sogar sehr sympathisch gefunden. Warum auch nicht? Es war schließlich die Prämisse ihres ganzen Daseins, nett zu den Menschen zu sein, alle dazu zu bringen, sie als Frau zu mögen, insbesondere jene, die mit so einem besonderen Anhängerchen versehen waren. «Jemand muss den ersten Schritt tun», hatte sie zu mir gesagt, «und was ist denn schon dabei, wenn es die Frau ist?»

Nicht allen in der Gemeinde hatte ihr ganz und gar nicht emanzipatorischer Ansatz gefallen, auch der Anklägerin nicht. Wie ich mich erinnerte, war sie ein wenig eine graue Maus, und es war ihr sichtlich schwer gefallen, das Wort «nackt» über die Lippen zu bringen, als sie mir mitgeteilt hatte, dass Mrs. Littons Idee einer verführerisch-freizügigen Bekleidung bei den Damen der United Evangelical Church von Südost-Charlotte nicht allzu gut angekommen war.

Sie hatte mir das auseinander gesetzt, während wir darauf warteten, dass die totale Frau endlich mit ihrem totalen Makeup fertig werden würde, was ziemlich lange dauerte, sodass schließlich nur noch ihre Begleiterin und ich da gewesen waren. Irgendwie enden meine Gespräche mit anderen immer beim Thema Pferde, aber diesmal war (ich schwör's) sie es, die mich dorthin brachte.

Sie hatte meine Sonntagskolumne über Breeches gelesen und gewusst, dass ich Reiterin war. Da ihre zehnjährige Tochter damals gerade mit dem Reiten begonnen hatte, hatte sie mir Fragen zu der erforderlichen Ausrüstung gestellt, auf die ich gern eingegangen war. Endlich hatte ich Mrs. Litton interviewt, der Fotograf ein paar Bilder gemacht – und dann hatte ich mich verabschiedet. Das war alles gewesen.

Bei dem Gedanken an diese Frau, die Anklägerin, zupfte jedoch irgendetwas an meinem Hirn, und ich bereute einmal mehr die Drogen, die ich in meiner Jugend probiert hatte. Ich hatte mal ein fast fotografisches Gedächtnis gehabt. Hatte gehabt. Auch eine Vergangenheitsform.

«Gib's her», sagte ich schließlich zu mir selbst. Aber nichts kam hoch, außer dass mir wieder einfiel, wo meine türkisfarbenen Stiefeletten waren, was mich durchaus freute. Denn in diesem Augenblick – ich rannte in der Wohnung herum, um meine Sachen für die Fahrt nach Asheville zusammenzusuchen – war mir die Frau eigentlich ziemlich gleichgültig, will sagen die Frage, wer sie war und warum es sie drängte, ihren Pfarrer dranzukriegen. Das war eher eine Sache zwischen ihr, ihrem Gott und Henry Goode. Meine türkisfarbenen Stiefeletten dagegen waren mir nicht egal, denn was sonst hätte ich zu dem purpurroten Paisley-Mini anziehen sollen?

32

Meine türkisfarbenen Stiefeletten schafften es in Rekordzeit, nach Asheville zu gelangen, nämlich in etwas über zwei Stunden. Unter anderen Bedingungen hätte ich mir mehr Zeit gelassen und den Blick auf die Berge in mich hineingeschlürft wie dampfende Tassen köstlichsten Kamillentees. Aber diesmal war nur Kaffee drin, denn es hieß: Mach, dass du hinkommst, und das möglichst schnell!

Selbst noch in meinem nervlich angespannten Zustand war ich von der Schönheit Ashevilles hingerissen. Der Ort schmiegt sich dort an den Leib der Berge, wo sich die Great Smokies mit uraltem Arm bei den Blue Ridge Mountains unterhaken. Man stehe zu dem New-Age-Gebrabbel über das magnetische Ziehen, die himmlische Ausrichtung oder die harmonische Konvergenz der ältesten Berge dieser Erde, wie man wolle, aber wenn ein tief lavendelfarbener Nebel über den Smokies hängt und ein Echo von Gipfeln und Tälern entstehen lässt, dann ist das ein Anblick, der auch die skeptischste Seele zu einem spirituellen Gerumpel bewegen kann.

Ich war jedenfalls bewegt, gar keine Frage. Ich hielt am Straßenrand an, öffnete den vorbeirauschenden Autos zum Trotz die Wagentür und stieg aus. Dann stand ich wer weiß wie lange da und schaute einfach nur. Ich möchte ja nicht allzu sehr wie Lou klingen, aber die Berge haben nun mal etwas an sich, was an meiner Seele zieht und mir ein Gefühl verleiht, als ob ich nach Hause gekommen wäre.

Selbst jene, die sich karmamäßig nicht zu ganz so großen Felsbrocken hingezogen fühlen, müssen sich die Frage stellen, was man an diesem Asheville nicht mögen kann. Ein so schöner Ort. Dieser alles beherrschende Blick auf zwei Bergketten mit Gipfeln, die so dicht vor einem aufragen, dass man mit der Hand nach ihnen greifen und in ein Jodeln ausbrechen möchte! Diese blühende Stadt, die voll ist von interessanten Cafés, Geschäften, Museen und Schlössern – und dazu die besten Rosinenbrötchen, die einem je die Speiseröhre hinuntergeglitten sind. Nein, es ist nicht schwer zu erkennen, warum Asheville für jeden Touristen, der die Carolinas bereist, ein unbedingtes Muss ist.

Ich nahm ein Zimmer im Motel 6, das allerdings für keinen Reisenden ein unbedingtes Muss ist, sieht man einmal von dem mittellosen ab. Wie geargwöhnt, waren die Handtücher eher dünn, aber das Bettzeug war wenigstens sauber. Das war das Erste, was ich überprüfte. Ich kann in billigen Motels mit fast allem zurechtkommen (und ich habe, weiß Gott, bei meinen kostspieligen Reitturnierfahrten dank meiner knappen Kasse schon in einer recht ansehnlichen Zahl von ihnen genächtigt) – aber mit schmutziger Bettwäsche? Niemals. Da ist der Punkt erreicht, wo ich bei dem Burschen am Empfang mein Geld zurückverlange.

Ich hatte mir einen Plan gemacht – oder so etwas wie einen solchen. Ich meine, soweit ich überhaupt zu irgendeiner Planung fähig bin. Ich war vor meinem Aufbruch im Internet herumgesurft und dabei auch zu allen möglichen interessanten New-Age-Events in Asheville gelangt, was es mir ermöglicht hatte nachzuvollziehen, warum Sarah Jane ihr habgieriges Ich und meinen Vater praktisch dorthin gebeamt hatte. Die Möglichkeiten, die sich New-Age-Freaks boten, waren wahrhaftig grenzenlos. Woche für Woche bekam der betuchte Seelensucher unter vielem anderen Folgendes geboten: wiedergebärende Atemarbeit, Huna, die alte hawaiianische Methode, sich den Lebensweg freizuräumen, Göttinnen vom Traumladen der vier Nationen, die Meditationssymbole des Shushta, das Feueryoga Agni, Workshops zum Kalender der Maya, Psychosynthese, schamanischen Trancetanz, holotropisches Atmen, um einen Zugriff auf ungewöhnliche Bewusstseinszustände zu bekommen, sowie *Pan-Eurhythmie* mit der Weltbürgerin Ardella Nathanael.

Und das war erst ein kleiner Teil des Programms. Da ich jedoch feststellen konnte, dass Lou die meisten der angebotenen Kurse (wenn nicht gar alle) früher schon besucht hatte, blieb mein Blick schließlich an folgender Ankündigung hängen:

Swami Zerostra Elijah nimmt zu seiner Braut die wahrhaft großartige Kadischka, eine Frau und aufgeklärte Seele aus frühesten

Zeiten, welche ihre letzte Inkarnation auf Erden erfüllt, eine Schönheit, deren physische Wohlgestaltetheit er noch nie erblickt haben wird bis zum Samstag, wenn er und Kadischka von dem Reverend Howard Steinberg, Autor des Bestsellers *Der Leopard läuft mit den Sternen, und das können auch Sie!*, zusammengegeben werden und in den geheiligten Stand der Ehe treten. Swami und Kadischka, die beiden Hälften eines Ganzen, haben einander viele Leben im Universum gesucht und sich schließlich am Abend des Jahrtausends dank America Online gefunden. So kommt denn alle herbei, um diese glückliche Vermählung um die Dreiheit des Nachmittags am vierten Vortex des Mt. Mitchell gemeinsam mit dem ganzen Universum zu feiern.

Der Swami wurde also mit einer Frau verheiratet, die er noch nie gesehen hatte. Wie war das möglich? Ah, das war sicher der Kerl, der im New-Age-Folder von AOL mitgeteilt hatte, er komme zu ehelichen Besuchen in die Schlafzimmer von Frauen seelengewandert. Vielleicht hatten ja meine seltsamen Träume überhaupt nichts mit Lous Melatonin zu tun.

Wenn der Swami und seine neue Gemahlin eine Riesenhochzeitsparty geben wollten, zu der alle Welt geladen war, dann konnte mit einiger Sicherheit angenommen werden, dass Sarah Jane ihren abgemagerten Leib dort hinschleppen würde, um sich neues Fleisch zu suchen, denn ihr augenblicklicher Ernährer (mein Vater) würde ihr schließlich schon bald genommen werden. Allerdings erst um drei – jedenfalls verstand ich das mit der Dreiheit des Nachmittags so. Ich hatte also noch Zeit und konnte ein bisschen in der Stadt umherlaufen, um nach Lou zu suchen.

Da bereits feststand, dass mein Motel kein Holiday Inn war, musste ich davon ausgehen, dass ein Telefon mit Anrufbeantworter nicht zu den gebotenen Annehmlichkeiten gehörte.

«Hey, Mr. Patel», sagte ich zu dem Mann am Empfang. Wir hatten uns schon gleich bei meiner Ankunft prima verstanden. «Würden Sie für den Fall, dass mich jemand anrufen sollte, so nett sein, dem Anrufer zu sagen, dass ich heute am Nachmittag unterwegs bin, und ihn zu bitten, eine Nummer zu hinterlassen? Ich rufe dann zurück.»

«Na klar doch, Miss Gold», sagte er. «Seien Sie unbesorgt, ich nehme alle Nachrichten entgegen. Viel Glück bei der Suche nach Ihrem Vater.»

Wie schon gesagt, wir hatten von Anfang an in recht vertraulichem Ton miteinander verkehrt. Als er mir meine Zimmerschlüssel ausgehändigt hatte, kannte ich bereits seine halbe Lebensgeschichte. Er hatte mir von seiner von den Eltern angebahnten, astrologisch abgesegneten Verehelichung mit der liebreizenden Mrs. Patel berichtet, die ihm drei Töchter geschenkt hatte, was für einen nicht gar so bemittelten Ladenbesitzer in Delhi zunächst ein bisschen ein Problem gewesen war, aber dann hatten zwei der Töchter auf einer Liebesheirat bestanden, sodass keine Mitgiften erforderlich gewesen waren, und als die beiden das Haus verlassen hatten, war er mit seiner Frau, ihrer Mutter, seiner Mutter und der verbliebenen Tochter nach Asheville gezogen, wo er alle seine Ersparnisse und dazu ein großes Darlehen der First Carolina in das Motel 6 gesteckt hatte. Die jüngste Tochter hatte in Astrophysik promoviert und sich in der Hoffnung, als erste Inderin in den Weltraum fliegen zu können, zur Luftwaffe gemeldet.

«Danke, Mr. Patel», sagte ich. «Und richten Sie Mrs. Patel doch bitte aus, dass ich ihre Samosas sehr gern probieren würde.»

Auch wenn ich keine leidenschaftliche Anhängerin der indischen Küche gewesen wäre, hätte ich sein mir früher unterbreitetes Angebot nicht ausgeschlagen. Bei meiner finanziellen Lage konnte ich es mir nicht leisten, eine kostenlose Mahlzeit abzulehnen. Die Sache mit den Reifen hatte mein Bankkonto und mich in den Stand der Bedürftigkeit versetzt. Und das, wo die reitsportliche Saison gerade in Gang kam. Wenn ich an Turnieren teilnehmen wollte, kam ich um Etatkürzungen nicht herum.

«Sie werden sie mögen, das verspreche ich Ihnen», meinte Mr. Patel. «Ich stelle sie Ihnen ins Zimmer.»

Den Etatkürzungen waren auch vom Zimmer aus geführte Telefongespräche (zu einem Dollar pro Einheit) zum Opfer gefallen, weshalb ich aus den Tiefen meiner Handtasche einen Vierteldollar fischte, diesen in ein Münztelefon steckte und Lady Passion anrief, die Hexe von Asheville, über die ich anlässlich des letztjährigen Halloween geschrieben und die mir gesagt hatte, ich trüge das Hexenzeichen auf der Stirn. Wir hatten uns dann ein wenig angefreundet, und ich hoffte jetzt, die Zeit zu einem Besuch bei ihr zu finden. Aber angesichts ihrer Dienstzeiten (sie arbeitete als Krankenschwester) und meiner Suchaktion konnte es gut sein, dass wir uns mit einer telefonischen Plauderei begnügen mussten.

Ich weiß nicht, was ich mehr verabscheue, den Anrufbeantworter oder die telefonische Warteschleife. Ich erwischte ihren Anrufbeantworter.

«Meine Herrin der Leidenschaft, ich bin's, Nattie Gold», sagte ich. «Ich bin in der Stadt und versuche meinen verschwundenen Vater zu finden. Aber das ist eine lange und dumme Geschichte. Ich hoffe, dir und der Welt geht es gut. Ich wohne im Motel 6, ruf mich mal an, wenn du nicht auf einem Besenstiel sitzt und zu unbekannten Gefilden unterwegs bist.»

Jetzt war alles erledigt, und ich konnte nur noch mit meiner Suche anfangen. Wie sagte Henry immer? Folge dem Geld. Das tat ich und ging auf direktem Weg zum Third Eye. Das war das Geschäft, wo Lou seine MasterCard zuletzt benutzt hatte.

In diesem Laden hätte sich mir die Möglichkeit geboten, meine Garderobe auf einen etwas neueren Stand zu bringen und gleichzeitig Candace mal so richtig zu ärgern. Das Letztere reizte mich weit mehr, zumal ich mir Ersteres kaum leisten konnte. Ein Kleid, das dem Stoff, der Farbe und dem Schnitt nach auch als Einkaufstasche hätte durchgehen können, sollte 275 Dollar kosten. Grau, grauer, am grauesten, wenn man mich fragt.

«Kann ich Ihnen behilflich sein?»

Ich hatte sie nicht bemerkt. Die Verkäuferin, eine groß gewachsene, verblasste Blondine in Klamotten von Ennui, Ecumenical, Bliss, Celestial oder was für alberne Namen sie sonst haben mochten, ließ ihre Blicke über mein Outfit wandern. Sie glitten an meinem orangefarbenen Rollkragenpullover, dem purpurfarbenen Paisley-Mini und den schwarzen Strumpfhosen abwärts, um dann quietschend bei meinen türkisfarbenen Stiefeletten zum Stehen zu kommen.

«Bakers», sagte ich, auf die Schuhe deutend. «1955. Meine Homofreunde mögen sie. Und ja, Sie können mir behilflich sein. Jedenfalls hoffe ich das.»

Ich holte ein Bild von Lou aus meiner Handtasche. Unseligerweise zeigte es ihn mit einem deutschen Stahlhelm auf dem Kopf – das war einer der 75 000, die er und sein Kumpel Manny Feldman aus dem Vaterland importiert hatten, um daraus Blumentöpfe zu machen. Es war das einzige Foto, das ich von Lou besaß.

«Es könnte sein, dass dieser Mann kürzlich hier bei Ihnen gewesen ist», sagte ich. «Und zwar in Begleitung einer blonden Frau, etwa einssiebzig groß, wirklich hübsch, gute Figur. Der Mann könnte recht still gewesen sein. Sagt Ihnen das was?»

Sie blickte noch immer auf meine Stiefeletten hinab. Ich beugte mich vor und drehte den Kopf, um Blickkontakt mit ihr zu bekommen. «Es ist wichtig», sagte ich. «Es handelt sich um meinen Vater, und ich muss ihn aus medizinischen Gründen dringend finden.»

«Die Stiefeletten sind cool», sagte die Verkäuferin. «Gibt es die auch in Orange?»

«Klar, aber ich glaube nicht, dass sie zu dem Kleidchen da passen würden.»

Sie sah auf ihr Kleid hinunter, als handelte es sich um etwas Ekliges. «Das? Ich hasse dieses Zeug. Wir müssen es halt bei der Arbeit tragen. Ich möchte in so was nicht tot überm Zaun hängen, ehrlich nicht.»

Jetzt, wo sie es sagte, sah das Kleid dem Leichentuch verdammt ähnlich, in dem mein Stiefvater begraben worden war – die Meter billigen Musselins, für die uns dieser Bestatterganove mit dem aufgesetzten Lächeln und den schlechten Zähnen fünfhundert Dollar berechnet hatte.

Ich hielt der Verkäuferin einmal mehr das Foto hin. «Mein Vater. Haben Sie ihn gesehen?»

Sie nickte. «Ja, hab ich. Die beiden sind vor kurzem hier gewesen. Ich erinnere mich, dass ich dachte, die wären Vater und Tochter, wegen des Altersunterschieds. Aber die Art, wie die junge Frau dann ein paar Sachen anprobiert und ihm vorgeführt hat, die war kein bisschen vatertöchterlich, wenn Sie verstehen, was ich meine. Das ist *Ihr* Vater gewesen? Wau. Aber was ist denn mit ihm? Sie hat kaum ein Wort aus ihm rauskriegen können. Und er hat ein bisschen verloren ausgesehen.»

Ich schuldete dieser Frau keine Erklärung. Sie brauchte nichts von der Geschichte meiner Familie und von deren vielen depressiven Angehörigen zu wissen, und da ich nicht Tipper Gore war, die sich für die geistig Behinderten einsetzt, sagte ich nur: «Sein Herzmittel muss ausgewechselt werden.» Es war mir egal, dass das gar nicht stimmte, es war schließlich nicht der Tag des Jüngsten Gerichts.

«Herz, das ist eine ernste Sache», sagte sie. «Sie sollten ihn mal zu meinem Heiler Manuel Teeta bringen. Der stammt von den Philippinen. Die dortigen Heiler sind ganz erstaunlich, sie operieren ohne Messer oder Skalpell. Greifen mit der Hand in einen rein, man spürt nichts, und danach bleibt keine Narbe oder sonst irgendeine Spur einer Operation. Das macht Manuel allerdings hier nicht, nicht mal in Asheville, denn man würde ihn sofort ausweisen. Ich lass mir gerade die Silberfüllungen aus den Zähnen rausholen, bin halb damit durch. Ein Freund hat mir mal von Manuel erzählt, und der hat nicht nur meine Schulter geheilt, sondern ich habe auch dieses kaputte Knie, schon seit meinem ...»

Sie stand im Begriff loszulegen, ich ahnte es. Man lasse jemanden über seine oder ihre Gebrechen reden, und man muss mit einem mindestens zwanzig Minuten dauernden Monolog rechnen. Vorausgesetzt, es handelt sich um den üblichen Kram – Fahrradunfälle, Masern, genähte Wunden und so etwas. Wenn die Leute in Richtung des medizinisch Exotischeren wie, sagen wir, Kinderlähmung, Meningitis oder die Schlafkrankheit abdrehen, dann addiere man fünfundvierzig bis sechzig Minuten. Normalerweise hätte ich der Verkäuferin zugehört – ich liebe Lebensgeschichten, und es ist ganz erstaunlich, was mir die Leute alles erzählen. Aber dafür hatte ich jetzt keine Zeit übrig, wenn ich noch ein bisschen weitersuchen und dann rechtzeitig bei des Swami großer Party sein wollte.

«Manuel Teeta?», sagte ich. «Das notiere ich mir, ist vielleicht eine gute Idee, meinen Vater mal zu ihm zu bringen. Aber das geht nur, wenn ich ihn finde. Hat die Frau, mit der er zusammen gewesen ist, irgendetwas gesagt, wo sie wohnen oder wohin sie wollten? Irgendeinen eventuell hilfreichen Hinweis?»

Die Verkäuferin rieb ihre Schulter, genau dort, wo sie nach ihren Worten geheilt worden war. «Lassen Sie mich mal kurz überlegen … Genau, jetzt, wo ich darüber nachdenke, fällt mir ein, dass die Frau zu Ihrem Vater gesagt hat, sie wolle mit ihm in die Blue Moon Bakery. Jeder, der schon mal dort gewesen ist, freut sich, wenn er diesen Namen hört. Er nicht. Er hat nur mit so was wie einem kleinen Kopfnicken reagiert und ist ihr gefolgt.»

Es stand schlimm um ihn. Mein Vater lebt, um zu essen, vor allem süße Sachen vom Teller eines anderen. Er selbst würde sich nie und nimmer etwas bestellen, was unter Hinzuziehung des «Weiße Raffinade» genannten Dämons hergestellt worden ist, aber diejenigen, die es in seiner Gegenwart tun, nehmen sich besser in Acht. Wenn er seinen Vortrag über die Übel der Dextrose gehalten hat, ist schon die Hälfte des süßen Schweinkrams, den man sich bestellt hat, weg.

«Da fällt mir auch noch ein, dass sie so ungefähr um diese Tageszeit hier waren. Vielleicht steckt ja so etwas wie eine Regelmäßigkeit dahinter. Ich würde mal zu der Bäckerei sausen.»

Genau mein Gedanke.

33

Keine Sarah Jane. Kein Lou. Kein Glück.

Aber totale Zeitverschwendung war es auch nicht. Man kann in North Carolina, ja vielleicht sogar im ganzen Südosten, auf schlimmere Orte treffen als die Blue Moon Bakery. Ich bestellte ein halbes Dutzend Rosinenbrötchen und eine Tasse Kaffee und setzte mich an einen freien Tisch vor dem Spiegelglasfenster. Wenigstens konnte ich in Ruhe essen, ohne dass Lou meine Tasse und meinen Teller plünderte.

Die Blue Moon Bakery ist immer brechend voll, weshalb es kein Wunder war, dass sich die Bäckerjungen hinter dem Tresen nicht mehr daran erinnern konnten, ob sie Sarah Jane oder meinen Vater gesehen hatten. Sie konnten kaum die Zeit erübrigen, sich das Foto von Lou anzusehen.

Das ganze Unterfangen war eigentlich sowieso verrückt. Wer war ich denn, ich, die jüdische Einzelkämpferin, dass ich mir einbildete, ich könnte nach Asheville fahren, ein paarmal «Gib's her» sagen und auf wunderbare Weise meinen Vater finden, ihn und seine Ganovenbraut einfangen, beide nach Hause schaffen, um dort dann sie dazu zu bringen, sich der Polizei zu stellen, und ihn dazu, sich in Behandlung zu begeben? Komm zu dir, Nattie! Ein weiteres Beispiel dafür, dass der Apfel nicht weit vom Stamm fällt.

Das heißt jedoch nicht, dass Lou und ich dieses Spielchen nicht durchaus schon gespielt hätten – und das mit Erfolg. Als ich siebzehn war, waren wir mal zusammen per Anhalter durch Europa gefahren. In Israel hatten wir uns getrennt und uns nach ein paar Tagen in Amsterdam treffen wollen. Wir hatten nichts Genaueres ausgemacht, aber ein glücklicher Zufall hatte uns an einem Fischstand wieder zusammengeführt.

Ich blieb noch eine Weile im Café sitzen und verdrückte ein zweites Rosinenbrötchen. Die restlichen vier und Mrs. Patels Samosas würden mein Abendessen und wahrscheinlich auch noch mein Frühstück sein. Das ging weder ins Geld noch auf die Hüften. Kleine Frauen brauchen nicht viel Treibstoff, um in Gang zu bleiben. Man fülle meinen Tank ein paarmal bis zum Rand, und schon sehe ich aus wie ein auf den Kopf gestellter Champignon – was bei der Sportart, die mir die liebste ist, Probleme macht. In hautengen Reithosen lassen sich halt figürliche Mängel unterhalb der Gürtellinie nicht verbergen.

Ich wanderte kreuz und quer durch Asheville und ging in Buchläden, Galerien und – die hatte ich seit nunmehr schon zwanzig Jahren nicht mehr gesehen – Hippie-Läden hinein. Es gab jede Menge davon. Und immer hielt ich allen Lous Foto unter die Nase.

Es gab ein paar Leute, die meinten, ihn gesehen zu haben. Ein Mann war sogar ganz sicher. Das war im Mythic Enchanter / ress, einem Laden, der sich auf hauchdünne Hemden mit applizierten kleinen Spiegelchen, Sherpa-Jacken und Chakra-Schmuck spezialisiert hatte. Das Problem bestand für mich darin, dass ich Genaueres eruieren musste. Nicht nur dieser Herr war, was konkretere Einzelheiten anging, ein wenig wirr, sondern auch ich wurde es in zunehmendem Maße, je länger ich mich in dem Laden aufhielt. Als ich endlich wieder draußen war, wusste ich kaum noch meinen Namen. Mein armes Hirn war seit Boulder nicht mehr mit derart anregendem, wenn auch illegalem Räucherzeug eingenebelt worden, und es wurde mir mehr als klar, warum ich seinerzeit damit aufgehört hatte: Es machte aus meinem Gehirn Haferschleim.

Ich ließ mich auf dem Bürgersteig nieder und wartete darauf, dass sich der Nebel wieder lichten würde. Als ich einigermaßen sicher war, dass ich mein Auto nicht zu Schrott fahren würde, brauste ich ins Motel zurück, wo ich kurz am Empfang hielt, um zu schauen, ob Nachrichten für mich hinterlassen worden waren. Diesmal hatte Mrs. Patel Dienst.

Mr. Patel war, astrologisch gesehen, das Glück hold gewesen, denn seine Gattin war eine Schönheit. Ihr dichtes Haar war im Nacken zu einem Knoten gebunden, und es sah ganz so aus, als schliefe dort eine glänzende, schwarze Schlange in der Nachmittagssonne. Jedenfalls wirkte es so auf mich. Das Haar umrahmte ein fein geschnittenes Gesicht mit weit auseinander stehenden Augen, die so tief und dunkel waren, dass man sicher in sie eintauchen konnte, ohne jemals den Grund zu erreichen.

«Ah, Miss Gold», sagte sie, «welches Vergnügen, Sie kennen zu lernen. Mein Mann hat mir schon von der liebreizenden jungen Frau erzählt, die Zimmer vier bezogen hat. Er hat mich gebeten, Ihnen diese Nachrichten zu übergeben.»

Mr. Patel musste auf derselben Schule schreiben gelernt haben wie mein Vater. Seine Notizen zu den eingegangenen Anrufen waren so gut wie nicht zu entziffern. Selbst seine Frau, in dieser Inkarnation schon seit siebenundzwanzig Jahren seine Gefährtin, vermochte nicht dahinter zu kommen, von wem ich angerufen worden war und was die Anrufer mir mitzuteilen gehabt hatten.

«Mein Mann hat viele Tugenden», sagte Mrs. Patel, «das Schönschreiben gehört jedoch nicht zu ihnen. Er ist aber in einer Stunde wieder da, und dann werden wir ihn fragen, was er da aufgeschrieben hat. Es tut mir sehr Leid.»

«Macht doch nichts», tröstete ich. «Meine Schrift ist nicht viel besser, und außerdem glaube ich, dass ich das meiste noch werde entziffern können.»

Meiner Meinung nach hatten die folgenden Personen angerufen: Henry, Gail und ... sollte das tatsächlich Ron Riley mit der Bitte um sofortigen Rückruf gewesen sein? Konnte das sein, oder missdeutete ich nur Mr. Patels Schrift? Ich spürte, wie mir die Rosinenbrötchen wieder hochkamen. Aber da war noch etwas mit einer Mutter. Meiner vielleicht? Das hätte mir gerade noch gefehlt, dass sich meine Mutter wegen mir, die ich ihren verrückten Ex-Mann aufzuspüren versuchte, Sorgen machte! Die letzte Nachricht war noch verwirrender. Sie war von jemandem, dessen Name mit einem D anfing und so aussah, als ob auch ein x darin vorkäme. Dann ein paar Wörter, von denen ich zwei entziffern konnte: Lügen und Kind.

Auf dem Weg zu meinem Zimmer machte es plötzlich klick. Dixie. Das verblüffte mich, denn für gewöhnlich benutzte sie nur ihren Hexen-Namen, nämlich Lady Passion. Offensichtlich nicht, wenn sie telefonische Nachrichten hinterließ. Ich fragte mich, was das mit dem lügenden Kind zu bedeuten haben könnte. Vielleicht hatte sie eine psychische Verbindung zu mir gehabt, als ich gerade über Henrys Story nachdachte. Wie sonst hätte sie etwas von der Anklägerin des Reverend Quarrels wissen können? Ich war jetzt in der Lage, Henry zwei Beweise zu präsentieren – und er würde beide nur mit Vorbehalt aufnehmen. Da war auf der einen, der wissenschaftlichen Seite Denises sachverständige und skeptische Beurteilung des Wahrheitsgehalts der Geschichte, die die Mutter erzählt hatte – und auf der anderen nun die tiefere Einsicht der Lady Passion, die sie ergänzte. Ich beschloss jedoch, Henry, dem immer noch die Vorstellung zu schaffen machte, in meinen Adern könnte Hexenblut fließen, zunächst nur von Denises Einschätzung zu berichten.

Und das auch erst später. Verfressen, wie ich war, wollte ich erst einmal von Mrs. Patels Samosas kosten. Ich fand meinen Zimmerschlüssel (eine große Leistung) und steckte ihn ins Schloss. Es war – wie die Handtücher – billig und von der eher dürftigen Art. Selbst in den sichersten Motels schiebe ich einen Stuhl vor die Tür, wenn ich zu Bett gehe. Ich bin schließlich die Tochter meiner Mutter und erwarte immer das Schlimmste.

Ich brauchte nicht lange zu warten. Weiter ging's. Sollte das etwa ein schlechter Scherz sein?

Nun, ich lachte nicht. Ein auseinander genommenes Motelzimmer hat nichts Komisches an sich. Jemand hatte alle meine Sachen durchgewühlt (Aufzeichnungen, Klamotten, Zeitungen) und damit wie ein brünstiger Gorilla um sich geschmissen. Angesichts meines Hungers war am übelsten, dass es die Samosas auch erwischt hatte – sie waren auf dem vormals sauberen Bettzeug zu Brei zerquetscht worden. Erbsen und Kartoffelstückchen belebten hier und da die Schlieren gelblichen Kichererbsenteiges, und das ganze Bett sah aus, als wäre es ein Stück

Performance Art von Jackson Pollock – vorausgesetzt, dieser hätte sich mit Performance Art befasst.

Auf dem Badezimmerspiegel standen keine mit Lippenstift geschriebenen, drohenden Mitteilungen. Meine Plastikpferde, die ein aufgebrachter Killer einmal kaputtgemacht hatte und die wieder repariert worden waren, befanden sich bei mir zu Hause und waren in Sicherheit, und niemand hatte versucht, mich mit einem großen, weißen Lieferwagen zu überfahren. Verglichen mit den früheren, reichte es bei diesem Überfall, was die technische Note anging, wohl nur zu einer 3,5. Bei der künstlerischen Bewertung hätte ich allerdings – allein schon wegen des Bettes – die Note 9,5 gegeben.

Ich machte ganz eindeutig irgendjemanden nervös. Und dieser Jemand wollte entweder, dass Sarah Jane verschwunden blieb und damit schuldiger aussah als O.J. (wenn das möglich war), oder er wollte sie finden, ehe ich es tat. Außerdem war ziemlich klar, dass mir mein Reifenzerstecher / Samosazerquetscher keinen körperlichen Schaden zufügen, sondern nur ein paar gehörige Schrecken einjagen wollte, Schrecken, die ausreichten, mich von meiner Mission abzubringen.

Dieser Jemand hatte aber offensichtlich nicht mit meiner Terrier-Natur gerechnet. Ich würde dem Süßen erst nachgeben, wenn die Hölle zufror oder – was noch unwahrscheinlicher war – der *Commercial Appeal* von allen Sparzwängen befreit wurde.

34

Ich machte mich an die Arbeit, sammelte mein Zeug wieder zusammen und bemühte mich so gut ich konnte, den Jackson Pollock zu reinigen, während ich gleichzeitig versuchte dahinter zu kommen, wer von meinem Aufenthaltsort wissen konnte.

Wie wär's mit halb Charlotte? Ich hatte es ja fast allen und noch ein paar mehr Leuten mitgeteilt und lediglich verabsäumt, eine entsprechende Notiz im *Appeal* zu veröffentlichen. So gut wie alle, die auf meiner Liste der Tatverdächtigen standen, hätten meine Reisepläne auf die eine oder andere Weise in Erfahrung bringen können.

Das war ja großartig! In meinem Kopf fing es an zu hämmern, und meine Augen wollten mir zufallen. Erst etwas essen, dann schlafen – welch eine Wunderdroge!

Ich musste unbedingt in die Horizontale, wenn ich die Hoffnung nicht begraben wollte, irgendwann die Fähigkeit, zusammenhängende Sätze zu sprechen, wiederzuerlangen. Mein Kopf berührte das Kissen – und weg war ich. Ein Weilchen später schrillte das Telefon durch meine Träume. Halb wach, fuhrwerkte ich mit einem Arm herum, um den lärmenden Eindringling zu erwischen.

«Hallo, hallo», sagte ich. Keine Antwort. Musste wieder so ein irrer Spaßvogel sein, der mir einen Streich spielte. Ha, ha, faule Anrufe, wie witzig! Was würde ich als Nächstes zu hören kriegen? «Läuft Ihr Kühlschrank noch?», oder «Ich weiß, was Sie anhaben»?

«Ist dort jemand oder nicht?», verlangte ich zu wissen. Weiter Schweigen. «Sie haben zehn Sekunden Zeit, um etwas zu sagen, dann zerreiße ich Ihnen das Trommelfell mit dem lautesten Schrei, den Sie je gehört haben.» Okay, ich war ein bisschen reizbar nach den zerstochenen Reifen, dem verwüsteten Zimmer und dieser unverschämten Abberufung aus dem Traumland. Es war auch nicht hilfreich, dass meine Tage nahten und ich meine homöopathischen Besänftiger in Charlotte liegen gelassen hatte.

«Zehn, neun, acht ...», fing ich an. Dann sah ich genauer hin – ich hielt den Hörer verkehrt herum. Ich drehte ihn schnell um und hoffte inständig, dass am anderen Ende keiner war.

«Hallo», sagte ich zögernd.

«Hey, Süße, ich bin's, Gail. Was hast du denn gemacht? Mit dem Telefon gerungen, oder was?»

«Etwas in der Art», antwortete ich. «Ist Brenda okay?»

Bei Gail konnte ich immer gleich zur Sache kommen, denn sie hatte für die Weglassung der üblichen Einleitungsfloskeln Verständnis. Wir wussten beide, dass ein Ferngespräch nicht zum Plaudern da war, wenn man sein Pferd in der Obhut des anderen zurückgelassen hatte. Zudem spürte ich, dass irgendetwas nicht stimmte, und als Tochter meiner Mutter fürchtete ich gleich das Allerschlimmste. Brenda war tot.

«Sie lebt», sagte Gail, die nach mehr als drei Jahren meine Macken kannte. «Beruhige dich, fang wieder an zu atmen.»

Mein Herz hörte wieder auf, wie wild gegen die Rippen zu wummern, und ich stieß die Luft aus, die ich zurückgestaut hatte.

«Aber sie hat das rechte vordere Eisen verloren und sich dabei ein Stück vom Huf abgerissen», sagte Gail. «Es ist vielleicht ganz gut, dass du nicht hier bist und es siehst. Du weißt, wie hässlich ihre Füße aussehen können. Gerry ist nicht da, aber ich habe dem Ekelpaket eine Nachricht auf dem Anrufbeantworter hinterlassen. Ich versuche alles, einen Hufschmied zu finden, aber bis mir das gelungen ist, heißt es für Brenda Stallruhe.»

«Schei … benkleister», sagte ich, mich in der Mitte des Wortes fangend. Ein Versprechen ist ein Versprechen, selbst angesichts einer so verzweifelten Lage wie der gegebenen. «Das hat mir gerade noch gefehlt. Warum hat sie sich den Huf nicht im Winter verletzen können, als es nichts anderes zu tun gab, als von Turnieren zu träumen? Wie ist sie? Ein bisschen wehleidig?»

Blöde Frage, ich kannte schließlich die Antwort. Brenda, das Pferd mit drei weißen Beinen, war mit allem gesegnet, nur nicht mit guten Hufen.

«Willst du es wirklich wissen?», fragte Gail. «Du bist drei

Autostunden von ihr weg und mit einer deiner doofen Rettungsmissionen ausgelastet.»

«Bürde es mir nur auf, der Tag kann nicht noch schlimmer werden.»

«Nun ja, sie ist noch nicht dreibeinig, aber fast. Sie mag kein Gewicht auf das Bein legen, ich hab ihr deshalb ein Schmerzmittel gegeben. Sie bekommt später am Abend noch ein Bute. Du hast es wissen wollen, Nattie.»

«Ich weiß, ich weiß.» Konnte es derart viel Ärger geben, wenn man Kinder hatte? Noch eine dumme Frage. Ich war oft genug mit Henry und seinen Jungen zusammen gewesen.

Ein eisenloses Pferd mit einem Huf, der aussah, als wäre er durch einen Aktenvernichter geschickt worden – und kein Hufschmied zur Hand. Was für ein Tag! Wenigstens konnte die moderne Chemie für Erleichterung sorgen – das Bute (die Kurzform für Phenylbutazone, eine Art Aspirin für Pferde) würde meinem Mädchen die Schmerzen erträglicher machen.

Ich belatscherte Gail wegen Brendas Huf, bis ich zufällig einen Blick auf die Uhr warf. Wenn ich nicht bald den Hintern hochbekam, würden sich der Swami und sein Putzilein schon ins Hochzeitsparadies astralprojiziert haben, bevor ich noch hatte herausfinden können, wo und was der vierte Vortex des Mt. Mitchell war.

«Was soll das heißen, dein Tag kann nicht noch schlimmer werden?», wollte Gail wissen, als ich gerade versuchte, mich zu verabschieden. Ich erzählte ihr schnell von meinem heimgesuchten Zimmer, was ein Fehler war, denn Gail hatte bei meiner Mutter Nachhilfestunden im Sorgenmachen genommen.

«Nattie», sagte sie, «dieser Blödmann hat dir bisher noch nichts getan, aber das besagt doch gar nichts. Komm sofort nach Hause. Lou wird den Weg zurück schon auch alleine finden. Das gelingt ihm immer.»

Wir wussten beide, dass sie zu tauben Ohren sprach – im metaphorischen Sinne, denn Lou war ja nirgends zu sehen.

Ich versprach ihr, sie sofort nach meiner Rückkehr ins Motel wieder anzurufen, und sie wusste, dass ich es tun würde. Sie hielt schließlich den Trumpf in der Hand – das Befinden meines lahmen Gauls.

Ich stopfte die anderen Notizen Mr. Patels in meine Tasche, lief aus dem Zimmer und sprang in mein kleines, blaues Auto. Nachdem ich Gails Neuigkeiten gehört hatte, erwartete ich fast, dass als Nächstes der Motor in die Luft fliegen würde, wenn ich den Zündschlüssel umdrehte. Stattdessen hörte ich nur das übliche Klagegedröhn dieses Opas von Automobil – viel «Aua, mein Rücken!» und «Bitte sachte, ja?», aber keine Explosion.

Jetzt galt es, diesen vierten Vortex zu finden. Man konnte jede Wette eingehen, dass einen keine Hinweisschilder dorthin leiten würden. Ich hatte jedoch am Morgen in Asheville meine Hausaufgaben gemacht und nicht nur Lous Foto herumgezeigt, sondern auch alle, mit denen ich gesprochen hatte, gefragt, wo und was der vierte Vortex wohl sei. Einige Leute hatten mich angesehen, als wäre ich nicht ganz dicht, während andere vage nach Westen gezeigt und gesagt hatten: «In dieser Richtung.» Der Bursche im Mythic Enchanter / ress war sogar noch weiter gegangen. «Er ist in den Bergen», hatte er verlautbart. Danke, du Genie!

Die Besitzerin von Malaprops endlich hatte es genau gewusst. Ich hatte mich länger in ihrem Buchladen aufgehalten und mehr Geld ausgegeben, als ich hätte tun dürfen, aber es ist schwer geworden, heute noch solche «richtigen» Buchläden zu finden. Jene, wo die Leute, die darin arbeiten, die Bücher tatsächlich noch kennen und lieben. Wie lange mögen diese Läden wohl im Schatten der Buchkaufhäuser überleben können?

Die Frau wusste sofort, von wem und was ich sprach.

«Natürlich, der Swami», hatte sie gesagt und mir eine Skizze angefertigt, da ihr nicht entgangen war, dass ihr Versuch, es mir mündlich zu erklären, nur einen verwirrten Ausdruck über mein Gesicht hatte huschen lassen.

Als ich nun also mein Auto auf die vor mir liegenden Berggipfel zusteuerte, hielt ich eine Wegeskizze in der Hand. Das musste ich dem guten Swami lassen – er wusste, was Schönheit der landschaftlichen Art war. Ich weiß ja nicht, ob das jedermanns Vorstellung vom Paradies entsprochen hätte, aber meiner ganz bestimmt. Ich schwang in sanfte, grüne Täler mit gewundenen Bachläufen hinein und wieder aus ihnen heraus, ich schaukelte die Steigungen und Gefälle dieser uralten Berge hinauf und hinunter, und ich neigte den Kopf von einer Seite zur anderen und wieder zurück, um sicherzustellen, dass mir nichts von dieser strahlenden Frühlingsshow entging.

Ich war von der erblühenden Landschaft derart hingerissen, dass ich fast an dem großen, gelben Schild vorbeigefahren wäre, auf dem mit regenbogenfarbenen Buchstaben stand: ENDLICH WIEDER VEREINT!! KOMMT ALLE UND FEIERT MIT UNS!!! Darunter ein Pfeil, der auf eine ungepflasterte, schmale Straße wies.

Ich fuhr rechts ran, hielt an und setzte bis zu dem Schild zurück. «Also los», sagte ich dann zu meinem kleinen, blauen Rabbit und steuerte ihn den zerfahrenen Weg hinunter. Ich weiß, dass meine Kinder, sollte ich einmal welche haben, Münder so groß wie der Grand Canyon haben und von dem Augenblick an, wo sie Nein zu sagen in der Lage sind, Widerworte geben werden. Bis dahin habe ich jedoch mein Auto, das mir zusetzt. Als ich so von Hubbel zu Schlagloch zu Hubbel rumpelte, sparte es nicht mit Gejammer und ließ mich in unzweideutiger Weise wissen, welches Schindluder ich mit ihm trieb.

Ich übte für die Mutterschaft, indem ich alles überhörte und den Fuß nicht vom Gaspedal nahm. Eine Mission war eine Mission, und eine starke innere Stimme sagte mir, dass ich dem Erfolg nahe sei. Außerdem war mir diese Fahrt alle Mühen wert – selbst wenn mich meine Ahnung getrogen haben sollte und Sarah Jane und mein Vater längst auf dem Weg nach Sadona waren.

Als ob die Frühjahrskollektion der Natur mit ihren in fedrigem Grün sprießenden Blättchen und dem süßen Lärmen ausgelassener, sich die Seele aus dem Leib singender Piepmätze den Sinnen noch nicht genug böte, streckte bald die Party des Swami ihre langen, anziehenden Finger aus. Fetzen von Musik spielten mit meinen Ohren Verstecken, als die schwebenden Töne von den Berghängen her auf mich zutrieben. Blaue und gelbe Ballons waren an Baumästen angebunden, und endlose bunte Papiergirlanden liefen in Wellen in die Wälder hinein und wieder aus ihnen heraus.

Wenn schon Hochzeit, dann so!

Je näher ich dem Fest kam, desto mehr Töne erreichten mein Ohr, bis ich schließlich eine Melodie erkennen konnte. Es war alt werdende Hippie-Musik – Flöten, Gitarren und Tamburine, die sich um das melodiöse Trällern einer sich wie Joni Mitchell anhörenden Sängerin schlangen. Direkt vor mir stand plötzlich eine Ansammlung von Wagen, die allerdings nicht ganz den alten Hippie-Autos meiner Jugend entsprachen. Meine Landsleute hatten die Klapperkisten und bunt bemalten Vans unserer Vergangenheit gegen schickere – und teurere – Modelle eingetauscht. Neben BMW, Acura, Mercedes, Volvo und Lexus war auch die unvermeidliche Vielzahl sportlicher Geländefahrzeuge zu sehen, gebaut für jene Erfolgsmenschen, die meinen, sie könnten mit Allradantrieb über das bergige Terrain der Zeit zurück in ihre Glanzzeiten fahren, in denen allenfalls die Matratzen in ihren WGs schlaff durchgehangen hatten und sonst gar nichts.

Ich hielt nach Sarah Janes altem, goldfarbenem Mercedes Ausschau. Und was soll ich sagen? Natürlich stand er auch dort.

35

Da stand er, zusammen mit einer roten Limousine eingezwängt zwischen zwei schwarzen Geländewagen – was den goldenen Mercedes aussehen ließ wie die Senfschicht auf blutigem Roastbeef zwischen zwei Scheiben Pumpernickel.

Ich hätte vor Freude fast einen Luftsprung getan und rannte zu dem Mercedes hin. Wenn die Götter jetzt wirklich auf meiner Seite waren, dann lag Lou schlafend auf den altersbrüchigen Ledersitzen hingestreckt und schnarchte. Es wäre nicht das erste Mal, dass ich ihn hinter dem Steuer pennend fände.

Ich spähte ins Innere des Autos. So viel zu meinem himmlischen Glück. Aber wenigstens waren die beiden da. Hier irgendwo. Es war Sarah Janes Mercedes, da gab es keinen Zweifel. Niemand ist ein solcher Meister darin, ein Auto in eine Müllhalde zu verwandeln, wie Lou. Seine Klamotten lagen auf dem Rücksitz verstreut, dazwischen Fläschchen mit Vitaminpillen, kleine Beutelchen mit – wie ich hoffte – chinesischen Kräutern, ein alter Lufaschwamm, zwei Tuben Zahnpasta der Marke Tom's Natural Teaberry und die Behälter mit seinen Magneten, jeder von ihnen stark genug, um damit zwei Elefanten in die Höhe zu hieven.

Ah, er trug keinen Magnet am Leib! Noch ein schlechtes Zeichen. Normalerweise hat er sie an Schnüren um den Hals hängen, um den elektromagnetischen Stromfluss in Gang zu halten. Wenn er sie nicht mehr trägt, dann bedeutet das, dass er auch nicht mehr duscht, nicht mehr die Kleider wechselt und überhaupt kaum noch am Leben ist. Das setzte Brendas kleines Hufproblem in ein ganz anderes Licht.

Denise hatte mich zwar bedrängt, Lou nie mehr auch nur in die Nähe von Zoloft kommen zu lassen, aber sein Seelenklempner war medizinisch anders orientiert und hatte, da ich auf seine sonstigen Vorschläge (etwa eine Schocktherapie) nicht eingegangen war, zögernd vorgeschlagen, es doch noch einmal mit Zoloft zu versuchen. Und er hatte gemeint, ich solle auch überlegen, ob ich Lou nicht vielleicht, wenn es wirklich schlimm um ihn stünde, durch eine Zugabe von Ritalin aus seiner Düsternis hinaustreiben wolle. Bis er wieder spräche. Die beiden Fläschchen mit diesen Medikamenten rollten auf dem Boden meiner Handtasche herum.

Ich war gewappnet und bereit, helfend tätig zu werden.

Ich folgte der Musik und ging einen schmalen Waldweg hinab, der auf die hübscheste kleine Lichtung hinausführte, die man sich nur vorstellen kann – in ein blumiges Partykleidchen voller bunter Ballons, Papierschlangen und papierenen Luftsäcken gehüllt, sah sie aus wie eines dieser Mädchen von Laura Ashlee.

Obwohl ich, was das Abschätzen der Größe von Menschenmengen angeht, nicht viel besser bin als die Polizei, wagte ich die Annahme, dass sich die Zahl der Anwesenden auf drei- bis vierhundert belief. Ich hätte jetzt wohl sogleich umherrennen und nach Lou suchen sollen, aber ich war auf dem einzigen Weg zur Lichtung gelangt, auf dem man sie auch wieder verlassen konnte, weshalb ich sicher war, dass er mir nicht entgehen würde. Im Augenblick brannte ich viel mehr darauf zu sehen, wie nah die Vorstellung, die ich von dem Swami hatte, der Wirklichkeit kam. Es ist ein törichtes Spielchen, das ich schon spiele, solange ich denken kann: Ich schließe die Augen und mache mir von jemandem, dem ich noch nie zuvor begegnet bin, ein Bild. Manchmal liege ich voll daneben, aber meistens stimmt alles, bis hin zur Augenfarbe.

Hier nun also, wie ich ihn mir vorstellte: Bevor der Swami zum Swami geworden war, war er einer dieser vielen Juden meiner Generation gewesen, die ihr Judentum zugunsten des Buddhismus aufgegeben hatten. Ich sah ihn vor mir, knapp einsachtzig groß und eher drahtig, mit langem, dunklem Haar, korkenzieherlockig, mit dunklen, sehr dunklen, intensiv blickenden Augen, zahnärztlich reguliertem Gebiss und diesem kosmischen, ein klein wenig anbiedernden New-Age-Lächeln, welches unmittelbar mit dem verwandt ist, was sich unterhalb der Nasen jener Herren findet, die einem Bestattungsinstitut vorstehen.

Ich begann also, mich auf der Wiese nach meiner Version des Swami – und natürlich auch nach Sarah Jane und Lou – umzusehen. Meine von der unglaublichen Farbenpracht der Szenerie berauschten Blicke blieben schließlich an einem geblähten Stück Seide hängen.

Wenn Augen einen Orgasmus haben könnten, dann hätten meine jetzt einen gehabt. Mitten in meiner visuellen Ekstase wurde mir klar, auf was ich da schaute – nämlich auf eine Chuppa, auf so ein Miniaturzelt, unter dem bei einer jüdischen Hochzeit die Braut und der Bräutigam stehen. Ich hatte also wohl, was die Herkunft des Swami anging, Recht.

Tatsächlich hatte der Swami meiner Phantasie unter dem Baldachin Aufstellung genommen. Ich war zu weit entfernt, um erkennen zu können, ob ich seine Zähne richtig hinbekommen hatte, aber alles andere stimmte haargenau. In diesem Augenblick verstummte die Musik, und jemand ließ dreimal laut einen Gong ertönen. Das musste das Signal sein, auf das hin alle zusammenströmen sollten, denn die Anwesenden setzten sich ausnahmslos in Richtung der Chuppa in Bewegung. Ich ebenfalls.

In jedem der Grüppchen von Hochzeitsgästen suchte ich nach weißem Haar (mein Vater) oder strohblondem (möglicherweise Sarah Jane, wenn sie nicht mal wieder zur Miss Clairol-Flasche gegriffen und die Haare umgefärbt hatte). Meine Augen hatten gerade einen weißen Haarschopf erspäht, da wäre ich vor Schreck fast lang hingeschlagen.

BAM! BAM! BAM! BAM!

Dieser gottgesegnete Gong war wieder am Scheppern. Und hörte nicht auf. Diesmal stand ich leider nicht oben auf dem Hügel, sondern nur knapp zwei Meter davon entfernt, das heißt so dicht bei ihm, dass der Lärm die Silberfüllungen in meinen Zähnen zum Klappern brachte.

Ich legte die Hände über die Ohren und fasste wieder das weiße Haar ins Auge. Ja, das war er! Und da war auch sie, Blondhaar und alles.

Ich setzte mich in Trab und rannte auf Lou zu, ohne meine Beute ein einziges Mal aus den Augen zu lassen. Lou hob den Blick und sah mich. An einem guten Tag hätte er jetzt gebrüllt: «Nattie G.! Willkommen an Bord!» An einem mittleren Tag hätte er mit der Hand eine weit ausholende Geste himmelwärts gemacht, mich mit einem willkommenheißenden Winken begrüßt.

Dies war jedoch ein schlechter Tag – er sah mich bloß an.

Ich lief schneller. Sarah Jane bemerkte mich und wollte sich aus dem Staub machen. Da spurtete ich richtig los. Ich hatte das Gefühl, wieder in der 6. Klasse zu sein und zu versuchen, Randy Spilks im 50-Meter-Lauf zu schlagen. Das war mir nie gelungen.

Und ich hätte auch Sarah Jane nicht eingeholt, wäre sie wirklich losgerannt. Aber sie ging nur sehr zügig davon, vor allem darum bemüht, kein Aufsehen zu erregen. Mir dagegen hatte es noch nie etwas ausgemacht aufzufallen (das sind meine lauten, rothaarigen Gene), weshalb ich durch die Menge kurvte wie eine Kegelkugel, die so stark schlingert, dass sie aus der Bahn zu geraten droht.

Sarah Jane hatte den Weg gerade erreicht, da machte ich einen Hechtsprung und packte den Saum ihrer hässlichen, auberginefarbenen Bluse aus Naturfasern. Das brachte sie abrupt zum Stehen.

«Irgendwohin unterwegs, Sarah Jane?», fragte ich schwer atmend.

36

Da der Gong immer noch volle Pulle gongte, war es etwas laut für das Gespräch, das mit Miss Sarah Jane Gangster zu führen ich mir vorgenommen hatte. Sie fing an zu sprechen, aber bei dem fortgesetzten BAM-BAM-BAM des Gongs konnte kein Mensch auch nur ein Wort verstehen.

Ich deutete auf die Menge der Hochzeitsgäste, schlang meine Finger um ihr Handgelenk und führte sie dorthin zurück, wo Lou – wie ich hoffte – noch stand. Sie folgte mir widerstrebend wie ein Hund, der im Haus sein Häufchen gemacht hat.

Lou war gottlob stehen geblieben. Ich glaube, er hatte noch nicht einmal mit den Augen gezwinkert. Ich schlang die Finger meiner anderen Hand um sein Handgelenk und machte mich daran, die beiden zurück zum Parkplatz zu ziehen, um dort Klarheit zu schaffen – und endlich von dem entsetzlichen Lärm wegzukommen.

Die spirituelle Bedeutung des dröhnenden Gongs war mir nicht klar – vielleicht katapultierten sich der Swami und seine Anhänger auf diese Weise ins Nirwana. Bei mir funktionierte das aber nicht. Jedes Mal, wenn der große Kerl mit dem großen Knüppel auf den großen Gong schlug, wurde mein Schädel einen halben Meter größer und nahm dann krachend wieder den ursprünglichen Umfang an.

Ich zog Sarah Jane und Lou schneller hinter mir her. Ich wusste nicht, wie lange mein Schädel den Explosionen des Gongs noch standzuhalten vermochte. Es tat mir Leid, dass ich nicht miterleben konnte, wie der Swami seine Braut zum ersten Mal erblickte, aber wenn ich nicht schnellstens hier wegkam, würde ich dem auf den Gong schlagenden Burschen den Knüppel entreißen und damit auf ihm herumgongen. Nur dass ich im Augenblick gar keine Hand für einen solchen Angriff frei hatte.

Ich drehte gerade den Kopf, und meine Lippen formten die Worte: «Beeilung bitte!», als etwas an meinem Ohr vorbeikrachte, und zwar so laut, dass es sogar noch den Gong übertönte. Ich hatte jedoch gar keine Zeit, die Verwirrung zu registrieren, die meinen Kopf durcheinander zu wirbeln begann. Etwas stimmte nicht. Das Geräusch kam aus der falschen Richtung. Es krachte noch dreimal.

«Verdammte Scheiße», schrie ich, «das ist kein Gong!»

Ich ließ mich zu Boden fallen und zog die beiden mit nach unten. Das waren Schüsse! Gewehrschüsse! Wieder zischte eine Kugel in sengender Nähe meiner Haare an mir vorbei.

Die schlechte Nachricht lautete, dass da jemand versuchte, mich, Sarah Jane oder – das war am wenigsten wahrscheinlich – Lou umzubringen. Die gute Nachricht war, dass das Gongen endlich aufhörte.

Ich weiß, ich weiß, es war ein böser Rückfall. Zwei verbale Entgleisungen in weniger als einer Minute, wenn man «verdammt» als ein Fluchwort ansehen will. Aber sicher würde mir das Gott (der gnädige Gott, an den zu glauben ich vorzog) nachsehen. Ich meine, schließlich waren eben fünf Kugeln an meinem Kopf vorbeigezischt.

Ich drückte mein Gesicht an den Boden, nicht nur um des Schutzes willen, sondern auch, weil ich Trost brauchte. Die feuchte, besänftigende Erde war eine Schlammpackung für meine verwirrte Seele und meinen hämmernden Schädel.

«Nattie?» Jemand rüttelte an meiner Schulter. «Alles okay?»

Zögernd hob ich den Kopf von der kühlen Erde und sah in Sarah Janes Augen, die – so viel einmal mehr zu meiner Fähigkeit der Charaktereinschätzung – aufrichtig besorgt blickten. Das reichte allerdings noch lange nicht, um gleich wieder lieb und nett zu ihr sein zu können.

«Was glaubst du wohl», sagte ich, «wie es mir geht, Sarah

Jane? Ich habe dich durch halb North Carolina verfolgt, irgendein Idiot hat mir die Reifen zerstochen, mein Motelzimmer verwüstet und ist jetzt mit Gewehrkugeln in meine Privatsphäre eingedrungen. Mein Vater ist dem Zusammenbruch nahe, und ich muss dich trüben Vogel zurück nach Charlotte schaffen. Ich bin also alles andere als okay. Okay?»

Meine verbale Attacke ließ sie zurückschrecken, und sie blickte jetzt eher überrascht drein.

«All diese negative Energie, Nattie, die tut niemandem gut. Komm, lass mich dir behilflich sein.»

«Finger weg, Schwester», sagte ich und fing ihre Hände ab, die nach mir greifen wollten. «Du hast schon genug getan.»

Inzwischen sah sich die Schar der Hochzeitsgäste die Nattie-Sarah-Jane-Show an. Selbst der Swami war da. Er kniete neben mir nieder.

Ich mag nicht, wenn man auf mich schießt, und ich bin noch nicht bereit, mich in die ewigen Jagdgründe aufzumachen (und nebenbei bemerkt, wenn ich es mal tue, dann nur zu Pferd). Ich war also ziemlich zittrig und wusste, dass ich mich nicht auf den Beinen halten können würde. Auf dem Bauch liegend, reichte ich dem Swami meine Hand, stellte mich vor und entschuldigte mich für das Tohuwabohu (wenn man denn die Unterbrechung einer Hochzeitszeremonie durch mehrere Gewehrschüsse so nennen kann).

«Ich wusste, dass dies ein aufregender Tag werden würde», sagte er und lächelte mich an. Es war ein so warmes, vergebendes und willkommenheißendes Lächeln, dass ich in meinem sowohl physisch wie psychisch wackligen Zustand den Wunsch verspürte, Sarah Jane sausen zu lassen, den weißhaarigen Mann mit dem toten Gesichtsausdruck zu vergessen und all meine irdische Habe dem Swami zu übergeben, um fortan mit ihm und seinem Gefolge durch die Wälder zu tollen.

Ich ließ meinen Kopf zurück auf die kühle Erde sinken und betete, dass ich mal wieder zu viel Melatonin geschluckt hatte und dies alles nur ein Traum war. Ich schloss die Augen ganz fest und versuchte, mir ein sprechendes Pferd vorzustellen. Aber da rüttelte wieder jemand an meiner Schulter.

«Bist du erschossen worden, Nattie, oder was?»

Das war nicht Brenda, die da zu mir sprach, sondern wieder Sarah Jane, und sie klang äußerst besorgt. Ich war zurück in der Wirklichkeit. Ich sammelte meine Beine unter mir zusammen und zwang mich aufzustehen.

«Ich bin nicht erschossen worden, nein, nein, nun beruhige dich mal wieder«, sagte ich.»Was ist mit dir?«

«Mir geht's gut. Die Engel haben mich beschützt. Lou geht es auch gut.»

Er war in der Senkrechten, und sein Gesicht zeigte nach wie vor diesen leeren Ausdruck. Man sollte meinen, dass es einem irgendeine Reaktion entlockt, wenn ein anderer neben einem fast umgebracht worden ist, aber man vergisst dabei nur allzu leicht, was für ein ernst zu nehmender Gegner so eine Depression ist.

«Lou», sagte ich so sanft wie möglich, «es ist jetzt Zeit, wieder nach Hause zu fahren. Wir sorgen dafür, dass du in Behandlung kommst, ich versprech's dir.»

Ich legte ihm den Arm um die Schulter und führte ihn weg. Vor unserem Aufbruch entschuldigte ich mich aber noch einmal beim Swami und wünschte ihm und seiner Seelengefährtin viele Leben voller Glückseligkeit. Ich dachte mir, es sei inzwischen wohl einigermaßen ungefährlich, zum Auto zurückzukehren, da die Schießerei schon vor einer ganzen Weile aufgehört hatte und einer der Anhänger des Swami gleich, nachdem die Schüsse gefallen waren, in den Wald gerannt war, dort jedoch nichts oder niemanden gefunden hatte.

Bei den meisten der Anwesenden handelte es sich um Alt-

Hippies, und deshalb war niemand auf die Idee gekommen, die Polizei zu rufen. Das war mir durchaus recht. Das Letzte, was ich mir wünschte, war, jetzt drei Stunden mit einem Haufen Blauröcke verbringen und Fragen beantworten zu müssen.

Als wir zum Auto gingen, fing Sarah Jane an, Erklärungen, Entschuldigungen und Ich-will's-auch-nie-nie-wieder-tun-Versprechen vor sich hin zu stammeln.

«Ich weiß, ich hätte Charlotte nicht so überstürzt verlassen dürfen», sagte sie, «aber als ich die Polizeiautos auf dem Farmgelände gesehn hab, da ist mir nichts Besseres eingefallen. Und ich weiß auch, dass ich Lou da nicht mit hätte hineinziehen dürfen, aber er sagte, wenn ich irgendetwas brauchen würde, was es auch sei, solle ich es ihm nur sagen, er würde mir auch noch das Hemd geben, das er anhabe.»

Ich sah auf das Hemd, das sie anhatte. Dieses hässliche, auberginefarbene Ding. Als ich mich auf Sarah Jane gestürzt und sie bei der Bluse gepackt hatte, da war mir diese so bekannt vorgekommen. Ja, ich hatte sie im Third Eye hängen sehen – es war die mit der dreistelligen Zahl auf dem Preisschildchen gewesen.

«Das traue ich ihm durchaus zu», sagte ich. «Aber ich kann mir auch vorstellen, dass du das, was er am Leibe trug, nicht so toll gefunden und ihn deshalb auf einen kleinen Einkaufsbummel mitgenommen hast.»

Sie wurde röter als ein Hartriegelstrauch im Herbst.

«Ich hatte einfach nicht genug Sachen mit, das ist alles. Ist nicht so, wie's den Anschein hat, Nattie, ich schwör's dir. Ich hab Lou zudem gesagt, dass ich alles zurückzahle. Und das werde ich auch tun. Ich habe mich geändert. Ich weiß, das klingt verlogen, aber es stimmt. Menschen ändern sich, ja, das tun sie, und ich hab's auch getan. Ich möchte mein altes Leben nicht mehr weiterleben. Und ich kann nicht wieder ins Gefängnis. Diese ganze negative Energie. Deshalb bin ich durchgedreht, als ich die Polizeiautos sah. Ich meine, was sollte ich denn denken? Du hättest es nicht anders gemacht.»

«Wirklich?», sagte ich. «Was denn? Hätte ich auch einen alten, manisch depressiven Mann von 72 Jahren entführt? Einen Haufen alter Knacker um ihre Ersparnisse gebracht? Einen blöden Hufschmied im Stall der Freundin seiner Frau gebumst? Oder die soeben erwähnte Frau allegemacht, weil die von der Sache Wind bekommen hatte und total ausgerastet war?»

Sarah Jane sah mich an, als spräche ich Russisch.

«Was hätte ich auch so gemacht, Sarah Jane? Vielleicht kannst du mir eine Antwort zusenden?»

Sarah Jane legte mir die Hand auf den Arm, damit ich stehen blieb. Die Röte war aus ihrem Gesicht gewichen, und es zeigte jetzt eine hellere Schattierung der Blässe. «Was sollte das eben? Die Frau umgebracht?»

Ich löste ihre Finger von meinem Arm. «Oh, darf ich mal?», sagte ich dabei. «Du hättest Schauspielerin werden sollen. Aber wahrscheinlich bist du ja schon eine, oder nicht? Du weißt ganz genau, was ich meine. Entweder aus erster Hand, was zunehmend wahrscheinlicher aussieht, oder du hast es von Lou. Ich bin sicher, dass er dir davon erzählt hat.»

«Mir was erzählt hat, um Himmels willen?» Es war das erste Mal, dass ich Sarah Janes Stimme die Grenzen einer kein Aufsehen erregenden Lautstärke überschreiten hörte. Ich ordnete ihre Frage der Kategorie des fast schon Gekreischten zu.

«Fuzzy ist tot», sagte ich. «Oder lass es mich mit Worten sagen, die du vielleicht besser verstehst: Jemand, und die Polizei glaubt, dass dieser Jemand du bist, weil sie eine blutige Schaufel neben deiner Hintertür gefunden hat, ist zu dem Schluss gekommen, dass es für Mrs. McMahon Zeit sei, diesen Körper zu verlassen und sich auf die Seelenwanderung zur nächsten Inkarnation zu begeben.»

Sarah Janes Haut entfärbte sich noch mehr. «Fuzzy ist tot? Ermordet worden? Wann? Was für eine Schaufel? Ich besitze doch gar keine Schaufel.»

Sie stotterte jetzt und gab eine sehr überzeugende Vorstellung. Entweder zapfte sie den Geist Meryl Streeps an, oder sie wusste wirklich nichts. Wer vermochte das zu sagen? Gewiss nicht ich. Ich berichtete ihr über das Wie und Wann des Ablebens von Fuzzy und fragte sie nach dem Wer.

«Ich habe Fuzzy nicht umgebracht», sagte sie. «Ich würde so etwas nie und nimmer tun, Nattie. Ich hab in meinem Leben schon einige schreckliche Dinge getan, ja, aber ein anderes menschliches Wesen umbringen? Niemals. Ich schwöre zu Gott, dass ich noch nie jemandem etwas zuleide getan habe. Und übrigens, warum sollte jemand auf mich schießen, wenn ich die Mörderin wäre?»

Da hatte sie nicht ganz Unrecht, zumindest wenn die Schüsse tatsächlich ihr gegolten hätten. Aber vielleicht steckte sie ja auch mit einem Co-Mörder unter einer Decke – sagen wir mal, mit so jemandem wie ihrem Lover Bobby McMahon, und der war vielleicht langsam nervös geworden bei dem Gedanken, dass sie möglicherweise ein Geheimnis nicht für sich behalten können würde? Wer konnte das wissen? Ich nicht, so viel stand fest. Ich arbeitete noch daran, akzeptieren zu müssen, dass sie nicht Sarah, die Vorzügliche, war. Ich muss jedoch auch zugeben, dass sie verdammt ernst dreinblickte, als sie dort vor mir stand und ihr die Tränen über die perfekt geformten Wangen kullerten.

«Du meinst, Lou hat nie irgendetwas von Fuzzy gesagt?», fragte ich.

Sarah Jane schüttelte den Kopf. «Als ich in deine Wohnung gekommen bin, um mit ihm zu reden, war ich echt durcheinander. Ich hab gedacht, die Polizei hätte mich gefunden, du weißt schon, wegen dieser andren Sache in Pennsylvania, und dass sie deshalb gekommen wäre. Lou hatte alle Hände voll zu tun, mich zu beruhigen. Ich erzählte ihm alles, mein ganzes Leben – es war das erste Mal, dass ich einem anderen Menschen gegenüber total ehrlich war. Ich hab mich so wunderbar gefühlt ... so ... so ... ich weiß nicht, wie ich es sagen soll ... so als öffnete sich vor mir ein neuer Weg ...»

«Hast du gedacht, die Polente an diesem neuen Weg würde dir ein Knöllchen verpassen, wenn du allein im Wagen säßest? Musstest du meinen Vater deshalb mitschleppen?»

Sarah Jane sah Lou an, der immer noch, in seine Verzweiflung versunken, neben uns stand. Da ging das Geflenne erst richtig los. Zwischen Schluchzern – ob echten oder nicht, vermochte ich noch nicht zu sagen – entschuldigte sie sich immer wieder, weil sie sein Leben ruiniert hätte. Ich bin halt ein Softie und kann nichts dafür – ich legte den Arm um sie.

«Hör auf, hör damit auf, Sarah Jane, du hast sein Leben nicht ruiniert. Seine Hirnchemie ist nicht ganz in Ordnung, niemand weiß, was diese Zustände auslöst. Hör also auf zu weinen, ja?»

Sie holte tief und stoßweise Luft, um wieder ins Lot zu kommen, während ich ihr den Rücken klopfte und mich fragte, ob ich erneut reingelegt worden war. Als sie sich so weit beruhigt hatte, dass sie wieder sprechen konnte, tat sie es.

«Dein Vater war unglaublich toll, als ich ihm alle diese grauenvollen Sachen erzählt hab. Kein bisschen vorwurfsvoll. Er ist eine sehr weit entwickelte, verständnisvolle Seele. Ich schwöre, dass er von Fuzzy nichts gesagt hat. Ich denke mal, er wollte mich nicht noch mehr beunruhigen, als ich es schon war. Als ich dann sagte, ich wolle nach Asheville, ist er es gewesen, der gefragt hat, ob er mitkommen könne. Er hat sich an diese Bäckerei erinnert. Komisch, was? Da sind wir auch als Erstes hin. Und dann hat er ganz plötzlich aufgehört zu reden. Ich kann das mit Fuzzy nicht gewusst haben.»

«Und was ist mit Nachrichten, Zeitungen, Fernsehen?»

«Du weißt so gut wie ich, dass Lou keine Zeitung liest und sich auch die Sechs-Uhr-Nachrichten erspart. Er kann es einfach nicht ertragen, sich all die schlimmen Dinge anzuhören, die in der Welt passieren, und ich kann es auch nicht. Ich schwör dir beim Leben meiner Mutter, dass ich von Fuzzy nichts gewusst hab.»

Sie lag immer noch in meinem Arm, und ich tätschelte sie beruhigend. Und ich wollte ihr gerade Glauben schenken, als ich mich an etwas erinnerte, was sie mir einmal bei Tempehschinken und Tofueiern erzählt hatte. Ich hatte über Mütter gesprochen – speziell über meine und darüber, was für eine Pest sie sein konnte, wenn es um die Wahl der richtigen Männer ging. Sarah Janes Gesicht hatte einen sehr traurigen Ausdruck angenommen, hatte dem eines müde blickenden Jagdhundes geglichen. Und ihre Stimme war ganz leise geworden.

«Wenigstens hast du noch eine Mutter», hatte sie gesagt, und die Tränen waren in ihren Tofu gelaufen und hatten seine Kurkumahülle in einen kränklich aussehenden gelben Brei verwandelt. «Meine ist gestorben, als ich erst sieben war.»

37

Wir stehen in der Eingangshalle von Motel 6. Mr. Patel versucht, nicht zu lauschen, aber selbst ein Heiliger hätte wahrscheinlich Schwierigkeiten gehabt, uns zu ignorieren. Wörter wie Mörder, Ganove, Gauner und Flüchtiger erregen nun mal jedermanns Aufmerksamkeit.

Unnötig zu sagen, dass wir dort bei der Hochzeit des Swami, als wir endlich zum Parkplatz gelangt waren, nicht viel hatten klären können. Immerhin war es mir gelungen, Lou seine Pillen zu verabfolgen. Er war noch immer stumm, aber das würde sich hoffentlich ändern, sobald das Ritalin wirkte.

Natürlich hatte Sarah Jane bezüglich ihrer lebenden / toten Mutter eine Antwort parat gehabt. Sie lautete: «Ich wollte sagen, wenn meine Mutter noch lebte, dann hätte ich bei ihrem Leben geschworen, dass ich das mit Fuzzy nicht gewusst habe.»

Schön. Meine Fähigkeit der Charaktereinschätzung mochte ja mangelhaft sein, aber schwachköpfig war ich noch nicht, obwohl es immer mehr so aussah, als näherte ich mich diesem Zustand langsam an. Man bedenke: Ich hatte Sarah Jane doch tatsächlich allein auf das Versprechen hin, zum Motel 6 zu kommen, davonfahren lassen! Ich hatte sie davonfahren lassen, als wäre sie ein ganz normaler Mensch, auf dessen Wort man sich verlassen kann. Aber eigentlich hatte ich gar keine andere Wahl gehabt – drei Leute, zwei Autos. Und verständlicherweise hatte ich ihr auf keinen Fall Lou überlassen wollen.

Als der goldfarbene Mercedes dann nach einer beunruhigend langen Zeit (in der ich ausgecheckt und mein Gepäck im Auto verstaut hatte) vor dem Motel 6 vorgefahren war, war ich nicht wenig überrascht gewesen.

Tja, und jetzt erörterten wir die Frage ihrer Rückkehr nach Charlotte, auf die sie sich so riesig freute.

«Du hast keine Wahl, Sarah Jane», sagte ich. «Du schwörst doch dauernd die heiligsten Eide, dass du unschuldig bist und dich geändert hast und alles wieder gutmachen möchtest. Aber wie willst du das alles denn schaffen, wenn du weiter vor der Polizei Reißaus nimmst?»

«Ich weiß ja, dass du Recht hast», erwiderte sie. Ich konnte so richtig vor mir sehen, wie ihr Gehirn jede kleinste Ritze seiner gewundenen, grauen Substanz nach einer glaubwürdigen Ausflucht durchforschte. «Ich weiß, dass ich zurückkehren und mit der Polizei reden sollte, nur glaube ich nicht, dass es mein Auto noch bis Charlotte schafft. Irgendwas ist damit nicht in Ordnung. Deshalb war ich ja auch erst so spät hier. Du hast sicher gedacht, dass ich wieder abgehauen bin. Nix da. Ich musste zweimal an Tankstellen halten und Öl nachfüllen.»

Mr. Patel, der es inzwischen aufgegeben hatte, so zu tun, als lauschte er nicht, schaltete sich jetzt offiziell in die Unterhaltung ein.

«Sie können Ihr Auto hier stehen lassen», sagte er. «Es ist bei mir ganz sicher. Wenn Sie wollen, sieht sich's mein Neffe mal an. Er versteht was von Autos.»

War das etwa ein böser Blick, den Sarah Jane dem netten Mann zuwarf?

«Das ist sehr zuvorkommend von Ihnen, Mr. Patel», sagte ich. «Es wäre eine Möglichkeit. Was meinst du, Sarah Jane?»

Sie konnte nur nach Osten – nach Charlotte. «Hm, ist wohl eine», sagte sie. «Ich hole nur die Sachen aus meinem Auto und verstaue sie in deinem. Bin gleich wieder da.»

Ich habe zwar gesagt, ich näherte mich dem Zustand der Schwachköpfigkeit, aber ganz dort angekommen war ich noch nicht.

«Komm, ich kann dir dabei helfen», sagte ich.

Ich war fest entschlossen, sie nicht weiter als eine Armlänge von mir fortzulassen, und so gingen wir denn wie Pat und Patachon zu ihrem Auto. Der Kofferraum war mit genug Zeug voll gestopft, um ein neues Leben zu beginnen, was sie wahrscheinlich ja auch vorgehabt hatte. «Ich kriege das alles nicht bei mir rein», bemerkte ich. «Du musst eine Auswahl treffen.»

Der Reiskocher und ein paar andere Geräte dieser Art blieben zurück, ebenso zwei Koffer. Sie ließ immer mehr weg und begnügte sich am Ende mit drei großen Taschen. Zwei stopfte ich in meinen Kofferraum, eine kam auf den Rücksitz.

«Es wird ein bisschen eng für dich werden, es sei denn, du ließest die auch hier», sagte ich, aber sie schüttelte den Kopf. «Okay, deine Entscheidung. Dann wollen wir mal Lou holen.»

Lou saß auf einem Stuhl und starrte ins Leere. Ich fuchtelte mit einer Hand vor seinen Augen herum. «Zeit, nach Charlotte zurückzufahren», sagte ich. An der Rezeption war niemand, deshalb rief ich laut: «Hallo, Mr. Patel, Dank für alles. Wir sehn uns, wenn ich mal wieder nach Asheville komme.»

Als Lou, Sarah Jane und ich gerade hinausgehen wollten, kam Mr. Patel herbeigeeilt. «Miss Gold, warten Sie, da hat eben eine Frau namens Gail angerufen, sagte, Sie wüssten schon, wer sie sei und wo Sie sie erreichen könnten. Es sei sehr, sehr dringend.»

Das Fahrstuhlkabel in mir riss, und mein Herz stürzte mit lautem Krachen in meine Füße ab. Gail. Ferngespräch. Sehr, sehr dringend. Das klang gar nicht gut.

«Alles okay, Miss Gold?», erkundigte sich Mr. Patel, «Sie sind ja käsebleich.»

Ich atmete tief durch. «Nein, ich weiß es nicht, ich meine, ich weiß es erst, wenn ich telefoniert habe. Lou, Sarah Jane, wartet hier.»

Ich sauste zum Kartentelefon und wählte die Nummer des Stalls. Es läutete zwölfmal. Wo, um Himmels willen, steckte sie? Beim vierzehnten Läuten hob sie schließlich ab, schwer atmend, als käme sie gerade von einem Langstreckenlauf.

«Nattie», sagte sie keuchend, «ich wusste, dass du es bist. Ich war in Brendas Box. Nun beruhige dich, sie ist nicht tot. Aber sie ist verdammt lahm, und ich glaube, das hat nichts mit diesem kaputten Huf zu tun. Am Anfang, da schon, denn es ist dasselbe Bein, vorne rechts. Weil ich Bobby McMahon nirgends auftreiben konnte, habe ich einen andern Hufschmied hergeholt, der gute Arbeit geleistet hat. Aber trotz dieser Verletzung dürfte Brenda nicht derart lahmen, zumal das Eisen wieder drauf ist. Da stimmt was nicht, Nats.»

«Wie schlimm ist es?», fragte ich.

«So schlimm, dass sie sich hingelegt hat. Wenn sie aufsteht, legt sie kein Gewicht auf das Bein und sieht aus, als hätte sie Schmerzen. Doc Loc hat gemeint, er werde in ein paar Stunden hier sein, er hat noch einen Notfall zu verarzten. Ich wollte dich eigentlich auch nur unterrichten und fragen, wann du nach Hause kommst. Der Mensch vom Motel sagte, du hättest schon ausgecheckt. Hast du Lou gefunden?»

«Ja, ihn und Sarah Jane», antwortete ich. «Meinst du, Brenda braucht ein bisschen Bonamine, bis der Arzt kommt?»

Sie wusste eigentlich, was getan werden musste, aber es konnte nichts schaden, die Frage trotzdem zu stellen. Bonamine ist ein schmerzstillendes Mittel und verhindert, dass die Schmerzen eine Kolik auslösen.

«Hat sie schon bekommen, Schätzchen», antwortete Gail. «Also, jetzt fahr mal nicht wie eine Verrückte. Ich weiß, du machst dir Sorgen, aber sich totzufahren bringt niemandem was, am wenigsten Brenda. Okay?»

Ich wusste, dass sie Recht hatte, aber ich wusste auch, dass mich das nicht bremsen würde. Ich scheuchte Lou und Sarah Jane ins Auto und raste los, ohne meinen Mitfahrern zu erklären, was eigentlich passiert war.

Nicht dass sie gefragt hätten. Lou schwieg, und Sarah Jane kaute ihre Fingernägel blutig. Das kann man jedoch nicht ewig tun, und nach etwa dreißig Kilometern pochte sie mir mit einem zerbissenen Finger auf die Schulter. «Ist alles in Ordnung, Nattie? Deine Aura ist feuerrot. Worum ist es denn bei dem Telefongespräch gegangen?»

Ich wusste nicht, wie meine Aura aussehen sollte – offensichtlich jedoch nicht feuerrot. «Es ist mir schon besser gegangen», sagte ich. «Viel besser. Bei dem Anruf ging's um Brenda. Sie hat sich was angetan, und ich glaube, es ist was Schlimmes.»

Sarah Jane legte beide Hände auf meinen Hinterkopf. Ich wollte gerade sagen, sie solle sie wegnehmen, da war mir so, als würde ich mit einer Art funkelndem, gelbem Licht voll gepumpt. Ich sagte nichts – und Sarah Jane auch nicht.

Nach einer Weile nahm sie die Hände wieder fort, und wir fuhren schweigend weiter, fünf Minuten oder so. Obwohl ich jetzt mit diesem seltsamen gelben Licht angefüllt war und mich bei weitem nicht mehr so ängstigte, hörte das Gerede in meinem Kopf doch nicht auf. Ich konnte mich noch sosehr zu einer positiven Sicht der Dinge zwingen (Brendas Lahmen war wahrscheinlich nur auf eine böse Prellung zurückzuführen), die Prophetin des Weltuntergangs in mir hatte die lautere Stimme und hielt dagegen: Ja, ja, träum nur weiter, meine Süße, aber du hast es nun mal mit einer lebensgefährlichen Infektion oder einem gebrochenen Bein oder mit rätselhaften, Pferde fressenden Bakterien zu tun, die zuerst den Huf befallen. Wenn es die nicht sind, dann …

Sarah Jane unterbrach meine schrecklichen Visionen. «Ich spreche gerade mit Brenda, Nattie. Sie möchte, dass du aufhörst, dir solche Sorgen zu machen.»

«Was ist los?», sagte ich. «Wovon redest du?»

«Ich spreche von deinem Pferd Brenda Starr und mit ihm. Erinnere dich, ich bin Tierkommunikatorin. Ich mag ja eine lügende und stehlende Du-weißt-schon-was sein, aber ich kann auch mit Tieren sprechen.»

Ich hatte schon wieder total vergessen, dass Sarah Jane ja mal behauptet hatte, so eine kleine Dr. Dolittle zu sein.

«Ich spreche mit Brenda. Sie ist in ihrer Box und hat sich hingelegt, weil ihr das rechte Vorderbein wehtut, wie sie sagt. Aber du sollst aufhören, dir Sorgen zu machen. Sie weiß, wie du dich aufführst, wenn sie auch nur eine Schramme abbekommen hat.»

Ich hatte Sarah Jane nichts gesagt. Weder, welches Bein es war, noch dass Brenda in ihrer Box lag. Nur, dass sie sich was Schlimmes angetan hatte. Mein Interesse war geweckt.

«Sag ihr, sie soll durchhalten, bis ich wieder da bin.»

Sarah Jane war ein paar Sekunden lang still und kicherte dann plötzlich los.

«Was ist da so komisch?», wollte ich wissen.

«Brenda hat zuerst gelacht», antwortete Sarah Jane. «Sie sagt, ihr Bein sei weit von ihrem Herzen entfernt, und es würde ihr gleich wieder gut gehen, wenn du zu ihr kämst. Sie glaubt, sie habe sich vielleicht beim Herumtollen auf der Koppel eine dieser Sehnen in der Gegend des Röhrbeins gezerrt. Sie meint, dass es das sein könnte, weil so etwas auch mal ihrem Freund passiert sei, dem Pferd in der Nachbarbox des Stalles, in dem sie gestanden habe, bevor ihr euch zusammengetan hättet. Sie erinnere sich an seine Beschreibung, wie sich das angefühlt habe, und meint, ihr Bein fühle sich exakt so an. Deshalb sei sie nicht allzu besorgt. Ihr Freund, sagt sie, sei nach ein bisschen Stallruhe wieder okay gewesen, und sie meint, sie könne auch ganz gut mal eine Zeit ohne Rob gebrauchen, denn der fange an, sie zu nerven. Dich dagegen, dich liebe sie.»

Sprechende Pferde – träumte ich schon wieder? Alles egal, Hauptsache, sie liebte mich!

38

Bis wir nach Charlotte kamen, sprach Lou wieder. Das Problem war jetzt eher, dass er gar nicht mehr damit aufhören wollte. Ich wünschte bald, ich hätte ihm das Ritalin nicht gegeben und nur das Zoloft langsam seine Wirkung tun lassen.

Er schwatzte munter daher – von dem Glück, dass ihm jetzt

wieder nach Sprechen zumute war, bis zu den Plänen, die Sarah Jane machen sollte. Bei der Einstellung meines Vaters zur Polizei gehörte eine Kontaktaufnahme mit Tony oder einem seiner Brüder nicht dazu.

«Darüber gibt es keine Debatten, Lou», sagte ich. «Sarah Jane hat keine Wahl. Du musst in diesem Punkt mal erwachsen sein und sie dazu ermutigen, sich ebenfalls wie ein erwachsener Mensch zu verhalten.»

Die Ironie meiner Worte (ich, die ich seit drei Jahren nicht mehr beim Zahnarzt gewesen war, weil es wehtut, riet dazu, sich wie ein Erwachsener aufzuführen!) ließ mich lächeln.

Derweil hatten Sarah Jane und Lou die Rollen getauscht. Je näher wir Charlotte kamen, desto weniger sprach sie, bis sie endlich vollkommen verstummte – wie er in Asheville. Nur, dass es bei ihr keine Depression war, sondern eine Heidenangst.

Keiner – am wenigsten Sarah Jane – erhob Einwände dagegen, dass wir zunächst zum Stall fuhren und erst dann zu meiner Wohnung, um von dort aus Tony anzurufen. Es ging auch nicht anders. Ich war halb irrsinnig vor Sorge, denn außer Sarah Janes «Botschaft» von Brenda hatte ich nichts mehr gehört und keine Ahnung, was mit dem Pferd war. Ich hatte Gail von unterwegs mehrmals anzurufen versucht, sie aber nie erwischt.

Kaum war das Auto vor dem Stall zum Stehen gekommen, da sprang ich schon raus und rannte zu Brendas Box. Sie lag da, und ihr Blick sagte alles. Ich fiel auf die Knie und schlang die Arme um ihren Hals, pustete ihr dann sanft in die Nüstern. Sie drückte ihren Kopf an mein Bein, und ich streichelte ihre Blesse.

«Ach, meine Schöne, was ist denn mit dir passiert? Bitte, bitte, lass es nichts Schlimmes sein.»

Ich wusste, dass ich hätte aufstehen und Gail suchen sollen, um zu erfahren, was der Tierarzt zu sagen gehabt hatte, aber ich wusste nicht, für wen unsere Umarmung tröstlicher war, für mich oder für Brenda. Sie schmiegte sich an mich und ich mich an sie.

«Was dagegen, wenn ich euch zwei Turteltäubchen mal trenne?» Das war die dröhnende Stimme von Doc Lockton. Er gehörte zu den Tierärzten, die sich um ihre Patienten so sehr sorgten wie deren Besitzer, manchmal sogar noch mehr. Ich hatte oft miterlebt, wie er sich die Tränen von den Wangen gewischt hatte, wenn seine Hilfe vergeblich gewesen war.

«Oh, hallo Doc», sagte ich. Meine Stimme war zittrig, und ich versuchte nicht, es zu verbergen. Wenn jemand diese Art der Traurigkeit verstand, dann er. «Sieht schlimm aus, nicht wahr?»

«Jedenfalls nicht allzu toll, Nattie», antwortete er. «Sie mag nicht aufstehen und kann kaum laufen. Da, fahren Sie mal mit der Hand hinten an dem Bein lang. Wärmer als das andre. Was meinen Sie, sollen wir mal meine neue Ultraschallmaschine zum Einsatz bringen und schaun, wie's da drin aussieht?»

Ich meinte, dass mir eine gewaltige Tierarztrechnung ins Haus flattern würde, das meinte ich. Und dummerweise hatte ich Brenda nicht krankenversichert. Aber andererseits hatte ich auch schon Ärgeres erlebt, und deshalb sagte ich das, was ich immer sage, wenn es um die Versorgung meiner Pferde geht: «Kosten spielen keine Rolle, Doc.»

Inzwischen war Gail erschienen, Lou und Sarah Jane im Schlepptau. Sie legte den Arm um mich. «Es wird schon wieder werden», sagte sie.

Doc Loc begann mit der Ultraschall-Untersuchung, und tatsächlich erschien auf dem Monitor ein dunkler Fleck am Fesselträger. Ich sah Doc Loc an. Er war leicht zu durchschauen – er hatte Recht, es sah wohl nicht so toll aus.

«Tja, Nattie, es ist, was ich befürchtet habe. Ein Sehnenanriss.»

Ich sah Sarah Jane an. Wenn ich sie gewesen wäre, hätte ich

dagestanden wie ein aufgeblähter Gockelhahn, und aus jeder Pore wäre mir ein «Ich hab's dir doch gesagt!» getrieft. Sie aber blickte nur zu Boden und ein bisschen einfältig drein.

Ein Sehnenanriss. Ich hatte Sarah Jane im Auto keinen Glauben geschenkt, und das nicht nur, weil ich noch nicht wusste, ob ich an Pferdeflüsterer glauben sollte, sondern auch, weil ich ihr einfach nicht glauben wollte. Solche Verletzungen sind eine ernste Sache, und es braucht Zeit und Glück, sie auszuheilen. Trotz des schwarzsehenden kleinen Mannes in meinem Kopf hatte ich gehofft, es wäre nur eine harmlose Prellung.

So viel zum Thema Hoffnung. «Wie schlimm? Und wie sieht es mit der Dauer einer Ausheilung aus?»

«Das ist der Teil, den Sie nicht so gern hören werden, Nattie», antwortete er. «Wir könnten sie bei der Apex untersuchen lassen, um genau festzustellen, wie das da drin aussieht, aber ich würde Ihnen raten, das Geld erst einmal zu sparen. Nach dem zu urteilen, was ich so feststellen kann, könnte alles sehr viel schlimmer sein. Wenn wir sie gezielt behandeln, also mit Bandagen und Spritzen, dann würde ich sagen: Ein Monat bis sechs Wochen im Stall, danach vier Monate mit begrenztem Auslauf. Also sechs Monate ... mindestens.»

Ich holte tief Luft. O Mann, das war der perfekte Abschluss eines Tages, an dem unter anderem mein Motelzimmer heimgesucht worden war und Gewehrkugeln mein so schon strapaziertes Haar um weitere gespaltene Spitzen bereichert hatten.

Welch ein Elend. «Hast du das gehört, mein Mädchen?», sagte ich. «Mindestens sechs Monate. Ah, du wolltest mal eine Zeit lang nichts von Rob sehen und hören? Bitte, da hast du sie. Du hättest aber nur zu fragen brauchen, das hätte sich alles auch ohne dieses Drama arrangieren lassen.»

Gail sah mich an, als hätte ich den Verstand verloren. Und vielleicht hatte ich ja auch. Aber der erste Teil dessen, was Brenda laut Sarah Jane gesagt hatte, hatte sich als zutreffend erwiesen – warum sollte also der andere Teil nicht auch stimmen?

«Ich erklär dir das später», sagte ich. Ich musste Doc Loc noch eine Menge Fragen zu Brendas Zustand und Behandlung stellen und wollte das erledigt haben, bevor er zu irgendeinem Kolikfall in Waxham oder Weddington davongepiept würde. Gail ging auch schon bald, weil sie mit dem Füttern anfangen musste, und Sarah Jane und Lou beschlossen, einen Spaziergang zu machen – wo Lou doch jetzt wieder zu den Lebenden gehörte.

Doc Loc hatte die meisten meiner Fragen beantwortet, als Gail mit dem Handy zurückkehrte. «Ist für Sie», sagte sie zu Doc Loc. «Jeannie Sukon. Sie meinte, es dulde keinen Aufschub.»

Jeannie Sukon. Die herrschsüchtige Dame, die mit Fuzzys geierhaftem Vetter verheiratet war. Ich hatte keinen Zweifel, dass es um etwas Seriöses ging, denn Doc Loc war ein viel zu lieber Mensch, um sich in ihre beachtlichen sonstigen Machenschaften hineinziehen zu lassen. Mir war gar nicht klar gewesen, dass Jeannie auch mit Pferden zu tun hatte.

Doc Loc nahm das Handy, und ich konnte seine das Gespräch beendenden Worte hören: «Noch stärker angeschwollen? Wirklich? Gut, ich komme, sobald ich hier fertig bin.»

Er übergab mir den Apparat und machte sich zum Aufbruch fertig. «Ich würde gern noch bleiben, Nattie, aber wenn ich nicht rasch zur Anyday Farm komme, piept mich diese Frau alle drei Minuten an.»

«Anyday Farm? Das ist doch Fuzzys. Was ist denn dort schon wieder los?»

«Die Sukon und das Fohlen ihres Mannes. Schlimm für den kleinen Kerl. Ein prächtiges junges Pferdchen. Hat aber eine Sehnenentzündung in beiden Vorderbeinen. Und sie meint, dass die schlimmer geworden ist.»

Ich schloss die Augen und holte das in meinem Gedächtnis gespeicherte Bild dieses herrlichen Fohlens mit den bandagierten Beinen zurück, welches ich an dem Tag, an dem Fuzzy ermordet worden war, dort im Stall gesehen hatte. Ich konzentrierte mich ganz auf die Karte an der Tür seiner Box. Jetzt wusste ich wieder, warum mir Jasons und Jeannies Namen bekannt vorgekommen waren. Natürlich! Ihnen gehörte Dubonnet, das Fohlen.

«Was ist denn mit ihm passiert?», fragte ich. «Ist er nicht noch ein bisschen jung für eine so schwere Sehnenentzündung?»

«Natürlich», sagte Doc Loc. «Das kommt nicht oft vor. Ich kann mich im Augenblick gar nicht erinnern, wann ich zum letzten Mal eine derartige Entzündung bei einem so jungen Pferd erlebt habe. Aber leider gibt es das gelegentlich. Wer weiß, wie es dazu kommt. Pech, eine schlechte Wende, schwacher Körperbau? Keine Ahnung. Aber wenn man die Frau hört, dann hat das Schicksal dabei überhaupt keine Rolle gespielt. Es ist ja auch immer leichter, jemanden zu suchen, dem man die Schuld zuschieben kann, als zu akzeptieren, dass miese Dinge auch ohne jeden Grund geschehen können.»

«Was wollen Sie damit sagen?», sagte ich. «Das heißt, ich weiß es ja, man schaue sich nur Brenda an. Aber mit Blick auf Jeannie Sukon?»

Doc Loc schüttelte den Kopf. «Diese Frau ist überzeugt, dass irgendjemand für diese Sehnenentzündung gesorgt hat.»

Meine Brauen müssen bis zum Haaransatz hochgeschossen sein. «Die einzige Methode, mit der sich das erreichen lässt, sind Bandagen, nicht wahr? Sie glaubt, dass jemand die Beine des Fohlens so straff bandagiert hat, dass es zu der Entzündung gekommen ist?»

«Bingo, Nattie. Sie wissen so gut wie ich, dass man mit Bandagen großen Schaden anrichten kann, und zwar, wenn man sie nicht sachgerecht anlegt. Aber Cathy, die Managerin der Anyday Farm, versteht was davon. Außerdem schwört sie, dass das Fohlen am Vorabend des Tages, an dem die Entzündung festgestellt worden ist, keine Bandagen an den Vorderbeinen gehabt hat.»

«Es ist aber schwer, das ohne Bandagen zu erreichen», sagte ich. «Was glaubt Jeannie Sukon denn? Dass sich das Fohlen die Bandagen selbst angelegt und dann schnell wieder abgenommen hat, ehe sie jemand sehen konnte?»

«Dicht dran», antwortete Doc Loc. «Sie war an dem Tag ziemlich wütend und hat auch kein Hehl daraus gemacht. Sie schmiss mit Beschuldigungen nur so um sich. Das Fohlen hat sie und ihren Mann eine Stange Geld gekostet, aber es war gar nicht sosehr das Geld, weshalb sie so sauer war, sondern die Bestimmung des Fohlens. Ein großes Wort für ein noch so kleines Pferdchen. Aber sie wollten es bis zu Beccas – das ist ihre Tochter – letztem Jahr als Juniorin zu einem großen Turnierpferd gemacht haben. Meinten, sie hätten endlich einen Weg gefunden, Fuzzy mit ihren eigenen Waffen zu schlagen. Was, wie Sie ja wissen, angesichts der Tatsache, dass Fuzzy immer und überall die Toppferde aufgekauft hat, schwer fallen dürfte. Ich nehme an, die Sukons waren der Meinung, die einzige Möglichkeit, Fuzzy zu besiegen, sei die, selbst ein Toppferd aufzubauen und damit einen Kauf durch Fuzzy auszuschließen. Tja, und dieses Fohlen war einfach top. Wenn es ein Pferd hätte schaffen können, dann dieses.»

«Die haben also einen Jährling für ihre Tochter gekauft und wollten ihn so aufbauen, dass Becca am Ende in der Lage sein würde, Ashlee zu besiegen?»

«Genau. Becca Sukon und Ashlee reiten ja schon seit ihren Kindertagen zusammen.»

«Jetzt nochmal, Doc», sagte ich. «Sie meinen also, dass Jeannie Sukon glaubt, jemand habe dem Fohlen etwas angetan, weil dieser Jemand gewusst hat, dass es einmal zu einem sehr guten Springpferd werden und dann für Ashlee und ihre Flotte Schluss mit dem Abräumen der blauen Schleifen sein würde?»

Er nickte.

«Dieser Jemand ... könnte das Fuzzy McMahon gewesen sein?»

«Bingo», sagte Doc Loc.

39

Jeannie und Jason Sukon, tretet vor und an die Spitze meiner Liste der Tatverdächtigen!

Zu denken, dass ich davon ausgegangen war, Hintergrund der Kabbeleien zwischen den Kusinen sei das Geld der Family Value Stores! Wie wenig hatte ich bedacht, dass es etwas Stärkeres, Älteres, Urwüchsigeres gab als den Sog des Geldes, nämlich das Bedürfnis, jemandem eins auf den Arsch zu geben, die verzehrende Sehnsucht, einen anderen zu besiegen, den Kick des Wettstreits.

Was alles nur heißen soll, dass Jeannie und Jason Sukon von dem Wunsch durchdrungen waren, ihre kleine Becca möge ihre Konkurrentin Ashlee McMahon ein für allemal aus dem Kreis der Sieger rausschmeißen. Sie wollten, dass *ihr* kleines Mädchen die blauen Schleifen einsammelte, dass seine Bilder im *Chronicle of the Horse* erschienen und dass es die Ehrenrunde im Madison Square Garden ritt. Offensichtlich war ihnen derart an dem allen gelegen, dass sie etwas so Dummes getan hatten wie einen Jährling kaufen. Außer der Zucht von Pferden ist nichts riskanter als der Kauf junger Tiere in der Erwartung, auf diese Weise zu erstklassigen Turnierpferden zu kommen. Beim einen wie beim anderen kann einem schnell großer Kummer bevorstehen – es sei denn, man ist ein echter Glückspilz oder das Karma der Pferde ist wirklich gut.

Allem Anschein nach brauchten die Sukons eine Karmawäsche. Sollte Fuzzy tatsächlich für die Sehnenentzündung gesorgt haben, dann stellte sich die Frage, ob das allein schon ausreichte, um jemanden zu einem Mord zu treiben. Jeder vernünftige Mensch würde das wohl automatisch verneinen, aber ich möchte hier an die Mutter einer texanischen Cheerleaderin erinnern, die einen Burschen dafür anzuheuern versucht hatte, dass er die Konkurrentinnen ihrer Tochter ausschaltete.

Zeiten wie diese machen es mir schwer, an die Menschheit zu glauben. Die Sehnen eines Pferdes mit Absicht zu schädigen ist schlichtweg grausam – ob es schändlich genug ist, dafür mit dem Tod bestraft zu werden, wäre zu erörtern. Was Jeannie aber hätte tun sollen, war, Fuzzy mal kräftig mit einem Eisenrohr auf die Schienbeine zu schlagen, denn so musste sich das für das arme kleine Fohlen anfühlen. Das waren bislang jedoch nur Spekulationen – es war ja immer noch möglich (wenn auch höchst unwahrscheinlich), dass das Pferd selbst die Schuld trug, weil es wie blöd auf der Koppel herumgetobt war. Ich wusste es nicht, und Fuzzy würde nichts mehr beichten, zumindest mir nicht.

Doc Loc war nicht bekannt, ob Jeannie Sukon irgendeinen Beweis dafür hatte, dass das Fohlen von Fuzzy oder einem ihrer Leute krankbandagiert worden war. Es sah also ganz danach aus, als müssten Jeannie und ich uns mal ein bisschen unterhalten.

Aber das erst später, zunächst gab es noch anderes zu tun. Es war nicht nur an der Zeit, dass sich Sarah Jane der Polizei stellte, sondern Tony sollte, wie ich meinte, endlich auch erfahren, dass jemand versucht hatte, mich abzuschrecken, indem er mein Motelzimmer auseinander genommen und meinen Kopf für Schießübungen missbraucht hatte.

Ich versorgte Brenda für die Nacht und gab ihr ein Abschiedsküsschen. Hörte ich da ein Kichern, als ich die Tür der Box schloss? Reiß dich zusammen, Nattie, sagte ich zu mir, diese Geschichten mit den sprechenden Pferden haben dir den Geist verwirrt!

Wir fuhren nach Hause, und unterwegs bestritt vor allem wieder Lou die Unterhaltung. Als wir angekommen waren, marschierte Sarah Jane zu meiner Überraschung auf direktem Weg zum Telefon und fragte: «Wie ist seine Nummer, Nattie?»

Vielleicht schlug sie ja wirklich ein neues Kapitel auf. Vielleicht hatten sie und McMahon Fuzzy nicht umgebracht. Viele Vielleichts. Ich nahm ihr den Hörer aus der Hand und wählte Tonys Privatnummer.

«Toni Maroni?», beantwortete ich sein «Hallo» – es war nicht seine Frau, und ich fragte mich, ob sie wohl beschlossen hatte, diese Woche mal wieder als Single zu verbringen. «Nattie, Darling, wo hast du denn gesteckt? Aber ich werde nicht fragen, was du getrieben hast, denn ich bin sicher, dass es wieder so was Illegales war wie Fahren ohne Führerschein.»

«Ich habe schon lange nicht mehr gegen Gesetze verstoßen, wenn du das Überschreiten von Geschwindigkeitsbegrenzungen nicht dazurechnest», sagte ich. «Aber neben mir steht jemand, mit dem du sicher liebend gern sprechen würdest. Was hältst du von einem Schwätzchen mit Sarah Jane Lowell?»

«Du meinst die, nach der die Polizei sucht, um sie mal zur Ermordung einer gewissen Fuzzy McMahon zu befragen? Ist das zufällig dieselbe, die zusammen mit einem Louis Gold, Vater von Nattie Gold, Reporterin des *Charlotte Commercial Appeal*, die Stadt verlassen hat? Und ist diese Nattie Gold jene, die ebenfalls die Stadt verlassen hat, um ihren Vater und die erwähnte Sarah Jane Lowell, möglicherweise auf der Flucht vor dem Gesetz, zu suchen?»

Wenn ich durch den Telefondraht hätte langen und ihn schütteln können, dann hätte ich es getan. So fragte ich nur: «Woher weißt du das alles?»

«Versteh mich nicht falsch, Nattie», sagte er, «aber selbst halb tote Hunde lernen noch aus ihren Fehlern, und ich weiß ja, dass du eigentlich viel schlauer bist als ein halb toter Hund. Viel, viel schlauer. Und doch, mein Schätzchen, begehst du immer wieder den gleichen unverzeihlichen Fehler, nämlich zu denken, dass wir hier alle blöd sind, bloß weil wir langsamer und grammatisch weniger korrekt sprechen wie du. Nein, als du. Ich bin doch nicht so bescheuert, dich aus den Augen zu lassen, wenn wir beide an ein und demselben Fall arbeiten.»

Ich lachte. Es war gut, mit Tony zu sprechen, selbst wenn er mich einmal mehr ausgetrickst hatte. Er war nun mal ein verdammt guter Bulle.

«Okay, okay, du Schlauköpfchen, was weißt du also noch nicht?», fragte ich. «Ich nenne mal drei Dinge, und du lässt mich wissen, wenn die dir was sagen. Zerstochene Reifen. Verwüstetes Motelzimmer. Kugeln, die mir um die Ohren pfeifen.»

«Ja, nein und noch einmal nein», antwortete er. «Du lieber Gott, Nattie, das klingt ja, als hättest du mal wieder jemanden richtig ordentlich gereizt. Den Bogen hast du echt raus. Erzähl mal.»

Ich berichtete ihm von meinen Abenteuern in Asheville, und er lieferte die telefonische Entsprechung des Kopfnickens, indem er jede Pause mit einem «Hm» füllte. Leider konnte ich ihn nicht fragen, ob er Sarah Jane nach wie vor als Hauptverdächtige ansah, denn sie stand immer noch neben mir.

«Lass mich mal mit ihr reden», sagte er schließlich.

Ich übergab Sarah Jane den Hörer. Natürlich hörte ich zu. Sie erklärte, wo sie zur Zeit von Fuzzys Tod gewesen war (unseligerweise bei sich zu Hause, meditierend), und gab zu, eine Affäre mit Bobby McMahon gehabt zu haben. Sie beichtete auch ihre früheren Sünden und sagte, sie wolle sich den Behörden in Pennsylvania stellen, sobald die Sache hier geklärt sei. Dann hörte ich sie versprechen, dass sie die Nacht in meiner Wohnung bleiben werde.

Sie gab mir den Hörer zurück und ging ins Bad.

«Ich komme gleich morgen früh zu euch, um mich mit ihr zu unterhalten, Nattie», sagte Tony. «Sie hat versprochen, sich nicht von der Stelle zu rühren. Stell sicher, dass sie ihr Versprechen auch hält, ja? Ich kann sie nämlich nicht zwingen. Sag ihr das nicht, aber die Anklage in Pennsylvania ist fallen gelassen worden. Der alte Narr, den sie dort gelinkt hat, hat sich eines anderen besonnen.»

«Aber was ist mit der Schaufel, die ihr neben ihrer Tür gefunden habt?», flüsterte ich.

«Da war Blut drauf, ja, aber wie sich herausgestellt hat, war's von einer Art, für die sich nur die Tierschützer interessieren», sagte er. «Außerdem sieht es inzwischen so aus, als wäre Fuzzy gar nicht mit einer Schaufel erschlagen worden.»

«Nicht? Wie habt ihr das denn rausgefunden?»

Tony lachte. «Gott im Himmel, ich hätte es besser wissen und nur ‹Hallo› zu dir sagen sollen. Gut, ich denke, es macht nichts, wenn ich es dir weitersage, denn dieser irre Typ von deiner Zeitung, der mit dem wirren Haar, bringt's morgen eh in seiner Story. Wir haben Fuzzy McMahons Leiche zur gerichtsmedizinischen Untersuchung nach Chapel Hill geschickt. Es ist eindeutig ein Schlag auf den Kopf gewesen, aber wer immer sie umgebracht hat, hat sie nicht mit einer Schaufel, sondern mit irgendeinem anderen komischen Gegenstand niedergeschlagen. Das Ding hat runde, flache Wunden hinterlassen.»

«Ich nehme an, dass ihr jetzt nach einem entsprechenden Werkzeug sucht», sagte ich. «Ich frage mich, was das gewesen sein könnte.»

«Hör bloß auf, dich zu fragen, denn das bringt dich nur wieder in Schwierigkeiten», meinte Tony. «Ruf mich sofort an, sollte heute Abend irgendwas Seltsames passieren, was immer es ist, ja? Und schließ deine Tür ab. Soll ich dir Rin bringen?»

Gerade das, was ich brauchte – einen alten, arthritischen, fast tauben Hund, der mich für seine Seelengefährtin hielt! Sosehr ich das Vieh liebte und ihm dankbar war (Rin hatte Tony schließlich vor ein paar Monaten dabei geholfen, mir das Leben zu retten), ich konnte jetzt nicht auch noch einen schnarchenden und (Verzeihung, Rin) übel riechenden Hund in meiner eh schon überfüllten Wohnung gebrauchen. Ich lehnte das Angebot dankend ab.

Ich mochte nicht auflegen, aber ich konnte schließlich nicht telefonisch mit ihm schlafen. Außerdem wäre das selbstzerstörerisch gewesen, denn Tony war nun mal verheiratet und ich wäre nur Gefahr gelaufen, es mir mit Henry gründlich zu verderben.

Trotz dieser vernünftigen Einrede hatte ich dank meines hormonverseuchten Hirns im Augenblick kaum noch die Kraft, mir die Zähne zu putzen. Selbige fehlte offensichtlich auch Lou und Sarah Jane, die dabei waren, sich zur Ruhe zu begeben – er auf seinem Futon, sie auf der Couch. Ich freute mich nur noch darauf, endlich den Expresszug ins Traumland besteigen zu können, aber ich hatte Henry versprochen, ihn nach meiner Rückkehr anzurufen. Es meldete sich ein kleines Stimmchen.

«Hey, Hank, hier ist Nattie. Was treibst du so?»

«*Akte X*», lautete die Antwort, was wohl bedeutete, dass er seinen Vater gezwungen hatte, ihn eine Video-Aufzeichnung anschauen zu lassen.

«Toll», sagte ich. «Dann gib mir schnell mal den großen Häuptling.»

Das entlockte ihm ein Lachen. «Sie will den großen Häuptling sprechen», hörte ich ihn rufen. Henry kam glucksend ans Telefon.

«Du bist ja schneller zurück, als ich erwartet hatte», sagte er. «Muss alles gut gelaufen sein.»

Jetzt war es an mir zu glucksen. «Das», sagte ich, «hängt ganz von der Definition des Wortes ‹gut› ab.»

Zum zweiten Mal innerhalb von fünf Minuten erzählte ich meine Asheville-Geschichte. Und zum zweiten Mal in dieser Zeit wurde mir körperlicher Schutz angeboten.

«Soll ich rüberkommen?», fragte Henry.

All diese männliche Besorgtheit fing an, mich ganz schwindlig zu machen. Ich dankte höflich. Drei Goodes, zwei Golds und eine Lowell in meiner Wohnung, nein, das würde keine gute Nacht werden.

«*Et tu?*», erkundigte ich mich, an die Grenzen meines Französisch stoßend. «Irgendwas Neues im Fall Quarrels? Ach, ehe ich es vergesse, das wird dir gefallen. Meine Hexenkumpanin in Asheville hat mir eine ulkige Botschaft zukommen lassen. Sie meinte, ich solle auf ein lügendes Kind achten. Man kann wohl davon ausgehen, dass es sich um dein lügendes Kind handelt. Und damit meine ich keines von denen, die du so massenweise gezeugt hast, sondern den Knaben, der Quarrels beschuldigt. Ich bin sicher, Lady Passion hätte nichts dagegen, wenn du dich auf sie beriefest.»

«Vielleicht könnte ich ja auch noch deine Alphabettafel befragen», sagte Henry. «Du hast doch eine, oder nicht?»

«Liegt bei meiner Billardkugel mit der magischen Acht. Die benutze ich, um mit David zu sprechen.»

Henry lachte. Er dachte, ich mache Scherze, was ich aber nicht tat.

«Also», sagte ich, «was ist mit Quarrels? Was kommt als Nächstes?»

«Ich will die Mutter überprüfen, mal sehen, was ich über sie herausfinden kann. Dann Gespräche mit anderen Gemeindemitgliedern. Unterhaltung mit Experten auf dem Gebiet der sexuellen Belästigung. Sehen, ob der Lehrer des Jungen zu einem Gespräch bereit ist. Ich hasse das, aber ich muss auch mit dem Jungen selbst sprechen und mich dann um einen Termin bei Quarrels bemühen.»

«Klingt alles schwierig, Henry», sagte ich. «Nimm dich in Acht, mein inneres Radargerät blinkt Alarm. Ich weiß, du hältst nichts von diesem Geisterkram, aber irgendwas an dem Bild stimmt nicht.»

«Wahrscheinlich nicht», sagte er, «aber du weißt doch, dass ich niemals etwas übereilt in Druck gebe.»

Nein, Henry hatte – im Gegensatz zu mir – noch nie etwas übereilt getan. Sollte eines Tages doch noch etwas aus uns beiden werden, dann würden wir ein ganz entschieden seltsames Paar abgeben. Und das nicht nur im Hinblick auf die Körpergröße.

«Fällt dir sonst noch etwas zu der Mutter ein?», fragte er.

«Nur, dass sie mir bei unserer einzigen Begegnung so unruhig vorgekommen ist, so als ob sie darauf wartete, verletzt zu werden», sagte ich. «Du kennst doch diesen Blick. Man sieht ihn oft bei Frauen, denen es an Selbstachtung fehlt, bei denen, die ständig von der Frage verfolgt werden, was die Leute, das heißt vor allem die männlichen Leute, über sie denken. Okay, okay, ich mach schon Schluss.»

«Schon gut», sagte Henry. «Ich mag Frauen, die eine eigene Meinung haben. Und das, was du mir über die Mutter gesagt hast, ist durchaus interessant. Ich weiß nicht, ob es irgendwie für meine Story relevant ist, aber ich werde es im Gedächtnis behalten. Sonst noch was?»

Mir wollte einfach nicht einfallen, was mir beim Gedanken an diese Frau noch durch den Kopf gegangen war. «Nichts mehr», sagte ich deshalb. «Ich will jetzt weg, ins Traumland. Ich muss den Tag schnell beenden, bevor noch Schlimmeres passiert, wenn so etwas überhaupt möglich ist.»

40

Es war.

Tonys und Henrys Besorgnis zum Trotz geschah in der Nacht zunächst nicht mehr, als dass das Telefon kreischend klingelte und im Hörer ein Pfropfen aus dicker, toter Luft steckte. Wieder so ein stumm bleibender «Aufleger». Ich machte mir nicht einmal mehr die Mühe, die * 69 zu drücken. Wozu auch? Ich würde lediglich 75 Cent loswerden, nur um festzustellen, dass irgend so ein kicherndes Gör oder ein schwer atmender Spinner mit steil aufgerichtetem Schwanz dachte, es sei ein großer Spaß, eine Zeitungsschreiberin aus dem Schlaf zu reißen. Da mein Bild an jedem Sonntag in der Zeitung zu sehen ist, kriege ich jede Menge irre Anrufe.

Tony war auf dem Weg zu mir und Sarah Jane kratzte ein bisschen Tofu zusammen. Ich stand in der Küche, trank meinen berauschenden Kaffee und unterhielt mich mit ihr. Ich wusste nicht, ob irgendetwas von dem, was sie mir erzählte, stimmte, aber es war interessant.

Ich hatte sie ganz direkt gefragt, wie und warum sie zu dem geworden sei, was sie war. «Einerseits redest du dauernd von Frieden, Liebe, weißem Licht und all diesem Zeug, und andererseits knöpfst du alten Leutchen alles ab, was sie haben. Wie das, Sarah Jane? Und dann ist da die Art, wie du dich gibst, wie du aussiehst und sprichst. Als ob du geradewegs von ganz oben kämst. Tennisunterricht im Klub, Grillpartys am Pool, Segeln im Sund. Sie unterrichten doch wohl in Miss Porters Nobelinternat nicht auch Gaunerei, oder doch?»

In den vergangenen zwei Jahren hatte Sarah Jane nicht viel zum Lachen bringen können. Ich nehme an, dass das häufige Nachdenken über eine Zukunft hinter Gittern den Sinn für Humor recht schnell verfliegen lässt. Ich weiß, dass ich Tony versprochen hatte, Sarah Jane nichts von den fallen gelassenen Beschuldigungen (zumindest, was ihre vor-carolinischen Taten anging) zu sagen, aber ich konnte diesen trübseligen Gesichtsausdruck einfach nicht mehr sehen. Deshalb berichtete ich ihr zwar nicht gerade, dass der alte Knacker seine Anzeige zurückgezogen hatte, aber ich deutete wenigstens an, dass nicht alles so schlimm werden würde, wie sie meinte. Das erleichterte sie ein wenig, jedenfalls genug, um sie zu einem kleinen Kichern zu bewegen.

«Ich war gar nicht bei Miss Porter, Nattie», sagte sie. «Und auch nicht auf der Uni von Chicago, wie ich mal behauptet habe.»

«Das weiß ich», erwiderte ich – schließlich hatte ich es mir nicht nehmen lassen, in Chicago nachzufragen.

«Natürlich hast du das inzwischen längst rausgefunden», sagte sie. «Ich war auf der Einstein High von Wheaton, Maryland. Kein Klub, kein Tennis. Und das Schwimmbad war das aller Vorstadtmittelklässler. Ich entstamme einem absolut unbemerkenswerten, langweiligen Familienklan. Haus, Stadtviertel, Leben. Meine Eltern waren beide im Staatsdienst. Fünf Zimmer, Küche, Bad. Ich habe einen jüngeren Bruder namens John, der in der Library of Congress arbeitet. Das einzig Herausragende an meiner Jugendzeit ist, dass ich bei Ladendiebstählen Musikkassetten, Klamotten, Schuhe, was weiß ich, im Wert von wahrscheinlich 20 000 Dollar erbeutet habe und nie erwischt worden bin. Und ich war mal Ballkönigin.»

Sarah Jane war in Fahrt gekommen und redete wie befreit. Ich dachte mir, dass es ihr wahrscheinlich gut tat, sich einmal aussprechen zu können – wenn sie da nicht einen neuerlichen Beweis für ihre schauspielerische Begabung lieferte. Wie auch immer, die Geschichte ging so weiter: Auf die Highschool war die Universität von Maryland gefolgt. Sarah Jane hatte keine Ahnung gehabt, was sie aus ihrem Leben machen sollte, und deshalb englische und amerikanische Literatur studiert.

«Ich habe mich so sehr gelangweilt, dass ich schon dachte, ich würde sterben», sagte sie.

Eines Nachmittags hatten sie und ein paar Freundinnen das Seminar zum zeitgenössischen amerikanischen Drama geschwänzt und waren auf der Suche nach einer lustigeren Beschäftigung die Route 1 hinuntergefahren. Auf Sarah Janes wagemutige Anregung hin hatten sie Madame Teresa, der bekannten Handleserin, einen Besuch abgestattet.

«Sie sagte blödsinnige Sachen voraus, so zum Beispiel, dass ich einen kleinwüchsigen Mann mit viel Geld kennen lernen und drei Kinder haben würde. In der Art. Aber sie faszinierte mich, alles an ihr, vom gefärbten schwarzen Haar bis zu den angeschwollenen blauen Adern auf ihren Händen.»

«Konnte sie etwas?», fragte ich. «Ich meine, hatte sie irgendeine echte Gabe?»

Jetzt gluckste Sarah Jane nicht nur, sondern brach in ein schallendes Gelächter aus. «Du machst Witze», sagte sie. «Eine Gabe? Klar hatte sie eine. Die Gabe, andre zu betuppen. Sie war nicht ehrlich, dafür aber auch nicht langweilig. Ich bin jeden Tag hin und habe sie mit Fragen gelöchert, nur damit sie mich nicht fortschickte. Du kannst dir vorstellen, wie begeistert meine Eltern waren, als sie dahinter kamen, dass ich meine gesamte Zeit bei dieser puertoricanischen Dame verbrachte, die gesessen hatte und nun vorgab, eine Zigeunerin und Wahrsagerin zu sein. Aber ich drohte damit, mein Studium abzubrechen, und da ließen sie mich in Ruhe.»

Wie sich herausstellte, hatte Sarah Jane ihr Studium dann

doch abgeschlossen, was ihr ein paar berufliche Möglichkeiten eröffnet hatte – Hardee, MacDonald oder Kentucky Fried Chicken. Da hatte sie sich für Madame Teresa entschieden und sich fortan Schwester Sarah genannt.

«Das Interessanteste war, dass ich meistens nicht wie Teresa so tun musste, als ob. Einer der Gründe, warum ich mich so zu ihr hingezogen fühlte, war, dass ich mein Leben lang immer Stimmen gehört und Phantasiefreunde gehabt hatte. Und Dinge gewusst, bevor sie geschehen waren.»

Mit Teresas Hilfe und Anleitung hatte Sarah Jane immer erfolgreicher unglückliche Menschen geprellt, war sie zur Expertin darin geworden, Leuten, die nach etwas suchten, was sie nie bekommen würden, ganz flink ihr Geld abzuknöpfen. Teresa war am Ende wegen einer besonders üblen Geschichte, in deren Mittelpunkt eine ältere, an den Rollstuhl gefesselte Frau gestanden hatte, festgenommen worden. Zum Glück war Sarah Jane, die Teresa geholfen hatte, beim Einkaufen gewesen und hatte bei ihrer Rückkehr gerade noch rechtzeitig die Polizeiautos auf dem Parkplatz vor dem Haus gesehen.

«Ich habe also mein Auto nach Norden gelenkt und bin nie wieder zurückgekehrt. Tja, Nattie, da hast du sie, die traurige, aber wahre Geschichte der Sarah Jane Lowell.»

«Jemals daran gedacht, Romane zu schreiben?», fragte ich.

Sie lachte wieder, und ich tat es auch. «Ich kann dir nicht verdenken, dass du mir nicht glaubst», sagte sie. «Würde ich auch nicht. Können wir jetzt frühstücken? He, Lou, lass uns endlich mal was essen.»

Lou hörte nicht, denn er hüpfte auf seinem Zimmertrampolin herum, schlug sich mit den Fäusten gegen den Kopf und sang irgendein kehliges, keltisches Gebet, das er in Finnhorn gelernt hatte. Das war der spirituelle Rückzugsort in der Nähe von Stonehenge, den er zusammen mit meiner Nachbarin, Mrs.

Flock, besucht hatte. Ich ging zu Lou hin, pochte ihm auf die Schulter und zeigte auf den Tisch.

Ich sah auf die Uhr. Es war erst halb neun und – weil Sonntag – noch zu früh, um bei den Sukons anzurufen. Vor unserem Aufbruch zur Anyday Farm blieb also noch Zeit für ein schnelles Frühstück. Wenn ich Glück hatte, erwischte ich Jason und Jeannie dort draußen.

Ich hatte uns bei Cathy, der Managerin des Stalls, angemeldet. Als ich ihr gesagt hatte, worum es bei dem Besuch ging, hatte sie erst gelacht und dann gesagt: «Warum nicht?»

Selbst ich, die Tochter des größten Spinners westlich von Asheville, mochte nicht glauben, was wir da vorhatten. Und das Allerkomischste war, dass die Idee von Tony stammte.

Er hatte um halb acht angerufen und sich erkundigt, ob ich noch lebe und ob Sarah Jane noch da sei – oder ob sie sich bei Nacht davongestohlen und einmal mehr meinen Vater geklaut habe.

«Nun komm schon, Tony», hatte ich gesagt, «ich glaube, sie hat auch ihre guten Seiten. Das habe ich gestern auf der Heimfahrt von Asheville erfahren.»

«Ach ja?», hatte er gemeint. «Was hat sie denn gemacht? Einem kleinen Schweinchen von Kassiererin die Pistole an den Kopf gehalten, um an Geld für Benzin zu kommen?»

«Tony, Tony, wo bleibt bloß dein Großmut. Menschen können sich auch ändern – wenn sie es wollen.»

Dann hatte ich ihm von Sarah Janes Handauflegerei und ihrer beruhigenden Wirkung auf mich erzählt. Als ich zu dem Teil mit Brenda gekommen war, die Sarah Jane gesagt hatte, sie, Brenda, wolle nicht, dass ich mir so große Sorgen mache, hatte er erst gelacht.

«Nattie, mein Schätzchen, hat dir das Mädel irgendwas in den Tee getan? Was kommt als Nächstes? Dass sie auch Botschaften von diesem sprechenden Fernsehpferd, von diesem Mr. Ed, empfängt? Sag ihr, sie soll ihn für mich fragen, wie sie das mit seinen Lippenbewegungen hingekriegt haben. Pferde können also sprechen, wie? Wenn das der Fall ist, warum fahren wir dann nicht raus zum Stall und fragen das Pony, wer es getan hat? Soweit ich sehen kann, ist es der einzige Tatzeuge, mal den ausgenommen, der den Mord verübt hat.»

Ich hätte mich am liebsten in den Ar … m gebissen – warum war ich darauf nicht selbst gekommen?

«Anthony D'Angeles Odom», hatte ich gesagt, «deine Mama hat mit dir wahrhaftig ein superschlaues Kerlchen in die Welt gesetzt. Genau das sollten wir tun. Bis du da bist, habe ich alles arrangiert. Also, bis gleich.»

Ich hatte aufgelegt, ehe er in Gelächter ausbrechen konnte.

Warum nicht Blue By You fragen? Fuzzy war schließlich auf seiner Koppel gefunden worden. Er hatte ganz bestimmt gesehen, von wem sie dort hingebracht worden war.

Ich hatte die Idee dann Sarah Jane vorgetragen.

«Klar kann ich das mal versuchen», hatte sie gemeint. «Aber du weißt so gut wie ich, dass dein Freund von der Polizei, egal, was mir das Pony mitteilt, denken wird, ich hätte es erfunden.»

Sie hatte wahrscheinlich Recht, aber es könnte wenigstens mir einen Anhaltspunkt liefern. Und sollte das Pony sogar Fuzzys Mörder verpfeifen, dann ergäbe das eine Wahnsinnsstory – eine, die Candace mich garantiert schreiben lassen würde. Ich würde das als Follow-Up meines Pferdeflüsterer-Artikels aufziehen.

Der Pferdeflüsterer-Artikel! Verdammt, bei all der Hysterie hatte ich völlig vergessen, dass meine Story an diesem Tag fällig war. Wenn ich Glück und Candace ihren Einfluss geltend gemacht hatte, dann würden sie sogar auf der ersten Seite einen Hinweis darauf bringen.

Man schreibe es eher ihrem Einfluss als meinem Glück zu –

der Hinweis war da. Oben auf der Titelseite: «Der Pferdeflüsterer der Carolinas. Nattie Gold spricht mit dem Mann, der mit den Pferden spricht! Seite 1 D, CAROLINA HEUTE.»

Auch nach all den Jahren im Zeitungsgeschäft ist es immer noch ein Erlebnis, den eigenen Namen gedruckt zu sehen – vor allem, wenn er oben auf der Titelseite einer Zeitung steht, die an 300 000 Leser geht. Noch besser ist allerdings, die eigenen Worte zum Leben erwacht zu sehen. Ich blätterte mich zur ersten Seite von CAROLINA HEUTE durch, und da war er, der Artikel, der sich praktisch selbst geschrieben hatte. Ich las ihn nicht, denn ich wusste ja, was drinstand – beziehungsweise was dringestanden hatte, bevor ihn Ron Rileys herumstümpernde Finger ruiniert hatten.

Es klopfte leise an der Tür, und ich sah Tony hereinkommen.

«Also wirklich, Mädchen! Ich dachte, du wolltest deine Tür abschließen. Ich hätte ein Mörder sein können», sagte er.

«Vielleicht bist du ja auch einer», erwiderte ich, legte den Arm um seine Schulter und drückte ihn an mich. Irgendwie wirkte er wie ein platter Reifen, und es gibt nur eines, was das bewirken kann. «Wie geht's mit der Gattin?», erkundigte ich mich.

«Frag nicht, dann behalte ich die traurige Geschichte für mich», sagte er. «Aber genug davon. Du willst also mit dem Pony sprechen? Erzähl bloß niemandem vom Büro des Sheriffs, dass ich da mitgemacht habe, versprochen?»

«Versprochen», sagte ich und schüttelte seine Hand.

Vor unserem Aufbruch bot Lou Tony noch ein Glas von seinem Powerdrink an. Trotz der italienischen Herkunft seiner Mutter war Tony Südstaatler genug, um höflich zu bleiben, koste es, was es wolle, das Trinken von etwas, was nicht gerade sehr appetitlich aussah (um es milde auszudrücken), eingeschlossen.

Lou sah Tony zu, und als dieser ausgetrunken hatte, meinte er: «In zwanzig Minuten spüren Sie, wie's zu wirken beginnt.»

Tony lachte. «Na, werd ich wohl. Wie kommt's, dass du den Saft nicht trinkst, Nattie?»

«Weil ich nicht aus dem Süden stamme. Ich kann Lou geradeheraus sagen, was ich davon halte.»

41

Wir zwängten uns in Tonys roten Blazer, die einzige automobile Möglichkeit, die uns offen stand, denn mein Wagen war zu klein und Lous kaum fahrbereit. Unterwegs erläuterte Sarah Jane Tony, wie das bei ihr funktionierte. Erst schließe sie die Augen, dann spreche sie ein Gebet, bitte um Schutz vor Plagegeistern. Danach mache sie ihren Kopf ganz frei, befreie sich von allem Geschwätz darin, damit sie hören könne, was das Pferd ihr zu sagen versuche.

«Manchmal sprechen sie in Worten», sagte sie, «manchmal aber auch in Bildern.»

Ich konnte sehen, wie sich auf Tonys Gesicht ein Lächeln breit machte. Aber er hinderte sich daran, in Gelächter auszubrechen – einmal mehr obsiegte sein Südstaatlertum.

«Tja», meinte er, «ich nehme an, die haben damals auch Alexander Graham Bell für total bekloppt gehalten, als er anfing, darüber zu sprechen, dass er Stimmen durch Drähte schicken werde.»

Immer der Gentleman südlicher Pragung, der selbst auf mögliche Tatverdächtige besänftigend einwirkte!

Ich stellte den Antrag, kurz bei meinem Stall Station zu machen, war aber schon überstimmt, ehe ich meinen Satz zu Ende gesprochen hatte. Ich hatte an diesem Morgen schon zweimal mit Gail telefoniert, um mich zu erkundigen, ob alles in Ordnung sei, und außerdem Sarah Jane gebeten, Brenda psychisch anzurufen und sie zu fragen, wie es ihr gehe. Obwohl ich nicht sicher war, ob ich das alles wirklich glaubte, wollte ich sicherheitshalber nichts ausgelassen haben.

«Sie sagt, ihr Bein tue ein bisschen weh, aber es ginge schon», hatte Sarah Jane berichtet. «Sie möchte, dass du dir keine Sorgen mehr machst, und ich soll dir sagen, dass Rob gestern Abend in ihre Box gekommen sei und gar nicht netter zu ihr hätte sein können. Er habe ihr Heu gegeben, ihr Gesicht abgebürstet, ihr sogar einen Kuss verabfolgt. Jetzt fühle sie sich mies, weil sie doch diese Sachen über ihn gesagt habe.»

Ah, sie fühlte sich schuldig! Sie war definitiv mein Pferd.

Wir erreichten die Anyday Farm, wo Cathy und Ebert zu unserer Begrüßung vor dem Stall standen. Und zu meiner Überraschung war auch Ashlee da.

«Ashlee Feldman McMahon, was macht eine Dreizehnjährige an einem turnierfreien Sonntagvormittag außerhalb ihres Bettes?», fragte ich sie.

«Jeannie hat mir erzählt, Sie wollten herkommen», sagte sie. «Und so einen Pferdepsychiater mitbringen. Ich würde gern mit Blue reden, deshalb hat mich Daddy hergefahren.»

Ja richtig, da stand ja McMahons Lastwagen. Ich hatte ihn nur nicht bemerkt, weil Bobby ihn neben dem Stall abgestellt hatte. Ich wollte mich gerade erkundigen, wo Daddy denn sei, als auf dem Kiesweg zwei Limousinen angefahren kamen – ein braungrauer Lexus und ein silbergrauer Mercedes. Dem Ersteren entstieg Jeannie Sukon, dem Letzteren Carter Evans, die auch ihre Tochter Ralston mitgebracht hatte, welche sogleich zu Ashlee hinrannte.

Großartig! Da waren so gut wie alle, die auf meiner Liste der Tatverdächtigen standen, versammelt, um von dem Pony zu erfahren, wer es getan hatte. (Es fehlte nur das Hausmädchen, und ich hätte meine Sammlung von Plastikpferden verwettet, dass sie es nicht gewesen war.) Es würde also nicht zu dem ruhigen Gespräch mit Blue By You kommen, das ich mir vorgestellt hatte.

«Muss ich mich bei Ihnen dafür bedanken, Cathy, dass sich das hier zu einer richtigen Party ausgewachsen hat?», fragte ich.

«Sie haben nichts Gegenteiliges verlauten lassen», antwortete sie – und hatte nicht ganz Unrecht damit.

McMahon kam aus dem Stall geschlendert. Der arme Kerl, er wusste gar nicht, wen er zuerst mit den Blicken vernaschen sollte, mich, Sarah Jane, Jeannie (in Jeans, die so eng waren, dass man sehen konnte, was es da zu beäugen gab) oder Carter, die ihre Blicke bereits auf ihn geheftet hatte. Ich hätte schwören können, dass der Kurzschluss in Bobbys Kopf zu riechen war.

Ehe er total verschmorte, übernahm ich – die ich ja in gewisser Weise die Gastgeberin war – die Einführung. Man spreche mir von Verwicklungen! Da standen auf engstem Raum beieinander: ein Paar, das gerade eine Affäre hatte (Sarah Jane und Bobby), ein Paar, das möglicherweise eine gehabt hatte oder gerade eine anfing (Jeannie und Bobby), ein Paar, das gern eine gehabt hätte, jedenfalls der eine Teil (Carter und Bobby), eines, das fast eine gehabt hätte (ich und der schon mehrfach erwähnte Bobby McMahon). Dazu vier mögliche Tatverdächtige (Bobby, Sarah Jane, Carter und Jeannie), ein schlauer Polizist (Tony), ein tauber Mensch (Lou) und zwei kichernde Mädchen im Pubertätsalter, von denen eines die Tochter des Mordopfers war.

Hätte man eine Neonröhre hochgehalten, hätte sie zu leuchten begonnen – so aufgeladen war die Luft.

McMahon sah Sarah Jane an und ich sah mehr als nur ein «Hallo» zwischen ihnen hin- und hergehen. Sarah Jane hatte mir zwar gesagt, die Beziehung sei rein körperlich und sie beabsichtige nicht, sie fortzusetzen, aber Sarah Jane hatte mir schon viel erzählt, und das meiste davon war gelogen gewesen. War das jetzt ein «Wir sehen uns später»-Blick zweier Liebender, die es gar nicht erwarten konnten, wieder übereinander herzufallen? Oder die stumme Botschaft des einen Komplizen an den anderen, er solle nichts sagen, alles sei unter Kontrolle? Wenn ich das doch nur gewusst hätte!

McMahon trat zu Ashlee und legte ihr den Arm um die Schulter. «He, Kleines, soll ich warten oder später wiederkommen und dich abholen, wenn du mit deinem Pony gesprochen hast?»

Sie schmiegte sich an ihn und sah sehr geborgen aus. Eigentlich taten es beide, und ich bemerkte da eine ganz neue, bessere Seite des alten Ekelpakets. Er strich ihr über das Haar und küsste sie auf den Kopf.

«Ralston und ich wollen hinterher noch reiten», sagte Ashlee. «Wenn du also noch andres zu erledigen hast, kannst du ja später wieder herkommen. Es sei denn, du hättest auch was, was du Blue fragen möchtest.» Auf Sarah Jane zeigend, setzte sie hinzu: «Wir haben nämlich eine Dame hier, die meint, sie könne mit Pferden sprechen.»

«So hat man mir berichtet», sagte McMahon oder säuselte es vielmehr. Dann strahlte er Sarah Jane an, und ich kam zu dem Schluss, dass ihre Kündigung wohl noch nicht bei ihm eingegangen war – oder sie sie vielleicht gar nicht abgeschickt hatte.

Während McMahon Sarah Jane schöne Augen machte, wurde Jeannie Sukon von einer Nanosekunde zur anderen immer heißer und versuchte ihrerseits, McMahon mit ihren Blicken einzufangen. Es war nicht schwer zu erkennen, wie sehr es sie verstimmte, nicht das Objekt der McMahonschen Aufmerksamkeit zu sein. Sie war ganz fraglos eine Frau, die es auf den Tod nicht ausstehen konnte, wenn sie nicht bekam, was sie haben wollte.

Carter Evans war ebenfalls nicht glücklich. Sie hatte den Blick auf Sarah Jane gerichtet, und ich konnte sehen, dass sie sich als Frau, die so oft in ihrem Leben von einem Gefühl der Unzulänglichkeit heimgesucht worden war, mit der Konkurrentin verglich, wobei sie nicht gut wegkam. Ich hatte lange gebraucht, wenigstens annäherungsweise zu lernen, dass diese Vergleicherei Gift für die Psyche ist, zieht man doch immer den Kürzeren. Die andere ist immer größer, schlanker, klüger und hübscher. Tja, und Sarah Jane war das alles – und außerdem auch noch blonder.

«Sie sprechen also mit Pferden?», fragte Carter Evans.

Ihre Stimme hatte einen miesen Unterton – es gefiel mir gar nicht, worauf das abzielte. Deshalb hinderte ich Carter schnell am Weitersprechen, indem ich in die Hände klatschte und so munter zwitschernd rief, dass mir selbst ganz schlecht davon wurde: «Also wie ist es, wollen wir jetzt mal anfangen?»

Ich sah Sarah Jane an, die eine bemerkenswerte Gelassenheit an den Tag legte. «Klar doch», sagte sie. «Hören wir uns an, was Blue zufolge geschehen ist.»

Das ließ alle erstarren. Ashlee drehte sich zu mir um und fragte: «Was meint sie damit, hören wir uns an, was Blue zufolge geschehen ist?»

«Hat Jeannie dir nichts davon gesagt?», fragte ich zurück.

«Mir was gesagt? Sie hat nur gesagt, eine Frau, die mit Pferden sprechen könne, komme zusammen mit einer Zeitungsreporterin zum Stall raus.»

O Gott, dann fiel also mir die Aufgabe zu, dem Kind zu sagen, dass wir versuchen wollten, den Mörder ihrer Mutter zu finden. Ich tat es, und da wurde Ashlee ganz blass, was ich ihr nicht verübeln konnte.

«Vielleicht sollten wir die Befragung verschieben», regte ich an, woraufhin Ashlee ihren Vater ansah, der sie kurz an sich drückte und ihr etwas ins Ohr flüsterte.

«Nein, ist schon in Ordnung», meinte Ashlee dann, «ich will's hören. Als wenn Pferde überhaupt sprechen könnten!»

«Ja, das sollte wohl für einen herzhaften Lacher gut sein», meinte Carter – und lachte.

Derweil hatte Jeannie McMahon beiseite gezogen. Ich hörte sie sagen: «Ich muss mal kurz mit dir sprechen, Bobby.»

Tony hielt sich im Hintergrund, nahm alles in sich auf. Lou unterhielt sich mit Ebert und versuchte, ihn vom Verzehr fetter Speisen abzubringen – als ob das nötig gewesen wäre! Cathy grinste nur, und Ralston war mit sich selbst beschäftigt.

So standen im Augenblick nur Ashlee und ich an der Stalltür. «Bist du auch sicher, dass du es möchtest?», fragte ich sie. «Ich könnte genauso gut auch ein andermal mit Sarah Jane herkommen, wenn dir das lieber wäre.»

Nach kurzem Schweigen antwortete sie: «Aber nein, das wäre doch blöd für Sie. Wahrscheinlich erfindet Sarah Jane ja auch nur alles. Sie ist echt hübsch. Ist eine von Daddys Freundinnen, nicht wahr? Ich seh das an der Art, wie er sie anschaut.»

Es wurde ja alles immer schlimmer! Ich reagierte nicht sofort – was sollte ich auch sagen? Ja, meine Kleine, sie und die Hälfte aller Frauen im Südosten von Charlotte, alles seine Freundinnen?

«Sie müssen nicht antworten», bemerkte Ashlee. «Ich weiß Bescheid, jeder weiß es. Ich meine, jeder in Mamas näherer und weiterer Umgebung hat von Daddys Freundinnen gewusst. Deshalb hat sie ja auch meistens rumgebrüllt. Verstehen Sie mich nicht falsch, ich nehme ihm das nicht krumm. Wer wäre schon gern mit so jemandem wie ihr verheiratet gewesen? Sie hat nur immer rumgekeift und getrunken. Alle denken immer, ich hätte es so gut, weil ich diese vielen Pferde hab und alles, aber die mussten nie so eine Mutter haben.»

Auch dazu vermochte ich nicht viel zu sagen, denn schließlich konnte ich kaum zustimmen und etwa ausrufen: «Ja, Ashlee, wie ich gehört habe, war sie ein echtes Scheusal.» Aber ich erinnerte mich daran, wie ich gefühlt hatte, als ich dreizehn gewesen war, und sagte deshalb: «Weißt du, Ashlee, das Leben ist manchmal ganz schön schwer. Vielleicht bekommst du ja im nächsten eine bessere Mutter. Natürlich könnte es sich dann auch ergeben, dass du klein, dick und arm bist.»

Es war schön, sie lächeln zu sehen.

«Sie sind so anders als die Erwachsenen, die ich sonst kenne», sagte sie.

«Das liegt daran, dass ich immer noch herauszufinden versuche, wie man erwachsen wird. Wenn du mir irgendwelche Tipps geben kannst, dann raus damit. Okay, Kleine, was machen wir also jetzt? Sprechen wir mit deinem Pony, oder sehen wir dabei zu, wie Sarah Jane alles erfindet? Was immer du glauben möchtest, mir soll es recht sein.»

Wir gingen zur Box von Blue, wo sich inzwischen die anderen alle versammelt hatten. Blue trottete wie ein Löwe im Käfig herum. Ashlee schob die Tür auf und ging zu ihm hinein.

«Er hasst das, hier drin sein zu müssen», sagte sie und gab ihm ein paar von diesen gedrehten, rot-weißen Pfefferminzbonbons.

«Bereit, Sarah Jane?», fragte ich.

«Jederzeit, wenn du's auch bist», antwortete sie.

«Dann los», sagte ich.

Sarah Jane schloss die Augen und stand eine Weile schweigend da. Das musste die Phase sein, in der sie um Schutz vor Plagegeistern betete. Ich fragte mich derweil, ob das auch bei Plageredakteurinnen funktionieren würde.

«Hey, Blue», hörte ich sie dann leise zu Blue By You sagen, während sie, die Augen noch geschlossen, den Hals des Ponys streichelte. Ein Lächeln trat auf ihr Gesicht.

«Er sagt, er mag diese Pfefferminzbonbons, und er will wissen, ob Ashlee noch mehr davon hat.»

Alle verdrehten die Augen, und Carter Evans schnaubte verächtlich.

«Ich soll Ashlee sagen, ihm fehlten die Turniere mit ihr und er wolle deswegen mal mit ihrem neuen Springpferd, mit Kiss-Me, reden. Er sagt, es sei ihm egal, wie viele olympische Medaillen die schon gewonnen habe, er werde ihr, wenn sie noch einmal mit Ashlee im Sattel einen Sprung verweigere, gegen ihre weltmeisterlichen Beine treten. Ich soll dir sagen, Ashlee, er wisse schon, dass es deine Mutter gewesen sei, die gewollt habe, dass du nicht mehr in der Pony Division antrittst, er nehme dir da nichts übel. Und du hättest Recht, er wolle endlich wieder raus aus dem Stall. Aber ich soll Cathy bitten, ihm eine andere Koppel zu geben. Er sagt, er möge die alte nicht mehr.»

Jetzt kam's wohl.

Da! Ich spürte einen Adrenalinstoß. Ich sagte: «Frag ihn, Sarah Jane, warum er seine alte Koppel nicht mehr mag.»

Sie schwieg eine Weile und sagte dann: «Er meint, du wüsstest schon, warum nicht.»

Ein sprödes Pony. «Frag ihn, ob es wegen Fuzzy ist.»

Wieder stand Sarah Jane schweigend da, diesmal länger. Schließlich sagte sie: «Er will mir nicht antworten.»

«Sag ihm, er solle es für Ashlee tun», trug ich ihr auf.

Eine noch längere Schweigepause. «Er mag noch immer nicht antworten. Sagt nur, dass er auf die vordere Koppel an der Straße wolle, nicht mehr auf die hinten am Bach.»

Ein widerspenstiger Interviewpartner. Ich entschloss mich zu einem direkteren Vorgehen. «Frag ihn, ob er weiß, wer Fuzzy vergraben hat.»

Es klingt vielleicht lächerlich, aber ich schwöre, dass ich gesehen habe, wie das Pony die Ohren nach hinten drehte. Sarah Jane schwieg eine noch längere Zeit.

«Er will nicht antworten und sagt, wir sollten ihm nicht zweimal dieselbe Frage stellen, er sei doch nicht blöd. Er sagt, er werde nichts mehr von sich geben.»

«Frag ihn noch ein letztes Mal», sagte ich. «Sieh mal zu, ob du statt Wörtern ein Bild kriegen kannst.»

Sarah Jane schüttelte den Kopf. «Tut mir Leid, Nattie, aber so funktioniert das nicht. Er möchte nicht mehr sprechen, und ich kann ihn zu nichts zwingen, kann nicht in seine Gedanken oder Gefühle eindringen. Ich weiß nicht, warum er nichts mehr sagen will. Er will es einfach nicht. Sorry, ich habe getan, was in meinen Kräften steht.»

Ich warf Tony einen Nun-ja-Blick zu. «Zurück zur ganz normalen Ermittlungsarbeit, was?», sagte ich.

Tony lächelte. Ich wusste wohl, dass er an das alles nicht glaubte und nur mir und meiner Verrücktheit zuliebe gekommen war, aber ich war ihm trotzdem dankbar. Ich ging zu ihm und drückte ihm die Hand. «In jedem Fall Dank», sagte ich. «Bereit zum Aufbruch?»

«Und wie», sagte er. «Nur noch eins. Sarah Jane, könnten Sie wohl das Pony noch fragen, wie sie das gemacht haben, dass Mr. Ed die Lippen bewegt?»

Jetzt blickte Sarah Jane verärgert drein. «Ich mache mich über Ihre Arbeit nicht lustig, Tony, und ich fände es begrüßenswert, wenn Sie auch die meine ernst nähmen.»

Tony hob eine Hand. «Mal sachte», sagte er. «Ich mache mich überhaupt nicht über Sie lustig. Ich habe bloß wegen dieser Frage eine Wette laufen, und es ist mir ganz egal, wie ich zu einer Antwort komme, Hauptsache, ich komme zu einer.»

Sarah wandte sich von ihm ab und wieder Blue zu. «Wie bitte?», sagte sie nach einer Weile. «O ja, okay, ich sag's ihm. Er meint, er werde es Ihnen sagen, wenn Sie ihm verrieten, wie Jesse Helms es macht, dass seine Augen in verschiedene Richtungen blicken.»

Tony schnappte nach Luft. Er wusste nicht, ob er lachen sollte oder schockiert sein. Da fing Sarah Jane an zu lachen.

«Ich hab nur einen Scherz gemacht», sagte sie. «Blue hat nichts zu Jesse Helms oder Mr. Ed zu sagen gewusst. Wie denn auch? Er hat ja noch nie ferngesehen oder eine Zeitung gelesen. Ich wollte nur mal sehen, wie Sie reagieren. Blue dagegen wollte wissen, ob jemand noch welche von diesen Pfefferminzbonbons hat.»

42

Ich kann nicht sagen, dass Sarah Jane die Anwesenden mit ihren übersinnlichen Fähigkeiten sprachlos vor Staunen gemacht hätte. Immerhin aber hatte sie Jeannie Sukon dadurch glücklich gemacht – oder doch so glücklich, wie diese es angesichts der Tatsache, dass McMahon immer nur Sarah Jane anschaute und nicht sie, sein konnte. Nachdem Blue aufgehört hatte zu sprechen, bat sie Sarah Jane, mit zur Box ihres Fohlens zu kommen und es zu fragen, wer sich an seinen Beinen zu schaffen gemacht habe. Ich wusste, welchen Verdacht Jeannie hatte, und dachte mir, dass das nichts für Ashlees Ohren sei. Es war schließlich ein Unterschied, ob man an die eigene Mutter als an ein ständig betrunkenes, zänkisches Weib oder an eine hartherzige Verstümmlerin von Pferden dachte.

«He, Bobby», sagte ich deshalb zu McMahon, der sich gerade in Richtung Sarah Janes schieben wollte, «warum fährst du nicht mit Ashlee und Ralston zum Circle K, Cheetos oder so was essen?»

Ich flüsterte ihm zu, warum ich das für eine gute Idee hielt. Er nickte, ja er dankte mir sogar dafür, dass ich an Ashlee gedacht hatte!

«Mädels, ihr kommt jetzt mal mit mir mit», rief er. «Auf, auf, wir wollen uns was echt Grausiges zu essen besorgen.»

Carter Evans packte die Gelegenheit beim Schopf. Sie nahm die Mädchen bei der Hand und ging zu McMahons LKW. «Ich komme mit», sagte sie.

Die vier zwängten sich ins Führerhaus, und es fällt wohl niemandem schwer zu erraten, welchen Platz Carter einnahm. Praktisch den auf McMahons Schoß.

Wir anderen begaben uns zur Box des prächtigen Fohlens. Welch ein Anblick! William Holland, der Pferdekommunikator, den ich kürzlich interviewt hatte, hatte mir berichtet, dass Pferde ihre Pferdeleiber ausgesprochen gern bewohnen. Auf meine Frage hin, warum das so sei, hatte er nur gelacht und gesagt: «Sehen Sie sich diese Tiere doch bloß mal an.»

«Sie haben da ein wirklich prachtvolles Fohlen, Jeannie», sagte ich.

Sie warf mir einen vernichtenden Blick zu. «Ein prachtvolles wär's, wenn es nicht diese kaputten Sehnen hätte.»

«Selbst mit kaputten Sehnen ist es für mich noch ein prachtvolles Tier», erwiderte ich. «Ich würde es schon deshalb behalten, um es einfach anschauen zu können.»

Wenn es ihr gegeben gewesen wäre zu knurren, dann hätte sie es jetzt sicher getan. Stattdessen wandte sie sich an Sarah Jane und sagte: «Nicht dass ich diesen ganzen Humbug glaube, aber wo Sie nun schon da sind, fragen Sie ihn halt mal, was mit seinen Beinen passiert ist.»

«Na sicher», sagte Sarah Jane. «Ist mir ein Vergnügen.»

Sarah Jane war, bedachte man die gegebenen Umstände, regelrecht großzügig. Nicht nur, dass Jeannie Sukon sie ziemlich unfreundlich behandelte, sondern es sah auch gar nicht danach aus, dass sie so etwas wie ein Honorar locker zu machen gedachte. Und das hier war ja schließlich Sarah Janes Geschäft, jedenfalls ihr legitimeres. Normalerweise bekam sie hundert Dollar für die Beratung, und Jeannie Sukon hatte nicht einmal, wie es die Höflichkeit geboten hätte, eine entsprechende Frage gestellt.

Sarah Jane trat zu dem kleinen Kerl in die Box und streichelte seinen Hals. Dann schloss sie die Augen und es folgte das schon bekannte Ritual. Nach wenigen Minuten öffnete sie die Augen wieder.

«Das ist ein ganz lieber kleiner Bursche», sagte sie. «Er meint, das mit seinen Beinen sei ihm genauso wenig lieb wie Ihnen. Die Beine täten ihm nicht nur weh, sondern machten auch, dass er komisch aussähe. Er ist ein bisschen eitel, was man ihm aber wohl kaum verübeln kann.»

Sarah Jane rieb ihm erneut den Hals und flüsterte ihm ins Ohr: «Sei unbesorgt, Dubie, alles wird gut werden.»

Dann drehte sie sich zu uns um und sagte: «Wissen Sie, er ist ein bisschen in der Lage der schönen Frau, die andauernd gesagt bekommt, wie schön sie sei. Eines Tages meint sie dann, das sei alles, was sie zu bieten habe. Sie bekommt ja nie etwas anderes zu hören. Viele Leute meinen, Schönheit sei ein Segen, aber sie ist eher ein Fluch, wenn Sie mich fragen. Natürlich vermag sie ein paar Türen zu öffnen, aber manchmal ist es besser, wenn diese Türen geschlossen bleiben.»

Jeannie Sukon sah sie an, als wäre sie übergeschnappt. Wenn ich hätte raten sollen, was sie dachte, dann hätte ich gesagt, dass es wohl auf etwas wie «Du mit deinem Gesicht hast gut reden» hinauslief. Auf Jeannies Tagesordnung standen jedoch andere Dinge als die Gefahren allzu großer Schönheit.

«Okay, okay», sagte sie. «Jetzt fragen Sie ihn aber mal, wie es passiert ist. Fragen Sie, ob ihm das jemand angetan hat.»

Sarah Jane schloss erneut die Augen. Nach einer Weile öffnete sie sie wieder und schüttelte den Kopf. «Ich mag ja in meinem Leben schon ein paar üble Dinge getan haben, aber das ...» Sie schüttelte erneut den Kopf und in ihre Augen traten Tränen. «Das ist ... Man mag kaum glauben, dass jemand so grausam sein kann.»

Jeannie Sukon zappelte vor Ungeduld. «Wer, Sarah Jane? Wer ist es gewesen?»

«Fuzzy», antwortete Sarah Jane. «Dubie sagt, nachdem Cathy Feierabend gemacht habe, sei Fuzzy in seine Box gekommen und habe seine Vorderbeine mit ein paar knubbeligen Sachen wirklich eng umwickelt. Am nächsten Morgen hätten sich die Beine angefühlt, als stünden sie in Flammen, und er hätte nicht mehr laufen können.»

Jeannie schlug die Hände zusammen. «Verdammt, ich hab's doch gewusst. Ich wusste es. Ich wusste, dass diese Frau den Gedanken nicht würde ertragen können, dass ich ein besseres Pferd hatte als sie. Ich wusste es und hab's Jason gesagt, aber der hat immer nur gemeint, selbst jemand wie Fuzzy würde so etwas nicht tun.»

Plötzlich gehörte Jeannie Sukon also zu den Glaubenden. Komisch, noch vor fünf Minuten hatte sie, wie alle anderen auch, die Augen verdreht. Ich unterließ es jedoch, darauf hinzuweisen, dass Sarah Jane sehr wohl auch geschwindelt haben könnte – einmal mehr. Wenn sonst nichts anderes, war Sarah Jane eine ganz Clevere. Ihr war, da hatte ich keinen Zweifel, sehr wohl klar, dass sie, wenn sie Fuzzy zur Pferdeverstümmlerin erklärte, allen Verdacht auf Jeannie Sukon lenkte.

Tony ging das alles allmählich zu weit. Auch wenn er zu höflich war, um während des Gesprächs mit Dubie die Augen zu verdrehen, konnte ich doch sehen, wie er ein Grinsen zu unterdrücken versuchte.

«Schön, meine Damen», sagte er schließlich – er hatte zu diesem Zeitpunkt ja auch nur noch mich, Sarah Jane und Jeannie vor sich. Cathy und Ebert waren zu ihrer Arbeit zurückgekehrt, und wohin Lou verschwunden war, wussten die Götter. «Ich denke, es ist an der Zeit, dass ich mal weiterkomme, denn ich habe noch ein paar Dinge zu erledigen. Sarah Jane, würden Sie dem kleinen Kerl bitte sagen, dass wir jetzt leider weg müssen. Ach ja, und sagen Sie ihm doch auch, er solle sich keine Sorgen machen, von wegen dass seine Beine komisch aussehen. Sagen Sie ihm, dass die Frauen es mögen, wenn die Männer Schwachpunkte haben. Das gibt ihnen das Gefühl, dass es was gibt, woran sie arbeiten können.»

Sarah Jane vermochte partout nicht zu sagen, ob Tony scherzte. Aber sie hätte ihn wohl so oder so ignoriert. Anders als mich konnte sie sein urwüchsiger Humor kein bisschen entzücken. Und das war mir durchaus recht. Obwohl ich mit Tony nur gut befreundet war, wäre es andernfalls sehr wohl möglich gewesen, dass ich mich in Carter Evans' Rolle hätte wiederfinden und mich zu meinen Ungunsten mit Sarah Jane vergleichen müssen.

Eine Frau zu sein ist schon eine arg komplizierte Angelegenheit. Das nächste Mal komme ich als Eunuch wieder.

43

Auch mich drängte es jetzt, nach Hause zu kommen. Nicht nur nach Hause, sondern auch zu meinem Stall, zur February Farm. Ich wollte unbedingt wissen, wie es der wirklichen Brenda ging, und darüber hinaus bei Rob eruieren, ob er irgendwelche Ersatzpferde für mich hatte, die ich in den sechs Monaten, die Brenda für ihre Wiederherstellung brauchen würde, reiten konnte.

Wie jeder, der mich kennt, sehr wohl weiß, würde mir kein Beruhigungsmittel der Welt mehr helfen können, wenn ich auch nur die Hälfte dieser Zeit ohne Reiten verbringen musste.

Tony war bei der Rückfahrt Richtung Stadt eher schweigsam. Jetzt, wo ihn keine sprechenden Pferde mehr ablenkten, hatte er wahrscheinlich reichlich Zeit, um über das nachzudenken, was ihm wirklich zu schaffen machte, nämlich seine Ehe. Ich fragte nicht nach, weil Sarah Jane und Lou auf dem Rücksitz saßen. Wie wenig er bei der Sache war, merkte ich daran, dass er, als ich ihm meine Theorie, nach der Jeannie Sukon die Mörderin war, dargelegt hatte, nur meinte: «Ich werde das berücksichtigen.»

«Du musst zugeben», sagte ich, «dass Jeannie einen echten Grund hatte, Fuzzy umzubringen. Mit Sicherheit war sie emotional motiviert genug, wo sie doch eine Stinkwut hatte. Hast du mitgekriegt, wie außer sich sie vorhin im Stall gewesen ist?» Keine Reaktion. Armer Tony.

Als er uns abgesetzt hatte, versicherte ich ihm noch, er könne mich jederzeit anrufen, sollte er ein großes Ohr brauchen. Er produzierte, was wie ein Lächeln aussah, und fuhr davon.

Ich wusste nicht, was Lou und Sarah Jane vorhatten. Ich jedenfalls betrat gar nicht erst die Wohnung, sondern sprang sofort in mein Auto und fuhr den Weg zurück, den ich soeben gekommen war. Zur February Farm.

Seltsamerweise war niemand im oder beim Stall. Ich wusste, dass Rob für kurze Zeit abwesend war, denn an den Sonntagvormittagen unterhielt er sich mit was oder wem immer, das oder der im himmlischen Obergeschoss saß. Obwohl ich nicht wusste, warum. Seit ich ihn kannte, hatte ihm seine Religion nichts als Seelenqualen eingetragen, denn wahrscheinlich bekam er immer wieder denselben Spruch zu hören, nämlich dass sich nach dem Verständnis der Southern Baptist Church das Christ- und das Schwulsein gegenseitig ausschließen.

Zu meiner Überraschung konnte ich aber auch Gail nicht finden. Und bei ihr wusste ich, dass sie nicht in der Kirche war. Wenn sie jemanden anbetete, dann ihren Torkesquist. Außerdem vertrat sie sonntags immer Rob. Andere Boxenmieter waren ebenfalls nicht anzutreffen. Meine Freundin Denise schlief wahrscheinlich aus – zusammen mit ihrem neuesten Bösewicht und Bettgefährten. Sie hatte den Körper einer Barbie-Puppe und das dazu passende Gesicht, weshalb es ihr an Tänzern nicht fehlte (wobei ich nie eine Antwort auf die Frage finden konnte, warum das immer solche Blödmänner sein mussten).

Man war nicht oft allein im Stall, aber wenn zufällig doch einmal, dann war es mir nicht unangenehm. Nur ich und ein Stall voller Pferde. Ich schlenderte zu Brendas Box. Schon von weitem konnte ich einen Zettel an der Tür hängen sehen, wahrscheinlich von Gail, die mich wissen ließ, wohin sie gegangen war. Als ich näher herangekommen war, sah ich noch etwas anderes daneben hängen – eine schwarze Schnur. Merkwürdig, ich hatte nichts liegen gelassen, und es war auch nicht Gails Art, baumelnde Sachen, in denen sich ein Pferd vielleicht verfangen konnte, nicht zu beseitigen.

Bei Brendas Box angekommen, sah ich, worum es sich handelte. Und das war nicht mehr komisch, milde amüsant oder nur ärgerlich, sondern ich hatte den Bereich des Terrors betreten, was mich immer rasend macht. Echt. Ich trat gegen die Wand und schreckte dadurch Brenda aus ihrem Morgennickerchen auf.

Ich lief in die Box hinein, wo sie sich gerade hochrappelte. «Langsam, mein Mädchen, ganz langsam», sagte ich und ließ meine Hände über sie hingleiten, um festzustellen, ob ihr etwas angetan worden war. Ihr ging es gut, mir aber nicht.

«Gott im Himmel», stieß ich hervor und riss den Zettel ab. Ich brauchte ihn eigentlich gar nicht mehr zu lesen, denn im Grunde wusste ich schon ziemlich genau, was draufstand. Mein Terrorist, männlich oder weiblich, hatte seine Absichten mittels der kleinen Beigabe schon einigermaßen deutlich kundgetan.

Ich blickte auf den Zettel. Großbuchstaben, mit einem Magic Marker geschrieben: WAS MUSS ICH NOCH TUN, DAMIT DU MIT DER RUMFRAGEREI AUFHÖRST UND DICH UM DEINE EIGENEN ANGELEGENHEITEN KÜMMERST? DAS NÄCHSTE MAL STÖPSELE ICH EIN!

Einstöpseln à la Tommy Burns. Das war der Pferdekiller gewesen, der seine überversicherten Opfer im Auftrag ihrer Besitzer auf diese Weise erledigt hatte – mit elektrischem Strom, den er durch sie hindurchgejagt hatte. Und zwar so: Er hatte eine Kabelklemme mit Schnur am Mund des Tieres und eine am After angebracht und dann den Stecker, der beide Kabel vereinte, in die Steckdose gesteckt.

Was da an der Tür zu Brendas Box hing, war genau das – ein gesplittetes Kabel mit zwei Klemmen an den Enden. Man kann mich übel zurichten, mich, mein Auto, mein Motelzimmer, selbst meine Sammlung von Plastikpferde und ich bin am Ende wahrscheinlich trotzdem noch zu so etwas wie Vergebung fähig. Aber wenn jemand anfing, sich an meinem Pferd zu vergreifen, erklärte er mir damit den Krieg – einen Krieg, in dem kein Pardon gegeben wurde.

Ich empfand gegenüber dem Absender der Zettelnachricht nichts als Wut. Mich scherte nicht, welchen Grund er oder sie gehabt hatte – die Bedrohung meines Pferdes war durch nichts zu rechtfertigen. Das Problem war lediglich, dass ich nicht wusste, auf wen ich wütend sein sollte – auf Jeannie Sukon, Carter Evans, Bobby McMahon oder gar Sarah Jane? Ich wusste, dass Letztere den ganzen Morgen mit mir zusammen gewesen war und gar nicht die Zeit gehabt haben konnte, mir dieses kleine Überraschungspaket zu hinterlegen. Ich erinnerte mich jedoch auch an den verschwörerischen Blick, den ihr Bobby McMahon auf der Anyday Farm zugeworfen hatte. Vielleicht steckten ja Sarah Jane und das Ekelpaket unter einer Decke, vielleicht hatte sie die Anweisung gegeben und er die Ausführung übernommen. Aber vielleicht waren ja auch Jeannie, Carter oder irgendjemand, an den ich noch gar nicht gedacht hatte, vorbeigehuscht gekommen.

Ich hatte keinerlei Anhaltspunkt und mochte die Richtung, in die sich das alles entwickelte, ganz und gar nicht. Ich streichelte Brendas Hals, küsste sie auf die Nase und marschierte ins Büro, um Tony anzurufen. Es war an der Zeit, die staatlichen Ordnungskräfte einzuschalten. Nur dass Tony nicht da war und sein Ehegespons nicht gesprächsbereit. Die Frau war zwar nicht gerade ungezogen, aber verdammt kurz angebunden.

«Sagen Sie ihm doch bitte, dass ich angerufen habe und dass es wichtig ist», sagte ich.

«Schön», meinte sie und legte auf.

Ich ging unruhig auf und ab – und so fand mich Rob.

«Möchten Sie reiten?», fragte er. Keine Begrüßung, keine Bekundung des Mitgefühls wegen Brenda, keine Frage nach meinem Ergehen. Aber nach dreieinhalb Jahren erwartete ich auch nichts mehr dergleichen oder irgendetwas anderes. Er war halt ein phantastischer Trainer und kein großer Redner (jedenfalls nicht in meiner Gegenwart).

Die Frage, ob ich reiten wolle, schlug eine Schneise durch meine Wut. «Ist der Papst katholisch?», fragte ich zurück.

Kein Lächeln, kein Auflachen, nur: «Ich habe eine neue Zweijährige hereinbekommen. Reiten Sie sie.»

Ich wagte nicht, Fragen wie «Wird sie mich umbringen?» oder so zu stellen, sondern musste davon ausgehen, dass Rob mich kein Pferd reiten lassen würde, das total verrückt war. Und ich sagte ihm mit Absicht nichts von dem Zettel und dem Kabel. Er würde doch nur einen Weg finden, mir die Schuld daran anzuhängen. Das war etwas, was ich ohne ihn klären musste.

«Großartig, danke, das ist toll ...» Ich fing an loszubrabbeln, wie ich das in Gegenwart stiller Menschen immer tue. «O ja, und Dank auch dafür, dass Sie Brenda gestern Abend die Sonderration Heu haben zukommen lassen. Sie hat das wirklich zu schätzen gewusst, den Kuss auf die Nase allerdings noch mehr.»

Das ließ ihn zu mir herumfahren. Wäre er ein anderer gewesen, dann hätte er entweder gefragt, woher ich das wisse oder wovon ich da rede, und ich hätte ihm von Sarah Janes angeblichem Gespräch mit Brenda erzählen können. Aber Rob war nun mal Rob. Er fasste sich und sagte: «Jetzt reiten Sie schon los, Nattie. Sie steht in der dritten Box von hinten. Heißt Grace. Amazing Grace.»

Mein Lieblingslied. Ein Beweis dafür, dass diese Zusammenarbeit gewollt war. Als ich in die Box des Pferdes kam, pusteten wir uns zunächst zur Begrüßung gegenseitig in die Nase. Grace war eine helle Fuchsstute, etwa von derselben Farbe wie Brenda. Allerdings zeigte sie nicht ganz so viel Weiß.

Der alte Zauber wirkte in dem Augenblick, in dem ich mein rechtes Bein über den Sattel schwang. Ich dachte nicht mehr an die Bedrohung Brendas und war nur noch damit beschäftigt, Grace auf gerader Linie zu halten, wobei sie nett, ruhig und sehr bemüht war herauszufinden, was ich sie zu tun bat.

Während ich noch mit Grace draußen auf der Bahn war, kam Gail angefahren. Ich winkte sie zu mir und berichtete ihr, was ich an der Tür von Brendas Box gefunden hatte.

«Das erklärt alles», sagte sie. «Verdammt nochmal, mir war doch so, als wäre da was Seltsames im Gange.»

«Was Seltsames?», sagte ich. «Wenn jemand eine Hinrichtungsschnur bei Brenda hinterlässt, dann geht das wohl über seltsam hinaus. Das ist eher krank.»

«Nein, nein, ich meine was Seltsames im Stall», entgegnete Gail. «Vor ungefähr einer Stunde erhielt ich einen Anruf von der Verkäuferin in dem Tante-Emma-Laden an der 16. Sie sagte, man habe die Kreditkarte des alten Clark bei der Zapfsäule neben dem Laden gefunden und ich möchte doch bitte kommen und sie abholen. Als ich hinkam, überreichte sie mir einen Umschlag, in dem aber nur ein Stück Pappe steckte. Die Frau sagte, jemand habe den Umschlag einer der jungen Frauen gegeben, deren Schicht gerade beendet war. Da wollte mich jemand aus dem Stall raus haben und hat genau gewusst, wie man das schafft. Du passt besser gut auf, Nattie, der Mensch ist schlau. Ich mag nicht, dass du wieder Detektiv spielst. Hast du nicht schon genug Probleme mit Brenda und ihrem Bein? Warum willst du dir noch mehr Ärger einhandeln? Wozu? Geht es dir um Fuzzy McMahon? So sehr ich sie gemocht habe, das ist sie nicht wert. Nimm doch bitte nur ein einziges Mal in deinem Leben eine Warnung ernst und hör mit dieser verdammten Rumfragerei auf.»

Du liebes Lieschen, was war Gail erregt! Da mein Ritt mich so weich gemacht hatte wie einen Sahnebonbon, versicherte ich ihr ruhig, ich hätte alles im Griff.

Ha!

44

Ha! war durchaus zutreffend. Ich hatte noch nie etwas im Griff gehabt, habe es nicht und werde es auch nie haben. Nicht mein berufliches Leben, nicht mein Verbrechen aufklärendes und am wenigsten mein privates.

Die nächsten vierundzwanzig Stunden sollten das bestätigen.

Es ging mit Tonys Anruf los. Ich dachte, er riefe auf den meinen hin zurück, aber wie sich herausstellte, hatte seine Frau ihm nichts ausgerichtet.

Er rief gegen acht Uhr an. Ich las gerade einen Schmöker, um mich zu entspannen, wobei allerdings auch die blumigsten Schilderungen nicht verhindern konnten, dass meine Gedanken immer wieder zu Brenda und ihrer Verwundbarkeit zurückkehrten. Gerade wollte ich Tony noch einmal anrufen, als das Telefon klingelte.

«Nattie, was treibst du? Ich könnte ein geduldiges Ohr und ein freundliches noch dazu gut gebrauchen. Rin hat zwar Letzteres, aber es mangelt ihm an Ersterem, und mit seiner Atemluft hapert es auch. Magst du nicht irgendwo hinfahren?»

Es war leicht zu erkennen, dass er meine so dringende Nachricht nicht erhalten hatte. Er klang schauerlich.

Meine Probleme konnten warten – und außerdem hatte ich Tony noch nie einen Korb geben können. Das hatte nichts mit meinen Hormonen zu tun, sondern damit, dass er immer für mich da gewesen war. Und obwohl die Möglichkeit bestand, dass ich eine Dummheit machte, schwieg der kleine Mann in meinem Kopf ausnahmsweise einmal. Ich vermute, dass er Tony irgendwie mag.

«Aber klar doch, mein Engel, wenn du es möchtest, höre ich dir auch die ganze Nacht zu.»

Wir verabredeten uns auf der Hälfte des Weges, das heißt bei meinem Stall. Der eigentliche Grund, warum ich diesen Treffpunkt vorschlug, war, dass ich auf diese Weise noch einmal bei Brenda vorbeischauen und mich vergewissern konnte, dass dort nicht weitere kleine Überraschungen auf mich warteten.

Ich hätte sofort losfahren können, aber ich tat zunächst, was wohl jede andere Frau auch getan hätte – ich machte mich so schön und frisch wie möglich. Danach galt nur noch zu klären, was ich anziehen sollte. Da ich mich nicht Hilfe suchend an die Modeberichterstatterin des *Appeal* wenden konnte, folgte ich dem Rat, den ich schon so vielen verwirrten Anruferinnen gegeben hatte: Ziehen Sie etwas an, worin Sie sich wohl fühlen. Das hieß eigentlich: Jeans. Aber dieser Anlass erforderte denn doch ein bisschen mehr – also einen Jeans-Minirock und Clogs. Tony hatte mal gesagt, von einer Frau mit Clogs könne er die Hände nicht lassen.

Ich schlüpfte in die meinen hinein und polterte aus der Wohnung – und in was hinein? Einen Fehler? Vielleicht, aber in einen, der meine Phantasie mehr Nächte beschäftigt hatte, als ich zuzugeben bereit war. Ich zwang mich, während der Fahrt nicht an Henry zu denken, was mir aber auch nicht gar zu schwer fiel.

Als ich beim Stall ankam, stand Tonys roter Blazer schon dort.

«Laß mich nur noch schnell hineinlaufen und nach Brenda sehen», sagte ich.

«Schon geschehen», sagte er. «Ich glaube, ich habe sie geweckt. Ich hab immer gedacht, Pferde schlafen im Stehen.»

«Tun sie meistens auch», sagte ich, «aber nicht bei einer Sehnenzerrung. Überleg dir, wohin wir fahren wollen, ich bin gleich wieder da.»

Ich drückte seine Schulter und lief in den Stall. Brenda schien erschrocken, mich zu sehen, aber wenigstens war ihr Blick nicht mehr so schmerzgequält, und an der Tür der Box hing auch nichts. Ich streichelte ihr ein wenig den Hals, küsste sie auf die Nase und verabschiedete mich wieder. Der Motor von Tonys Wagen lief und ich stieg bei ihm ein.

Es war das erste Mal, seit ich ihn kennen gelernt hatte, dass er schwieg. Keine Scherze, keine nicht enden wollenden Erzählungen von Daddys Daddys Daddy, keine Neckerei, nichts. Nur die dunkelblaue Luft einer mondlosen Nacht.

Wir fuhren auf der 16 in Richtung Waxham. Beim Bahnübergang bog er links ab. Ich kannte diese Straße gut und war sicher, dass er zum Cane Creek Park wollte. Wir fuhren und ich ließ ihn schweigen. Ich wollte ihm erst von meinem Terroristen berichten, wenn er sich ausgesprochen hatte. Er würde schon reden, wenn er so weit war.

Und das war er schließlich. «Du wunderst dich wahrscheinlich», sagte er plötzlich, «warum ich vor mich hin schweige, wo ich doch gesagt habe, dass ich gut ein Ohr gebrauchen könnte.»

«Bitte?» Ich war ebenfalls ein bisschen in nachdenklicher Stimmung und weit weg, nämlich bei meiner Freundin Fran, die an Krebs gestorben war und an die ich oft denken musste. «Tut mir Leid, Tony, war gerade nicht ganz da. Habe an eine Freundin gedacht, die gestorben ist.»

«O Mann, wir zwei beide sind heute Abend wirklich ein Paar sorglose Gesellen, was? Das mit deiner Freundin tut mir Leid. Erzähl mir von ihr, dann höre ich vielleicht auf, mir selbst Leid zu tun.»

Das zu erreichen wäre nicht schwer gewesen – Fran war einen langen, schweren Tod gestorben. Und dabei war sie ein so lieber Mensch gewesen und hatte dieses Schicksal wahrlich nicht verdient gehabt.

Ich erzählte Tony ein wenig von ihr und ihrem Ende, brach dann aber ab. «He, Moment mal», sagte ich, «du bist doch der, der reden soll. Also mal los. Was ist mit Sharon? Ich nehme an, dass das der Grund für deine Niedergeschlagenheit ist.»

«Was mit Sharon ist?», sagte er. «Das, was immer mit ihr ist. Meint, sie wolle nicht mehr verheiratet sein. Ich sei zu italienisch, zu launisch, zu sehr Südstaatler, halt zu sehr all das, was sie gerade nicht mag. Ich behaupte ja nicht, dass ich nicht zu unseren Problemen beigetragen hätte, aber mir wird allmählich klar, dass unsere Beziehung viel zu kaputt ist, um noch repariert werden zu können. Wir hätten wahrscheinlich nie heiraten dürfen, hätten gleich am Anfang voreinander Reißaus nehmen sollen.»

Ich erfuhr an diesem Abend mehr über seine Ehe, als ich in den sieben Monaten, die wir uns jetzt kannten, je erfahren hatte. Wie sie sich an der Uni von Carolina kennen gelernt und wann sie geheiratet hatten (im Juli würden es vierzehn Jahre sein), was seine Mutter von Sharon hielt (Daumen nach unten) und wann es angefangen hatte, schief zu laufen (vor acht Jahren).

«Wenn man sich nur an die Hoffnung klammern kann, ist das eine lange Zeit», sagte ich.

Er nickte. «Da hast du wohl Recht.»

Wir erreichten Cane Creek Park und er fuhr in eine Parklücke. Ich sah hinaus auf den tiefschwarzen Himmel und die dunklen Felder, über die Fran und ich so oft geritten waren. Es sind nicht nur die Hormone, die Menschen zueinander bringen – auch die Traurigkeit ist ein starkes Aphrodisiakum.

Tony schaute auf seiner Seite nach draußen, war verstummt.

Ich muss in meinem letzten Leben ein Alpha-Tier gewesen sein, denn ich konnte noch nie warten, bis sich etwas ergab. Ich beugte mich zu ihm und strich ihm mit den Fingerkuppen über die Wange. Ich hatte ganz vergessen, wie weich seine Haut war.

«Tut mir Leid, dass du das durchmachen musst», sagte ich. Dann beugte ich mich noch weiter zu ihm, legte meine Wange an die seine und flüsterte ihm ins Ohr: «Wollen wir jetzt mal sehen, was passiert?»

Ich erwartete Protest, aber weit gefehlt. Er wandte sich mir zu, und was ich in seinen Mitternachtsaugen sah, war alles andere als Protest. Ich kann mich nicht erinnern, je in meinem Leben so angeschaut worden zu sein. Das war etwas ganz anderes als beispielsweise Bobby McMahons berechnender Schlangenblick.

Tony packte meinen Kopf und zog mich zu sich heran. Er küsste mich wild, biss mir auf die Lippe. Seine Hände, seine Zunge, sein Mund, sie waren plötzlich überall.

«Lass uns nach hinten gehen», flüsterte er.

Ich weiß, es lässt mich sehr unamerikanisch aussehen, aber ich hatte es noch nie in einem Auto getan. Dies sollte nun wohl die Nacht werden, die mich endgültig zu einer Staatsbürgerin der Vereinigten Staaten machte. Wir fielen auf den Rücksitz, Arme und Beine ineinander verschlungen.

Unser Atem ging so heftig, dass ich bald nicht mehr wusste,

wo seiner aufhörte und meiner anfing. Wir waren zwei wilde Geschöpfe, die die Lust überwältigt hatte, und unsere Hände flogen über unsere Körper hin. Mein Rock war bis zur Taille hochgeschoben, und ich langte nach seiner Hose, um sie nach unten zu schieben.

«Langsamer, Mädchen», sagte er so leise, dass ich es kaum hören konnte. «Langsam, wir wollen nichts überstürzen.»

Seine Hände verlangsamten das Tempo, unseren Rhythmus, und mein Körper verwandelte sich in eine Seidenbahn, die von einem warmen, in Wellen daherkommenden Luftstrom bewegt wurde.

«Langsam, so ist es gut, schön langsam», flüsterte er.

Von mir aus hätte es die ganze Nacht so weitergehen können. Ich bewegte mich normalerweise so schnell durchs Leben, dass dieses Hinhalten nicht nur das Erregendste war, was ich je erlebt hatte, sondern auch ein verschwenderischer Luxus.

Seine Finger fuhren über, um und in meinen Körper. Weich, langsam und sanft glitten sie umher und fanden Stellen, von denen ich gar nicht gewusst hatte, dass es sie gab. Seine Lippen wanderten über mein Gesicht, über meinen Hals abwärts, über meine Brüste und meinen Bauch tiefer hinab.

«Langsam», hörte ich ihn sagen, «ganz langsam.»

Langsam ist schön, langsam ist großartig, langsam ist höchster Genuss. Es kommt jedoch ein Punkt, da ist langsam nicht mehr möglich. Und dieser Zeitpunkt nahte. Ich fuhr mit meinen Fingern in sein Haar, packte seinen Kopf und zog ihn an mich, ganz fest.

Gott sei Dank war niemand in Hörweite. Ich bin schon immer und bei allem laut gewesen, und das wurde ich auch jetzt. Es war eine dieser Mehrfachexplosionen, und als ich endlich fertig war, keuchte ich, als wäre ich die 100 Meter gesprintet und hätte eine Goldmedaille gewonnen.

«Du lieber Himmel, Tony», stieß ich hervor, «zum ersten Mal in meinem Leben weiß ich nicht, was ich sagen soll.»

«Dann sag nichts», erwiderte er und sorgte dafür, dass ich tatsächlich stumm blieb. Weiter ging's, und es schienen Stunden zu vergehen oder Sekunden oder Jahre.

Aber trotzdem wiederholte sich die Geschichte. Nur dass diesmal ich es war, die die Jagd abblies. Als es zum Eigentlichen kommen sollte, zu dem Tony diesmal mehr denn bereit und in der Lage war, tat ich das Undenkbare – das heißt, das für einen Mann Undenkbare.

«Tony», sagte ich und entwand mich ihm, «bring mich jetzt nicht um, aber ich kann es nicht tun. Aus irgendeinem dummen Grund würde ich mich, glaube ich, weniger schuldig fühlen, wenn ich jetzt aufhörte.»

«Jetzt?», stieß er hervor. «Du willst jetzt aufhören? Du meine Güte, Nattie, meinst du nicht, dass das Pferd längst aus dem Stall ist und nicht mehr zu halten?»

Ich war froh, dass es dunkel war und er nicht sehen konnte, wie ich rot wurde. «Nicht ganz», sagte ich. «Wenn wir jetzt aufhören, dann ist das in meinem verdrehten Kopf so, als hätten wir ES nicht getan. Und ich hoffe, dass ich mich ein bisschen weniger schuldig fühle, wenn ich Henry sehe. Ich weiß, dass das hart für dich ist, aber ich brauche noch ein bisschen Zeit, um mir alles zu überlegen.»

Ich hörte einen Reißverschluss und dann ein tiefes Atemholen. «Du bist die verwirrendste Frau, der ich je begegnet bin», sagte Tony. «Aber auch die interessanteste.»

Der arme Tony tat sein Bestes, Verständnis zu zeigen, und ich als Frau konnte sein Unbehagen nur erahnen. Jeder andere Mann hätte wohl den Motor angelassen und gesagt: «Fahren wir.» Aber Tony war eben nicht jeder andere Mann. Er streckte den Arm aus, legte ihn um meine Schulter und zog mich an sich. «Wenn du

Zeit haben möchtest, dann hast du sie, Darling. Jetzt sag mir aber mal, was dir wirklich zu schaffen macht.»

Ich lag in seinen Armen und berichtete ihm.

«Ich habe Angst, Tony», sagte ich. «Ich weiß, dass du anderer Ansicht bist, aber ich glaube schon, dass ich mich selbst zu schützen vermag. Aber Brenda ist etwas anderes. Sie ist eine zu leichte Beute. Wenn ihr etwas geschähe, wüsste ich nicht, was ich täte. Ich meine, ich weiß, was ich täte, wenn sie den Täter erwischen würden, und das erschreckt mich noch viel mehr. Mir stünde dann selbst eine Anklage wegen Mordes ins Haus.»

Tony strich mir über das Haar. Woher wusste er, dass das für mich als Beruhigungsdroge gleich nach dem Reiten kam?

«Nichts wird ihr passieren», sagte er, «weil du dem Rat dieser unbekannten Person folgen und aufhören wirst, Fragen zu stellen. Du wirst mir alles, und ich meine alles, erzählen, was du über Fuzzys Tod weißt, und dann wirst du mich meine Arbeit tun und ihren Mörder finden lassen. Oder nicht?»

Ich musste ausnahmsweise einmal zustimmen. Diese Person, die Brenda bedrohte, war clever, denn sie wusste genau, wie man mich stoppen konnte.

«Doch», sagte ich und war überzeugt, dass ich auch meinte, was ich sagte.

45

Hätte ich doch beinahe mit Tony gebumst! Das trübte zweifelsohne das Wässerchen meines Privatlebens. Da hatte ich gedacht, Henry und ich wären auf dem Weg zu schönster Zweisamkeit – und dann passierte das mit dem Bullen!

Hatte dort oben jemand meine Karten neu gemischt?

Ich wusste nicht, ob ich mich schuldig fühlen oder glücklich sein sollte, weshalb ich mich mit mir selbst auf verwirrt einigte – ein Bewusstseinszustand, in dem ich einen großen Teil meiner Zeit zubringe.

Ich kam sehr spät in der Nacht nach Hause (oder erst am frühen Morgen, um genauer zu sein). Henry hatte angerufen und eine Nachricht auf dem Anrufbeantworter hinterlassen. Autsch, schweig still, mein schuldiges Herz! Dass Tony und ich ES nicht eigentlich getan hatten, bedeutete nicht, dass es nicht noch eine ganze Menge anderes gab, weswegen ich mich schuldig fühlte. Nur eben ein bisschen weniger. Gail hatte ebenfalls angerufen. Ich hatte sie gebeten, bei dem Tante-Emma-Laden vorbeizufahren und zu versuchen herauszubekommen, wer dort diesen Umschlag hinterlassen hatte.

«Ich kann es gar nicht glauben, dass ich das fertig bringe», hatte sie zu meinem Anrufbeantworter gesagt, «aber ich habe was zu dieser Kreditkartensache herausgefunden, was dich vielleicht interessiert. Wo ich doch eigentlich der Ansicht bin, du solltest die Finger davon lassen.»

Gerade hatte ich Tony versichert, dass meine Tage als Ermittlerin zu Ende seien, da hatte Gail einen interessanten Hinweis für mich. Welch ein Timing!

Ich ging schlafen und träumte in der noch verbleibenden Dunkelheit von meiner Freundin Fran. Ich war so durcheinander, dass ich halb erwartete, auch mein Stiefvater David würde gleich in einer kleinen Nebenrolle auftreten und sich zu dem Chor jener gesellen, die mich aufforderten, mit der Fragestellerei aufzuhören. Und von mir wissen wollten, warum ich mich, wenn es um Männer ging, so meschugge anstellte.

So war also mein privates Leben – total außer Kontrolle, kaputt, in Unordnung, man nenne es, wie man wolle. Aber als hätte mein schmerzendes Hirn damit nicht schon genug zu tun, folgte mein berufliches auf dem Fuße.

Montagmorgen. Ich zerrte mein elendes Ich aus dem Bett und untersagte meinem Kopf aufzulisten, auf welche Arten und Weisen ich gerade mein Leben verpfuscht hatte, oder sich zu fragen, wie ich Henry später am Tag ins Auge blicken sollte.

Ich war allein in der Wohnung – in diesen Tagen auch ein Luxus! Ich hatte Sarah Jane nicht mehr gesehen, seit ich dieses Kabel an Brendas Boxentür gefunden hatte, und das war mir durchaus nicht unlieb. Wenn man bedachte, was für eine Lügnerin sie war, dann blieb sie der Tat verdächtig. Als ich aufstand, waren sie und Lou nirgends zu finden, aber ich war ziemlich sicher, dass sie sich nicht in die Stadt der magischen Vortices und ff. Rosinenbrötchen zurückgebeamt hatten, denn der Reiskocher kochte Reis und Lous Auto stand unten auf dem Parkplatz. Es war warm draußen (endlich!), und deshalb ging ich davon aus, dass sie einen Spaziergang machten und mit den Frühlingsblümelein kommunizierten – oder selbige klauten.

Ich versah mich mit irgendeinem Outfit, nahm meine kolloidalen Vitamine zu mir (Lous neuester Tick) und stieg in meinen kleinen Rabbit, der gar keine Lust zum Aufstehen hatte.

«Wach auf», sagte ich zu ihm und ließ den Motor an. Er hustete und stotterte und klang verzweifelt so, als habe er in den zurückliegenden zwanzig Jahren täglich drei Packungen Luckys geraucht. Schließlich ging alles in ein Gedröhn über, das zwar Motorenlärm schon näher kam, aber immer noch an einen alten Mann denken ließ, der seinen Schlund vom Schleim befreite.

Wenigstens lief ich nicht gleich auf dem Parkplatz in Henry hinein. Sein Auto war noch nicht da, er wohl noch mit Hank und Chet beschäftigt. Das war ein Glück, denn ich hatte mir noch keinerlei Plan zurechtgelegt, weder für die ganz wichtige Frage (Tony oder Henry?) noch für die nachgeordnete (was ich zu Henry sagen könnte, wenn ich ihm begegnete). Aber wen wollte ich da verarschen? Ich hatte noch nie einen Plan für irgendwas gehabt, war seit meinen Tagen als Sämling stets schaukelnde Boje im Meer des Lebens gewesen.

Ich nickte dem Wachmann in der Eingangshalle des *Commercial Appeal* zu und stieg langsam die vier Bahnen der rollenden Treppe nach oben. Es war Montag, ich hatte es nicht eilig, denn schließlich war es der von mir am wenigsten geschätzte Werkeltag. An ihm musste ich die gefürchtete Modekolumne schreiben, wozu für gewöhnlich gehörte, dass man mit den Modefuzzys über irgendeinen blödsinnigen Trend quatschen musste, der noch nicht bis nach Charlotte durchgesickert war.

Ich hatte keinen Schimmer, welche schnitttechnischen Probleme ich heute angehen sollte, und das war es, worüber ich nachdachte, als ich mich durch die Redaktion nach hinten in die Eingeweide des Gebäudes begab, wo die für CAROLINA HEUTE zuständige Feature-Abteilung, das heißt das «Wie-wir-leben-Team», hauste.

Alle Büros des *Appeal* haben Glaswände, aber auf die metaphorischen Implikationen dieses Tatbestands will ich jetzt nicht eingehen, waren die konkreten doch schon komisch genug. Es bedeutete nämlich, dass nie jemand ein Gespräch unter vier Augen führen konnte, denn selbst bei zugezogenen Vorhängen war es noch möglich hineinzuschauen, weil der Stoff so dünn war, dass er ebenso viel Schutz vor Blicken bot wie ein durchsichtiger Rock.

Während ich wie wild versuchte, mir ein Thema auszudenken, über das ich schreiben könnte, fuhren meine Blicke über die Glaswände hin, um zu sehen, wer gerade wem was antat. Mein Hirn trat beim Büro Fred Richards, des «Schuhverkäufer» genannten Chefredakteurs, voll auf die Bremse. An dem Bild stimmte etwas nicht, und ich brauchte nur eine Nanosekunde, um festzustellen, was es war.

Es war der Reverend Rowe Quarrels. Er hielt eine Seite des

Appeal in einer seiner großen, schmutzigen Hände, während der Zeigefinger der anderen wiederholt auf die Schlagzeile herabstieß. Und sein Gesicht zeigte alles andere als den Ausdruck christlicher Nächstenliebe.

Ein Gefühl der Übelkeit machte sich in meinem Bauch breit, und ich war sicher, dass das nicht an den kolloidalen Vitaminen lag. Nein, es war die Überschrift, die sein Finger attackierte: CAROLINAS EIGENER PFERDEFLÜSTERER FLÜSTERT BEI UNS.

Ich sah zu Richards hin. Au weia, Ärger! Er hatte seinen besorgtesten Blick, der besagte: Wir werden schon noch Schuhe finden, die Ihnen passen.

Ich zog den Kopf ein. Aber leider nicht schnell genug.

«Nattie, könnten Sie gerade mal hereinkommen?» Das war vielleicht eine Art, die Woche zu beginnen!

«Aber sicher doch», sagte ich. «Was gibt's denn?»

«Ich möchte nur mal mit Ihnen über Ihre Sonntagsstory sprechen und sehen, ob wir nicht einen mittleren Weg finden können.»

O Gott, das verhieß nichts Gutes! Ich ging zum Chef hinein. Diesmal beäugte der Gottesmann wenigstens nicht meine Körperteile, denn sein Blick war den Erfordernissen entsprechend fromm und rechtschaffen. Wenn ich wirklich Mumm gehabt hätte, dann wäre jetzt die ideale Gelegenheit gewesen, das zu tun, was Sharon Stone mal berühmt gemacht hat, und zu sehen, ob es nicht seine heiligmäßigen Wangen ein bisschen röter werden lassen würde.

«Miss Gold», sagte er, «nett, Sie wiederzusehen.»

Ich nickte und presste die Lippen aufeinander, damit mir nicht ein «Das will ich glauben» entfuhr. Er hatte schon so oft gegen Artikel von mir protestiert – warum überraschte es mich also, dass er an diesem Morgen schon wieder da war?

«Wie geht's, Mr. Quarrels?», fragte ich mit der geölten Stimme, die zu produzieren mir Mickey-Turner Burnett, die für die Buchrezensionen zuständige Redakteurin, beigebracht hatte.

«Ich bin froh, dass Sie mich das fragen», begann Quarrels, drückte den Oberkörper heraus und nahm die Haltung des aufgeblasenen Kanzelredners ein. «Danke, aber nicht sehr gut. Nein, eigentlich gar nicht gut. Ich bin hergekommen, um mit Mr. Richards über Ihren Artikel zu sprechen. Über diesen Menschen, der behauptet, er könne mit Pferden sprechen.»

«Aha, der. Ich muss sagen, diesen Mann zu interviewen, das war die reine Lust. Gibt es sonst noch etwas, was Sie über ihn erfahren möchten?», fragte ich mit süßem Lächeln – Mickey-Turner wäre stolz auf mich gewesen!

«Der Mann ist kein Christ, aber ich sage, jeder hat ein Recht auf seinen eigenen Glauben. So steht es in unserer Verfassung geschrieben, und ich wäre der Letzte, der dagegen Einwände erheben würde.»

Recht so. Trotz der Äußerungen meiner inneren Stimme zwang ich das Lächeln dazu, auf meinem Gesicht zu bleiben.

«Aber wenn die Medien damit anfangen, die Leute zu bekehren, werde ich ungehalten. Das ist der Punkt, wo wir uneins sind. Mr. Richards und ich haben diese Frage sehr eingehend erörtert, und ich durfte feststellen, dass er ein vernünftiger Mann ist. Sie dagegen, Miss Gold, schreiben weiterhin diese lächerlichen Storys über Hexen und dergleichen. Die Menschen sind verwundbar. Sie suchen nach Antworten, und wenn sie die Morgenzeitung öffnen und von einem Mann lesen, der behauptet, er könnte mit Tieren sprechen, behauptet, die Tiere könnten nicht nur antworten, sondern auch in anderen Leben wieder geboren werden, behauptet, ihn leiteten Geister, behauptet, er sei ein gottesfürchtiger Mann, wo er doch dem Teufel näher ist als Jesus Christus, dann, Miss Gold, geht mir das gegen den Strich. Ich lese in Ihrem Artikel nichts aus christlicher Sicht über die Gefahren des neuen Zeitalters oder dessen, was ich lieber als des Teufels Zeitalter bezeichnen möchte. Satan ist ein ernst zu nehmender Widersacher, Miss Gold, und er setzt seine Verführungskünste auf vielerlei Weise ein. Dazu gehört auch, dass er die Menschen glauben lässt, sie könnten mit Tieren sprechen. Von Ihnen hier wird erwartet, dass Sie allen Standpunkten eine Stimme geben, nicht nur dem der Heiden.»

Das reichte mir, ich wischte das Lächeln von meinem Gesicht – Mickey-Turners Lektionen waren schneller verflogen als teures Parfüm. «*Mister* Quarrels», sagte ich, «zunächst einmal ist William Holland kein Heide, sondern Mitglied der Camden Presbyterian Church. Und dann zu Ihrer Information: Ich habe ihn gefragt, ob seine Führer, die Geister, und diese ganze Pferdeflüsterei ihn in Konflikt mit seinem Glauben brächten, und er hat mir geantwortet, er sei nur in die Fußstapfen des ersten aller Tierkommunikatoren, des heiligen Franz von Assisi, getreten. So, wie ich es sehe, heißt das, sich um einen christlichen Standpunkt bemühen. Dagegen habe ich mich mit keinem Rabbi, Mönch, Sufi-Meister oder Sensei in Verbindung gesetzt, schön, aber von diesen Leuten hat auch noch nie einer etwas gegen Sachen einzuwenden gehabt, die aus meiner Feder stammen.»

Er sah nicht beschwichtigt aus. «Was ein Presbyterianer vertritt, ist wohl kaum der Standpunk der gesamten Christenheit. Und was diese anderen angeht, die Sie da erwähnt haben, so schlage ich vor, dass Sie mal darüber nachdenken, wer Ihre Leser sind. Dieses unser Land ist ein christliches, auf jedem Geldschein steht: ‹In God we trust.› Und der Teil des Landes, in dem wir uns befinden, ist es ganz besonders. Ausgerechnet an einem Sonntag mit Blasphemischem daherzukommen, das entzieht sich jedem Verständnis.»

Ich kniff mir in die Hand, um nicht zu explodieren, und sagte:

«Wissen Sie, was sich jedem Verständnis entzieht? Ihre Vorstellung von Amerika. Ein christliches Land? Wozu macht mich das? Zu einem Gast? Ich bin hier geboren, genauso wie Sie. Ich zahle Steuern, wahrscheinlich mehr als Sie. Und was die Blasphemie betrifft, so zeigen Sie mir eine Zeile in meiner Story, die ihr auch nur nahe kommt.»

Richards hatte immer noch nichts gesagt. Wie käme er auch dazu, seine Mitarbeiter zu unterstützen!

«Ich bin froh, dass Sie mich dazu auffordern, *Miss* Gold.» Quarrels zog eine Bifokalbrille aus der Innentasche seiner Jacke und setzte sie auf. Er überflog den Artikel, suchte den anstößigen Abschnitt.

«Ja, hier. Hier schreiben Sie: ‹Man muss daran glauben, dass Tiere und Menschen gleichberechtigte Geschöpfe sind, wenn man mit den Tieren sprechen will. Dann gibt es keine Sprachbarriere mehr, weil die Kraft Gottes übersetzt.›»

«He, warten Sie mal», unterbrach ich ihn. «Das sage doch nicht ich. Sehen Sie diese kleinen Strichelchen vorn und hinten? Das ist ein Zitat. Es sind die Worte William Hollands. Und abgesehen davon, was ist an ihnen so falsch?»

Er warf mir einen halb empörten, halb mitleidigen Blick zu. «Tiere und Menschen gleichberechtigte Geschöpfe? Tiere sind primitive Lebewesen. Sie kennen den Unterschied zwischen Gut und Böse nicht, sie werden von einfachsten Bedürfnissen beherrscht, und sie haben kein Kommunikationssystem, das der Rede wert wäre, jedenfalls kein auf Wörtern basierendes.»

Ich musste nun doch lachen. «Klingt alles sehr nach Mensch.»

«Ich finde das gar nicht komisch, Nattie», belferte Richards jetzt, «und ich bin sicher, der Reverend auch nicht. Lassen Sie uns lieber sehen, ob wir drei nicht eine Lösung unseres Problems finden können.»

Von der Herzlosigkeit und den Scheuklappen des Reverend

abgesehen, sah ich kein Problem. Er hatte das Mitgefühl eines Römers, der den Löwen gerade einen Fraß vorwirft – in Gestalt eines noch lebenden, sich windenden Juden. Und genauso fühlte ich mich. Aber darauf würde Richards niemals Rücksicht nehmen, und so saß ich denn die folgenden zehn Minuten still da, während die beiden über eine Lösung «unseres» Problems debattierten.

Aber dann kam der Punkt, wo der Aufruhr in meinem beruflichen Leben über jenen in meinem privaten hinausging. «Nur über meine Leiche», lautete meine Antwort auf Quarrels' Forderung, der *Commercial Appeal* solle eine «Wir haben uns geirrt»-Notiz zu meinem Artikel veröffentlichen. Solche Notizen waren Eingeständnisse von Fehlern und wurden auf der Titelseite gebracht. Derjenige, der den Fehler zu verantworten hatte, musste das Schuldgeständnis selbst verfassen und erklären, wie es dazu gekommen war und wie er ihn in Zukunft zu vermeiden gedachte.

Ich war nicht bereit, einen Fehler einzugestehen, wenn es gar keinen Fehler gab. Ich hätte den Satz mit der Leiche gern um ein «Sie pädophiler Heuchler» erweitert, aber da ich zu meinem großen Bedauern noch nicht glauben mochte, dass die gegen Quarrels erhobene Beschuldigung zutreffend war, und ich zudem auf Henry und seinen Artikel Rücksicht nehmen wollte, unterließ ich es. Außerdem wäre ich andernfalls meine Kolumne und meinen Job los gewesen, will sagen: mein Einkommen.

Zu einem Leser unseres Blattes (und sei er noch so fies) zu sagen: «Nur über meine Leiche», war alles andere als höflich, und Höflichkeit war nun mal das Fundament, auf dem Richards seine Karriere aufgebaut hatte. «Das ist nicht der Ton, in dem wir mit unseren Lesern sprechen, Nattie», sagte er mit rot anlaufendem Gesicht. «Ich meine, Reverend Quarrels hat einiges gesagt, was beherzigenswert ist. Eine Klarstellung erscheint mir angebracht. Warum schreiben Sie nicht mal etwas dieser Art?»

Eine Klarstellung kam gleich nach dem Eingeständnis eines Fehlers (man ergänze: durch den Reporter). Ich stürmte aus Richards' Büro und hätte die Tür hinter mir zugeschlagen, wäre nicht meine Hand von der Klinke abgerutscht.

46

Es konnte kein Zweifel daran bestehen, dass mir Richards wegen meines Verhaltens später noch die Leviten lesen würde, und das umso heftiger, sollte die «Klarstellung», die ich zu schreiben hatte, nach etwas anderem schmecken als nach einem herzhaften *mea culpa.* Ich musste mehrere Anläufe nehmen und häufiger sauer aufstoßen, bis endlich der folgende Text stand:

Der *Commercial Appeal* bedauert mögliche Missverständnisse im Zusammenhang mit dem in der Sonntagsausgabe gebrachten Artikel über Pferdekommunikatoren. Es entspricht nicht dem Glauben der Redaktion, dass Tiere sprechen oder wieder geboren werden können und dass William Holland göttliche Übersetzungen empfängt. Es sollte nicht behauptet werden, es liege ein wissenschaftlicher Beweis dafür vor, dass solche Dinge möglich seien.

Ich schickte das Geschriebene durch den Cyberspace an Richards. Damit war die eine der widerwärtigen Aufgaben erledigt, und ich konnte mich wieder der anderen zuwenden, nämlich der verzweifelten Suche nach einem Thema für meine Kolumne. Angesichts der Art, wie sich dieser Tag bisher gestaltet hatte, konnte es wohl kaum verwundern, dass eine schwere Selbstbemitleidungsfront am Horizont heraufzog. Aber dann dachte ich an meinen buddhistischen Freund Tom in Southern Pines, der mal gesagt hatte, dass man, wenn man den Grund des Leidens wissen wolle, über den Grund der Freude meditieren müsse, denn wie könne man Schwarz erkennen, wenn es kein Weiß gebe? Ich wollte mich gerade in tiefes Nachsinnen stürzen, als mich das Telefon rettete.

«Hier Nattie Gold vom *Charlotte Commercial Appeal.* Wie kann ich Ihnen behilflich sein?»

«Das bist du schon gewesen. Ja doch, ich habe schon oft an eine solche Nacht mit dir gedacht, und obwohl unvollendet, war alles sehr schön. Ich hoffe, du sitzt nicht da, regst dich auf und bereust.»

«Toni Maroni, mein Süßer», sagte ich. «Aufregen ja, bereuen nein. Dich trifft ja keine Schuld.»

Ich berichtete ihm von meiner kleinen Auseinandersetzung mit Quarrels und von Gails Nachricht. Ich hatte noch keine Gelegenheit gefunden, sie anzurufen, und deshalb wusste ich nicht, ob sie über die Kreditkarte aus Pappe, mit der sie vom Stall fortgelockt worden war, etwas Neues erfahren hatte.

«Ich weiß, ich weiß, ich hab's versprochen», sagte ich und kam seinem Protest zuvor. «Aber diesmal ist es mir ernst. Ich werde nicht mehr mit Brendas Leben herumpfuschen. Wozu auch? Um meine Neugier zu befriedigen? Das ist es nicht wert. Deshalb werde ich nur noch Gail anrufen, um zu erfahren, was sie erfahren hat, und es direkt an dich weiterleiten, okay?»

«Nicht okay. Du brauchst da nicht für mich nachzufragen, ich rufe Gail selbst an.»

«Viel Glück», sagte ich. «Ich will dich ja nicht kränken, aber sie verabscheut dich. Sie würde mit jedem lieber sprechen als mit dir.»

«Sieht sie deshalb immer aus wie eine schielende Katze, wenn sie meiner ansichtig wird? Aha, sie verabscheut mich also. Gibt es irgendeinen speziellen Grund?»

«Du bist ein Bulle, du weißt über ihr Pferd Bescheid, bei dem Sumpffieber festgestellt worden ist, du hast Rob beinahe für immer im Kittchen verschwinden lassen, und du bist in meinem Leben eine der größten Zerstreuungen, eine, die mir, wie sie meint, nur wehtun kann. Du darfst es dir aussuchen.»

Tony ließ einen leisen Pfiff hören. «Frauen! Gott sei meiner armen, gequälten Seele gnädig. Okay, frag du sie.»

«Gut, und dann höre ich mit dem Detektivspielen auf, ich versprech's. Halte mich allein an Rocklängen und Ausschnitte.»

Wir unterhielten uns noch ein bisschen und verabredeten, uns nach meinem Reiten auf der February Farm zu treffen. Ich sank tiefer und tiefer, aber noch immer waren keine schrillen Warnschreie des kleinen Mannes in meinem Kopf zu hören. Konnte es sein, dass ich mich auf dem richtigen Liebespfad befand?

Gerade, als ich Gail anrufen wollte, klingelte das Telefon. Diesmal war meine Stimme sehr viel vergnügter, als ich die uns verordnete Begrüßungsformel runterbetete.

«O Mann, Nattie, Sie hören sich aber happy an.» Die Stimme eines jungen Mädchens, aber es dauerte eine Weile, bis der Groschen gefallen war.

«Ashlee!», sagte ich. «Nun ja, alles könnte wahrscheinlich viel schlimmer sein. Wie geht' dir denn, mein Schätzchen?»

«Fürchterlich», antwortete sie. «Wissen Sie was? Blue geht mit mir am Wochenende zum Turnier nach Culpeper. Ich trete in der Abteilung ‹Große Ponys› an. Eli und Jackson haben gemeint, die hätten dort nichts dagegen. Ist das nicht toll?»

Eli und Jackson waren Ashlees voll angestellte Trainer. Sie waren in der Welt der Turnierreiter in zweierlei Hinsicht eine Anomalie – sie waren sowohl beruflich als auch privat schon seit vierzehn Jahren zusammen, und sie waren zu ihren Klienten nett. Vor allem Eli, der immer lächelte. Ich habe noch nie jemanden etwas Schlechtes über Eli Peters sagen hören, was angesichts der Kreise, in denen er sich bewegt, schon etwas heißen will.

Wie viele ihrer früheren Schüler immer wieder zu rühmen wussten, gab es bei den beiden kein Herumbrüllen und Fluchen, keine Demütigungen oder Vorwürfe im Beisein anderer – was ich in meinen zwanzig Jahren als Turnierreiterin alles schon erlebt hatte. Jetzt, wo ich daran dachte, wollte es mir gar nicht verwunderlich erscheinen, dass Ashlee immer noch gerne ritt und Pferde mochte.

«Das ist wirklich großartig», sagte ich. «Ich hoffe, es wird eine schöne Zeit. Du hast ein bisschen Freude verdient.»

«Ich hatte da noch eine Idee», sagte Ashlee. «Daddy hat mir von Brendas Bein erzählt. Das tut mir echt Leid. Ich hatte auch mal ein Pferd, dem das passiert ist. Es ist jetzt wieder ganz in Ordnung. Wie auch immer, warum kommen Sie nicht mit nach Culpeper? Sie könnten doch Fritz reiten. Ich hab Eli schon gefragt, und er sagt, das sei eine gute Idee. Fritz braucht die Arbeit, und ich habe sowieso schon zu viele Pferde. Was meinen Sie, Nattie? Na, kommen Sie schon, das wird ein großer Spaß.»

Wie erklärt man einer dreizehn Jahre alten mehrfachen Millionärin, dass man nicht die Knete hat, um in ihrer Liga mitzuspielen? Das Hotel, die Trainingsstunden, das Einflechten, die Box, die Meldegebühren – da war man schnell 500 Dollar los, noch bevor man auf den Platz rausgeritten war.

«Es ist sehr lieb von dir, mir das anzubieten, aber …»

Sie unterbrach mich. «O ja, verstehen Sie das nicht falsch oder was, aber es kostet Sie nichts. Ich gehe sowieso hin, alle Pferde gehen sowieso hin und Eli und Jackson auch. Deshalb ist das keine große Sache. Sie können bei mir im Zimmer schlafen. Also los, Nattie, was meinen Sie?»

Wie konnte ich ein solches Angebot ausschlagen? Fritz war ein ganz phantastisches Pferd, das noch alle seine Reiter ganz nach oben gebracht hatte, selbst diejenigen, die sich besser dem Kegelsport zugewandt hätten.

«Du machst es mir unmöglich, Nein zu sagen», antwortete ich schließlich.

«Dann tun Sie es auch nicht», sagte Ashlee. «Sie sind so riesig nett zu mir gewesen, indem Sie versucht haben rauszukriegen, was mit Mama passiert ist und das alles. Ich meine, dass Sie diese Frau dazu gebracht haben, mit Blue zu reden, dass Sie die Leute befragt haben. Und dabei ist das alles doch gar nicht Ihr Job. Tut mir Leid, dass es bei Blue nicht geklappt hat. Haben Sie irgendwelche Vermutungen oder Anhaltspunkte?»

Ich konnte ihr unmöglich sagen, dass ich aufgegeben hatte. Und das nicht nur, weil sie mich auf den Trip meiner Träume mitnehmen wollte und mich das keinen Pfennig kosten würde, sondern auch, weil ich sie aus irgendeinem Grund nicht enttäuschen wollte. Vielleicht versuchte ich ja auf einer unterirdischen Ebene der Elternteil für sie zu sein, der uns beiden gefehlt hatte. Oder vielleicht war der Versuch, die Verletzungen dieses Kindes zu heilen, ein Versuch, mit den meinen klarzukommen. Es gab eine Vielzahl neurotischer Möglichkeiten, was insofern nicht schlecht war, als es mir etwas zu tun geben und mich davon abhalten würde, mich durch die Sitzungen beim Guten Doktor Greene zu schlafen.

«Ich habe eine ganze Menge Vermutungen», beantwortete ich ihre Frage, «aber das Problem ist, dass es nicht allzu viele Anhaltspunkte gibt. Immerhin ein paar. Gail könnte was entdeckt haben. Ich halte dich auf dem Laufenden. Aber wo ich dich gerade an der Strippe habe, möchte ich dich noch etwas fragen. Wie viel bedeutet Jeannie Sukons Tochter eigentlich die Turnierreiterei?»

«Sie meinen Becca? Früher sehr viel, aber das war vor Richie.»

Attacke der Hormone! Ich fragte mich, wann es Ashlee erwischen würde – oder ob sie wie ich war, das heißt so pferdevernarrt, dass die Hormone von der Rüstung der reiterlichen Leidenschaft abprallten.

«Hm, Jungs», sagte ich. «Na ja, ist wohl verständlich. Okay, dann noch eine Frage: Bedeutet das, dass ihr gar nicht so viel daran liegt, bei den Junioren anzutreten und es bis zum Madison Square Garden zu bringen?»

Ashlee gluckste. «Nur wenn Richie auch dort wäre. Sie kann von nichts anderem mehr reden. Aus Pferden macht sie sich eigentlich überhaupt nichts mehr. Schon eine ganze Weile. Wenn sie könnte, würde sie wahrscheinlich das Reiten aufgeben.»

Ich musste nicht fragen, was das bedeutete. Wieder der Fall eines Kindes, das lange vor seiner Mutter aus seiner Besessenheit herausgewachsen war. Wobei es auch vorkam, dass es aufseiten des Kindes gar keine Besessenheit gab.

«Was ist mit Ralston Evans?», fragte ich weiter. «Wem liegt mehr an den Turnieren, ihr oder der Mutter?»

«Beiden gleich viel», antwortete Ashlee. «Die sind beide verrückt danach.»

«Du und Ralston, ihr seid gute Freundinnen, nicht wahr?»

«Ja, Ralston ist meine beste Freundin. Ich meine, wir streiten uns auch und alles so was, aber wir sind trotzdem beste Freundinnen. Manchmal ist es schwer, weil wir gegeneinander antreten. Und als Mama überall die vielen Pferde aufgekauft hat, da ist Ralstons Mom irgendwie ziemlich wütend geworden. Ich glaube, das macht Mrs. Evans mehr aus als Ralston … dass ich öfter gewinne als sie, meine ich.»

«Woher willst du das wissen?»

«Wie sollte ich nicht?», erwiderte Ashlee. «Ralstons Mama

kann noch lauter schreien, als es meine konnte, und sie hatten beim Hallenturnier in Raleigh so was wie einen Streit. Jackson musste sie stoppen. Und die einzige Möglichkeit, das zu erreichen, war, dass er ihnen über sein Handy sagte, er würde die Polizei holen, wenn sie nicht aufhörten. Das war echt demütigend für mich. Und für Ralston auch. Ich meine, die haben sich nicht nur angeschrien, sondern auch geschlagen.»

«Das klingt ja ziemlich schlimm», sagte ich. «Turniere können bei Leuten ihre schlechtesten Seiten zum Vorschein kommen lassen, was?»

«Ist wohl so», meinte Ashlee. «Aber sie war zu anderen Zeiten auch nicht viel anders.»

Die nächste Frage hätte ich nicht stellen sollen. Es ging mich nichts an. Was mich ja aber noch nie gehindert hat. «Hast du auch irgendwelche guten Erinnerungen an deine Mutter, Ashlee?»

Sie schwieg lange. Schließlich sprach sie, und ihre Stimme erschien jetzt noch leiser. «Ich weiß nicht», sagte sie. «Alles, woran ich mich im Augenblick erinnern kann, sind ihr Schreien und Schlagen, diese Wutanfälle, die sie bekommen hat. Dann hat sie mir immer gesagt, ich wäre wie mein Vater, ich wäre ein Idiot wie er, oder sie könnte mir genauso wenig trauen wie ihm, dass ich, wie er, nichts von ihr wissen wolle. Was ich auch gemacht hab, nichts war gut oder richtig. Nichts. Nie.»

Sie verstummte, und ich konnte hören, wie sie die Tränen hinunterschluckte. Ich und meine große Klappe!

«Es tut mir Leid, Ashlee. Es tut mir Leid, dass ich gefragt habe. Es geht mich ja doch gar nichts an.»

«Nein, das ist schon okay», sagte sie. «Es ist ja nicht so, dass ich Ihnen da was erzählt hab, was nicht eh schon jeder weiß. Beccas Mom hat sogar mal das Sozialamt angerufen und es auf sie angesetzt.»

«Was ist daraufhin passiert?»

«Ach, da ist nur so eine doofe Frau zu uns rausgekommen, um mit Mama und mir zu reden. Das war alles. Und danach war Mama ein paar Tage lang lieb und nett.»

Die Frage war, ob die Frau Ashlee mitgenommen hätte, wenn Fuzzy keine Feldman gewesen wäre. Ich machte mir eine Notiz – ich wollte mal meine Sozialarbeiterfreundin anrufen und sie fragen, ob sie mehr über diese Geschichte herausfinden könnte.

Genug der Träumerei und traurigen Erinnerungen. Es war Zeit, Ashlee vom Thema «Mutter» wegzulotsen. «Du und Becca Sukon, seid ihr beide eng befreundet?», fragte ich.

«Wir sind Kusinen», sagte Ashlee. «Die ist in Ordnung, denke ich. Ihre Mom ist immer echt nett zu mir gewesen. Sie ist so eine Mom, die was mit dem Kind zusammen macht. Interessiert sich echt für Beccas Leben, auch wenn es nicht um Pferde geht. Tante Jeannie ist eine Zeit lang jeden Mittwochabend mit Becca ausgegangen. Einkaufen, manchmal sogar zum Bowling. Das war natürlich vor Richie. Jetzt kriegt man Becca kaum noch vom Telefon oder vom Computer weg. Wieso wollen Sie das alles eigentlich wissen? Hat das mit dem zu tun, was Mama passiert ist?»

Streck die Wahrheit, versuch nicht zu lügen – eine gute Maxime, um damit durchs Leben zu kommen. «Wahrscheinlich nicht», streckte ich. «Mich interessiert einfach, wie die nächste Generation der Reitersleut so ist. Übrigens, strebst du die Olympischen Spiele an?»

«Mama hat's getan, so viel steht mal fest», antwortete sie.

«Und du? Möchtest du die nächste Margie Goldstein werden?»

«Manchmal denke ich, ja. Und dann denke ich manchmal auch wieder, dass ich lieber ein ganz normales Mädchen sein möchte. Samstags im South Park rumhängen und nicht jedes Wochenende zu Turnieren fahren, Sie wissen schon.»

Wirklich, es gibt Zeiten, da prasseln die Lektionen förmlich auf einen herunter. Alles, was ich als Kind gewollt hatte, war, mit Pferden zusammen zu sein! Dafür hatte ich alles gegeben.

«He», sagte ich, «ich hab eine Idee. Was machst du heute Abend?»

Schweigen. Dann: «Eigentlich nichts.»

«Dann lass uns doch zum Bowling gehen», schlug ich vor. «Wie wär's, wenn ich dich um sieben abholte?»

«Cool», antwortete sie, und wir verabschiedeten uns.

Mit Ashlee zum Bowling. Das bedeutete, dass ich diese neue Stute nicht reiten konnte, und das musste ich Rob beibringen. Nicht gut, aber ich würde es wohl verkraften können. Es bedeutete jedoch auch, dass es kein Stelldichein mit Tony geben würde. Gar nicht gut. Hm, aber wahrscheinlich wiederum doch ganz gut, denn als ich vom Telefon aufblickte, sah ich den großen Jungen auf mich zukommen.

«Hallo, Henry», rief ich und beschleunigte in dem Versuch zu klären, was ich zu ihm sagen sollte, die Tätigkeit meines Gehirns.

47

Ich war sicher, dass wieder eine Extraration Blut in mein Gesicht gepumpt wurde, und die Frage war nur, ob auf meiner Stirn ein rot pulsierendes E für Ehebrecherin erscheinen würde.

Nicht dass ich mit Henry verheiratet gewesen wäre oder es sonst irgendein bindendes Übereinkommen zwischen uns gegeben hätte. Aber das änderte nichts daran, dass ich ihm gegenüber Schuldgefühle hatte. Trotz meines geröteten Gesichts, meiner trommelnden Finger und meiner allgemeinen Was-hab-ich-nur-getan-Verfassung schien Henry nichts zu merken. Diesmal war ich für den oft verwünschten Unterschied zwischen Mann und Frau (Ersterer verfügte im Unterschied zu Letzterer über ein Begriffsstutzigkeits-Gen) dankbar.

«Hey, Nattie», sagte er. «Wie geht es Lou?»

«Viel besser», antwortete ich. «Er ist vom Ritalin wieder weg und segelt sanft mit Zoloft umher, aber ich behalte ihn im Auge. Zoloft mag ja ein schlechtes Mittel sein, aber er hat darauf angesprochen, was viele manisch Depressive ja nicht tun.»

Wir plauderten ein Weilchen miteinander, und meine vernünftige Hälfte übernahm wieder das Kommando. Vergangene Nacht war vergangene Nacht und ging niemanden etwas an – allenfalls mich und Tony.

«Ich habe Quarrels aus dem Büro von Richards kommen sehen», sagte Henry. «Ich würde zu gern wissen, worum es gegangen ist.»

«Da kann ich deine Neugier befriedigen», beruhigte ich ihn und erzählte ihm, was los gewesen war.

«Er ist nicht gerade der aufgeschlossenste Mensch», bemerkte Henry. «Aber das kann nicht überraschen.»

«Aufgeschlossen?», fuhr ich hoch. «Der Mann ist die Verkörperung der Intoleranz, um von anderem zu schweigen, das zu benennen ich mir untersagt habe. Was macht denn eigentlich deine Story?»

«Noch kein definitives Ergebnis», antwortete er. «Die Mutter erzählt eine überzeugende Geschichte, aber bislang ist das immer noch nur ihre Version. Ich war gestern Morgen bei Quarrels im Gottesdienst. Du hattest Recht mit deiner Beobachtung, was die Reaktion der Frauen auf ihn betrifft. Die haben ihn alle angeschaut, als ob er Robert Redford wäre.»

«In meinen Augen ist er eher ein Fred Flintstone», sagte ich. «Ich weiß nicht, was die Frauen an ihm finden. Vielleicht hat es was damit zu tun, dass er DER MANN ist, das heißt derjenige, der das Sagen hat, die Autorität. Irgendwelche Hinweise darauf, dass was mit seinen sexuellen Geschmacksknospen nicht stimmt?»

Henry schüttelte den Kopf. «Nichts. Aber ich habe mir diesbezüglich auch nichts erhofft. Ich bin vor allem hingegangen, um ihn predigen zu hören und um bezüglich der Mutter ein bisschen herumzufragen.»

«Und?», fragte ich.

«Er ist tatsächlich ein großer Redner», sagte Henry. «Und sie wohl so, wie du sie beschrieben hast, das heißt eher von der mausigen, stillen Sorte. Jemand, der keinen großen Eindruck macht. Die meisten Leute, die ich auf sie angesprochen habe, kannten sie gar nicht. Nicht, dass das an sich schon so ungewöhnlich wäre, denn die Gemeinde von Quarrels ist schließlich eine der größten in Charlotte.»

Bisher war da also noch nicht allzu viel, was sich zu einer Story zusammenfügen wollte, aber andererseits hatte er ja auch gerade erst angefangen. Wir wussten beide, dass der *Commercial Appeal*, wenn es um Anschuldigungen sexueller Natur ging, nichts bringen würde, solange keine hieb- und stichfesten Beweise vorlagen. Und selbst dann war noch nicht gesagt, dass das Blatt den Artikel veröffentlichen würde.

Sie hatten den armen Henry schon bei seiner Story über Jim Bakker und Jessica Hahn durch immer kleinere Ringe springen lassen, bis alles so gesichert war, dass es schon fast Gottes Wort gleichkam. Und der Artikel war dann auch nur erschienen, weil Bakker von seinem Posten als «Kirchenführer» zurückgetreten war, bevor Henry, wie angedroht, gekündigt hatte.

«Kannst du dich noch erinnern, was das mit der Tochter war?», fragte Henry.

«Nein», sagte ich, «im Augenblick nicht. Aber was immer es gewesen ist, ich glaube nicht, dass es große Bedeutung hat. Aber es wird mir schon wieder einfallen.»

Henry warf mir einen seltsamen Blick zu. «Irgendwie scheinst du nicht so ganz da zu sein. Ist irgendwas?»

Er hatte zwar den roten Buchstaben, der auf meiner Stirn vibrierte, nicht bemerkt, aber doch irgendetwas mitbekommen. Ich hatte eigentlich vorgehabt, ihm die Sache mit dem Kabel an Brendas Boxentür nicht zu erzählen, weil ich vermeiden wollte, dass noch ein Mensch mir sagte, dies alles sei nichts für mich. Das wusste ich ja schon. Aber da ich ihm von der anderen Geschichte, die mich beschäftigte, noch weniger erzählen konnte, musste halt doch die Kabelgeschichte her.

«Sprich es gar nicht erst aus», sagte ich, nachdem ich ihm den Zettel mit der drohenden Notiz gezeigt hatte, «ich bin nämlich beim Fall McMahon schon raus. Das ist jetzt Sache von Les, nicht mehr meine. Mir tut nur die Kleine Leid. Ich sage ihr Jahre auf der Couch voraus. Wahrscheinlich würde es nicht schaden, wenn sie gleich damit anfinge. Du hättest hören sollen, was sie über ihre Mutter erzählt hat. Wenn die besoffen genug war, weckte sie das arme Kind sogar mitten in der Nacht auf und zerrte es zum Stall, weil sie sicher war, dass der Bobby dort die neueste Stallmieterin bumste. Weil sie Ashlee zeigen wollte, was für ein Kotzbrocken ihr Vater war. Ich weiß, für Fuzzy ist es nicht leicht gewesen, mit einem Kater wie Bobby McMahon verheiratet zu sein, aber ihre Tochter hätte sie da raushalten müssen.»

Henrys Gesicht zeigte jetzt den Ausdruck des besorgten Daddys, und das brach mir das Herz. Ich hatte mich noch nie im Leben so zerrissen gefühlt.

«Ich hab eine Idee», sagte Henry. «Ich gehe heute Abend mit den Jungs zu Morrison. Komm doch mit und frag Ashlee, ob sie auch kommen kann.»

«Würde ich gern, aber es geht nicht», sagte ich. «Ich habe mit Ashlee schon etwas anderes vor. Wir wollen zum Bowling. Queen City Lanes, falls ihr dazukommen wollt.»

Es war der Vormittag des Telefons. Wieder fing es an zu klingeln, und wieder sagte ich meinen Spruch auf.

«Hör bloß auf, Gold, wen willst du denn damit verarschen?» Die spöttische Stimme von Les, laut und lästig. «Sieht so aus, als wäre deine Zuckerpuppe aus dem Schneider. Vorläufig.»

Ich bedeutete Henry, dass ich später zu ihm kommen würde. «Du meinst», sagte ich zu Les, «wegen dieser eigenartigen runden Abdrücke auf Fuzzy? Bloß weil die Schaufel nicht das Mordwerkzeug war, muss das noch lange nicht heißen, dass Sarah Jane nichts mit der Sache zu tun hat. Sosehr ich wünschte, sie hätte es nicht getan, schließe ich sie noch nicht aus, noch nicht ganz. Sie behauptet, jemand hätte es so gedreht, dass es aussehe, als ob sie's gewesen wäre, aber sie hat schon so viel behauptet. Du wirst nicht glauben, was ich gestern Vormittag gemacht habe. Sie ist doch Pferdekommunikatorin, und da habe ich sie mitgenommen, damit sie mal mit dem einzigen Tatzeugen, mit Ashlee McMahons Pony Blue By You, spricht.»

Les versuchte, sich zu beherrschen, aber als ich das mit Blue sagte, brach er in ein so wieherndes Gelächter aus, dass ich schon dachte, er würde sich jeden Augenblick übergeben.

«Jetzt mach mal 'ne Pause, Gold. Nein, ich kann's nicht glauben, dass du das gemacht hast. Was sollte das Pferd deiner Meinung nach denn sagen? Und dann Sarah Jane? ‹Das Pony sagt, dass ich es war, die Fuzzy umgebracht hat›, oder was?»

«Nein, aber ich dachte, es könnte interessant sein zu sehen, wem sie es anzuhängen versuchen würde. Vorausgesetzt, sie wäre schuldig und Pferde könnten nicht sprechen.»

Das war zu viel für Les. Er bekam vor Lachen kaum noch Luft.

«Les, du Scheißer, bist du noch da?», schrie ich schließlich ins Telefon. «Ich muss dich ernsthaft was fragen.»

«Ja, was denn? Ob da ein kleines grünes Männchen auf meiner Schulter sitzt?»

«Nein wirklich, es geht um diese seltsamen runden Male. Hast du schon mal gesehen, mit was ein Hufschmied die Nägel einschlägt? Das Ding würde einen runden Abdruck hinterlassen.»

«Noch immer scharf darauf, diesen hufschmiedenden Gatten zu nageln, was?», sagte Les. «O Mann, der muss dir ja übel mitgespielt haben. Vergiss es, Kindchen. Ich hab deinen Bullenfreund zu Hufschmiedwerkzeugen befragt, und er hat gemeint, der Ehemann oder die Ehefrau, das seien immer die als erste in Frage kommenden Tatverdächtigen, deshalb hätten sie das als Erstes überprüft. Nichts. Was immer es gewesen ist, es hat nicht nur ein rundes Mal hinterlassen, sondern auf der oberen Seite auch ein ziemlich tiefes Loch. Oben an dem runden Ding muss noch was Spitzes gewesen sein. Komisch. Na ja, lass mich wissen, wenn du was hörst, ich arbeite noch an der Story, auch wenn's da nicht viel zu arbeiten gibt.»

«Ohne mich», sagte ich. «Ich habe mit dem Fall nichts mehr zu schaffen, bin wieder bei der Frage, wie lang deine Röcke sein sollten, wenn du das nächste Mal Frauensachen anziehst.»

Er räusperte sich, legte auf – und Bingo! Ich hatte ein Thema für meine Kolumne. Eigentlich sogar zwei. Wenn ich woanders arbeiten würde, hätte ich das erste gewählt: Damenmode für schwule Herren. Aber da dies der *Charlotte Commercial Appeal* war, entschied ich mich lieber für Thema Nummer zwei: Äpfel und Birnen, die verschiedenen Typen weiblicher Figuren und wie man sie bekleidet. Ich war keineswegs der Auffassung, dass es die alleraufregendste Idee für eine Modekolumne sei.

48

Bowling. Noch so etwas im Leben, was ich nicht verstand. Wie das Golfspiel oder das Essen von Schmalz. Aber konnte ich mir ein Urteil erlauben? Ich, die ich schon seit zwanzig Jahren jeden Dollar und jede freie Stunde dafür aufwandte, vor Hindernissen den richtigen Absprung zu finden?

Ich hatte so eine große, schwarze Kugel nicht mehr in der Hand gewogen, seit ich zusammen mit einem Freund die Zigaretten der Mama geklaut und wir sie dann auf der Toilette der Bowling-Bahn geraucht hatten, bis uns übel wurde. Ich hatte schon damals die Kugeln in die Fangrinne geschoben – und tat es noch.

Ashlee, von Natur aus sportlich, fand alles toll und verstand die Sache sofort. Ich war ihr haushoch unterlegen.

«Es ist, weil ich keine Tiefe sehen kann», erklärte ich ihr. Sie warf mir einen Na-komm-schon-Blick zu. «Nein, wirklich. Siehst du, wie mein linkes Auge wegwandert? Die beiden Augen arbeiten nicht zusammen, und deshalb sieht alles flach aus.»

«Du liebes Lieschen, und wie kommst du dann über die Hindernisse?», wollte sie wissen (ich hatte ihr inzwischen das Du angeboten).

Die Frage war leicht zu beantworten. «Ich habe halt ein großartiges Pferd.»

«Himmel ja, ich wette, du machst dir wegen Brenda echt Sorgen. Ich weiß. Als sich Blue im letzten Jahr verletzt hat, konnte ich kaum noch was essen. Das war, als Mama angefangen hat, diese Junioren-Pferde zu kaufen. Sie meinte, es wäre genau der richtige Zeitpunkt, um von Ponys zu Pferden überzugehen. Aber ich hab eigentlich immer nur Blue reiten wollen.»

«Und das wirst du an diesem Wochenende tun», sagte ich. Wenn sie mal nicht beim ersten Wurf abräumte und ich mal nicht voll danebenlag, beschäftigten wir uns mit der Reiseplanung. Da Ashlee Ferien hatte, wollte sie schon am Mittwoch fahren, was bedeutete, dass ich drei Tage frei nehmen musste (kein Problem, ich hatte genug Überstunden abzubummeln). Ich sagte ihr, dass ich gern mit dem eigenen Auto fahren würde und sie mitnehmen könnte. Es war März und eine Klimaanlage noch nicht erforderlich, was auch gut war, denn ich hatte gar keine.

Gerade, als wir die Bowling-Bahn verlassen wollten, kamen Henry und die Jungen herein. Hank wollte die Kugeln meistens nach Chet schmeißen, und Chet wollte vor Ashlee den Coolen mimen, was dazu führte, dass seine Kugeln eher auf der Nachbarbahn landeten als auf der eigenen. Jedenfalls sah alles danach aus, dass ich mal nicht die Verliererin sein würde.

Als Ashlee wieder dran war, fragte Henry mich leise, was ich von Gail gehört hätte.

«Du hättest ruhig laut fragen können», sagte ich, «denn Ashlee weiß so gut wie alles. Wie auch immer, nichts Neues. Ich habe den ganzen Tag versucht, Gail zu erreichen, aber immer nur den Anrufbeantworter erwischt. Allerdings ist Montag auch ihr freier Tag, und wie ich sie und Torkesquist kenne, waren sie draußen, um sich körpergroße Grasflecken zu holen.»

Henry lachte und zeigte dabei seine vollkommenen, weißen Zähne. «Die beiden passen wirklich zueinander», sagte er. «Vielleicht solltest du dich als Kupplerin betätigen.»

Ja, stimmt, dachte ich. Und dann mich selbst verkuppeln.

Ich lächelte matt und sagte: «Muss ich vielleicht auch. Richards hat mir eine E-Mail geschickt, er will sich morgen Nachmittag mit mir zusammensetzen. Du kannst drauf wetten, dass es um das geht, was ich zu Quarrels gesagt habe. Aber ich will gar nicht drüber nachdenken, was da eventuell auf mich zukommt. Jedenfalls jetzt nicht. Könnte sich negativ auf meine Bowlingkünste auswirken.»

Alle lachten.

Ashlee bowlte uns in Grund und Boden, und es war schön, das Kind lächeln zu sehen. Henry und ich fanden keine Gelegenheit, mit uns allein zu sein, und das war wahrscheinlich nur gut so, denn ich wusste nach wie vor nicht, was ich eigentlich für wen fühlte. Und Chet und Hank? Wenn sie nicht gerade verbal sparrten, dann körperlich.

Ihre Auseinandersetzungen waren allerdings nichts im Vergleich zu dem, was zwischen mir und meinem Bruder Larry abgelaufen war. Wir kamen inzwischen ganz gut miteinander aus, aber im Kindes- und Jugendalter hatten unsere geschwisterlichen Kämpfe beinahe Maßstäbe gesetzt. Ich sage beinahe, weil es im Tierreich noch ärger zugeht – Vogelkinder werfen die ihnen lästigen Geschwisterchen aus dem Nest, und die Haie ernähren sich schon als Embryos von ihren Mutterleibsgefährten.

Ich konnte den Abend nicht verstreichen lassen, ohne diese Lektion von Mutter Natur an Hank und Chet weiterzugeben, was sie tatsächlich ein paar Augenblicke lang ehrfürchtig schweigen ließ. Henry nahm diese Auszeit wahr, um den Arm um mich zu legen und mir einen Abschiedskuss zu geben. Das sah Hank als etwas Urkomisches an und sang lauthals los: «Daddy küsst Nattie, Daddy küsst Nattie ...»

Chet, der mit Macht auf die Präpubertät zustürmte und sich alle Mühe gab, der Teeniegöttin Ashlee von den Langen Beinen und den Kecken Brüstchen seine Reife zu beweisen, verdrehte die Augen. «Werd mal erwachsen, Hank», sagte er. «Die tun wahrscheinlich noch viel mehr, als sich nur küssen.»

Das war genau das Richtige für Hank. Er jaulte los, sprang umher und stimmte einen neuen Sprechgesang an: «Daddy und Nattie haben ein Verhältnis ...»

Das brachte alle drei Kinder zum Lachen, und mich und Henry auch. Wir waren vielleicht ein Anblick! Drei lachende Hyänen auf dem Parkplatz der Queen City Lanes.

Schließlich trennten wir uns, und ich brachte Ashlee zum Haus ihrer Großmutter in Eastover zurück. Bootsie Feldman erschien zu unserer Begrüßung.

Sie war eine winzige Kugel von Frau, mindestens fünf Zentimeter kleiner und zwanzig Pfund leichter als ich. Sie musste in den Sechzigern sein, aber das war ihr nicht anzusehen. Anders als Carter Evans war sie eine Werbung für die Wunder der Schönheitschirurgie. Nicht eine Falte im Gesicht, dafür eine vollkommen gestaltete Nase, die auch ein Leonardo da Vinci nicht besser hätte hinkriegen können.

Bootsie öffnete den Mund und fing mit schwer schleppendem Südstaatenakzent zu sprechen an. Es war für mich, eine Jüdin aus dem Norden, immer noch seltsam, eine Stammesgenossin zu hören, die so klang, als wäre sie eine Reinkarnation von Scarlett O'Hara. Bootsie Feldman äußerte das Folgende: «Vielen Dank, Nattie, dass Sie Ashlee zum Bowling mitgenommen haben. Das arme Mädchen hat dringend mal so einen Abend gebraucht. Ashlee, Liebes, warum läufst du nicht rein und sagst Pop-Pop, dass du wieder da bist?»

Wie schon gesagt: eine Kugel von Frau. Das zu Ashlee Gesagte war keine Frage, keine Anregung, sondern ein Befehl, und Bootsie Feldman war es ganz eindeutig gewöhnt, dass man ihr gehorchte. Zum ersten Mal wurde mir klar, warum Fuzzy das Ekelpaket geheiratet hatte. Wie ließ sich besser «Rutsch mir doch den Buckel runter, Mama» sagen als dadurch, dass man jemanden wie Bobby McMahon mit nach Hause brachte?

Der Motor meines Autos lief noch, und ich wollte schon losfahren, als Mrs. Feldman mit ihren kleinen Fingern mein Handgelenk fasste. «Wenn's Ihnen nichts ausmacht, Nattie», sagte sie, «würde ich gern mal mit Ihnen reden. Nur ein paar Minuten.»

Nicht dass ich groß die Wahl gehabt hätte. Ihre Finger waren kräftiger als die Zähne eines Pitbulls.

«Aber klar doch», sagte ich und stellte den Motor in der Hoffnung ab, dass er auch wieder anspringen würde.

Ihre Lippen deuteten ein Lächeln an, aber ihre Augen blieben unverändert mit durchbohrendem Blick auf mich gerichtet. Sie und Candace, meine Redakteurin, hatten dasselbe, die Augen nicht einbeziehende Lächeln.

«Meine liebe Nattie, ich weiß ja, dass es der Job einer Zeitung ist, Nachrichten zu verbreiten, aber mal ehrlich, meinen Sie nicht auch, dass dieses Herumschnüffeln im Leben meiner armen Tochter ein bisschen zu weit geht? Ich meine, sie ist schließlich das Opfer eines schrecklichen Verbrechens geworden, und ich vermag einfach nicht zu sehen, was all diese aufdringlichen Fragen bringen sollen.»

Ich verstand. Les' Schnüffelei, das Ausquetschen der Freunde und Angestellten verursachten ihr Unbehagen. Seine Sonntagsstory hatte auf Probleme im Family-Value-Reich der Feldmans angespielt und durchblicken lassen, dass da nicht viele Leute gewesen waren, die Freundliches über die verstorbene Fuzzy McMahon zu sagen gewusst hatten.

Bootsie Feldmans Finger umklammerten mein Handgelenk immer fester. Ich lächelte süß, gehorsam.

«Wie dem auch sei», sagte sie, «Ashlee hat mir berichtet, dass Sie bei Ihren Turnierreiterfreunden auf eigene Faust Erkundigungen einziehen. Sie wissen, dass es Fuzzy mit diesem Gorilla, mit dem sie verheiratet war, nicht ganz leicht gehabt hat und dass sie in den zurückliegenden Jahren eigentlich gar nicht richtig sie selbst gewesen ist. Sie hat …»

«Mrs. Feldman», unterbrach ich sie, «über Bobby McMahon weiß ich bestens Bescheid. Was genau wollen Sie von mir?»

«Sie sind eine sehr direkte junge Dame, was? Na schön, ich komme zur Sache. Könnten 5000 Dollar Sie dazu bewegen, keine weiteren Fragen mehr zu stellen und diesem unfrisierten Reporter nicht zu berichten, was Sie bei Ihren Reiterfreunden über Fuzzy erfahren haben?»

Hätte ich eine Zahnprothese getragen, dann wäre sie jetzt herausgefallen. Mir war noch nie Bestechungsgeld angeboten worden, vor allem nicht für die Unterlassung von etwas, was ich schon getan hatte. Es war ein echtes moralisches Dilemma – im Gegensatz zu der gestrigen Episode mit Tony, in der Angehörige meiner der freien Liebe huldigenden Prä-AIDS-Generation wohl etwas ganz Normales gesehen hätten.

Fünf Riesen waren für einen oder eine Feldman ein Klacks. Für mich jedoch war es ein Vermögen, das ich in den nächsten sechs Monaten für die Begleichung der Tierarztrechnungen nur zu gut hätte gebrauchen können.

O meine schmerzende, meine gepeinigte Seele! Sollte ich das Geld nehmen und gehen?

49

Ich bin die Nichte des Heizers, der drei Läden angesteckt und mehr als eine Million an Versicherungsgeldern kassiert hat.

So viel zur genetisch bedingten Anfälligkeit.

«Mrs. Feldman», sagte ich und löste ihre knochigen Finger von meinem Arm, «um Ashlees willen sei so getan, als wären Sie hier draußen, um von mir zu erfahren, wer von den Hornets mein Lieblingsspieler ist. Es ist Muggsy Bogues. Und nun gute Nacht.»

Ich ließ den Motor an, und wenigstens dies eine Mal maulte er nicht herum. Ich wusste nicht, was unglaublicher war – dass ich gerade die größte Summe ausgeschlagen hatte, die meinem Bankkonto je im Stück zugeflossen wäre, oder dass diese Frau versucht hatte, mich dafür zu bezahlen, dass ich aufhörte, als Reporterin zu arbeiten. Wo man doch hätte meinen sollen, dass ihr an möglichst vielen Leuten gelegen war, die Fragen stellten und herauszubekommen versuchten, wer ihre Tochter ermordet hatte. Hatte die Wahrung des Gesichts wirklich einen so hohen Stellenwert?

Ich kam heim und fand das Haus voll. Lou war im Wohnzimmer, lag hemdlos ausgestreckt unter seiner 650 Dollar teuren chinesischen Wärmelampe, die einem angeblich heilende Mineralien in den Leib schoss.

«Hast du wieder Schmerzen in der Brust, Lou?», fragte ich. Und: «Du weißt, dass dieses Ding keine kalkverstopften Arterien reinigt?»

Bei dem Lärm der Maschine und seinen hörhilfelosen Ohren entging ihm das alles. Oder er ignorierte mich schlicht. Ich wollte gerade den Stecker rausziehen und ihm ins Ohr brüllen, als Sarah Jane für ihn antwortete.

«Keine Schmerzen in der Brust, Nattie. Ihm war bloß kalt.»

Ich hatte beide seit dem Vortag, das heißt seit Sarah Janes Gespräch mit Blue, nicht mehr gesehen. Trotz des merkwürdigen Blicks, den ihr Bobby McMahon zugeworfen hatte, mochte ich noch immer nicht glauben, dass sie etwas mit dem Mord an Fuzzy – und so auch mit der an Brendas Adresse gerichteten Todesdrohung – zu tun hatte, aber es wäre angesichts ihrer der Wahrheit entgegengebrachten Abneigung auch dumm von mir gewesen, die Möglichkeit nicht in Betracht zu ziehen.

Da ich außerdem einigermaßen erregt war, verspürte ich das starke Bedürfnis, ihr allein schon wegen des Verdachts, es könnte ihre Idee gewesen sein, mich so zu erschrecken, den Hals umzudrehen. Mein Bruder Larry hatte sich als Junge immer beherrschen können, und ich hätte seinem Beispiel folgen, einfach den Mund halten und mürrisch zu Bett gehen sollen. Aber ich war schon immer ein verbaler Bluter gewesen, hatte mich noch nie zügeln können.

«Verdammt und zugenäht, Sarah Jane», entfuhr es mir, «solltest du doch etwas mit Fuzzy und allem andern zu tun haben, dann bring ich dich eigenhändig um, ich schwör's dir. Ich werde finden, was diese seltsamen Male auf ihrem Körper verursacht hat, und dann damit auf dich losgehen.»

Ja, das erschreckte sie und ließ sie drei Schritte vor mir zurückweichen! Vielleicht lag es auch an dem irren Ausdruck auf meinem Gesicht – an dem Gesichtsausdruck von jemandem, der gerade 5000 Dollar ausgeschlagen hat.

Sarah Jane dagegen blickte wie ein Hund drein, der viel geschlagen wird und winselnd Schonung erfleht. «Was ist denn mit dir los, Nattie?», fragte sie. «Ist irgendwas mit Brenda passiert?»

«Wie, zum Teufel, kommst du da drauf?», fuhr ich sie an. «Habt ihr, du und Bobby, gedacht, es wäre ein Spaß für mich, dieses Kabel an der Tür von Brendas Box zu finden, was?» Ich trat dicht vor sie hin. «Na los. War das dein Werk? Bobby hat nicht genug Grips, um alle diese Worte richtig zu schreiben.»

Da ich knapp einssechzig groß bin und – für gewöhnlich – solche Konfrontationen gar nicht mag, habe ich noch nie im Leben jemanden wirklich erschrecken können. Bis jetzt – und ich müsste lügen, wollte ich leugnen, dass ein kleiner, kranker Teil von mir seine Freude daran hatte. Sarah Jane wich vor mir zurück, bis sie an die Wohnzimmerwand stieß.

Das war der Augenblick, in dem Lou klar wurde, dass wir uns wohl nicht über das Wetter unterhielten. Er stellte seine Maschine ab und kam herbeigestürzt.

«Bist du verrückt geworden, Nattie?», schrie er, weil er keine Ahnung hat, wie laut er ohne sein Hörgerät spricht.

Für mich gab es jetzt kein Halten mehr. «Nein», zischte ich, «für Bekloppttheit, glaube ich, bist eher du zuständig. Ich halte es für vollkommen gesund, ein wenig irritiert zu sein, wenn man mit einer potentiellen Mörderin zusammenleben muss, die es auch noch für komisch hält, wenn sie dir damit droht, aus deinem Pferd eine Bratkartoffel zu machen.»

«Was?», schrie Lou.

Ich wiederholte das Gesagte lauter, brach einmal mehr mein Gott gegebenes Versprechen, nicht mehr zu fluchen, und sagte Lou, er solle endlich sein beschissenes Hörgerät suchen. In diesem Augenblick setzte das Klopfen unter uns ein – die Methode des dort wohnenden Mieters, uns wissen zu lassen, dass wir den Schnabel halten sollten. Er und sein Besenstiel hatten seit Lous Einzug einiges zu tun bekommen.

Ich hatte die Hände zu Fäusten geballt und bemerkte plötzlich, wie Lou auf sie hinabsah. Er dachte wahrscheinlich, ich wolle Sarah Jane schlagen (eine nicht ganz unberechtigte Annahme), und zerrte mich deshalb in mein Schlafzimmer. Er schloss die Tür und knurrte: «Ich sage nicht gern was Schlechtes über andre, aber du hast das Temperament deiner Großmutter.» Das bezog sich nicht auf seine Mutter. «Und jetzt beruhige dich mal. Tu zehn reinigende Atemzüge, und dann erzähl mir, was los ist.»

Ich weiß auch nicht, warum ich auf ihn hörte, aber ich tat es. Das Durchatmen half. Ich war danach zwar nicht gerade die Milde in Person, aber ich wollte Sarah Jane auch nichts Übles mehr antun. Jetzt, wo ich mein Hirn mit frischem Sauerstoff versorgt hatte, war sie bis zum Beweis des Gegenteils wieder unschuldig.

Lou setzte sein Hörgerät ein, und ich berichtete ihm von allem, was an mir nagte. Sogar von der Sache mit Tony. Das war das Gute an einem Vater, der nicht dem normalen Vatertyp entsprach – sein Verständnis reichte sehr weit.

«Schau mal», sagte er, «du weißt, dass ich Henry mag. Und Tony auch. Das ist jedoch eine Entscheidung, die du treffen musst. Aber noch bist du mit keinem von ihnen verheiratet, also hör auf, ein schlechtes Gewissen zu haben. Du musst dich halt mal entscheiden, denn wenn man sieht, wie du dich aufführst, wird klar, dass es zu schwer für dich ist, beide zu lieben.»

Ich plumpste aufs Bett und stieß einen lauten Seufzer aus. «Leichter gesagt als getan», bemerkte ich. «Mein Kopf ist total durcheinander. Ich wünschte, jemand würde mir die Entscheidung abnehmen und danach auch noch alles richten, was meinen Job angeht. Wenn ich den loswürde, geriete ich in echte Schwierigkeiten.»

Hier wiederum wäre mir ein ganz normaler Vater willkommen gewesen. Er hätte mich ein bisschen beruhigt, mir gesagt, es gebe nichts, was nicht zu regeln sei, und dann auch, wie ich mein Leben regeln könne. Aber hier folgt, welchen Trost Lou zu spenden wusste: «Du hast zwar ein loses Mundwerk, Nattie, aber sei unbesorgt, das Universum wird sich deiner annehmen.»

«Danke, großer Guru», sagte ich. «Übrigens, warum ist Sarah Jane eigentlich noch da? Ich dachte, sie wollte nur Samstagnacht bleiben, weil es schon so spät geworden war.»

Auf Lous Gesicht erschien ein blödes Grinsen.

«O nein, Lou, sag, dass es das nicht ist!»

Er fing nur zu kichern an, und da wusste ich, dass ich noch für längere Zeit einen Gast im Haus haben würde.

«Sarah Janes Vermieter hat das Türschloss ausgewechselt», sagte Lou. «Sie ist ihm noch ein paar Monate Miete schuldig.»

Ich schenkte ihm einen Ich-wusste-es-doch-Blick. «Was», sagte er daraufhin, «hast du noch nie Rechnungen mit Verspätung beglichen? Ist da nicht erst letzte Woche der Anruf so einer Einzugsstelle gekommen? Übrigens hat sie Fuzzy nicht ermordet und auch nichts mit der Bedrohung Brendas am Hut.»

«Und warum hat sie dann gefragt, ob was mit Brenda ist? Vielleicht hat sie befürchtet, dass McMahon von ihrem Plan ein bisschen zu hingerissen gewesen ist?»

«Warum fragst du sie nicht?»

«Okay, das mache ich», antwortete ich und ging zur Tür. «Ach, Sarah Jane», flötete ich mit falscher Nettigkeit, «könntest du wohl mal kurz zu uns hereinkommen? Ich möchte dich was fragen.»

Sie kam nicht gerade herbeigeeilt. Erst als Lou zu ihr hinausgegangen war und etwas zu ihr gesagt hatte, kam sie in mein Zimmer, einen Abstand von drei Metern haltend. Ich fragte in nicht sonderlich freundlichem Ton: «Wieso hast du mich vorhin gefragt, ob was mit Brenda ist?»

«Weil dich nur das derart aus der Fassung bringen kann», antwortete sie. «Als du in Asheville von ihrer Verletzung erfahren hattest, dachte ich, du würdest völlig ausrasten.»

«Was ist mit dem Kabel?», hakte ich nach.

«Mit was für einem Kabel?», fragte sie zurück. Dann wurde sie ärgerlich. «Wovon redest du eigentlich? Ich weiß nichts von einem Kabel.»

Also berichtete ich ihr, was geschehen war.

«Du lieber Gott, Nattie, du denkst, ich könnte dir so etwas antun?»

«Wahrscheinlich», erwiderte ich. «Ich denke, dass ich nicht weiß, was ich denken soll.»

Sie schüttelte den Kopf. «Ich kann dir das nicht zum Vorwurf machen. Es ist meine Schuld. Ich habe so viele Lügen erzählt, dass ich manchmal selbst schon gar nicht mehr weiß, was nun eigentlich stimmt und was nicht. Aber ich will dir eins sagen: Ich könnte nie etwas tun, was ein Pferd verletzen würde. Oder dich und deinen Vater. Das ist die Wahrheit.»

Sie trat jetzt doch tatsächlich zu mir und legte mir die Hand auf die Schulter. Das Mädchen hatte wirklich Mut. Sie sagte: «Du weißt, dass Fuzzy und ich uns nicht sonderlich mochten, und deshalb war es mir ziemlich egal, wer sie umgebracht hat.

Ich dachte, wer immer es gewesen ist, hatte karmamäßig was mit ihr zu begleichen. Aber wenn jetzt jemand Brenda bedroht, dann ist das etwas ganz anderes. Der Mensch muss gestoppt werden. Tiere darf man nicht in seine Karmakämpfe reinziehen, das ist nicht recht. Ich wünschte, es gäbe etwas, was ich tun könnte.»

Sie schwieg eine Weile, und dann konnte man so richtig sehen, wie ihr eine Erleuchtung kam. «Ich weiß», sagte sie, «ich werde mal Brenda fragen, wer das Kabel dort zurückgelassen hat.»

O Mann, alles noch einmal! Aber Sarah Jane schloss schon die Augen, versetzte sich auf weißem Licht in die vor Geistern geschützte Zone und nahm – anscheinend – Kontakt mit Brenda auf.

«Sie ist ein bisschen eifersüchtig auf diese neue Stute, die Rob dich reiten lassen will», sagte sie dann.

Ich hatte ihr zwar nichts von Grace erzählt, wohl aber Lou vor ein paar Minuten, als ich noch in der Entspannungsphase gewesen war – und vielleicht hatte sie das ja mitgehört. Oder sie sprach wirklich mit Brenda. Wer konnte es wissen?

«Sie sagt, es war eine Frau, die diesen Zettel an ihre Tür geheftet hat, eine, die ihr bei Turnieren schon begegnet ist, aber deren Namen sie nicht weiß.»

Okay, ich biss an. «Sag ihr meine Grüße, und frag sie, wie die Frau ausgesehen hat.»

Sarah Jane lachte. «Sie sagt, es war eine Braune. Was andres kennt sie nicht. Sie sagt, alle Menschen außer dir sähen gleich aus.»

Großartig, sie hatte also braunes Haar. Brauchbarer Hinweis. Die einzige Tatverdächtige auf meiner Liste, die kein braunes Haar hatte, war Sarah Jane. Wie praktisch.

«Oh, und noch etwas. Brenda sagt, die Frau hätte nach Sommer gerochen.»

Mein Pferd war poetisch begabt. Das passte. Die Frau hatte

also nach Sommer gerochen – und was sollte das nun wieder bedeuten? Alles ganz leicht: Wir brauchten bloß eine braunhaarige Frau zu finden, die nach dieser Jahreszeit roch. Ich musste ins Bett.

«Gib ihr einen Gutenachtkuss von mir», sagte ich und zog mich ins Bad zurück, nachdem ich zuvor noch eine Entschuldigung für mein Betragen gemurmelt hatte.

Ich wusste nicht, wem, was, wo oder wann ich glauben sollte. Vielleicht hatte Lou ja Recht und das Universum nahm sich meiner an. Das wäre wohl auch besser, denn offensichtlich war ich dem allen nicht ganz gewachsen.

50

Der Dienstag war wie ein verwischter Fleck, aber ein guter. Gerade, als ich auf das Schlimmste gefasst war, nämlich die Arbeitslosigkeit, ereignete sich das Beste. Kaum zu glauben, aber es kam in Gestalt meiner Redakteurin Candace daher. Sie lächelte und es war – auch das unglaublich – ein echtes Lächeln.

«Nattie, könnten Sie mal gerade zu mir kommen?»

Konnte sie wirklich so grausam sein und angesichts meiner Entlassung zum ersten Mal in den dreieinhalb Jahren, die ich sie nun kannte, richtig lächeln? Ich fühlte mich, als ob ich auf dem Weg zu meinem Henker wäre. Aber ich gönnte ihr die Befriedigung der Gesprächseröffnung nicht und sagte schnell: «Ich weiß, dass ich bei Quarrels gegen die Hausregeln verstoßen habe, aber es macht mich einfach närrisch, wenn die Leute Jesus Christus als Vorwand für ihre Intoleranz be...»

«Hören Sie auf, Nattie», unterbrach sie mich, immer noch lächelnd (o Mann, sie war noch kränker, als ich gedacht hatte!). «Setzen Sie sich erst mal hin.»

Ich folgte der Aufforderung.

«Es ist das erste Mal in der Geschichte der Feature-Abteilung des *Charlotte Commercial Appeal*, dass so etwas geschieht», sagte sie, und ich hatte keine Ahnung, worauf das hinaus sollte, weshalb mir nur noch übler wurde. «Erinnern Sie sich noch an diesen Artikel, mit dem ich Sie mal beauftragt habe, den, aus dem dann diese Serie wurde, die Sie zusammen mit Henry geschrieben haben? ‹Mord im Turnierzirkus›? Wir haben gerade erfahren, dass diese Serie in der Sparte Lokale Berichterstattung in die Endauswahl für den Pulitzer gekommen ist.»

Ich schrie auf, und alle Mitarbeiter der Abteilung richteten ihre Blicke auf die Glaswände von Candaces Büro. Sie dachten wahrscheinlich, dass ich gerade den Gottern unseres Blattes als Opfer dargebracht wurde. In meiner Verzückung sprang ich sogar auf und umarmte Candace, was so war, als tanzte man mit einer Eisenstange.

«Herzlichen Glückwunsch, Nattie», sagte Candace und entzog sich mir.

Es war an mir, «Danke, Candace» zu sagen – und nicht erst an ihrer Geschichtsklitterung («Story, mit der ich Sie mal beauftragt habe», meine Fresse!) herumzukritteln. Wo ich doch meinen Freund Gary, den Redaktionsleiter, hatte bitten müssen, ihr die Erlaubnis abzuringen, dass ich den Artikel schreiben durfte.

Alles egal, ich war in der Pulitzer-Endauswahl!

«Danke, Candace», sagte ich.

Wenigstens diesmal gehorchte die Zunge meinem Verstand.

51

Als Henry die Nachricht erhielt, hätte er gar nicht netter zu mir sein können. Für einen so zugeknöpften Menschen war er geradezu enthemmt. Er nahm mich in die Arme und tanzte mit mir einen Walzer um seinen Schreibtisch herum. Da er einmal Tanzstunde gehabt hatte, blieben meine Füße unbehelligt – ich wünschte, ich hätte das auch von den seinen sagen können!

Wir wollten das Ereignis feiern, wenn ich aus Culpeper zurück war. Er hatte an diesem Abend keine Zeit, und ich auch nicht. Ich musste noch unendlich viele Dinge erledigen, und Ashlees Trainer wollten unbedingt, dass ich Fritz wenigstens einmal vor dem Turnier ritt.

Bei all dem Pulitzer-Trubel hatte ich ganz vergessen, mich bei Gail zu melden und wegen dieser Kreditkartensache nachzufragen. Sie rief während des Tages ein paarmal an, aber ich war so aufgeregt, dass es mich kaum je länger als fünf Minuten an meinem Schreibtisch hielt, sodass mir ihre Anrufe immer wieder entgingen.

Ich schrieb zwar während des Tages die zusammengehauene Modekolumne fertig, brachte aber sonst nicht viel zustande. Und Candace sagte kein Wort. Sie war viel zu beschäftigt damit, die Runde zu machen und die Gratulationen der Team Captains zu «ihrer Story», die in die Endauswahl des Pulitzer gekommen war, entgegenzunehmen. Selbst Ron Riley erregte sich nicht über meinen Mangel an Produktivität – es war wahrhaftig ein denkwürdiger Tag.

Den allgemeinen Edelmut nutzend, ging ich eine Viertelstunde früher als erlaubt. Damit war meine Arbeitswoche beendet, und das auf keineswegs üble Weise. Lou hatte gewünscht, ich solle nach Hause kommen, um mit ihm und Sarah Jane zu feiern, aber ich war viel zu hibbelig und wollte endlich auf ein

Pferd, weshalb der Umtrunk mit Apfelwein bis nach meiner Rückkehr von der Anyday Farm verschoben wurde.

So hibbelig war ich nun aber auch wieder nicht, dass es mir unmöglich gewesen wäre, bei meinem Stall vorbeizufahren und nach Brenda zu schauen. Es ging ihr gut, und es waren keine neuen Geschenke für mich hinterlassen worden. Ich gab meiner Süßen noch ein bisschen Heu, küsste sie auf die Nase und stahl mich heimlich zur Box von Grace, denn vielleicht konnten Pferde ja so etwas wie Eifersucht empfinden. Ich hielt das allerdings für einen Witz.

Als ich zur Anyday Farm kam, stand Fritz schon gestriegelt und gesattelt bereit. «Bin gleich da», sagte ich zu Eli, der Fritz für mich hielt. «Will nur noch kurz beiseite treten.»

Ich kam in die Lounge – und wen traf ich dort? Alle. Carter und Ralston Evans, Jeannie Sukon, Ashlee, selbst die Kugel namens Bootsie Feldman, die mir einen bösen Blick zuwarf.

Ich grüßte eilig und schoss in die Toilette. Erst als ich schon saß, fiel der Groschen – der Geruch in der Lounge! Geißblatt. Aber es war doch erst März und noch gut drei Monate hin bis zur ersten Knospe. Ich war sicher, etwas Süßes gerochen zu haben, und noch sicherer, dass es Geißblatt gewesen war. Ich würde diesen Duft nie mit einem anderen verwechseln, denn es ist mein Lieblingsduft.

Geruch nach Sommer – davon hatte Brenda gesprochen, angenommen, sie sprach wirklich und Sarah Jane war nicht noch schlauer, als ich dachte, und hatte das alles erfunden, wohl wissend, dass eine ihrer Mittatverdächtigen gern ein Parfüm mit Geißblattduft benutzte.

Aber welche von den Frauen war es? Wie sollte ich das herausbekommen, ohne alle menschlichen braunen Stuten in der Lounge einem Schnüffeltest zu unterziehen? Das ging ja wohl nicht.

«Meine Damen», sagte ich deshalb im Vorbeigehen zu der Versammlung, «Sie entschuldigen mich bitte, ich bin mit einem sehr gut aussehenden Fremden verabredet.»

Und auf seine Weise war das Fritz ja auch. Er war der Nicholas Cage unter den Pferden, entsprach genau den Schilderungen. Und auch Eli war genau der unbeschreiblich nette Bursche, als der er mir immer gerühmt worden war.

«So ist es recht, Nattie», sagte er. «Bekommen Sie erst einmal ein Gefühl für ihn. Das machen Sie ganz richtig. Mehr brauchen wir nicht. Sie reiten ihn gut, sehen toll auf ihm aus.»

Ein Trainer, der das Wort «toll» in meine Richtung sprach und der mein Reiten lobte! Erst Pulitzer-Finalistin und nun das, es war fast schon zu viel für einen einzigen Tag. Wenn ich mich nicht vorsah, flog ich vom Pferd.

Fritz und ich gingen, trabten und galoppierten herum und nahmen erst dann ein paar Hindernisse in Angriff. Er war vollkommen durchlässig, ein wirklich gut geschultes Pferd – was er bei zwei persönlichen Trainern und einem Heer von Pferdepflegern wohl auch sein sollte.

«Die Gerade hinunter, Nattie», rief Eli, «da kommt ein normaler Vierer.»

Das bedeutete vier Galoppsprünge zwischen Hindernis eins und Hindernis zwei. Ich richtete Fritz gerade und tat, was zu tun mir aufgetragen worden war. Weder verlangsamte Fritz das Tempo, noch beschleunigte er es, sondern hielt es unverändert bei, und das ist ein Schlüssel zum Erfolg, wenn es darum geht, vor einem Hindernis den richtigen Absprung zu finden.

Sosehr ich Brenda liebe und verehre, manchmal fällt sie vor einem Hindernis zurück, und dann muss ich sie treiben, was ich gelegentlich zu stark tue, was wiederum einen sauberen Absprung verhindert.

Nichts dergleichen bei Fritz. Ich brauchte eigentlich nur stillzusitzen (was manchmal auch leichter gesagt als getan ist). «Unglaublich» war alles, was ich am Ende, als ich Fritz den Hals klopfte, sagen konnte.

«Ja, das ist ein braver Kerl», meinte Eli. «Bereit für den Parcours?»

Ich gehöre eigentlich zu den Reiterinnen, die im Großen und Ganzen keine Angst vor Hindernissen haben, aber dieses Pferd machte es einem noch leichter. Es waren acht, darunter auch ein hässlicher Oxer – hässlich, weil ich Oxern gegenüber einen unbegründeten Widerwillen empfinde.

«Sie wissen, wo's langgeht?», fragte Eli. «Fritz ist ein unkompliziertes Pferd, unkomplizierter geht's gar nicht. Aber sollten Sie irgendwelche Fragen oder Bedenken haben, dann spreche ich sie gern vorher mit Ihnen durch.»

Ich riss die Augen weit auf.

«Alles okay, Nattie?», erkundigte er sich.

«Ja doch. Ich meine, ich bin es einfach nur nicht gewöhnt, während einer Reitstunde zu sprechen. Nein, alles ist toll, großartig. Ich weiß, wo ich lang muss, und Fragen habe ich eigentlich auch keine. Aber vielen Dank, dass Sie gefragt haben.»

Eli sah mich ein bisschen merkwürdig an.

«Ich trainiere bei Rob auf der February Farm», sagte ich.

«O ja, stimmt, jetzt erinnere ich mich. Ashlee hat's mir erzählt», sagte Eli. «Okay, schon verstanden.»

Ich lächelte wissend, er lächelte wissend. Hätten wir uns besser gekannt, dann hätte er jetzt sicher eine seiner witzigen Bemerkungen gemacht, für die er berühmt war. Aber er sagte nur: «Also los!», klatschte in die Hände und griente breit.

Und los ging's. Und was für ein Ritt das war! Einfach himmlisch. Wenn ich auf der Stelle hätte sterben müssen, dann wäre ich mit einem dicken, fetten Grinsen auf dem Gesicht dahingeschieden.

«Wirklich phantastisch, Nattie, du reitest ihn, als tätest du es jeden Tag.» Das war Ashlee. Sie war mit Blue in die Halle gekommen und ein wenig mit ihm herumgetrabt.

«Ich hatte eigentlich nicht viel damit zu tun», sagte ich. «Du könntest diesem Pferd wahrscheinlich auch einen Affen auf den Rücken binden, und es würde genauso gut gehen.»

«Hatten wir schon», meinte Eli. «Er hieß Brian. Ein Knabe, der sich wirklich besser dem Krocketspiel zugewandt hätte.»

«Brian Masters?», fragte ich. «Aber ist das nicht das Kind, das vor ein paar Jahren mal zum Jahresabschluss ganz groß rausgekommen ist?»

Eli nickte. «Genau der. Aber das nur, weil sein Pferd halt Fritz hieß und seine Zappelei schlicht ignorierte.»

«Ich hoffe, Fritz tut das in Culpeper auch für mich.»

«Aber was denn», sagte Eli. «Reiten Sie ihn so, wie Sie ihn hier geritten haben, und ein Preis ist Ihnen sicher.»

«Ihn einfach nur reiten zu dürfen soll mir schon reichen», erwiderte ich.

«Ach, das sagen viele», meinte Eli lächelnd. «Aber liegt uns nicht allen letztlich doch daran zu siegen? Wozu sonst Turniere reiten?»

Da hatte er wohl nicht ganz Unrecht. Es wäre schon nett, das Championat zu gewinnen, aber selbst wenn das nicht gelänge, würde es für mich, das wusste ich, zu einem denkwürdigen Turnier werden. Wenn nur nicht dieses leichte Unbehagen gewesen wäre – Culpeper, auch Commonwealth Park, war schließlich der Ort, wo das Leben Christopher Reeves auf den Kopf gestellt worden war.

Ich sah eine Weile lang zu, wie Ashlee Blue schulte, ein strahlendes Lächeln auf dem Gesicht. Ein solches ließen sowohl Carter Evans als auch Bootsie Feldman vermissen, die beide von der Lounge aus das Geschehen in der Halle durch die große Glasscheibe beobachteten und aussahen, als absolvierten sie ein isometrisches Gesichtsmuskeltraining.

Warum Carter eine Wut im Bauch hatte, war nicht schwer zu erraten. Wenn Ashlee wieder in der Pony-Abteilung antrat, dann war es aus mit den blauen Schleifen für Ralston. Aber welche Laus war Bootsie Feldman über die Leber gelaufen?

Die Laus namens Bobby.

Ich erblickte ihn erst, als ich, Fritz an lockerem Zügel gehen lassend, um eine Ecke bog. Er stand an die Wand gelehnt, eine Bierdose in der Hand.

«Hallo, Nattie, wie ich höre, begleitest du die Kleine nach Culpeper», sagte er, als ich an ihm vorbeikam. «Sie hat eine echte Zuneigung zu dir gefasst, und es gibt nicht viele, von denen sich das sagen lässt.»

«Ich mag sie auch», sagte ich. «Sie ist ein liebes Kind.»

Zum ersten Mal wirkten seine Augen auf mich nicht wie zwei türkisfarbene Strahler, die an die nächstgelegene Steckdose angeschlossen waren. Die Erwähnung Ashlees hatte aus dem großen, raffinierten Verführer einen Mann werden lassen, der verletzbar aussah und auch ein wenig traurig. Er tat mir fast Leid.

«Auch das habe ich noch nicht viele sagen hören», meinte er. «Bei all dem vielen Geld, das ihr Großpapa besitzt, sollte man meinen, dass sie ein leichtes, gutes Leben hat. Aber nichts dergleichen. Das arme Kind hat schon viel durchstehen müssen.»

Wenn er nicht so bemitleidenswert ausgesehen hätte, wäre ich vielleicht auf den Beitrag, den er dazu geleistet hatte, näher eingegangen. Aber er war schwer angeschlagen, und es wäre unrecht gewesen, ihm noch einen Tiefschlag zu verpassen.

«Menschliche Wesen sind erstaunlich widerstandsfähig», sagte ich. «Sie wird es schon schaffen. Siehst du?»

Ashlee kam an uns vorbeigetrabt, und das strahlende Lächeln war immer noch da.

«Ich hoffe, du behältst Recht, Nattie», sagte McMahon. «Ich bete zu Gott, dass du Recht behältst. Wir sehen uns dann morgen.»

Das brachte mich schlagartig in die Wirklichkeit zurück. «Morgen?», fragte ich. «Was soll das heißen, wir sehen uns morgen?»

Das wiederum brachte den alten Bobby zurück. Zack, waren die Strahler wieder an, funkelten die blauen Äuglein wieder in altbekannter Unwiderstehlichkeit. «Hat Ashlee dir das nicht gesagt? Ich fahre euch alle nach Culpeper. Du hast doch wohl nicht geglaubt, ich ließe mein Mädelchen in dieser ausländischen Blechkiste von dir, die sich schlimmer anhört als ich mich am Morgen, dorthin fahren?»

Jetzt war ich mit dem isometrischen Gesichtsmuskeltrainung dran.

52

Dank des ungebetenen Gastes, der im vergangenen Jahr meine Sammlung von Plastikpferden zertrümmert hatte, bekam ich jetzt immer ein bisschen das Nervenflattern, wenn ich in meine dunkle Wohnung heimkam. An diesem Abend war es nicht nur ein bisschen, denn ich wusste ja nicht, ob die Nachricht bis zu Fuzzys Mörder/Brendas Bedroher durchgedrungen war, dass ich mich wieder den Rocklängen zugewandt hatte. Vielleicht dachte er oder sie, es sei an der Zeit, Plan B auszuführen, das heißt mich abzumurksen.

«Hallo, wer da?», rief ich aus, als ob ein wahnsinniger Killer darauf antworten würde: «Nur ich und meine Magnum.»

Ich machte schnell das Licht an und sah, dass alles so war, wie ich es zurückgelassen hatte – mit Ausnahme eines großen silbernen Klumpens auf dem Küchentisch. Mein Pulsschlag beschleunigte sich. Ein weiteres krankes Geschenk, um mich abzuschrecken? Ich weigerte mich, über diese Möglichkeit nachzudenken, und hob die Folie hoch. Und fing an zu weinen.

Aber es waren Tränen der Freude, die besten, die es gibt.

Es war ein durch und durch gesund aussehender Kuchen, auf dem in türkisfarbenen Buchstaben stand: HURRA, NATTIE! Darunter war eine aus Tofu-Cremeguss handgefertigte Pulitzermedaille, gelb auf schwarzem Grund.

Weil ich mich so überstürzt hatte vergewissern wollen, dass der Silberklumpen nicht irgendein Tierkadaver oder Schlimmeres war, hatte ich die Notiz völlig übersehen, die danebenlag. Ich erkannte Sarah Janes schnörkelige Handschrift.

Nattie, die Aluminiumfolie NICHT entfernen, bevor wir wieder da sind! Wahrscheinlich gegen neun. Sarah Jane.

Man spreche mir von Schuld. Ich hatte ihr gestern Abend beinahe eins auf die Nase gegeben – und sie hatte den Tag damit verbracht, mir einen Kuchen zu backen!

Die Kehrseite der Medaille: Ich musste ihn auch essen. Sarah Jane war zwar eine gute Köchin, aber es hätte einer Zauberin bedurft, um ohne Zucker, Eier, Getreide- oder Milchprodukte etwas Essbares herzustellen – alles Dinge, die strengen Vegetariern wie ihr und Lou untersagt waren.

Während ich darüber nachsann, wie ich mich darum drücken könnte, bemerkte ich, dass mir das rote Lichtlein meines Anrufbeantworters ein «Komm mal her!» zublinzelte.

Es waren drei Nachrichten drauf. Die erste war von Denise. «Ich hab's gehört. Gratuliere! Wenn ihn jemand verdient hat, dann du, und sei es nur dafür, dass du meine Schwester ertragen musst. Sie hat mich heute Nachmittag angerufen und mir gesagt, sie sei in die Endauswahl des Pulitzer gekommen. Ich habe fünf Minuten gebraucht, um aus ihr herauszubringen, dass du die

Story geschrieben hast. Ignorier sie und sonn dich im Glanz des Ruhms.»

Dann Tony. Ich hatte in seinem Büro die Bitte hinterlassen, mich zurückzurufen. Dabei war ich so aufgeregt gewesen, dass selbst die Dame, die die Anrufe entgegennimmt und mich immer erkennt, mitbekommen hatte, dass da was los war. «Darlene sagt, du hättest geklungen, als ob du zum Platzen voll wärst. Was ist passiert? Darfst du nicht mehr über Halstücher schreiben? Das heißt doch nicht etwa, dass du dich wieder mit Morden befasst, oder? Ich will mit dir sprechen, oder besser: dich sehen. Bald, wie ich hoffe.»

Nicht so bald – ich hatte noch keine Gelegenheit gehabt, ihn von meiner geplanten Reise mit Miss McMahon zu unterrichten.

Die letzte Nachricht war von Gail. «Nattie, lebst du noch? Wo steckst du denn? Ich habe dauernd in deiner Redaktion angerufen, und du hast dich nie gemeldet. Und hier auch nicht. Ruf mich bitte an, sobald du nach Hause kommst, es ist wichtig.»

Sie hob bereits nach dem ersten Klingeln ab. «Nattie?»

«Ich und keine andere», sagte ich. «Du sprichst hier mit der einzigen lebenden oder toten Reporterin des *Charlotte Commercial Appeal*, die in die Endauswahl für den Pulitzer gekommen ist.»

Ich hörte am anderen Ende der Leitung einen Schrei ähnlich dem, den ich am Vormittag im Büro ausgestoßen hatte.

«O Gott, Nattie, das ist ja unglaublich. Einfach Wahnsinn. Ich bin sprachlos. Du hast es weit gebracht, Mädchen!»

«Danke, meine Süße», sagte ich. «Das war wirklich ein ganz erstaunlicher Tag. Du wirst nie raten, wohin ich morgen fahre.»

Ich berichtete ihr, am Schluss auch von Eli. «Du hättest mich sehen sollen, Gail. Es hat mir glatt die Sprache verschlagen, als er wissen wollte, ob ich irgendwelche Fragen oder Bedenken hätte, die wir vor dem Ritt erörtern sollten.»

Sie lachte. «Nicht ganz der Stil unseres lieben Rob, was? Freu dich dran, solange du kannst. Hör mal, ich tu's nicht gern, ich meine, dir die Stimmung vermiesen, aber weißt du, was ich gestern den ganzen Tag gemacht habe?»

«Mit Torkesquist das Kamasutra studiert.»

«Schön wär's. Haben wir übrigens letzte Woche getan. Nein, ich bin überall rumgefahren und habe Allie gesucht. Als ich gestern Morgen aufgewacht bin, war das Tor zu seiner Koppel offen, und ich wusste genau, dass ich es am Abend zugemacht hatte. Du weißt ja, wie sehr ich auf so etwas achte.»

Ohne Frage. Es war bei ihr schon fast eine Obsession.

«Was willst du damit sagen, Gail? Dass jemand dein Pferd absichtlich rausgelassen hat?»

«Genau. Und es braucht nicht gar so viel, um auf den Gedanken zu kommen, dass es derselbe Mensch gewesen ist, der mich auf die Kreditkartentour geschickt, dir das Kabel an die Boxentür gehängt und wahrscheinlich auch Fuzzy umgebracht hat. Ich meine, du hättest was gesagt, du wolltest die Fragerei einstellen.»

«Hab ich, ja. Gesagt und auch getan. Es geht mich nichts mehr an. Wirklich nicht, ich schwör's. Ich wünschte nur, die Nachricht würde endlich mal diesen Menschen erreichen.»

«Soll das heißen, dass du gar nicht mehr wissen willst, was ich von der Frau in dem Tante-Emma-Laden erfahren habe?»

«Dazu kennst du mich zu gut, Gail», sagte ich. «Nur dies eine Mal noch. Danach kein Wort mehr über Fuzzy McMahon. Ehrlich. Also, was hast du rausgefunden?»

«Es ist ein alter Mann gewesen, der den Umschlag reingebracht hat. Daran hat sich die Frau noch erinnern können und daran, dass er dunkle Zähne gehabt hat. An nichts weiter.»

Ein alter Mann, dessen einst perlweiße Zähne ihren jugendlichen Glanz verloren hatten. Wie gut, dass ich nicht mehr an dem Artikel arbeitete. Noch mehr solche unbestimmten Hinweise, und ich wäre mit dem Kopf gegen die Wand gerannt. Also lass es, sagte ich mir. Ich hatte an Wichtigeres zu denken, so zum Beispiel daran, dass ich in Culpeper eine wunderbare Zeit zu verbringen gewillt war.

53

Sieben Stunden, drei Leute, eine Sitzbank. Wenigstens saß Ashlee in der Mitte.

Aber um die Wahrheit zu sagen: Die Fahrt war ein großer Spaß. Ich hatte mich derart auf die negativen Seiten McMahons konzentriert, dass mir seine positiven glatt entfallen waren. So war er zum Beispiel ein wahnsinnig guter Geschichtenerzähler, was bei einer langen Fahrt nicht ungelegen kommen kann.

Und dann Culpeper, über das ich schon seit Jahren immer wieder im *Chronicle of the Horse* gelesen hatte. Es bestand aus weiten, grünen Flächen, vielen soliden Ställen, fünf Bahnen sowie hübschen kleinen Häuschen im Zentrum von allem, wo man die verschiedensten Dinge kaufen konnte.

Am Eingangstor begrüßte uns eine freundliche junge Dame, die uns unsere Boxen zuwies und uns gar nicht genug Glück wünschen konnte. «Das wird ein tolles Turnier für Sie werden», rief sie uns auch noch nach. «Viel, viel Glück!»

Wusste sie etwa was, was ich nicht wusste?

Als wir zu den Boxen kamen, waren die Pferde bereits eingetroffen und bestens versorgt worden. Eli und Jackson hießen uns willkommen. Mit Lächeln statt Befehlen. Ich könnte mich daran gewöhnen!

«Warum setzen sich die Damen nicht mal in den Sattel und verschaffen den Jungs etwas Bewegung?», schlug Eli vor. «Wir sind in ein paar Minuten da, dann kann das Training beginnen. Nattie, ich habe Sie in einer einfacheren Klasse gemeldet, damit Sie erst einmal ein Gefühl dafür bekommen, wie Fritz sich auf dieser Bahn so reitet.»

«Einfachere Klasse?», sagte ich. «Machen Sie Witze? Da wäre ich die einzige Amateurin und könnte den 20-Dollar-Schein für die Meldung gleich in den Ofen stecken.»

Eli lachte. «Augenblick mal, sind Sie nicht die, die nicht um der Schleifen willen reitet? Sich nix draus macht?»

«Ertappt», sagte ich. «Ich hab gelogen und versucht, Ihnen zu demonstrieren, was für ein hoch entwickeltes Wesen ich bin.»

«Ich glaube, das hat noch ein paar Leben Zeit», meinte er. «Also, dann streifen Sie mal Ihrem unterentwickelten Ich die Feinklamotten über. Wir sorgen inzwischen fürs Satteln.»

Das war das Nächste, was ich mitbekam – ich würde nach dem Springen nicht drei Stunden damit zubringen müssen, das Sattelzeug zu reinigen, die Pferde mit Heu und Wasser zu versorgen, die Boxen auszumisten. Ich gewöhnte mich langsam daran, ebenso wie an die Umkleideräume, wo es nicht nur richtige Wasserklosetts gab, sondern auch große Spiegel, in denen man sehen konnte, was man tat.

Sich für ein Turnier anzukleiden ist für jemanden, der nicht detailversessen ist, eine Tortur – so etwa für mich. Alles muss nicht nur blitzsauber sein, sondern auch bleiben. Das Schlimmste sind die Reitkappen für Leute mit langen Mähnen, für die es spezielle Verfahren gibt, ihre fließenden Flechten unter dem schwarzen Samt zu verstauen. Dazu gehören viele Haarnetze, Haarklemmen und Versuche, es hinzubekommen. Hinterher darf kein Härchen mehr zu sehen sein.

Es überrascht mich immer noch, dass ich als ein Mensch, dem jegliche Autorität zuwider ist und der sich absichtlich über alle Modetrends hinwegsetzt, bei Turnieren derart bemüht bin, so auszusehen wie alle anderen. Nicht dass es je funktioniert hätte. Dem stehen schon mal meine recht breiten Hüften im Weg.

Als ich den vierten Versuch unternahm, meine Mähne unter Kontrolle zu bringen, kam Ashlee herbei und sagte: «Lass mich das mal machen.»

«Hallo, Ashlee, wie geht's dir?», sagte jemand an der Tür, den ich nicht sehen konnte. Es war die Stimme eines jungen Mädchens, wahrscheinlich in Ashlees Alter.

«Hey, Jenny», antwortete Ashlee und klang dabei eher wie Marlon Brando, weil sie einen Haufen Haarklemmen zwischen den Lippen hielt. «Bist du mit Cedarhill da?»

«Klar», antwortete das Mädchen. «Das mit deiner Mama tut mir Leid.»

«Danke», sagte Ashlee. «Ich hoffe, bei dir und deiner Mama geht alles besser.»

Das Mädchen murmelte etwas. Sie hatte außer ihrer Zunge nichts Hinderliches im Mund, sodass ich davon ausging, dass ihr Gemurmel keine Zustimmung beinhaltete.

«Fertig, Nattie», sagte Ashlee zu mir. «Was meinst du?»

Ich meinte, dass ich endlich einmal so aussah wie alle anderen – von der Taille an aufwärts. «Wau! Wir sollten dich fortan Fräulein Ashlee nennen und dir zu einem Job in Rolands Schönheitssalon verhelfen.»

Als ich mich umdrehte, um in den Spiegel zu schauen, verschwand das Mädchen, mit dem Ashlee gesprochen hatte, gerade in einer der Kabinen. Da mein Schielauge so weit zur Seite wandert, dass ich links fast über die Rundumsicht eines Pferdes verfüge, konnte ich das Mädchen zwar nur kurz sehen, aber immerhin recht deutlich.

Ich fuhr herum, um noch genauer hinzuschauen, aber da hatte sie bereits die Tür zugemacht. Ich kannte sie, und mein Gehirn sandte so etwas wie Alarmsignale aus. Warum nur?

Als wir zum Stall zurückgingen, wollte ich Ashlee nach dem Mädchen fragen, aber leider trafen wir eine alte Freundin, die sich uns anschloss.

Fritz hatte wieder seinen Partyanzug an, sozusagen, diesmal allerdings eher Zylinder und Frack, denn zu dem teuren Zaumzeug und Sattel waren eine perfekt eingeflochtene Mähne, ein herausgeputzter Schweif und blank polierte Hufe gekommen. Der Anblick nahm mir den Atem.

Noch ehe ich Fritz zum Aufsitzblock führen konnte, war schon ein Betreuer an meiner Seite, half mir in den Sattel und wischte mit einem frischen weißen Handtuch über meine Stiefel.

Ich gewöhnte mich wirklich an das alles.

Fritz und ich ritten um die Bahn, Schritt, Trab, Galopp. Er war noch vollkommener als am gestrigen Abend, wenn das überhaupt im Bereich des Möglichen lag. Ich war sicher, dass Eli oder Jackson ihn schon geritten hatten, um ihn auf die Amateurin vorzubereiten, das heißt auf mich. Ich ließ ihn über ein paar einzelne Hindernisse springen – und dann ging's raus auf den Parcours.

«Viel Spaß», rief mir Eli zu.

Wie denn auch nicht? Fritz war wieder völlig durchlässig, hielt das Tempo und setzte über jedes Hindernis, als ob in Stein gemeißelt stünde, dass Nattie Gold und Fritz gar nicht anders könnten, als den richtigen Absprung zu finden.

«Gebt dem Mädel eine blaue Schleife», sagte Eli, als ich aus der Bahn geritten kam. «Hüpfen Sie runter, und kommen Sie erst mal wieder zu Atem.»

Ich war noch nicht auf dem Boden gelandet, da war schon ein Pferdepfleger da, hielt den Zügel und war bereit, Fritz zu versorgen, das heißt all das zu tun, was sonst mir oblegen hätte.

«Ich glaube, wir brauchen nicht mehr rumzuhängen, Eli, und

auf eine Schleife zu warten», sagte ich. «Fritz ist zwar ein großartiges Pferd, aber sehen Sie sich doch mal an, gegen wen ich hier antrete. Alles Profis mit ihren Spitzenpferden.»

«Beeilen Sie sich», sagte Eli, «Sie kriegen eine Schleife, da wette ich meinen Butet-Sattel.»

Nein, den schönen, teuren Sattel gewann ich leider nicht, dafür aber einen zweiten Platz, also eine rote Schleife, was angesichts der Konkurrenz schon recht beachtlich war.

«Also auf, trinken wir zur Feier des Erfolgs ein Sodawasser», sagte Ashlee.

Als wir zu dem überdachten Stand (auf unseren Turnierplätzen auch das eine Seltenheit) gingen, wo es Erfrischungen gab, kam das Mädchen aus dem Umkleideraum an uns vorbei. Es führte eine große, graue Stute am Zügel. Jetzt, wo ich den Ritt hinter mir und den Kopf wieder frei hatte, fing die Sache an, mich zu beschäftigen. Wer war sie, und warum sagte mir mein Kopf, ich solle sie beachten?

Ich wandte mich an Ashlee. «Dieses Mädchen mit der Stute, das, mit dem du im Umkleideraum gesprochen hast, wer ist das?»

«Du meinst Jenny? Jenny Fulton? Sie geht in meine Schule. Wir waren mal so was wie gut befreundet. Sie ist oft zum Stall rausgekommen, hat mir bei der Arbeit geholfen und dafür ein paar der Pferde reiten dürfen. Dann hat es irgendwie Streit gegeben. Vorhin haben wir seit langem zum ersten Mal wieder ein paar Worte gewechselt.»

«Weswegen habt ihr euch gestritten?»

«Blödes Zeug. Sie hat mich ein verzogenes Gör genannt, und ich hab sie Carrie gerufen, wie die Nonne in dem Film, weil ihre Mutter doch zu diesen religiösen Spinnern gehört.»

Bingo, da war die Verbindung! Ihre Mutter war die Dame gewesen, die mich zu der «totalen Frau» begleitet und mich bei der

Gelegenheit zu der für eine Reiterin notwendigen Ausstattung befragt hatte, weil ihre Tochter gerade dabei gewesen war, reiten zu lernen. Die Frau, die behauptete, ihr Sohn sei von Quarrels belästigt worden. Jetzt wusste ich, warum mir das Kind so bekannt vorgekommen war – ich hatte es schon zusammen mit seiner Mutter auf Turnierplätzen umherwandern sehen.

«Ich weiß, ich hätte das nicht sagen sollen», fuhr Ashlee fort, «aber es macht mich ganz wild, wenn die Leute mich für ein verpimpeltes Balg halten. Es ist doch nicht meine Schuld, dass ich so reich bin.»

«Sag mal, Ashlee, was hast du damit gemeint, als du zu ihr sagtest, du hofftest, es gehe mit ihrer Mutter wieder besser?»

«Tja, deshalb hätte ich das über ihre Mutter nicht sagen dürfen, dass sie eine Spinnerin ist und so. Unmittelbar vor unserem Streit sind wir zu dem Turnier in Camden gewesen und haben im Hotelzimmer eine ganze Nacht durchgequatscht. Ohne die Mütter. Meine war daheim und besoffen und ihre im Krankenhaus. Du weißt schon, in dem Teil, wo die Verrückten sind.»

«Du meinst die geschlossene Abteilung für geistig Behinderte?»

«Genau die», sagte Ashlee, mit dem Kopf nickend. «Ich denke, ihre Mutter ist wirklich irre. Eine Schizoide.» Ashlee hob erschrocken die Hand vor den Mund. «O Gott, tut mir Leid, Nattie. Ich hab nicht an das mit deinem Vater gedacht.»

«Ist schon gut», sagte ich. Ich übersprang meine üblicherweise jetzt fällige Rede zum Thema «Geistige Behinderung – nichts, dessen man sich schämen muss!», denn wie ich mich erinnerte, hatte Ashlee die schon gehört. Und ich wollte mehr über Jennys Mutter erfahren. Das war etwas, wovon ich Henry unterrichten musste, und zwar pronto.

Ashlee berichtete mir von ihrer nächtlichen Aussprache mit Jenny. Sie sagte, diese sei damals furchtbar hin- und hergerissen gewesen. Ihre Eltern hätten gerade mitten in der Scheidung gesteckt, und deshalb sei ihre Mutter noch überkandidelter gewesen als sonst. Sie habe sie, Jenny, damals dazu zu bringen versucht, den Lehrer anzulügen und zu sagen, ihr Vater hätte da unten böse Sachen mit ihr gemacht. Sie dürfe nie wieder reiten, wenn sie es nicht täte.

«Und ich hatte gedacht, vor allem meine Mutter sei böse», sagte Ashlee. «Jenny meinte, außer ihrem Pfarrer sei ich die Einzige, der sie das je erzählt habe. Ich hab mir damals gewünscht, ich hätte jemanden wie ihn zum Reden gehabt. Das klang irgendwie total cool. Dann, eine Woche später, war sie wieder ganz wie früher. Ich fragte sie, was passiert sei, und sie sagte, ihr Pfarrer hätte alles in Ordnung gebracht. Du verstehst, was ich meine? Einfach cool.»

Der Reverend Rowe Quarrels einfach cool? Er hatte das arme Mädchen wirklich aus einer schlimmen Lage befreit, und ich musste mir ehrlicherweise eingestehen, dass er vielleicht doch Gottes Willen tat (wenn er nicht gerade mir das Leben schwer machte).

«Ich muss mal schnell telefonieren, Ashlee, wir treffen uns im Stall, ja?» Ich raste zum nächsten Münzfernsprecher und tippte die R-Gesprächs-800 des *Appeal.* Ich erwischte Henrys Anrufbeantworter.

«... verstehst du, das muss die verdrehte Methode dieser Frau sein, mit jemandem abzurechnen», sagte ich schnell, denn die Zeit wurde knapp, und ich hoffte, auch noch meine Zusammenfassung auf dem Band unterzubekommen. «Veranlasst ihre Kinder, die Leute, auf die sie gerade sauer ist, der sexuellen Belästigung zu bezichtigen. Die Kids tun mir Leid, aber der Pfarrer – genau, niemand anders als Reverend Rowe Quarrels – ist Ashlee zufolge der Retter des Mädchens gewesen. Des Jungen wohl auch. Tut mir Leid, dass ich dir den Versuch, einen weiteren Pulitzer einzuheimsen, vermasseln muss, mein Bester, aber meinst du nicht auch, dass zwei genug sind? Ich weiß, ich weiß, da zähle ich auch die Pulitzer mit, die noch gar nicht zuerkannt worden sind, aber selbst wenn wir ihn nicht gewinnen, bleibt es eine große Ehre, in die Endauswahl gekommen zu sein.»

Mir entfuhr ein lautes Lachen. Wem machte ich da eigentlich was vor? Eine Ehre, in die Endauswahl gekommen zu sein? Nur das? Nein. Wie Eli schon angemerkt hatte: Wir wollen eigentlich doch alle immer siegen!

54

Da es noch März war, stand die Sonne schon tief, als ich vom Telefon zurückkam. Dabei war es noch nicht einmal halb acht. Ashlee saß auf ihrer Putzkiste und unterhielt sich mit Eli und Jackson.

«Fertig zum Aufbruch?», fragte sie.

Ich sah mich um. Nichts war für die Nacht weggeräumt. «Aufbruch? Wo noch so viel zu tun ist?», sagte ich. «Ich glaube, ich sollte hier bleiben und helfen.»

Auch wenn ich die Kleine sehr mochte, war doch begreiflich, warum Jenny Fulton, die Pferdeäpfel zusammenkehren musste, wenn sie reiten wollte, Ashlee ein verzogenes Gör genannt hatte.

«Nein, komm nur mit, die machen das schon», sagte Ashlee und deutete mit ausladender Geste auf die sechs oder acht oder zehn – ich hatte die Übersicht verloren – Pferdepfleger, die allenthalben am Werk waren. «Daddy will mit uns und Eli und Jackson essen gehen.»

O Mann, wieder mit Bobby McMahon das Brot brechen. Das sollte wohl ein denkwürdiger Abend werden.

Ashlee fuhr mit Daddy und ich mit den beiden Trainern in ihrem Dreiachser. Wir folgten McMahon bis zu einem kleinen Einkaufszentrum, wo wir – wie Jackson versprach – in einem versteckten Winkel das beste Restaurant Culpepers finden würden. Dort angelangt, begrüßte uns eine freundliche Kellnerin mit vollem, blondem Haar. Sie umarmte Eli und Jackson, als wären die beiden zwei lange verschollen gewesene Söhne.

Wie sich nun zeigte, war McMahon nicht der einzige begabte Erzähler – Eli und Jackson konnten durchaus mithalten und machten die Welt der Turniere zu ihrem Thema. Hat man einen Haufen Leute, die nichts zu tun, aber zu viel Geld haben, das sie für ihr Nichtstun ausgeben können, dann hat man den perfekten Nährboden für ein seltsames, in vielen Fällen nicht gerade einnehmendes Verhalten, das heißt auch für viele irre Geschichten.

Auf diese Weise erfuhr ich etwa von der Dame, die nach den Turnieren immer gern mit ihren Freunden Russisches Roulette spielte. Glücklicherweise war noch nicht mehr als ein Radio ins Jenseits befördert worden, was vor allem daran lag, dass alle immer viel zu besoffen waren, um den Revolver hoch und sich an den Kopf halten zu können – und so weiter.

Bis ich meine Spaghetti gegessen hatte, hatte ich schon so viel über so viele Reitersleut gehört, dass ich leicht einen Schlüsselroman hätte schreiben können (obwohl zu diesem Zeitpunkt die Tinte in meinen Adern durch den Pulitzer-Erfolg noch so in Wallung war, dass ich mir unmöglich vorstellen konnte, mich könnte je etwas anderes glücklich machen als das Schreiben von Zeitungsartikeln, Modekolumnen eingeschlossen). Aber man weiß ja nie, wie das Leben spielt.

Was ich wusste, war, wohin uns McMahon nach dem Essen brachte, nämlich ins Holiday Inn. Er setzte uns vor dem Eingang ab und fuhr seinen LKW auf den Parkplatz. Ich sah mich um – ich war weit weg vom Motel 6, und ich spreche hier nicht von

Meilen. Fünfzehn von Mr. Patels Lobbys hätten in diese eine hineingepasst.

Ashlee trug uns an der Rezeption ein und bekam die Schlüssel ausgehändigt. Wir gingen am Pool vorbei und dann die Treppe hinauf zu unseren Zimmern. Auch daran hätte ich mich gewöhnen können: Frotteehandtücher mit genug Frottee, um tatsächlich Wasser aufzusaugen, feste Matratzen und eine Klimaanlage, die nicht wie der Motor meines Autos klang.

Ashlee und ich (wir teilten uns ein Zimmer) gingen alle Pferde durch, die wir an diesem Tag gesehen hatten. Wir waren wie zwei Dreizehnjährige, die sich über alle gut aussehenden Jungs der 9. Klasse austauschen. Wir hätten wahrscheinlich die ganze Nacht verplaudert, wenn Ashlee das nicht am nächsten Tag schwer hätte büßen müssen. Und was mich anging, so war ich einfach zu alt dafür.

«Ich muss jetzt schlafen, Mädchen», sagte ich, «sonst rausche ich morgen mit deinem Wunderpferd volle Pulle in einen Oxer rein.»

Ich schlief so fest, dass ich, sollte ich irgendwelche irren Träume gehabt haben, sie beim Wachwerden nicht mehr erinnerte. Ich geriet ein wenig in Panik, weil es schon sieben war – und da war ich bei Turnieren für gewöhnlich schon zwei Stunden auf den Beinen. Dann fiel mir jedoch wieder ein, mit wem ich zusammen war und dass der Schwarm ihrer Drohnen sich schon die Seele aus dem Leib summte und all die Arbeiten verrichtete, die zu verrichten ich gewöhnt war.

Ashlee lag in dem anderen Bett und tat, was kleine Mädchen gern tun, nämlich weiterschlafen. Es war nicht nötig, sie jetzt schon zu wecken. Ich ging unter die Dusche, und zu meiner Freude war der Wasserdruck groß genug, um die Seife von mir abzuspülen.

Ich wickelte mich in ein kuscheliges Handtuch und versuchte, so leise wie möglich in meinem Kosmetikkoffer nach meinen Pflegemittelchen zu kramen. Je älter ich wurde, desto toller trieben es die Fläschchen und Döschen und bescherten mir so viele Nachkommen, dass ich kaum noch erinnern konnte, welche Creme wohin gehörte und wann. Obwohl mir ein Dermatologe mal versichert hatte, dass man sich genauso gut Vanillepudding ins Gesicht schmieren könne und damit dieselbe Wirkung erziele, war ich der gutgläubige Trottel geblieben, der an Wundermittel glaubte. Erst recht jetzt, wo mein Gesicht allmählich an ein ausgetrocknetes Flussbett erinnerte.

«Morgen, Nattie.» Ashlee war aus dem Bett gekrochen. Sie stand am Fenster und aß etwas. «Das ist gut, aber was ist es?»

Sie hielt ein Stück Alufolie in der Hand, und darin befand sich ein Stück von dem Festtagskuchen, den Sarah Jane für mich gebacken hatte. Ashlee lag richtig – der Kuchen war gut, besser, als ich erwartet hatte. Ich hätte mir Sorgen machen müssen, ob ich nach vier Stück noch in meine Reithose passen würde.

Ich hatte ein paar Stücke mitgebracht, damit Ashlee sie probieren konnte. Sie hatte mich irgendwann einmal nach den merkwürdigen Dingen gefragt, die mein Vater aß, und deshalb wollte ich sie mit etwas bekannt machen, dessen Hauptbestandteile Tofu und Malz waren.

Obwohl ich nicht wie Gail unter einem Übermaß an Ordnungsliebe litt, war ich sicher, dass ich die Kuchenstücke zusammen mit ein paar Büchern und Info-Material über Kindesmissbrauch, das zu lesen mich Henry gebeten hatte, in meinen Rucksack getan hatte. Und ich war auch sicher, dass ich dessen Reißverschluss vor dem Aufbruch gestern zugezogen und seitdem nicht geöffnet hatte.

«Das ist ein Biokostkuchen», sagte ich. «Halt dich fest, Kleine, aber du hast gerade Sojabohnen, Gerste, Seetang und solche gesunden Sachen gegessen. Nicht schlecht, was?»

«Igitt», erwiderte Ashlee. «Seetang? Du machst Witze. Den isst dein Vater? Und ich hatte gedacht, nur mein Daddy sei irre, weil er Schweinsfüße isst.»

Jetzt war ich mit einem «Igitt» dran. «Schweinsfüße?», sagte ich. «Also, Ashlee, das ist ja wirklich ungeheuerlich.»

Wir lachten beide herzhaft, als es an der Tür klopfte. Obwohl die Handtücher des Holiday Inn alle intimeren Körperteile und mehr bedecken (was man von denen der Motels, in welchen ich gemeinhin nächtige, nicht sagen kann), änderte das nichts an meiner Nacktheit darunter. Deshalb schlüpfte ich schnell ins Bad, während Ashlee zur Tür ging.

«Es ist Daddy», rief sie mir zu. «Er sagt, wir müssten in fünf Minuten los.»

Kein Problem – ich bin schon immer eine Sprinterin gewesen. Wie sich zeigte, war auch Ashlee eine.

Wir waren eher beim LKW als Daddy.

55

Was soll ich über die folgenden Tage sagen? War ich gestorben und in den Himmel gekommen? Hatte ich am Ende all mein schlechtes Karma zurückgezahlt? Hatten die Götter, die im Obergeschoss mit meinen Karten spielten, einen Royal Flush? Oder war ich eigentlich Pamela Ewing und alles ein Traum?

Die langen blauen, roten und gelben Bänder der dreifarbigen Kokarde taten, was sie sollten, und flatterten poetisch im Wind, als ich damit zurück zu unseren Boxen ging. Ja, es stimmt – Fritz hatte mich ganz nach oben gebracht und mir zum Championat verholfen. Wir hatten sie alle geschlagen, selbst diejenigen, die von Turnier zu Turnier fuhren, 59 Wochen des Jahres. Wir hatten sogar die seit zwanzig Jahren amtierende Meisterin der Gruppe der Erwachsenen (Leslie Jones mit ihrem großen Fuchswallach, einem Halbbruder Brendas) besiegt.

Ach, Brenda. Ich vermisste sie schrecklich. Ich ritt Fritz wahnsinnig gern, aber irgendwie erschien es mir auch nicht recht, ohne Brenda bei einem Turnier zu sein. Ich befreite meinen Kopf von allem Geplapper, wie es mir Sarah Jane beigebracht hatte, bat die himmlische Polizei um Schutz vor umherspukenden Spinnern und bemühte mich intensivst, die Verbindung herzustellen. Ich wusste nicht, ob Brenda mir antworten würde, aber ich sprach vor mich hin.

«Ich wünschte, du wärst hier», seufzte ich und hätte schwören können, dass ich jemanden oder etwas sagen hörte: «Ich auch.»

Ashlee war ebenfalls erfolgreich. Das konnte nicht gar so überraschen, denn es gab einfach kein besseres Pony als Blue By You. Aber auch ihr Olympia-Pferd Kiss-Me schlug sich gut. Oder zumindest besser. Die Stute gewann zwar kein Championat, aber sie trat nicht ein einziges Mal voll auf die Bremse, und die kleine Reiterin blieb bei allen Springprüfungen im Sattel.

Alle von der Anyday Farm waren glücklich. Ich, Ashlee, Jackson und Eli. Selbst die verbiesterten Einflechter lächelten. Und das will was heißen!

Das nehme ich zurück. Nicht das, was ich über die Einflechter gesagt habe. Sie lächelten wirklich, obwohl sie kaum Grund dazu hatten. Ihre Finger schmerzen immer, sie müssen aufstehen, ehe noch die Sonne eine Möglichkeit gefunden hat, darüber nachzudenken, ob sie aufgehen soll, und sie müssen, kaum dass sie fertig sind, alles wieder auseinander reißen, um am nächsten Tag von vorne zu beginnen.

Was ich sagen wollte, ist, dass nicht alle von der Anyday Farm glücklich grinsten. Carter Evans war vor Wut so heiß, dass man ihren Kopf als Tauchsieder hätte benutzen können. Ich war gerade allein im Stall, als sie und Ralston vom Parcours zurückkamen, Wishbone hinter sich herziehend, der der große Sieger gewesen war, seit Fuzzy Blue aufs Altenteil geschickt hatte.

Sie sahen mich nicht, weil ich in der Box, in der das Zaumzeug und die Sättel lagerten, meine Sachen reinigte. Man legt halt alte Gewohnheiten nur schwer ab.

«Endlich bin ich die alte Hexe los, da kehrt ihre Tochter zu den Ponys zurück», schimpfte sie. «Ich kann's nicht fassen!»

«Aber Mama», jammerte Ralston, «was soll's denn? Ich reite doch, nicht du. Und außerdem, wenn dich das so quält, warum habt ihr, du und Daddy, Blue nicht gekauft, als Ashlee aufgehört hat, ihn zu reiten? Ashlee hat mir gesagt, sie hätten nur hundertzwanzig für ihn haben wollen, weil die Röntgenaufnahmen nicht ganz sauber waren. Du hattest ihn kriegen können, aber nein, du musst ja immer alles so machen, wie du es willst.»

Irgendetwas stimmt nicht, wenn ein dreizehnjähriges Mädchen ein «nur» vor die Zahl 120 wie in 120 000 Dollar setzt und damit das am Hals eines Ponys hängende Preisschildchen meint.

«Riskier du hier mal keine große Lippe, meine Liebe», fuhr Carter sie an. «Und zu deiner Information: Wir haben versucht, Blue zu kaufen. Als ich Fuzzy gefragt habe, ob er zum Verkauf stünde, hat sie mir ins Gesicht gelacht. Du wirst dich mit Wishbone begnügen müssen, bis wir etwas für dich gefunden haben, mit dem du Blue schlagen kannst.»

Was ich da gehört hatte, machte wohl Carter Evans wieder zur Hauptverdächtigen. Aber in Wirklichkeit interessierte mich das alles ja nicht mehr. Eine Artikelserie über die hässliche Seite des Turniergeschäfts reichte mir – erst recht, wo diese jetzt in die Endauswahl für den Pulitzer gekommen war.

Ich möchte ja nicht allzu sehr wie Sarah Jane klingen, aber all diese negative Energie ist nicht gut für die Seele. Ich hatte gerade eine fast vollkommene Woche hinter mir (es fehlte eigentlich nur, dass Brenda da war), und ich wollte mich von diesen fusselig warmen Empfindungen noch nicht wieder trennen. Hätte ich auch nicht getan, wenn Ashlee nicht ihre kleine Bombe geworfen hätte. Als wir mit allem endlich fertig waren, fuhr uns ihr Vater ins Holiday Inn, damit wir dort unsere Sachen packten.

«Ich hoffe, du bist mir nicht böse, Nattie», sagte Ashlee, «aber ich fahre nicht mit dir und Daddy zurück.»

«Was?», sagte ich und versuchte, ruhig zu bleiben. Bis jetzt hatte ich es ganz gut geschafft, ihr nicht zu sagen, dass ich ihren Vater schon fast für so etwas wie ein Drüsensekret hielt.

«Tut mir Leid, aber Grams und Pop-Pop sind auf dem Weg hierher und gleich da. Sie wollen mich für den Rest der Frühjahrsferien mit nach Washington nehmen. Wir wohnen dort in ihrem Apartment, das ist in diesem berühmten ... oh, wie hieß es doch gleich? ... Gebäude, wo dieser Präsident ... wie war sein Name? ... bei irgendwas erwischt worden ist.»

Hatten sie in ihrer Schule keinen Geschichtsunterricht?

«Du meinst das Watergate-Gebäude?»

«Ja, das ist es. Das hat diese komisch aussehenden Zähne auf den Balkons. Ich hab gefragt, ob du nicht auch mitkommen könntest, aber Daddy sagt, Großmama möchte, dass es für mich ganz eigene Ferien werden, wegen Mama und allem. Tut mir Leid.»

«Ich hätte sowieso nicht mitkommen können, ich muss doch arbeiten. Aber es ist lieb von dir, dass du dran gedacht hast. Weißt du», sagte ich und versuchte, lässig zu klingen, «vielleicht nehmen mich ja Jackson und Eli mit zurück. Ich hätte nichts gegen sieben Stunden Turniergetratsche.»

«Ja, das könnte lustig sein. Aber es geht nicht.»

«Und warum nicht?», fragte ich, um Fassung ringend.

«Ihr Laster ist voll. Der Wagen von einem der Pferdepfleger ist kaputt, deshalb müssen sie drei von den Leutchen mitnehmen. Warum klingst du so komisch? Daddy beißt nicht, weißt du.»

Ach, wirklich nicht? Ich wusste etwas, was sie nicht wusste.

Okay, sieben Stunden allein mit Bobby McMahon. Kosmische Nachforderung für die Sternschnuppenwoche. Gut, ich konnte damit leben. Ich atmete dreimal durch und sprach mein altes TM-Mantra.

«Du bist doch nicht sauer, Nattie, oder?»

«Nee, keine Bange, Ashleelein, dein Daddy und ich, wir werden schon ganz gut miteinander auskommen. Hilf mir doch mal aus meinen Stiefeln.»

Sie packte den Hacken des rechten und zog heftig daran.

«Auaaaa», schrie ich. «Lass los, schnell!»

Ich musste die Farbe der Holiday Inn-Handtücher angenommen haben, denn Ashlee erkundigte sich entsetzt: «Was hab ich gemacht, Nattie? Ist alles okay?»

Ich stampfte meine Hacke in den Stiefel zurück und hielt kurz den Atem an. «Oha, so ist's besser. Du hast nichts gemacht. Es ist der blöde Arzt, den nicht gerührt hat, dass ein Schraubenkopf aus meinem Fußgelenk rausragt. Der bleibt immer innen im Stiefel hängen. Wenn ich ihn ganz langsam ausziehe, dann tut es nicht so weh. Hast du einen Stiefelknecht?»

«In Daddys Laster liegt einer, irgendwo hinter den Sitzen.»

«Bin gleich wieder da», sagte ich und humpelte hinaus.

McMahon hatte seinen LKW ausgerechnet neben einer schlammigen Stelle geparkt – und ich hatte meine maßgeschneiderten Stiefel von Dehner an, für die ich eine Woche lang aufs Essen verzichtet hatte. Ich imitierte Florence Joyner so gut es ging und versuchte, über den Schlammfleck zu springen – und landete mitten darin. Die Stiefel machten ein schmatzendes Geräusch, als ich sie und mich wieder herauszog, wobei ich einen perfekten Abdruck meiner Treter im Schlamm hinterließ.

Ich kletterte ins Führerhaus, bestrebt, es mit meinen Füßen nicht schlammbraun anzustreichen. Dann langte ich mit einer

Hand hinter den Fahrersitz und tastete blind herum. Wenn ich etwas zu fassen kriegte, versuchte ich zu erraten, was es sein könnte.

Ich war recht gut. Vier Bierflaschen (zweifelsohne Budweiser), eine Huffeile, sechs leere Patronenhülsen (ich kannte mich da nicht gut genug aus, um sagen zu können, was für eine Sorte), zwei flache Plastikdinger mit was Rundem drin (wenigstens war er vorsichtig) und zwei Schachteln Käsecracker. Aber kein Stiefelknecht. Mein rechtes Fußgelenk fing an zu pochen.

Ich beugte mich noch weiter zurück und langte unter den Sitz. Meine Hand bekam eine Art doppelarmiges Werkzeug zu fassen, und meine Finger stellten ihm tausend Fragen, bekamen diesmal jedoch keine Antwort. Da zog ich das Ding hervor und besah es mir.

Solange ich es auch betrachtete, ich konnte nicht dahinter kommen, was das sein sollte. Es sah aus wie eine übergroße Zange oder etwas, mit dem man was zusammendrückt. Ich legte das Ding neben mich auf den Sitz und langte wieder nach hinten, immer noch auf der Suche nach dem Stiefelknecht. Dabei stieß ich aus Versehen gegen die rätselhafte Zange, sodass sie aus dem Führerhaus fiel und im Schlamm landete.

O je, jetzt musste ich auch noch dieses Ding sauber machen. Aber erst einmal galt es, es zu bergen, ohne wieder in den Schlamm zu treten. Ich fasste deshalb mit einer Hand das Steuerrad und beugte mich dann so weit hinunter, bis ich das Ding fast erreichen konnte, und streckte mich kurz. Ich erwischte es beim ersten Versuch und wollte mich wieder nach oben ziehen, als mich das, was ich da vor mir im Schlamm sah, erstarren ließ.

Es war ein einwandfreier Abdruck des eigenartigen Werkzeugs zurückgeblieben – ein flacher Kreis mit einer tiefen Einbuchtung am Ende. Dasselbe seltsame Mal, das auf Fuzzys Leiche gefunden worden war.

56

«Mach die Tür auf. Sofort, sonst trete ich sie ein. Und wenn du nicht glaubst, dass ich es tue, dann Vorsicht! Also …»

Die Tür ging auf, und vor mir stand Bobby McMahon.

«Was ist denn los mit dir, Nattie?», fragte er. «Ich dachte, du wärst mit Ashlee beim Kofferpacken.»

«Halt den Mund, halt bloß den Mund», sagte ich und drängte mich an ihm vorbei in sein Zimmer. «Das ist, was ich habe!» Ich hielt das Werkzeug hoch, was immer es außer einem Mordwerkzeug sonst noch sein mochte. «Oder genauer, was du hast. Ich werde diesen Apparat Tony übergeben und bin sicher, dass seine Leute was von Fuzzy darauf finden. Du hast sie umgebracht, nicht wahr, und dann versucht, mich zu verscheuchen? Das ist jedenfalls absolut plausibel. Du warst an dem Tag, an dem jemand in Asheville meinen Kopf für Schießübungen benutzt hat, nirgends zu finden. Du hast früher mal den Murmeltieren nur so zum Spaß die Barthaare weggeschossen, könntest mir also auch leicht die gespaltenen Enden meiner Haare runterholen. Wie geschehen.»

Ich machte drei Schritte auf ihn zu. «Ich war immer der Meinung, dass du es gewesen bist, aber Tony hat gesagt, du hättest ein hieb- und stichfestes Alibi. Du hattest eine kugelsichere Weste an, was? Wer war es? Mit wem zusammen hast du's getan? Mit der süßen Sarah Jane vom weißen Licht? Mit Carter Evans? Jeannie Sukon? Oder mit einer anderen deiner kleinen Eroberungen? Du sagst besser schnell mal was dazu, oder ich greife zum Telefon.»

McMahon sank auf sein Bett.

«Na los, dann ruf an», sagte er. «Es musste ja früher oder später rauskommen. Du hast Recht, Nattie, aber nicht in allen Punkten. Ich habe sie umgebracht, ja, und ich wünschte, ich hätte es schon eher getan. Aber es war nur ich. Weder Sarah Jane noch sonst jemand hat geholfen. Fuzzy und ich hatten eine Rechnung zu begleichen.»

«Und du hast sie auf diese Art und Weise beglichen? Ich habe immer gewusst, dass du kein Genie bist, aber auch ein Feigling? Nur Feiglinge dreschen auf Frauen ein. Ich hoffe, du verrottest im Knast, McMahon. Ich rufe die Polizei an.»

«Nein, tu's nicht, Nattie. Bitte.»

Ich drehte mich um. Es war Ashlee, und die Tränen rannen ihr über die Wangen. Ich hatte sie gar nicht hereinkommen hören.

«Er hat sie nicht umgebracht –»

«Hör auf, Unsinn zu reden, Ashlee, und mach, dass du rauskommst. Aber sofort.»

«Nein, Daddy, ich gehe nicht. Nicht, solange Nattie denkt, du hättest Mom umgebracht.»

McMahon schoss vom Bett hoch, packte Ashlee und versuchte, sie aus dem Zimmer zu schieben. Sie schlug jedoch mit Armen und Beinen um sich.

«Ich gehe erst, wenn sie weiß, was wirklich passiert ist. Ich habe sie umgebracht, Nattie. Ich bin es gewesen, Daddy versucht nur, mich zu schützen.»

Mir fiel das rätselhafte Werkzeug aus der Hand, und diesmal sank ich aufs Bett. Ashlee? Dieses Kind, für das ich die Miss Ellie zu spielen versuchte? Das Mädchen, das, wie ich glaubte, nur ein großes Ohr für seine Probleme brauchte? Kein Wunder, dass Blue nicht hatte sprechen wollen! Ashlee eine kaltblütige Mörderin?

Nicht gerade kaltblütig, wie sich herausstellte, aber gleichwohl eine Mörderin. Ich musste McMahon fast den Mund zukleben, um von dem Mädchen zu erfahren, wie sich alles zugetragen hatte.

Fuzzy hatte im Suff einen ihrer Wutanfälle bekommen und

Ashlee mitten in der Nacht geweckt und angebrüllt, sie solle sich anziehen und mit in den Stall kommen.

«Sie schrie immer und immer wieder, Daddy hätte gesagt, er wäre draußen auf der Weide, um nach den Kühen zu sehen, aber in Wirklichkeit betröge er sie wieder mit einer neuen Stallmieterin. Sie hat mich am Arm gepackt und in ihr Auto gezerrt, um mit mir zum Abstellplatz von Daddys Laster zu fahren, damit ich sehen könnte, was für ‹ein verhurter Mösenfresser dein Daddy ist›, wie sie laut gekreischt hat.»

Jetzt weinte Ashlee richtig, und ihr Vater versuchte weiter, sie zum Schweigen zu bringen. Aber es gelang ihm nicht.

«Daddy war da, aber er war nicht mit jemandem zusammen, wie Mom gesagt hatte. Er hat einer alten Kuh dabei geholfen, ihr Baby zu kriegen. Das war jedoch egal, Mom hatte immer noch eine Mordswut im Bauch. Daddy versuchte, von ihr wegzukommen, aber sie ihm immer nach. Er ist dann in den LKW rein, aber sie hat geschrien, er solle rauskommen und wie ein Mann kämpfen.»

Fuzzy hatte so lange getobt, bis er wieder ausgestiegen war – das schon erwähnte rätselhafte Werkzeug in der Hand. Das Rätsel ist inzwischen gelöst, und ich weiß jetzt, wozu das Ding gut ist – es ist eines, das jedem Bullen einen Schauer über den Rücken jagt. Obwohl McMahon anderes damit vorgehabt hatte.

Er hatte seiner Frau das Ding vor das wutverzerrte Gesicht gehalten und gesagt: «Siehst du das hier, Fuzzy? Das bist du, eine gehende, sprechende, atmende, trinkende Budizzo-Zange.»

So heißt das Ding offiziell und findet bei der Kastration von Bullen Verwendung.

Als McMahon wieder verstummt war, war Fuzzy auf ihn losgegangen. Er hatte die Budizzo-Zange fallen gelassen, um sein Gesicht mit den Händen zu schützen.

«Sie hat Daddy wieder zusammengeschlagen.»

«Wieder?», fragte ich.

«Sie hat ihn dauernd zusammengeschlagen, und er hat sich nie gewehrt. Hat einfach immer nur dagestanden und es sich gefallen lassen. Er hat nicht mal die Polizei geholt, nie.»

Das erklärte all die blauen Flecken und Veilchen, die ich an ihm bemerkt hatte. Ich sah zu ihm hin. Er hatte sich wieder gesetzt, die Luft war raus. Er war viel zu sehr Macho gewesen, um irgendjemanden wissen zu lassen, dass seine Frau die Sie-wissen-schon-was aus ihm rausprügelte.

«Ich hab's nicht mehr ertragen können», sagte Ashlee. «Sie hatte ihm gerade das Auge blau geschlagen, und ich wollte nicht, dass sie ihn noch mehr verletzte.»

Ashlee hatte die Budizzo-Zange vom Boden aufgehoben und sie gegen Fuzzy geschwungen. «Ich habe sie nicht umbringen wollen. Sie sollte nur aufhören, Daddy wehzutun.»

«Ashlee, Liebste, lauf runter zum Wagen.» Eine neue Stimme. War ich hier auf einer Party? Ich drehte mich um und sah die Feldmans in der Tür stehen. Bootsies Gesicht war puterrot, während Mo schweigend auf einer dicken Zigarre herumkaute.

Ich atmete tief durch, um wieder ruhiger zu werden.

Dann roch ich es. Sommer im März. Nach Geißblatt duftendes Parfüm.

Ich machte einen Schritt auf Bootsie zu, und wenn sie nicht so alt gewesen wäre, dass sie meine Mutter hätte sein können (obwohl sie eher aussah, als wäre sie meine Schwester), dann hätte ich ihr mit der Faust eins auf diese vollkommen gestaltete Nase gegeben. «Sie sind die, die gedroht hat, mein Pferd umzubringen!», rief ich aus. «Die Mutter wie die Tochter, was?»

Diesmal war es mein persönlicher Freiraum, in den eingedrungen wurde: Bootsie kam mir mehr als nahe. «Sie wissen ja nicht, was Sie da reden», zischte sie. «Fuzzy ist ganz anders gewesen, bevor sie ihn kennen gelernt hat. Er ist schuld daran, er ist an allem schuld. Diese ganze stinkende Scheiße, in der wir jetzt stecken, dazu wäre es nie gekommen, wenn er so etwas wie ein richtiger Ehemann gewesen wäre.»

Mo nahm die Zigarre aus dem Mund, und es sah so aus, als würde er am Ende doch etwas sagen. Da bemerkte ich seine Zähne. Sie waren von all den dicken Zigarren fast braun geworden. *Ein alter Mann mit dunklen Zähnen.*

Ich wandte mich abrupt ihm zu, aber zum unendlichsten Mal in seinem Leben schnitt ihm eine Frau das Wort ab, bevor er es über die Lippen gebracht hatte. «Und Sie sind es, der Gail auf diese getürkte Kreditkarte angesetzt hat», sagte ich. «Haben Sie auch Gails Pferd aus der Koppel rausgelassen?»

«Nein», sagte da McMahon, «das bin ich gewesen.»

Wir schrien jetzt alle durcheinander – bis mein Blick auf das Mädchen auf dem Bett fiel. Ashlee sah aus, als wollte sie sich vor unseren Augen in nichts auflösen.

«Ruhe!», brüllte ich da, und es wirkte. «Ihnen allen bleibt noch der ganze Rest Ihres Lebens, sich zu zanken und die Schuld zuzuschieben», sagte ich. «Deshalb sollten wir im Augenblick mal lieber darüber nachdenken, wie wir Ashlee helfen können.»

57

Hier ist das, was bei unserem Nachdenken herauskam: McMahon erklärte sich einverstanden, mir meine zerstochenen Reifen zu bezahlen, und ging dann, um die Budizzo-Zange in den Müllcontainer hinter dem Hotel zu werfen. Ich meinerseits erklärte mich bereit, nie irgendjemandem irgendetwas zu sagen – allerdings unter zwei Bedingungen. Erstens und für mich am wichtigsten: Sie sollten Ashlee so schnell wie möglich zu einem Psychiater bringen und sich selbst dann zu einer intensiven Familientherapie anmelden. Zweitens wollte ich nicht erfahren, wie sie die polizeilichen Ermittlungen und auch Les, der ja die Story schreiben sollte, stoppen oder in die Irre zu führen gedachten. Nicht eine Silbe! Ich wusste, dass sie es mit Hilfe des Feldman'schen Geldes schaffen würden, und wollte einfach nur nicht das Wer, Was, Wann und Wo wissen (und wünschte mir, ich wüsste nicht einmal das Warum).

Ich fuhr schließlich mit McMahon zusammen zurück nach Charlotte, aber er erzählte unterwegs nicht allzu viele Geschichten. Und ich auch nicht. Es waren lange sieben Stunden.

Als ich endlich aus seinem Lastwagen raus war, besserte sich die Lage keineswegs. Tony saß in meinem Wohnzimmer und blickte sehr bedrückt drein. Erst dachte ich, er hätte irgendwie alles herausbekommen und sei da, um mich zu verhaften.

Das wäre vielleicht besser gewesen. Wenigstens hätte ich ihn dann gelegentlich gesehen.

Aber nichts dergleichen. Er kam ausnahmsweise einmal sofort zur Sache. Keine gewundenen Faulkner'schen Sätze, keine eigentümlichen Metaphern. «Sharon ist schwanger», sagte er. «Sie möchte nicht abtreiben, und ich muss sagen, ich möchte eigentlich auch nicht, dass sie's macht. Tut mir Leid, Nattie, ich hatte schon gedacht, du und ich, wir würden zusammen doch noch irgendwo hingelangen. Damit ist es jetzt nichts mehr. Dieses Baby verdient eine Mutter und einen Vater, Sharon und mich. Sharon ist einverstanden, zu einer Eheberatung mitzukommen. Soweit ich sehe, bleibt mir keine Wahl. Entschuldige.»

Ich dachte an das Gespräch mit Lou, nachdem ich wegen Sarah Jane so total ausgerastet war. Ich hatte gewollt, dass er den großen Daddy spielt und mir sagt, was ich bezüglich Henry und Tony machen solle, und er hatte mir geantwortet, dass das etwas sei, was ich selber entscheiden müsse. Ich hatte darauf erwidert, eben das könne ich nicht und wünsche mir nichts sehnlicher, als dass es mir jemand abnähme.

Langsame Überblendung zu meinem Gesicht – mein gequälter Blick, meine lange Nase, mein bebender Mund.

«Gib Acht, worum du die Götter bittest», sagte ich und blickte an Tony vorbei, vorbei an Lous Wärmelampe, dem Minitrampolin, der Magnetsammlung, vorbei an all dem Krimskrams, mit dem mein Vater Lou das Wohnzimmer voll gestopft hatte. Ich blickte aus Charlotte hinaus und in meine Zukunft. Aber dann schloss ich die Augen, stoppte den Film, die Handlung, alles, und sagte: «Sie könnten so grausam sein und dir deinen Wunsch erfüllen.»

Epilog

Ich habe mich der Mittäterschaft bei einem Vergehen schuldig gemacht. Ja. Bestechungsgelder anzunehmen ist eine Sache, aber ein Kind den Medien zum Fraß vorzuwerfen, ist eine andere – und genau dazu wäre es gekommen, wenn ich Ashlee bei der Polizei angezeigt hätte. Gottlob habe ich genug der Antiautoritätsgene meines Vaters in mir und kann folglich nachts noch schlafen. Was jedoch nicht heißt, dass ich nicht schwer mit mir gerungen hätte.

Aber was wäre denn erreicht worden, außer dass Kathie Lee Gifford von der Titelseite des *National Enquirer* hätte weichen müssen? Ashlee brauchte Hilfe und keine Reporter, die ihr Mikrophone in den Rachen rammten. Sowohl Bootsie als auch Bobby erfüllten meine Bedingungen – sie brachten das Mädchen zu einem Psychiater, schnell und oft. Sie geht jetzt fünfmal in der Woche zum Guten Doktor Greene. Sein schlecht sitzendes Toupet gibt uns was zu kichern, wenn wir uns an den Mittwochabenden treffen. Ja, das ist richtig, wir haben den gemeinsamen Abend beibehalten, Mittwochabend ist Frauenabend. Essen bei Gus's Sir Beef und danach Bowling.

Einmal haben wir sogar einen Ehrengast eingeladen, nämlich Bobby McMahon, ihren Daddy. Vor langer, langer Zeit hatte er einmal zu mir gesagt «Die Menschen sind nicht immer, was sie scheinen, Nattie» – und das traf in seinem Fall wirklich zu. Er hatte zwar (und hat wahrscheinlich immer noch) das Problem eines allzu leichtgängigen Reißverschlusses, aber auf seine Weise ist er ein guter Vater und will für sein Kind nur das Beste, und das ist etwas, was wir beide wollen und was uns eine Beugung des Rechts wert ist. Da wir Komplizen geworden sind, ist zwischen uns eine ganz neue Intimität entstanden. Wobei wir noch weit mehr gemeinsam haben als nur ein Vergehen: Wir lieben beide Ashlee und möchten sicherstellen, dass sie eine faire Chance bekommt, ihr Leben zu leben. Und so verbindet uns jetzt eine beschauliche Freundschaft bar aller verzehrenden Blicke.

Ich wünschte, der Rest meines Privatlebens wäre ebenso leicht zu ordnen. Ich habe Henry nie die Nacht mit Tony gebeichtet, und das raubt mir den Schlaf. Während sich Tony und Sharon auf die holde Dreisamkeit vorbereiten, bewegen Henry und ich uns weiter auf irgendetwas zu.

Lou hat einmal mehr das Zoloft abgesetzt, weil er überzeugt ist, dass das Johanniskraut endlich angeschlagen hat. Er ist – in gewisser Weise – ein erwachsener Mensch, weshalb ich nicht viel mehr tun kann, als da zu sein, wenn er wieder in dieses dunkle Loch fällt.

Sarah Jane hat am Ende ihr Auto und ihr Haus wiederbekommen. Mr. Patels sehr gut aussehender Neffe musste wegen irgendwas nach Charlotte, und so reparierte er den Mercedes und brachte ihn mit. Dies seine Version. Ich habe ein ganz klein wenig den Verdacht, dass Mrs. Patel ihn hergeschickt hat, weil sie Sarah Janes ansichtig geworden war. Mrs. Patel ist diejenige, die in das Heiratsvermittlungsgeschäft einsteigen sollte! Jedenfalls ist ihr Neffe Raj seit der Überführung des Autos ein regelmäßiger Gast an unserer Tafel.

Schließlich bleibt noch meine Brenda. Ich wünschte, ich könnte berichten, dass sie wieder auf den Beinen ist, aber das Ausheilen einer angerissenen Sehne kann nun mal eine kitzlige

Sache sein. Eine falsche Bewegung, und alles fängt von vorne an. Und genau das ist passiert. Doc Loc meint jetzt, es könne noch ein ganzes Jahr dauern, bis sie wieder völlig gesund sei.

Aber dazu hat Gott ja das Erinnerungsvermögen geschaffen. Obwohl es eine einmalige Erfahrung war, Fritz zu reiten, sehe ich mich, wenn ich nachts die Augen schließe, nach wie vor auf dem Rücken meiner Fuchsstute.

Brenda Starr, du wirst immer das Pferd meiner Träume bleiben. Hörst du das, mein Mädchen?

Foto: Hergen Schimpf

Petra Hammesfahr

«Spannung bis zum bitteren Ende» Stern
«Es gehört zu den raffinierten Konstruktionen von Petra Hammesfahr, dass dann doch alles ganz anders sein könnte» Marie Claire

Lieferbare Titel:

Das Geheimnis der Puppe
Roman 3-499-22884-X

Der gläserne Himmel
Roman 3-499-22878-5

Der Puppengräber
Roman 3-499-22528-X

Der stille Herr Genardy
Roman 3-499-23030-X

Die Chefin
Roman 3-499-23132-8

Die Mutter
Roman 3-499-22992-7

Die Sünderin
Roman 3-499-22755-X

Lukkas Erbe
Roman 3-499-22742-8

Meineid
Roman 3-499-22941-2

Merkels Tochter
Roman 3-499-23225-1

Roberts Schwester
Roman 3-499-23156-5

Das letzte Opfer
Roman

3-8052-0700-X

Foto: Carsten Minkwitz

Eiskalte Morde: Die ganze Welt der skandinavischen Kriminalliteratur bei rororo

Liza Marklund
Studio 6
Roman 3-499-22875-0
Auf einem Friedhof hat man eine Frauenleiche gefunden. Das Opfer war Tänzerin im Strip-teaseclub "Studio 6". Die Journalistin Annika Bengtzon stellt wieder eigenmächtig Nachforschungen an!
«Schweden hat einen neuen Export-Schlager: Liza Marklund.» Brigitte

Liza Marklund
Olympisches Feuer
Roman 3-499-22733-9

Karin Alvtegen
Die Flüchtige
Roman 3-499-23251-0
Mit ihrem ersten Roman «Schuld» (rororo 22946) rückte Karin Alvtegen in die Top-Riege schwedischer Krimiautoren.

Leena Lehtolainen
Alle singen im Chor
Roman 3-499-23090-9
Maria Kallio muss sich bewähren. Ein heikler Fall für die finnische Ermittlerin.

Willy Josefsson
Denn ihrer ist das Himmelreich
Roman 3-499-23320-7
Josefssons neuer Erfolgsroman mit neuer Heldin: Eva Ström – der erste Fall der Pastorin von Ängelholm.

Leena Lehtolainen
Zeit zu sterben
Roman

3-499-23100-X

B 5/1